LA RÈGLE DU CRIME

COLSON WHITEHEAD

LA RÈGLE DU CRIME

roman

Traduit de l'américain
par Charles Recoursé

TERRES D'AMÉRIQUE

ALBIN MICHEL

« Terres d'Amérique »

Collection dirigée par Francis Geffard

Retrouvez toute l'actualité de Terres d'Amérique et de ses auteurs
sur Facebook (Terres.Amerique) et Instagram (terres_amerique).

Édition originale américaine parue sous le titre :
CROOK MANIFESTO
Publiée aux États-Unis par Doubleday,
une division de Penguin Random House LLC, New York, en 2023.

Pour Clarke

RINGOLEVIO

1971

« Un voyou reste un voyou
et les ripoux détestent
les gens honnêtes. »

1

Dorénavant, chaque fois qu'il entendrait cette chanson, il repenserait à la mort de Munson. C'étaient tout de même les Jackson Five qui avaient fait replonger Ray Carney après quatre ans passés sur le droit chemin. *Le droit chemin* – à la fois une philosophie et un territoire, un quartier avec ses frontières et ses usages bien à lui. Parfois, quand il traversait la 7e Avenue en allant au magasin, il marmonnait ces trois mots dans sa barbe, tel un poivrot qui s'efforce de contrôler sa démarche après sa tournée des grands-ducs.

Quatre années de travail honnête et rémunérateur dans l'ameublement. Carney équipait des jeunes mariés pour leur périple à venir, embellissait des salons pour refléter des tournants favorables, cornaquait des retraités à travers la jungle des différents modèles de fauteuils inclinables. C'était une lourde responsabilité. Rien que la semaine précédente, l'une de ses clientes lui avait annoncé que son père était mort dans son sommeil, « le sourire aux lèvres », confortablement installé dans son Sterling Dreamer acheté chez Carney's Furniture. L'homme était plombier, il avait travaillé trente-cinq ans pour la ville. Son ultime sensation sur cette terre avait été l'opulente caresse de la garniture en polyuréthane. Carney se réjouissait que l'homme soit mort satisfait – imaginez la tristesse si sa dernière pensée avait été *J'aurais mieux fait de le prendre en Skaï.* Et il faisait aussi dans les accessoires. Des pièces décoratives pour illuminer les espaces ternes. Tout cela peut paraître ennuyeux. Ça l'était. C'était également roboratif, de même qu'un plat sans sel et une boisson coupée à l'eau vous nourriront, à défaut de vous régaler.

Il n'y eut pas de pot de départ quand Carney se retira du circuit. Personne ne lui offrit une montre en or pour le remercier de ces années de bons et loyaux services ; au demeurant, il n'avait jamais manqué de montres en or depuis qu'il était devenu fourgue. Le jour où il prit sa retraite, il en avait une pleine boîte dans le coffre de son bureau, des toquantes gravées de noms inconnus – il y avait longtemps qu'il n'était plus allé chez son contact dans le Bronx. Pour ses adieux au recel, il se borna surtout à refouler des clients en leur disant de faire courir la nouvelle parmi leurs connaissances de la pègre : Carney raccroche.

« Comment ça, tu raccroches ?

– J'arrête. C'est fini. »

La porte donnant sur Morningside Avenue, percée pour faciliter les transactions nocturnes, ne servit plus que pour d'innocentes livraisons aux heures ouvrables. Deux semaines après le casse du Fortuna, Tommy Motus vint y frapper, une mallette en cuir noir sous le bras. Carney jeta un œil aux diamants, juste histoire de mettre sa détermination à l'épreuve, puis il souhaita bonne chance au voleur. Le lendemain, Cubby l'Asticot, un de ses habitués blancs, débarqua après la fermeture avec « des trucs vraiment dingues ». Cubby avait pour spécialité le vol de cargaisons improbables qu'il mettait des années à écouler – il croulait sous les bâtons sauteurs et les collants emballés dans des œufs en plastique. Carney l'éconduisit sans lui laisser le temps de décrire son pactole pourri de la semaine : « N'y vois rien de personnel. »

Petit à petit, ils cessèrent de venir, les braqueurs, dépités un instant seulement car il y avait toujours un autre plan, un autre moyen, d'autres affaires à faire dans l'entreprise immense, complexe et corrompue qu'était la ville de New York.

« Allez-y, touchez-le, il ne va pas vous mordre. Vous aurez l'impression de tenir un bout de paradis entre vos doigts. »

À l'autre bout de la salle d'exposition, Larry abordait un client, un spécimen parcheminé qui faisait tourner un béret rouge entre ses mains. L'homme était voûté, usé. Carney s'adossa au chambranle de la porte de son bureau et croisa les bras. Il comptait parmi sa clientèle un certain contingent d'hommes âgés venant s'offrir des choses simples qu'ils s'étaient longtemps refusées. Ils finissaient par en avoir marre de cette chaise qui grinçait et dont les ressorts perçaient leurs fonds de pantalon, ou bien le médecin leur avait suggéré de faire quelque chose pour remédier à leur mauvaise circulation et à leurs douleurs mystérieuses, et alors ils venaient au magasin. Conscient de sa chance, Carney se les figurait, ces hommes qui vivaient seuls dans des appartements tout en longueur et de guingois, ou dans des studios mal éclairés : chauffeurs de bus en quête d'un fauteuil pour manger leur soupe tout en remplissant leur grille de tiercé, caissiers de pressing rêvant d'un repose-pieds pour leurs arpions fatigués. Tous ces laissés-pour-compte. Ils ne discutaient jamais les tarifs, embêtés de devoir taper dans leurs économies mais fiers d'avoir ce qu'il fallait à la banque.

L'article en question était un fauteuil club Egon modèle 1971, tapissé de tweed antitaches Scotchgard. Un monstre de confort, juché sur des roulettes en cuivre Pro-Slide. « Le paradis », répéta Larry.

Lorsque le client était entré dans le magasin, il avait serré la main de Larry et s'était présenté. Charlie Foster. À présent, il faisait courir ses doigts sur le tissu vert bouteille en gloussant de plaisir comme un nourrisson.

Larry décocha un clin d'œil à Carney. Lorsque Rusty, le vendeur historique du magasin, avait dû rester alité pendant trois mois et demi parce qu'il s'était bloqué le dos, il avait fallu lui chercher un remplaçant. Larry s'était présenté le deuxième jour des entretiens et il était resté.

C'était un modèle d'aisance maîtrisée, un tranquille déballage de style pur. Quand on le saluait à son arrivée le matin, il levait deux doigts comme pour vous faire patienter le temps de finir un coup de fil avec un chef d'État étranger, et ne répondait qu'après avoir ôté sa veste à rayures, son pantalon pattes-d'éph et son bob en daim ou autre parure groovy du jour. Une fois dans sa tenue de vendeur, il daignait enfin vous accorder un soyeux « Ça roule, bébé ? ».

Larry appartenait à cette tribu de séducteurs noirs tellement à l'aise dans leur peau que tous les autres – vieil homme, jeune mère, flic rougeaud et claqué – étaient pour eux *bébé*. Les ringards le traitaient de *beau parleur* à cause de son sourire mielleux et de la vitesse à laquelle il débitait son baratin, ce que Larry prenait comme un compliment. Pour un vendeur, c'était un atout. Du haut de ses vingt et un ans, il avait déjà vécu mille vies, et en même temps il semblait tout frais sorti d'une fabrique de cool *made in Harlem*. Chef de partie dans un hôtel sur Madison Avenue ; dresseur de haies dans deux cimetières ; chauffeur pour l'épouse d'un baron du marbre dans le Connecticut ; « gazeur de toutous chez un véto », une activité qui semblait, aux yeux de Carney, requérir un diplôme ou au moins une formation, mais enfin ; et, désormais, assistant du directeur adjoint des ventes chez Carney's Furniture, 125e Rue, « Mobilier de qualité. Au service de la communauté depuis plus de quinze ans ».

« Il ne finit jamais tard, il a toujours un rencard », aimait fredonner Marie, la secrétaire de Carney, sur l'air du générique de *The Patty Duke Show*. Semblable en cela à Freddie, le défunt cousin de Carney, Larry avait un terrain de chasse qui s'étendait d'*uptown* à *downtown* et comprenait tous les méridiens de plaisir entre les deux. Ses chroniques des nuits new-yorkaises, riches en personnalités éclectiques, rappelaient à Carney les histoires que racontait Freddie à la bonne époque. Elles lui remontaient le moral.

Tant et si bien qu'il garda Larry même après que Rusty fut remis sur pied. Le travail ne manquait pas, et ainsi Carney pouvait passer plus de temps dans son bureau. C'était à croire que ces quatre-là avaient toujours fait équipe. Même handicapé par une gueule de bois, Larry s'assurait que les clients ne puissent soupçonner sa détresse. *Les secrets, c'est privé*, une règle tacite chez Carney's Furniture. Il arrivait que Marie cache un œil au beurre noir sous des lunettes de soleil, mais elle ne balançait jamais son mari, Rodney.

Carney dissimulait bien entendu ses activités illicites. Seul Rusty était fidèle aux apparences, un bon gars de Géorgie que la grande ville continuait à déconcerter après toutes ces années. De ce qu'en savait Carney, tout du moins. Car il était toujours possible que Rusty soit le plus habile dissimulateur de la bande et que, hors des heures de travail, il opère à cœur ouvert ou affronte le Joker.

Une autre sirène passa dans Morningside.

« Mais est-ce qu'il est solide ? demanda Charlie Foster. J'aime que les fauteuils soient résistants. » Il tapota l'accoudoir gauche, comme il aurait donné un petit coup de pied dans une blatte pour vérifier qu'elle soit bien morte.

« Aussi solide que l'USS *Missouri*, bébé, répondit Larry. Quand c'est pas cher, c'est de la camelote. Ces merveilles, elles sont pas données, mais vous en aurez pour votre argent. C'est comme ça, chez nous. Allez-y, mon vieux, asseyez-vous. »

Charlie Foster s'assit. Il parut fusionner avec le fauteuil, son visage se délestant du poids de ses soucis.

C'est dans la poche. Carney regagna son bureau. Il s'était offert un nouveau fauteuil de direction en avril et avait repeint à Noël, mais à part ça la pièce n'avait pas beaucoup changé au fil des ans. Son diplôme d'école de commerce était toujours suspendu au même clou, sa photo dédicacée de Lena Horne demeurait perchée sur son piédestal. Les affaires étaient bonnes. Grâce à son activité secondaire de receleur, Elizabeth et lui avaient pu s'offrir l'appartement dans Strivers' Row, et avant cela s'extirper de leur boîte à chaussures. Elle lui avait aussi permis d'agrandir le magasin en rachetant la boulangerie d'à côté, et de rester à flot malgré plusieurs coups durs. Mais l'acquisition des numéros 381 et 383 de la 125e Rue Ouest, elle, était uniquement due au magasin. Carney avait acheté les deux immeubles à Giulio Bongiovanni la première semaine de janvier 1970. Une nouvelle décennie, pleine de promesses.

Si vous lui aviez dit, lorsqu'il avait signé le bail, qu'un jour il posséderait ces murs, il vous aurait envoyé bouler. Une fête avait été organisée pour la première de la comédie musicale *Carmen Jones* un peu plus loin dans la rue, à l'Hôtel Theresa, et en cet instant où Bongiovanni lui avait tendu les clés, il avait eu la sensation que ces lumières et toute cette effervescence étaient pour lui. Le local n'avait rien de spectaculaire, mais il avait du potentiel. Les deux premières années, il était allé chaque mois déposer le loyer en main propre dans les bureaux de Salerno Properties Inc., sur la 5e Avenue, car il ne faisait pas confiance à la poste et redoutait que la police enfonce la porte et balance ses affaires sur le trottoir à minuit et une minute le 2 du mois. Il croyait se souvenir qu'une histoire semblable était arrivée à l'une de ses connaissances, ou à un ami de son père, mais maintenant qu'il était bien établi et avait pris de l'âge, il savait que ce n'était qu'une légende urbaine. Vraisemblablement.

Carney rencontra le proprio pour la première fois lorsqu'il appela Salerno Properties pour présenter son projet d'agrandir le magasin. Un fidèle client de la boulangerie s'était alarmé de trouver la boutique fermée à sept heures cinq, puis il avait remarqué la paire de jambes qui dépassaient de sous le comptoir. Par respect pour la défunte, Carney avait attendu quarante-cinq minutes avant de s'enquérir du bail.

Giulio Bongiovanni ne s'occupait pas lui-même des locataires, mais cela faisait un moment que Carney l'intriguait.

Le 383 de la 125ᵉ Rue Ouest était déjà un emplacement maudit avant que Bongiovanni hérite de l'agence immobilière paternelle. Deux vendeurs de meubles, un vendeur de vêtements pour hommes, deux chausseurs et d'autres encore avaient déposé le bilan peu après avoir emménagé, et la poisse avait suivi les anciens locataires même après qu'ils avaient vidé les lieux. Cancers mystérieux frappant des organes inédits, divorces dignes d'être étudiés en fac de droit pendant plusieurs générations, peines de prison diverses et variées. L'un d'eux avait été aplati par un objet volumineux devant un couvent. « Ça en arrivait à un point où j'avais peur de le louer, avait dit Bongiovanni à Carney.

– Tout va bien de mon côté », avait répondu Carney. Bongiovanni avait posé sur lui un regard qui signifiait *C'est la première fois que je vois un Noir comme toi* – une expérience à laquelle Carney commençait à s'habituer. Il avait toutefois la sensation que ces regards devenaient plus fréquents ces temps-ci. Les Noirs déjeunaient dans des snacks, votaient, et voilà qu'ils commençaient même à avoir des magasins de meubles qui dépotaient.

« Plus que bien, même », avait répondu Bongiovanni, et puis il avait autorisé Carney à percer le mur mitoyen avec la boulangerie.

La famille Bongiovanni s'était implantée dans la 110ᵉ Rue à l'époque lointaine où East Harlem était la plus grande Little Italy de ce côté-ci de l'Atlantique. Il avait l'accent du quartier, mais se démarquait avec ses polos moulants en polyester et son physique de culturiste. Lorsqu'on lui demandait comment il faisait pour avoir ce corps d'athlète, il en attribuait le mérite à la pensée positive et au nutritionniste Jack LaLanne, dont il regardait chaque jour l'émission télé et achetait chaque mois les compléments alimentaires. « Ne critiquez pas le Glamour Stretcher, disait-il, tordu à quarante-cinq degrés avec son élastique miracle. Vous voyez bien que ce n'est pas que pour les dames. »

Son grand-père avait possédé deux épiceries sur Madison Avenue et son père avait investi en achetant les numéros 381 et 383 de la 125ᵉ Rue Ouest lorsque l'arrivée des juifs dans le quartier l'avait divisé en deux. Les épiceries familiales existaient toujours, la seule différence était que les Bongiovanni ne vivaient plus au-dessus. Après la Seconde Guerre mondiale, ils avaient déménagé dans le quartier d'Astoria, en plein Queens, et à présent Giulio mettait les voiles. « Cette ville devient infernale, avait-il dit à Carney quand il lui avait proposé d'acquérir les deux immeubles. Les drogues, la crasse. Je tente le coup en Floride. »

Carney était flatté que l'Italien l'estime suffisamment aisé, que le côté blanc de la ville reconnaisse enfin sa réussite, et puis il s'était dit qu'il devait y avoir un loup, que Bongiovanni essayait de l'entuber. Ou bien la mairie mourait d'envie de condamner les immeubles, ou bien il y avait des remontées d'égout qui lui coûteraient une fortune, ou bien la fameuse malédiction se réalisait enfin. Rien de tout cela ne se produisit, ou presque : Mrs Hernandez, qui vivait dans l'appartement 3A du 381, avait sur le mur de sa salle de bain une étrange tache qui revenait malgré les réparations et couches de peinture successives et ressemblait curieusement à Dwight Eisenhower. Une authentique malédiction. « Il m'observe », disait-elle.

Bongiovanni demanda à Carney s'il se sentait prêt à devenir bailleur. « Ils vous appellent à n'importe quelle heure, et que l'eau est trop froide, et que le chauffage ne marche pas, et que ma femme me déteste... »

Carney avait l'intention de se repaître de leurs griefs et doléances comme d'un bon steak saignant avec des frites. « Oui.

– C'est bien. » Ils signèrent pour les deux immeubles et, trois mois plus tard, à Miami, Bongiovanni s'écroula tandis qu'il exécutait ses exercices matinaux de calisthénie – rupture d'anévrisme. La famille rapatria le corps dans sa ville natale et l'enterra aux côtés de ses ancêtres dans le cimetière de Calvary, avec vue imprenable sur l'autoroute.

Le barattage. C'est ainsi que Carney désignait la circulation des marchandises au gré des transactions illicites, la ronde des téléviseurs, diadèmes et grille-pain qui passaient d'un propriétaire à un autre, changeaient de main au gré des mouvements de l'argent et de la pègre. Et, bien sûr, ce barattage s'appliquait également au monde des gens comme il faut, imprégnait la vie des quartiers. Ballet des enseignes au 383 de la 25e Rue, changements de dénomination à la chambre de commerce, valse des marques dans la salle d'exposition.

L'activité officielle de Carney s'était transformée au cours des quatre dernières années, depuis qu'il avait raccroché. Son plus gros fournisseur, Silver, sur lequel il avait bâti la renommée du magasin, avait été racheté en 68 par Sterling, qui avait abandonné la ligne deux ans plus tard. Sears avait avalé Bella Fontaine et était devenu le distributeur exclusif de la marque. Collins-Hathaway, ayant péché par gourmandise lors de son expansion sur le marché canadien, avait été balayé par la crise de l'année précédente. Carney conservait sa plaque de « revendeur agréé » au-dessus de son bureau, en souvenir.

Pour combler ce trou dans son inventaire, Carney avait signé avec DeMarco, la branche américaine de Knut-Bjellen, multinationale norvégienne spécialisée dans les « accessoires à vivre ». Palette : camaïeu de bruns. Les études de marché ayant montré que le consommateur américain rechignait à faire entrer dans son foyer des produits à consonance « étrangère », DeMarco s'était adapté au marché national, le canapé modulable avait été rebaptisé « Homesteader », et le fauteuil inclinable « Mitt ». Du moment que les produits se vendaient, Carney se fichait bien du nom qu'on leur donnait.

Sa seule réserve concernait les photos du catalogue DeMarco, où s'étalaient des chalets lointains et des cimes enneigées. Des feux d'enfer dans des cheminées, une décoration rouille et moutarde, des Blanches à manchons en fourrure et des Blancs en col roulé de laine, tout ce petit monde en extase sur des tapis à poils longs. Carney n'aimait pas enfermer les gens dans des cases, mais il se demandait combien de ses clients se reconnaissaient dans ces scènes. Sur ce tapis.

« Bienvenue au chalet », disait Carney chaque fois qu'il recevait le nouveau catalogue.

Salut les nègres, j'espère que vous aimez la fondue, complétait Freddie depuis l'au-delà.

Encore une sirène. Le magasin était le théâtre d'opérations tout à fait respectables, mais dehors c'était la loi de Harlem qui prévalait : la rue était bruyante, imprévisible, encore plus teigneuse qu'un oncle aigri. Les sirènes déchiraient les avenues de jour comme de nuit, aussi régulières que les métros, réglées sur les horaires du crime. Quand ce n'était pas une poursuite de police, c'était une ambulance qui fonçait pour déjouer le sort. Un camion de pompiers qui tentait d'atteindre un bâtiment abandonné avant que les flammes engloutissent tout le pâté de maisons, ou un immeuble kérosené pour récupérer l'argent de l'assurance, avec une dizaine de familles à l'intérieur.

En son temps, le père de Carney avait mis le feu à deux ou trois immeubles. Ça payait le loyer.

Cette sirène-là appartenait à un véhicule de patrouille. Carney rejoignit Larry et Charlie Foster derrière la vitrine. De l'autre côté de la 125ᵉ, deux policiers blancs harcelaient un jeune homme, blouson en jean foncé et pattes-d'éph rouge, leur voiture échouée sur le trottoir. Ils le plaquaient contre la devanture de Hutchins Tobacco, une échoppe célèbre pour ses clopes détaxées et ses problèmes de nuisibles. Le papier tue-mouches affichait complet de janvier à décembre, et les barres chocolatées étaient ravagées par les charançons dans le présentoir à sucreries. Hutchins verrouilla sa porte et regarda la scène à l'abri de sa vitrine, mains sur les hanches.

Les passants commencèrent à contourner cet obstacle qui entravait leur flux. La plupart ne s'arrêtaient pas ; une interpellation musclée, rien d'extraordinaire. Si ce n'était pas là, ç'aurait été ailleurs. La chasse à l'homme en cours en crispait tout de même quelques-uns, brisait leur routine. Ils s'attardaient et échangeaient des messes basses, apostrophaient et chambraient les policiers, tout en demeurant à une distance qui attestait leur peur.

D'une balayette, le plus grand des deux flics écarta les pieds de l'homme et palpa l'intérieur de ses jambes. Un spectateur lança : « Tu lui touches la bite ? »

« Qu'est-ce qu'il a fait ? demanda Carney.

– Ils lui sont tombés dessus comme s'il venait de braquer une banque, dit Larry.

– Ils traquent les Black Panthers, dit Charlie Foster. Ça les rend fous.

– C'est la Black Liberation Army qu'ils traquent, rectifia Larry.

– C'est pareil. »

Carney détestait chipoter, mais la brouille entre les Panthers et la Black Liberation Army, qui avait fait sécession, n'était pas qu'une question de sémantique. De ce débat philosophique découlaient l'ambiance dans les rues, la position des forces de l'ordre à l'égard de Harlem, et cette multitude de sirènes. Et, si on prenait un peu de hauteur, peut-être que ça disait tout.

« Réforme contre révolution », expliqua-t-il à John. Deux semaines et demie auparavant, le 12 mai, le procès des Panther 21, des cadres du mouvement inculpés pour association de malfaiteurs en vue de commettre des actes terroristes, s'était achevé et le fils de Carney avait des questions.

« C'est pareil au magasin, continua Carney. Réformer, ça veut dire améliorer ce qui existe, par exemple en mettant du tissu antitache, ou des pieds à roulettes, et ensuite des pieds à roulettes avec freins. La révolution, c'est tout casser et recommencer à zéro. Le canapé-lit Castro, tu vois ce que c'est ? »

Le garçon acquiesça. Impossible d'échapper aux spots télévisés.

« Ce canapé-lit, c'est une révolution, dit Carney. Il bouleverse toutes les idées qu'on avait à propos des espaces et du couchage. Vous avez un salon ? Bam ! Une chambre en plus. » Il marqua un temps. « Mais est-ce que tu savais que l'inventeur du canapé-lit était noir ? »

John fit non de la tête.

« Leonard C. Bailey, homme d'affaires et bricoleur génial. Il a breveté son invention en 1899, et c'est l'armée américaine qui a lancé la production industrielle. Tu peux vérifier. Une vraie révolution. »

Carney était entré dans la phase de sa vie où, certains jours, la seule chose qui le tirait du lit était la perspective de transmettre l'histoire des innovateurs et visionnaires noirs oubliés.

John hocha mollement la tête. Carney enchaîna : « Les Panthers ouvrent des banques alimentaires, distribuent des petits-déjeuners, proposent de l'aide juridique… Tout ça, c'est de la réforme. La Black Liberation Army, elle, veut renverser le système tout entier.

– S'ils sont pour la réforme, alors pourquoi ils ont essayé de faire sauter le métro ?

– Ce n'est pas parce que la police le dit que c'est la vérité. »

Cet après-midi-là, le procès le plus long et le plus coûteux de l'histoire de la ville avait débouché sur un acquittement surprise. Les Panther 21 avaient été arrêtés deux ans plus tôt, balancés par des flics infiltrés. Ils comparaissaient pour cent cinquante-six chefs d'inculpation – tentative de meurtre, d'incendie, etc. – dans le cadre d'une conspiration visant à faire exploser le jardin botanique du Bronx, plusieurs postes de police, quelques lignes de métro et, histoire de faire bonne mesure, les grands magasins Alexander's, Korvettes, Macy's et une poignée d'autres. S'ils s'en prenaient aux commerces, c'était pour des raisons anticapitalistes, mais on peinait à comprendre ce qu'ils avaient contre les fleurs.

John demanda s'ils avaient aussi eu l'intention de faire sauter Carney's Furniture. Son père lui répondit qu'il y avait un bon nombre de magasins tenus par des Blancs à détruire avant le sien.

Il fallut au jury quatre-vingt-dix minutes pour délibérer et vingt minutes pour lire les cent cinquante-six verdicts non-coupables. « Les agents infiltrés ont inventé leurs histoires de toutes pièces. » Un coup dur pour le procureur de Manhattan, Frank Hogan. Où va le monde si on ne peut même plus accuser à tort une bande de Négros ?

« Mais pourquoi est-ce que la police mentirait ? fit John.

– Pourquoi est-ce que les gens mentent ? » L'une de ces questions auxquelles un jeune garçon devrait trouver la réponse tout seul.

Carney tenta de s'imaginer, enfant, parlant de militantisme avec son père. Inconcevable. Big Mike Carney considérait le mouvement pour les droits civiques – « ces soi-disant frères du bon côté de la loi » – comme un ramassis d'escrocs au même titre que lui. Combien grattaient-ils quand ils collectaient les dons pour la soupe populaire, combien détournaient-ils avant d'inaugurer un nouveau centre de loisirs ? Quand on baigne dans les magouilles on en voit partout, on repère les possibilités, les petites fissures dans lesquelles un esprit entreprenant pourrait glisser un pied-de-biche.

Pour un jeune Noir élevé à Manhattan, John posait sur les choses un regard d'une naïveté rafraîchissante. Celui qui doit se battre pour sa survie réfléchit vite ; John, lui, prenait le temps de considérer le monde sous tous les angles, s'accordait le luxe de la réflexion. Parfois, Carney apercevait en lui ce qu'il aurait pu devenir s'il avait grandi dans un appartement différent, avec des placards remplis et une mère pour l'accueillir quand il rentrait de l'école, une mère qui ne serait pas morte aussi tôt. Avec un père qui n'aurait pas été un malfrat. Carney aimait l'idée qu'une telle version de ce garçon existe quelque part, même si c'était un autre qui l'incarnait.

May, pour sa part, tenait de sa mère. Insistante et sûre d'elle, à quinze ans elle était déjà tranchante comme un silex. Une semaine après le procès des Panther 21, Carney prenait le petit-déjeuner dans la salle à manger. Il avait dérogé à son café rituel au Chock Full o'Nuts pour passer du temps avec ses enfants avant les cours et ainsi entretenir sa fibre paternelle.

May tapota le journal. « Ils plaisantent pas, eux », dit-elle.

Carney lui prit le *Times* des mains. L'attentat du mercredi soir qui avait visé deux policiers avait été revendiqué. Les agents, qui gardaient le domicile du procureur Frank Hogan, étaient dans un état critique, « deux jeunes hommes noirs » les avaient mitraillés depuis une voiture. Hogan était sous protection depuis l'été précédent, après que la maison de John Murtaugh avait été la cible d'un cocktail Molotov. Qui était ce John Murtaugh ? Le juge chargé du dossier des Panther 21.

La nuit précédente, les tireurs avaient déposé un paquet au pied de l'immeuble du *New York Times* et un autre devant les locaux de la radio WLIB, au sein de l'Hôtel Theresa, à quelques encablures du magasin. Ces paquets contenaient chacun une balle de calibre .45, une plaque minéralogique de la voiture identifiée lors de l'attentat, et une lettre :

19 mai 1971

Pouvoir au peuple,

Voici les plaques d'immatriculation recherchées par les porcs de la police fasciste. Nous les envoyons afin de témoigner que les opprimés ont le pouvoir de se faire justice par la révolution.

Les sbires armés de ce gouvernement raciste devront faire face aux armes des peuples opprimés du tiers monde aussi longtemps qu'ils occuperont nos quartiers et assassineront nos frères et nos sœurs au nom de l'ordre américain. De la même manière que l'armée fasciste occupe le Vietnam au nom de la démocratie, assassine le peuple vietnamien au nom de l'impérialisme américain, et fait face à l'armée de libération vietnamienne, sur le sol américain les forces du racisme et de l'oppression devront faire face à la Black Liberation Army, qui imposera la vraie justice dans la tradition de Malcolm et de tous les vrais révolutionnaires. Nous sommes la justice révolutionnaire.

Pouvoir au peuple
Justice

La syntaxe donnait le vertige, mais Carney saisit l'essentiel. « Des militants, dit-il.

– Il était temps que quelqu'un le dise, répliqua May. Le Vietnam. Le ghetto. C'est la même chose.

– Le pouvoir ne chôme pas, dis donc.

– C'est pas marrant. » Elle lui arracha le journal.

« Je ne plaisante pas.

– T'as acheté les billets ? »

Carney grimaça. « Je t'ai dit que c'était complet, ma chérie.

– T'avais promis d'en acheter. »

John traînait un crayon sur un labyrinthe au dos d'une boîte de céréales Honeycomb.

Le lendemain soir, vendredi, il y eut un nouvel attentat, cette fois couronné de succès. Le samedi matin, Carney se plongea dans sa compta et mit la radio pour se tenir compagnie. *1010 WINS. Toute l'actualité. Tout le temps.* Le présentateur évoqua les belles maisons de Colonial Park, dans la 159e. Carney avait des clients qui vivaient là-bas, il y avait fait livrer des meubles. Peu après vingt-deux heures, les agents Waverly Jones et Joseph Piagentini regagnaient leur voiture de patrouille quand ils avaient été attaqués par surprise. Jones était noir ; il avait reçu deux balles. Piagentini, blanc, en avait reçu huit. Tante Millie était de garde à l'hôpital de Harlem quand ils y avaient été amenés. « Un vrai carnage. » Le maire Lindsay assista aux funérailles, le visage tordu par l'émotion devant les caméras de toutes les chaînes de télé.

En représailles, le NYPD mit en place ce qu'il qualifia de *démonstration de force*. « On est carrément assiégés, ouais », commenta un homme au Chock Full o'Nuts tandis qu'il réglait son sachet de donuts. « Et je sais de quoi je parle, j'ai fait la guerre. » Des plantons à chaque carrefour, des patrouilles comme jamais auparavant dans les rues et des voitures banalisées qui les suivaient pour les protéger. Des descentes au milieu de la nuit. Garde à vue pour les militants et membres du mouvement fichés par la police. Tout cela rappelait à Carney les émeutes de 64, ou celles de 68 après l'assassinat de Martin Luther King. Il y avait un numéro spécial à appeler si on était au courant de quelque chose.

Au 240 Centre Street, le quartier général du New York Police Department, on avait commencé par sous-estimer le rôle de la Black Liberation Army. Désormais, on ne parlait plus que d'elle. Au cours des jours suivants, trois nouvelles agressions eurent lieu contre des policiers – mêmes auteurs ou des imitateurs ? Edward Kiernan, le président de l'Association des fonctionnaires de police, brandit la chemise criblée de balles de Piagentini devant les caméras de télévision et implora les patrouilles sur le terrain de s'équiper de fusils. « Avec un pistolet, vous avez une chance sur cinq de tirer à côté, expliqua-t-il. Avec un fusil, vous avez quatre-vingt-dix-neuf pour cent de chances d'atteindre votre cible. »

Un véritable appel au lynchage. Percy Sutton lui demanda d'arrêter. Sutton – ancien pilote s'étant distingué pendant la Seconde Guerre mondiale avec les fameux Tuskegee Airmen, ex-avocat de Malcolm X et actuel président de l'arrondissement de Manhattan – aurait terriblement exaspéré Big Mike. « Nous sommes à New York, pas dans l'Alabama, dit-il. Ici, on ne fait pas justice avec des fusils. »

Les jours passèrent. La chasse à l'homme continua. Les sirènes continuèrent.

Première semaine de juin. Début d'un nouvel été étouffant à New York. Le climatiseur au-dessus de la porte du magasin ahanait et chuintait autant qu'un vieux bus, mais il remplissait son office.

Sous l'appareil, il faisait frais. Carney, Larry et Mr Foster s'y étaient agglutinés. L'attroupement sur le trottoir d'en face rassemblait vraisemblablement plusieurs factions coexistant *uptown* : des sympathisants du mouvement, des jeunes ivres de contre-culture, des esprits révolutionnaires désapprouvant qu'on tire dans le dos des flics, et des badauds sans lien avec ce bazar qui ne demandaient qu'à vaquer à leurs occupations. À l'instar de Mr Charlie Foster, dont cette scène assombrissait l'humeur.

Une Plymouth marron arriva par Morningside et klaxonna pour faire détaler les curieux. Elle se rangea le long du trottoir et deux flics blancs en civil en jaillirent. Ils se mirent à crier sur le jeune interpellé, qui fit non de la tête.

« Les porcs, dit Larry.

– S'ils vous avaient entendu dire ça quand j'avais votre âge, vous seriez reparti en fauteuil roulant, dit Foster.

– Les *gardiens de la paix* », se corrigea Larry.

Les agents menottèrent l'homme. Un des inspecteurs en civil lui mit une main sur la nuque et le poussa en avant de l'autre. Du temps où Carney était enfant, son père bossait au garage Miracle entre deux coups. Le patron, Pat Dodds, avait un corniaud gris dans la cour ; chaque fois que l'animal laissait une crotte quelque part, il le chopait par le cou et lui plongeait le museau dedans. C'est exactement de cette façon que le flic avait attrapé ce jeune Noir.

L'espace d'un instant, Carney eut l'impression que l'interpellé le fixait du regard, mais avec ce soleil il n'avait dû voir que son propre visage reflété dans la vitrine. À cette heure de la journée, dans la 125e Rue, la lumière transformait toutes les surfaces en miroirs. Les flics en civil le firent asseoir à l'arrière de leur voiture. La berline bondit en avant et s'éloigna, la patrouilleuse dans son sillage.

Un grand Noir à chapeau mou en daim commença à scander le slogan « Power to the People », mais il ne fut pas suivi. Maintenant que les policiers étaient partis, plus rien ne retenait la foule. Elle se dispersa, comme si le signal pour les piétons était passé de DONT WALK à WALK, l'autorisant à traverser. Circulez, y a rien à voir.

Charlie Foster se racla la gorge et mit son béret. Quelque chose l'avait fait renoncer à son achat, cela se devinait à sa posture. « Je vais réfléchir », dit-il.

Larry protesta. Carney se replia dans son bureau. C'était raté.

Une minute plus tard, Mr Foster était dehors. Il y avait des jours où Carney avait envie de dire à ses clients : « Mais achetez-le, bon sang. Faites-vous plaisir, pour une fois ! » Certains hommes noirs de cette génération s'étaient entraînés à ne rien se permettre, ces Charlie Foster qui niaient leurs désirs depuis avant la naissance de Carney. Il visualisa ce qui attendait Foster chez lui, sa solitude, et puis il se ravisa. Rien ne disait que ce type n'était pas heureux et comblé, qu'il ne passait pas ses journées à soulever, tel un haltérophile, des petits-enfants qui gloussaient de joie. Il ne savait rien de ces hommes, de leurs choix ou de leurs conditions de vie. Uniquement qu'ils cherchaient un fauteuil confortable. Il avait parfois tendance à voir dans ses peurs intimes une condition universelle.

Il prit la pile de prospectus PROMOTIONS EXCEPTIONNELLES – MEMORIAL DAY qui traînait sur son bureau et la laissa tomber dans la corbeille à papier. Cette opération avait été un succès, il en ferait un événement annuel. Lorsqu'il avait appris que Decoration Day, le jour férié honorant les militaires tombés au front, allait être renommé Memorial Day et déplacé du 30 mai au dernier lundi de mai, il n'avait pas compris l'intérêt de ce changement. L'intérêt pour son chiffre d'affaires, en revanche, ne lui avait pas échappé. Un week-end de trois jours, un peu de temps libre, on songe peut-être à embellir la maison. De mémoire, c'était la première fois qu'il approuvait une décision gouvernementale.

Au-dessus de sa table de travail, à gauche de la fenêtre qui donnait sur la salle d'exposition, était punaisé le Polaroid pris par Rusty, qui le montrait avec Elizabeth et les enfants devant le magasin en 1961. May avait quatre ans, John peut-être deux. Peu importe la date, Elizabeth ne changeait pas : toujours aussi jolie et impassible. Il faisait beau ce jour-là, c'était un samedi, ils profitaient du soleil et d'un moment en famille. May pinçait la bouche comme toujours quand elle se retenait de sourire.

Il n'avait pas envie de la décevoir, mais il était à court de pistes. Il appela Larry.

« Qu'est-ce qui se passe, bébé ? »

Carney lui expliqua que les Jackson Five passaient au Madison Square Garden le mois suivant.

« Pas simple, ça », fit Larry d'une voix de connaisseur fatigué. Il avait conservé d'une incarnation précédente quelques « amis dans le milieu » et racontait parfois à l'équipe des ragots improbables entre deux clients. Un potin sur le joueur d'harmonica qui apparaissait sur le troisième album de War, voire des secrets croix-de-bois-croix-de-fer qu'il tenait du dentiste d'Aretha Franklin.

« C'est pour May. »

Larry secoua la tête. « Si j'en avais, je les garderais pour moi. »

Carney avait épuisé toutes les pistes. Le Dumas Club n'avait rien donné. Les lois en gestation, les pattes à graisser à la mairie, les endroits où exercer son influence et ceux où il fallait préférer les espèces sonnantes, dans tous ces domaines les membres du club étaient incollables. Niveau places pour les Jackson Five, ils n'étaient pas aussi calés. Lamar Talbot, surnommé « le Clarence Darrow noir » pour une raison qui échappait à Carney – il n'avait ni le talent de plaideur de Darrow, ni son engagement en faveur des droits civiques –, avait représenté le Madison Square Garden dans un procès pour homicide involontaire. Un ouvrier tué durant le creusement des fondations, un avocat afro-américain pour apaiser les esprits. Rien à faire. « Je leur sauve les miches et regarde comment ils me remercient. »

Carney se souvenait nettement que Kermit Wells s'était vanté d'être un cousin de Berry Gordy, le fondateur de Motown Records. Lorsque Carney lui mit le grappin dessus après une dégustation de whisky, Wells invoqua un malentendu : une amie de sa femme était bien de la même famille que Berry Gordy, mais sa femme et cette amie étaient en froid. Et, de toute façon, ajouta Kermit, s'il avait un plan, il irait lui-même à ce concert.

Le beau-père de Carney, Leland Jones, trafiquait les comptes d'une foule d'hommes d'affaires et d'avocats spécialisés dans le show-business qui le remerciaient depuis plusieurs décennies en lui offrant des places de choix pour des spectacles. Remballant son ego, Carney décrocha son téléphone. Pour May. Le chevrotement dans la voix de son beau-père lui rappela combien les années l'avaient diminué. Carney l'avait-il un jour méprisé ? Quoi qu'il en soit, les émotions violentes n'étaient plus à l'ordre du jour. Il lui demanda s'il avait des contacts dans le monde du spectacle.

« Il y a un moment que je n'ai plus parlé à Albert, répondit Leland. Et Lance Hollis est mort depuis plusieurs années. »

Carney redoutait maintenant d'allumer la radio, craignant qu'un tube des Jackson Five ne lui rappelle son échec. Qui avait-il oublié ?

Munson. Ça faisait un bail.

En général, Carney laissait un message lorsqu'il appelait le 28e district – l'homme était une vraie pipelette. Ce jour-là, on décrocha à la troisième sonnerie. « Quelqu'un a vu Munson ? Qui le demande ? »

Nouvelle sirène. Carney épela son nom.

Munson prit le combiné. « Carney », répéta-t-il comme s'il essayait de le remettre. Puis, d'une voix plus sourde : « Pourquoi j'y ai pas pensé plus tôt ? »

Et voilà comment, aussi rapidement que WALK se changeait en DONT WALK, Carney revint aux affaires.

2

Carney prit le métro à la station 125e Rue et se trouva une place assise près d'une fenêtre. Le viaduc de Manhattan hissait les voies à une cinquantaine de mètres au-dessus du croisement avec Broadway, et si vous n'aviez pas le nez dans un bouquin, un journal ou le registre corné de vos regrets, la vue offrait un répit bienvenu entre deux tunnels obscurs. Pourtant, Carney ne lui trouvait aucun charme. En s'asseyant de l'autre côté il aurait couru le risque d'apercevoir son ancien appartement, collé aux rails, où il avait été de nombreuses années le témoin contraint du spectacle ainsi offert. Un numéro répété maintes fois par jour à l'identique, sans la plus petite variation, une exploration chorégraphique et bruitiste d'un unique aspect de la condition humaine : tu n'as pas les moyens de vivre ailleurs.

Grondements, grondements. Maintenant qu'ils vivaient à Strivers' Row, près de la 7e Avenue, il prenait moins souvent la ligne 1. L'eau avait suffisamment coulé sous les ponts pour qu'elle ne soit plus qu'un souvenir parmi d'autres d'une période de sa vie où rien n'était simple. Un jour c'était un échange tarabiscoté avec un voleur qui avait trop peur pour se montrer en plein jour, le lendemain une transaction avec un vendeur de diamants parano qui s'inspirait des romans d'espionnage pour fixer ses rendez-vous. Quel soulagement d'en avoir fini avec ces types, ce monde secret et ses rituels idiots.

Il réfutait toute insinuation selon laquelle son emménagement à Strivers' Row avait précipité sa retraite criminelle. Cela aurait sous-entendu qu'il était assez superficiel pour que cette nouvelle respectabilité le fasse renoncer à ses vieilles habitudes, le pousse à croire qu'il s'était élevé au-dessus des turbulences qui l'avaient pour ainsi dire formé. Il faudrait davantage qu'une auguste façade en brique jaune et calcaire pour cacher ses origines.

Elizabeth ne s'était jamais plainte de leur premier appartement. Lorsqu'un train s'arrêtait en crissant, elle interrompait sa phrase le temps qu'il entre en gare, une démonstration de flegme et d'élégance. « La reine Elizabeth attendant qu'un pet se dissipe », dit un jour Carney pour la taquiner, après quoi elle prit l'habitude de hausser un sourcil pour renforcer son effet, ajoutant une touche de dédain qui la rendait encore plus chic. Cela ne changeait toutefois rien au fait que cet endroit était un taudis. Une fois, un rat était sorti de la cuvette des toilettes, les moustaches ruisselantes. Des disputes venimeuses résonnaient dans les étages. Les vibrations du métro faisaient sauter tous les clous. Elizabeth avait fait preuve d'une retenue admirable. Maintenant que cet appartement était plusieurs années derrière eux, elle concédait enfin qu'il « ne manquait pas de caractère ».

Les quatre rangées de maisons mitoyennes composant Strivers' Row avaient été érigées dans les années 1890 à partir de plans dessinés par des architectes en vue. L'enfilade de la 138ᵉ Rue avait été conçue dans le style Renaissance italienne par Bruce Price et Clarence Luce ; Carney faisait semblant d'avoir entendu parler d'eux. Il avait découvert par hasard l'annonce dans le journal. Il ne lisait jamais les pages Immobilier, sauf ce jour-là. Lorsqu'ils visitèrent pour la première fois le numéro 237, vidé de ses meubles, des halos poussiéreux remplaçant les tableaux et les photos aux murs, silencieux à l'exception d'une insolente latte de parquet ici ou là, Elizabeth avait dit : « Je pourrais me perdre là-dedans », d'une voix dont le ton exquis laissait entendre qu'elle s'y voyait déjà. Cette maison pouvait être à elle, et d'ailleurs, en un sens, elle lui avait déjà appartenu : Elizabeth avait grandi tout près, dans une demeure à la disposition identique. Même plan, mêmes pièces. Elle avait quitté ce cossu quartier pour rejoindre Carney. S'installer ici, c'était à la fois un retour au bercail et une récompense pour son stoïcisme et son amour. Ils allaient l'acheter, c'était évident. À quoi bon mener une carrière criminelle régulièrement ponctuée d'éruptions de violence, si ça ne servait pas à rendre sa femme heureuse ?

Un soir, peu après leur emménagement, Carney rentra tard d'un rendez-vous avec Church Wiley, un cambrioleur de Baltimore qui montait à New York pour écouler sa marchandise. Toujours des bricoles de choix, mais risquées. D'où la nécessité de stratagèmes alambiqués lorsque Carney devait le payer : Frappe deux coups à la porte au bout du couloir du quatrième étage de tel immeuble abandonné dans la 167ᵉ ; Sors par l'arrière-salle du Blue Eyes, au coin de St. Nicholas et de la 156ᵉ ; Lance une rose dans la poubelle cabossée et compte jusqu'à cent, etc.

Cette fois, Church avait deux heures de retard et Carney poireautait dans ce qui ressemblait à un squat fraîchement déserté par des toxicos, probablement à la suite d'une descente de police ou d'un triple meurtre. Il n'y avait plus personne à l'intérieur de cette *brownstone* décatie, mais les traces des actes sordides qui y avaient eu lieu s'étalaient partout. C'était une froide nuit du mois de mars. La bise sifflait. Carney posa une fesse sur l'accoudoir d'un canapé Collins-Hathaway des années 1940 qui paraissait souffrant. Jamais encore il ne lui était venu à l'idée que des meubles puissent être malades, mais il apprit par la suite à identifier le phénomène, cette manie qu'ont les humains de tout contaminer. Enfin, Church arriva. Il passa l'endroit en revue et dit : « Ça s'est vraiment cassé la gueule, ici. »

Lorsque Carney rentra chez lui ce soir-là, Elizabeth somnolait devant *The Tonight Show*. L'humoriste Roscoe Pope faisait un sketch sur les vendeurs d'encyclopédies en porte-à-porte. Carney éteignit les lumières, puis il jeta un œil au deuxième étage, où May et John avaient chacun leur chambre. Les enfants dormaient profondément, bras et jambes écartés entre les draps. Il leur toucha le front du dos de la main pour prendre leur température.

Au lieu de réveiller sa femme, il lui descendit une couverture. Comme elle ne voulait pas entendre parler des nouveaux canapés bas qui faisaient fureur – ni à vrai dire de la plupart de ce que vendait Carney –, ils avaient toujours le Silver acheté trois ans plus tôt, en bouleau finition champagne. Il éteignit la télé. La silhouette de son épouse se dessina dans les ombres à mesure que ses yeux s'accommodaient à l'obscurité. Toute femme saine d'esprit l'aurait accusé d'avoir une maîtresse. La véritable raison de ses escapades lui aurait valu de passer vingt-cinq ans à Sing Sing. Qu'est-ce qui était préférable ?

Un rayon de la lumière du réverbère entrait par la fenêtre du salon et semblait tout purifier. Le silence et la tranquillité qui l'entouraient mirent Carney dans de bonnes dispositions pour arrêter. Sa décision était prise.

Se débarrasser des voleurs et des braqueurs ne fut pas un souci. Pour Chink Montague et Munson, ce fut une autre paire de manches. Carney donnait chaque semaine une enveloppe à Chink pour avoir le droit d'exercer. De manière générale, les conventions du type préavis de deux semaines n'ont pas cours chez les truands. Il informa Delroy, le porte-valise de Chink, qu'il cessait de revendre des marchandises d'occasion mais qu'il maintiendrait sa contribution hebdomadaire afin d'exprimer sa gratitude pour le travail accompli ensemble. L'enveloppe fut requalifiée en *protection*, et Carney relégué dans la catégorie des minables petits commerçants pressurés. Ce qu'il était et avait toujours été, sans l'ombre d'un doute.

Carney invita l'inspecteur au Nightbirds, et Munson porta un toast à sa retraite : « À l'anonyme le plus célèbre de Harlem. » Il vint chercher son aumône la semaine suivante, et aussi celle d'après, et puis il arrêta. Au bout d'un moment, il ne se présenta plus au bureau de Carney qu'à Pâques et à Noël afin de collecter un don « pour les veuves et les orphelins de la police ». Carney ne l'avait pas vu depuis trois ans.

En plus d'étendre son réseau d'extorsion, de cultiver des alliances criminelles et de maintenir parfois un peu l'ordre, l'inspecteur Munson était expert dans la résolution des situations épineuses. Cela pouvait supposer d'exfiltrer un sénateur par l'escalier de secours d'un bordel de Lexington Avenue lors d'une descente de police, ou de remettre à une maîtresse trop bavarde un aller simple pour Miami. Il avait certainement déposé un ou deux corps à Mount Morris Park quand c'était la mode.

Il pouvait aussi arriver que ses talents servent à dénicher une place pour l'événement de la semaine – le combat Frazier-Ellis au Garden, le concert de tel ou tel groupe en tournée. Carney l'avait entendu se réjouir d'emmener sa femme voir Frank Sinatra, d'emmener l'ex-femme de son ex-équipier rencontrer Vic Damone en coulisses, et d'emmener l'une de ses jeunes maîtresses voir le Dave Clarke Five au Carnegie Hall. Il ne savait pas ce que faisait l'inspecteur en ce moment, ni ce qu'il magouillait, mais si Munson avait le même carnet d'adresses qu'autrefois, ces places pour les Jackson Five étaient dans la poche.

À quel prix, ça, il l'ignorait.

Comme convenu, Carney attendit près de la cabine téléphonique face à la sortie nord-ouest de la station 157e Rue. Le minuscule square triangulaire était peuplé par six pigeons boiteux et trois bancs. COMIDAS, FARMACIA. À en juger par les panneaux et les enseignes, la présence des Portoricains et des Dominicains s'était accrue dans cette partie de Broadway depuis sa dernière visite. Sur la 125e, les juifs et les Italiens avaient cédé la place aux Noirs, et ici les Hispaniques succédaient aux Allemands et aux Irlandais lorsqu'ils libéraient leurs logements. Du barattage, partout du barattage.

Il avait du temps à tuer. Il téléphona chez lui et annonça à John qu'il rentrerait tard. « Il y a à manger dans le congélateur. Ta mère revient demain, elle te préparera sûrement quelque chose de bon. Si elle n'est pas trop crevée. » Le train de Chicago arrivait vers midi – ce serait l'un ou l'autre. En fond sonore, il entendit May se marrer. « Dis à ta sœur qu'elle est responsable de vous. » Il raccrocha.

Lorsque May était plus petite, son visage revêtait une expression bien particulière quand l'excitation la submergeait, un masque de joie. Elle tenait surtout d'Elizabeth, mais Carney était fier d'avoir apporté sa contribution. Avant cette histoire des Jackson Five, il n'avait pas eu conscience que cela lui manquait autant. Depuis quelque temps, la moitié de leurs conversations concernaient des tracts distribués dans la 125e Rue : « Tout ça, c'est parce que les Noirs n'ont pas le droit à un enseignement de qualité, papa. » Ces militants tendance Black Power étaient pires que des Témoins de Jéhovah. Ils l'arrêtaient dans la rue : « Que pensez-vous de la situation au Mozambique ? » Qu'est-ce qu'il y connaissait, au Mozambique ? Mais il suffisait que Carney crie à travers toute la maison que les Jackson Five passaient dans l'émission de Flip Wilson, ou que le poste Panasonic du salon laisse échapper les accords guillerets de « ABC », pour que le visage de May retrouve sa joie d'antan. Il allait lui dégoter ces places.

Des garçons occupés, ces Jackson Five. Carney ignorait s'ils avaient une activité sexuelle, mais ils lui faisaient l'effet d'une bande de jeunes sacrément délurés, la preuve en était qu'ils étaient sponsorisés non par une, ni deux, mais trois marques de céréales. À son immense dépit, May et John fredonnaient sans arrêt la mélodie des pubs Alpha-Bits : « Avec Alpha-Bits on fait la fête, on s'amuse de A à Z ! » Des paroles pas totalement absurdes, mais néanmoins idiotes. Les murs de May étaient tapissés de posters offerts dans les boîtes de Super Sugar Crisp ou les magazines *Flip* et *Tiger Beat*. Sa chambre était un temple en papier glacé, dédié aux garçons de l'Indiana. Sourire éthéré sur toutes les photos, ils dansaient, sautaient, lézardaient sur l'herbe, seuls ou en groupe, et bondissaient sur la scène dans des tenues bariolées funky ou des costumes futuristes argentés.

En mars, May s'était inscrite au concours organisé par *Teen Beat* pour tenter de remporter « un banana split avec Michael ! » et, en avril, à celui de *Tiger Beat* pour « une heure de roller avec Michael ! ». Mais elle n'avait pas gagné, malgré une impressionnante dissertation expliquant pourquoi elle méritait ces honneurs : « Michael est un homme du peuple, or j'appartiens au peuple. » Histoire de damer le pion à son concurrent Super Sugar Crisp, Alpha-Bits avait commencé à offrir en cadeau des flexi-disques de « ABC » et « I Want You Back », en réaction à quoi la marque Honeycomb s'était lancée à son tour dans la course aux gadgets. Son arme secrète : des ballons de baudruche à l'effigie des membres du groupe, qui reprenaient même la forme de leurs têtes. Des babioles plutôt sinistres, mais n'empêche que May ne baisserait pas les bras avant d'avoir celui de Michael.

La quête dura des semaines. Les supermarchés étaient déclarés « chanceux » ou « morts », les épiceries de quartier rayées de la liste ou fréquentées avec ferveur. La rumeur parmi les jeunes voulait qu'une bodega de la 132e ait reçu une cargaison. Carney y fut dépêché.

Il arracha le rabat de la boîte de céréales et farfouilla à l'intérieur. « Le Michael !

– C'est Marlon.

– Il ressemble vachement à Michael. » Ce nouveau Marlon rejoignit la ménagerie (quatre Jermaine, trois Jackie, quelques Tito et Marlon) qui se dégonflait peu à peu sur le rebord de la fenêtre de May. Il fallut quatorze boîtes. Comme tout le reste dans la vie, la promotion des Jackson Five était truquée. Carney approuvait : les gamins retiendraient la leçon.

Le téléphone à pièces sonna. « Dites “cheese”. »

Carney balaya les environs du regard. De l'autre côté de la rue, il repéra un restaurant, El Viejo Gallo. Il plissa les paupières. Peut-être y avait-il un téléphone dans le hall. Puis il leva les yeux : Munson pouvait se trouver dans l'un des immeubles entourant le square.

« Derrière vous », dit le policier.

Le bâtiment, haut de neuf étages, se dressait à la pointe sud d'un bloc triangulaire, délimité à l'est par une rue dont il n'avait jamais entendu parler – Edward M. Morgan Place –, qui devenait Riverside Drive cent cinquante mètres plus loin. Cent cinquante mètres. Morgan aurait mieux fait d'exterminer davantage d'Indiens ou de voler davantage d'argent, tout le monde sait qu'il n'y a pas de meilleur moyen pour avoir une longue rue à son nom. Carney sonna à l'interphone, Munson le fit monter.

Lorsque l'ascenseur s'ouvrit, l'inspecteur tenait la porte de l'appartement entrebâillée, sa posture indiquant une arme dissimulée derrière le battant. D'un mouvement de tête, il fit signe à Carney d'approcher, puis s'assura qu'il était venu seul.

Le deux-pièces avait été découpé dans un appartement plus vaste, les nouveaux murs interrompant sèchement les moulures décoratives. Munson l'invita à faire comme chez lui et rangea son .38 de service dans son étui.

La pièce était un vrai capharnaüm – si Carney avait vécu là, ses enfants auraient dû passer le balai pour mériter leur argent de poche. Aux dernières nouvelles, Munson habitait *downtown* avec son épouse. Cette piaule était une planque, juste assez meublée pour être habitable. Et pour inviter une fille, éventuellement, à condition de ranger un peu. Aucun effet personnel en vue hormis un diablotin en céramique de style chinois, haut d'un mètre, rouge et noir, qui avait tout d'un souvenir raflé dans les derniers instants d'une murge de vingt-quatre heures. Il reposait contre le mur à un angle de quarante-cinq degrés, avec l'air de fuir une scène pas très ragoûtante.

Munson devança Carney et ferma la porte de la chambre avant qu'il puisse voir ce qu'il y avait à l'intérieur.

« Un cadavre ?

– Des Miss Météo qui sont restées dormir. »

Ils prirent place sur le canapé, un machin défoncé et sans doute acheté dans une solderie. Munson s'y laissa tomber avec un soupir. Il avait une sale mine. Blafard, pas rasé, des épis blonds rebiquant autour d'une calvitie récente. Lorsque Carney avait fait sa connaissance, il était solide, une vraie armoire à glace, le genre de flic à qui on évite de chercher des noises. Mais l'inspecteur s'était ramolli au fil des ans et des avantages inhérents au métier : steaks offerts et tournées du patron. Autrefois, sa silhouette l'apparentait à un sac à linge sale monté sur une paire de jambes, mais il avait perdu une grande partie de cette masse, maigri d'une manière qu'on aurait pu attribuer à un exercice régulier si l'on n'avait pas su que c'étaient ses angoisses qui le rongeaient.

Munson porta sa canette de National Bohemian à ses lèvres et en but une longue lampée.

« Vous faites une pause dans la chasse à l'homme ? » demanda Carney.

Munson lui lança une canette, Carney la posa sur la table.

« Question de temps. Vous saviez que ces salopards ont volé les revolvers de service des collègues ? » Munson rota. « C'est pareil que si on vous prenait votre bite.

– J'imagine.

– Tout le monde est sur la brèche pour retrouver les armes de ces pauvres gars et les crevures qui leur ont tiré dessus. On fait pour eux ce qu'on aurait voulu qu'ils fassent pour nous.

– Vous avez du monde chez les Panthers ? Des infiltrés ? »

Munson prit un air dégoûté. « Vous avez bien vu le résultat du procès. Ça aurait dû être dans la poche, mais ils ont été trop pressés. »

À l'époque des manifs de 64, Munson avait parlé à Carney des jeunes agents qu'ils avaient infiltrés au sein du Congrès pour l'égalité raciale et du Comité d'organisation étudiante non violente dans l'optique d'étouffer les soulèvements. Si ce policier blanc l'avait mis dans la confidence, ce n'était pas parce qu'il avait confiance en lui, mais parce que Carney, vendeur de meubles, n'incarnait pas une menace. Qu'aurait-il pu faire, écrire à l'*Amsterdam News* ? Les flics blancs ne craignaient rien. Quant à ceux qui étaient corrompus, ils devenaient carrément intouchables.

Munson avait fait son apparition un beau jour, poussé tout seul comme une verrue. Avant le casse de l'Hôtel

Theresa, en 59, Carney n'était qu'un receleur occasionnel – un peu d'électroménager, parfois un pendentif en émeraude piqué dans le secrétaire d'une veuve. Contre un petit pourcentage, il servait d'intermédiaire entre les malfrats et un joaillier de Canal Street. Et puis Chink Montague avait fait courir le mot qu'il cherchait à récupérer un article volé au Theresa – un collier qu'il avait offert à sa chère amie Lucinda Cole. Les fourgues d'*uptown* avaient été informés, et le nom de Carney ajouté au bottin du crime.

Peu de temps après, Munson était venu lui demander un tribut hebdomadaire, en partie pour éviter que Carney ne l'oublie et en partie pour draguer sa secrétaire, Marie, encore célibataire à l'époque. L'inspecteur s'était révélé précieux quelques années plus tard, lorsque Carney avait voulu se venger de Wilfred Duke, le banquier véreux de Harlem, mais il y avait longtemps qu'ils n'avaient pas fricoté ensemble.

« J'ai quelque chose à vous montrer », dit Munson. Il disparut dans la chambre, tirant la porte derrière lui.

Carney était maintenant certain qu'il y avait au moins un cadavre là-dedans. Qu'est-ce qu'on ne ferait pas pour sa fille.

Il alla jusqu'au nez de la pièce, la pointe de l'immeuble. Le huitième étage offrait une vue spectaculaire sur Broadway, l'Hudson qui jouait à cache-cache vers l'ouest, et, par-dessus le toit des immeubles, la végétation resplendissante du parc St. Nicholas. Un joli poste de guet, qui permettait de surveiller à la fois les bouches de métro et le petit square triangulaire. Il y avait même un fauteuil de réalisateur et une caisse de lait contenant un cendrier et des canettes vides.

« Pour voir qui arrive, dit Munson en revenant avec un sachet brun.

– Vous vous planquez ? » Carney avait réussi à le joindre au poste de police, mais l'inspecteur se comportait comme s'il était en cavale.

« J'ai deux-trois bricoles à régler. » Munson balaya la pile de journaux et les emballages de sandwichs qui encombraient la table basse. À l'intérieur du sachet en papier se trouvait un autre sachet chiffonné, dans lequel Munson piocha de pleines poignées de bijoux en diamant. De belles pierres, serties d'or et de platine. Il toussa et gratta sa barbe de trois jours.

Carney s'agenouilla devant le monticule de bijoux. Démêla les pièces, un peu dégoûté par ce manque de respect. Il était un peu rouillé, mais il crut distinguer un grand nombre de Marjorie Baxter, luxueux plastrons et rivières fabriqués à Boston dans les années 1940. Les plus petites pièces dataient de la même époque et étaient aussi de conception américaine, à l'instar des ras-de-cou Louis Long et des deux bracelets Raymond Yard en diamants et rubis. Le type d'assortiment qu'on obtenait quand on braquait un collectionneur ou raflait ce qu'on pouvait dans une vitrine au milieu des beuglements de l'alarme. « C'est ça que vous faites en ce moment ? » demanda Carney.

Munson but une grande gorgée. Penché en avant telle une gargouille dans son fauteuil de réalisateur, il avait les yeux sur la joncaille. « C'est juste pour une fois. Qu'est-ce que vous en pensez ?

– Que quelqu'un a fait un joli coup. » Autrefois, Carney se serait tenu au courant de l'actualité des braquages et aurait su d'où provenait cette cargaison.

« Joli comment ? fit Munson.

– Au doigt mouillé, je dirais deux ou trois cent mille. Selon qui vous la rachète. »

Munson tapa des mains. « Formidable. J'en ai besoin ce soir. »

Un usurier qui lui mettait le couteau sous la gorge, ou peut-être un book. Munson avait le même regard que les semaines où il venait chercher son enveloppe avec quelques jours d'avance. Un pari sur le mauvais cheval, un tuyau percé. Carney l'avait rarement vu ainsi – un pékin ordinaire, assujetti à des puissances supérieures. Carney se leva. « J'ai raccroché, Munson.

– Dites-vous que c'est juste un petit écart. »

Tout dans l'attitude de Carney disait non. « Il faut que je retourne au bureau.

– Je ne crois pas que ce soit une bonne idée. »

Carney n'apprécia pas le ton de sa voix. « Vous n'avez pas besoin de moi.

– Je ne vais pas vous mentir, ça chauffe pas mal en ce moment. Vous lisez les journaux ? Vous avez entendu parler de la commission Knapp qui enquête sur les flics ?

– Sur vous ?

– Moi ? » Un sourire malicieux. « Je vais devoir me faire discret pendant quelque temps. Mais vous… Vous êtes à la retraite. Personne ne s'intéresse plus à vous.

– Personne ne s'intéresse à moi parce que je ne suis pas intéressant.

– Les Jackson Five, dit Munson.

– Pour ma fille.

– Vous avez une fille ?

– Vous le savez parfaitement.

– Je vais vous avoir des places. Je peux avoir des places pour tout. Je vous ai raconté que je suis allé voir Vic Damone en backstage ? Il vient de Brooklyn, il est resté simple. Pas comme d'autres branleurs… »

Des sachets en papier kraft. Quelle honte. Ça ôtait tout romantisme à la chose. Car il se trouvait que Carney en pinçait pour ces pierres. « De bonnes places, dit-il. Près de la scène.

– Je connais tout le monde et tout le monde me doit quelque chose. » Munson sourit. « Combien de temps ça va prendre ? »

Ils tombèrent d'accord sur les places de concert. Carney repartit avec les sachets, les tenant par en dessous comme s'ils contenaient des gobelets de café qui fuyaient.

3

Signe que la ville battait de l'aile, l'Upper East Side commençait lui aussi à tirer la gueule. Çà et là Carney notait que l'environnement se dégradait : un graffiti inachevé sur le rideau métallique d'une pharmacie désaffectée ; une grappe de poubelles qui débordaient et auraient dû être ramassées depuis longtemps ; les débris d'un pare-brise explosé, petits cubes de verre ressemblant à des dents expulsées sur l'asphalte. Et cette tendance marquait aussi le visage des habitants du quartier, l'abattement y remplaçait les sourires, et dans leurs yeux on décelait un désespoir vague et amorphe au lieu de leur habituelle joie suffisante. Oui, le déclin était partout, dans tous les quartiers. Menaces de grève et de débrayages, souillure jaune de la pollution dans le ciel, sous les pieds un béton dangereusement fissuré. Le déclin gagnait les habitants, une pénombre sortie de l'East River qui envahissait la vaste cité et leur faisait comprendre que les choses n'étaient plus comme avant et qu'elles ne le redeviendraient pas de sitôt.

Les affaires continuaient.

Carney avait toujours la carte : Martin Green, Antiquités. Pourquoi ne l'avait-il pas jetée ? Parce qu'il savait, ou espérait, que ce jour viendrait. Un voyou reste un voyou.

Green vivait près du croisement de la 82e et de York, dans un immeuble en brique blanche crénelé de terrasses étroites et doté d'un hall en retrait de la rue. Afin de compenser le modernisme de l'édifice, le portier avait été affublé d'une livrée à l'ancienne, rouge et noire, le faisant ressembler au chef d'une fanfare qui aurait déserté. Il appela l'appartement.

Martin Green était le dernier contact de Carney pour écouler des pierres précieuses. Le vent avait tourné pour ses anciens interlocuteurs de confiance. Boris le Moine s'était fait serrer avec le butin volé dans le penthouse d'Ellen Fox-Worthington, sur la 5e Avenue. Habituellement, l'héritière était cantonnée à la rubrique potins ; grâce à ce cambriolage, elle accéda à la une. Les flics s'étaient mis sur le pied de guerre, et Boris tirait maintenant huit à douze ans dans la prison du comté de Clinton. Celle-là même où Buxbaum, le contact historique de Carney, était mort au printemps – cancer du côlon. L'appartement d'Ed Brody, dans Amsterdam Avenue, avait été visité tant de fois que Brody avait fini par s'inscrire à des cours du soir pour devenir agent immobilier. Il avait déménagé en Floride et vendait à présent des terrains proches des marais à différentes variétés de pigeons. Carney recevait une carte postale tous les ans à Noël : « Je me fais mille fois plus de blé qu'à l'époque où j'écoulais des cailloux. »

Il y avait bien des nouveaux, mais Carney n'avait pas le temps de réaliser une étude de marché. Martin Green était son unique plan. Un coup de téléphone confirma qu'il était toujours en activité, et après un saut au magasin pour troquer les sachets en papier contre sa mallette en cuir noir, Carney sauta dans un taxi, direction *downtown*.

Green avait poussé la porte de son magasin un jour d'automne 69. Carney avait parfois des clients blancs – habitants historiques du quartier, étudiants, couples intrépides en quête d'un loyer abordable et que la décrépitude de Harlem n'effrayait pas. À la seconde où il avait aperçu Green, il avait su que ce jeune mec n'appartenait à aucune des trois catégories. Planté devant une sculpture murale d'Esme Currier, une dentelle de cuivre et d'acier surmontée de croissants bleus et verts, il l'examinait en suçotant une branche de ses lunettes comme s'il était planté sur le marbre froid d'un musée. « Je l'adore, avait-il dit sans laisser le temps à Carney d'ouvrir la bouche. Je peux repartir avec ? »

Il portait un costume en lin blanc et une chemise jaune satinée, trois boutons ouverts sur une peau laiteuse, des taches de rousseur et un pendentif en turquoise. À se balader attifé comme ça, Green avait eu de la chance de ne pas s'être fait dépouiller. De la pure inconscience.

Dans le bureau, il exposa la véritable raison de sa visite : il venait proposer ses services de revendeur. Il était ami avec Harvey Moskowitz, l'ancien contact de Carney, qui l'avait rencardé sur le caractère incontournable de ce dernier dans le commerce *uptown*. « Il m'a dit que vous étiez honnête, expliqua Green. Et que vous aviez une clientèle trop souvent négligée. »

Une clientèle trop souvent négligée, un euphémisme amusant pour parler des *voyous noirs avec qui les fourgues de* downtown *refusaient de traiter*. Carney demanda à Green si Moskowitz lui avait raconté pourquoi ils ne travaillaient plus ensemble.

« Il m'a fait part d'un incident, en ajoutant que c'était entièrement sa faute. » Green remarqua le coffre Hermann Bros. « Oh, quelle splendeur. »

La fraternité secrète unissant les amateurs de la marque. Green déroula son speech. À l'instar de Moskowitz, il était le fer-de-lance d'un réseau européen. Tout ce qui atterrissait entre ses mains quittait le pays dans les soixante-douze heures. Il était prudent et discret, du moins c'est ce qu'il affirmait. Personne n'avait rien contre lui – ni la pègre, ni les flics, ni les Fédéraux – et il n'avait pas l'intention que ça change.

« Tout ça pour dire, conclut-il, que si un jour vous cherchez un débouché, je suis votre homme. » D'un geste du pouce, il désigna la salle d'exposition. « Et pour revenir à ce Currier… Je le trouve vraiment magnifique. » Il préleva quelques billets dans une liasse.

Carney l'aimait bien – malgré sa proximité avec Moskowitz, qui l'avait jeté au feu la dernière fois qu'ils s'étaient vus. Mais le vendeur de meubles avait raccroché, et ses pensées pouvaient désormais rester plusieurs heures d'affilée sur le droit chemin sans en dévier.

Il avait tout de même gardé la carte de Green.

Il ignorait quel taux il pratiquait, mais c'était pour Munson et le flic était pressé, Carney n'allait pas se casser la tête. Il serait bientôt dix-neuf heures trente. L'affaire pourrait être pliée le soir même, tout dépendait de Green. Ou bien il avait la somme à disposition, ou bien il ne l'avait pas. L'inspecteur devrait peut-être patienter jusqu'au lendemain – à moins que Carney n'avance l'argent ce soir-là.

Qu'il outrepasse son rôle d'intermédiaire. S'il s'en tenait à un échange de bons procédés pour toucher des places de concert, il parviendrait à se persuader qu'il était toujours rangé. Mais s'il allait plus loin…

« Appartement 19J, dit le portier. Vous pouvez monter. »

Le vestibule ouvrait sur un séjour moderne et spacieux, double exposition nord et ouest. Le centre était occupé par un salon en contrebas, des banquettes en vinyle vert entourant une table basse en noyer. Les autres éléments – le mobilier de salle à manger, la chaise longue, les deux lampadaires incurvés – étaient composés d'un assortiment de chrome, cuir, fourrure et plastique. Un intérieur à la Barbarella. Il y avait eu un moment, au cours de l'automne 67, où Carney avait tenté de proposer ce style européen et froid : un bide. Ses clients le regardaient comme s'il essayait de leur jeter un sort. Moins coûteuse que le reste, la sculpture murale que Green avait achetée à Carney s'intégrait pourtant parfaitement à l'ensemble.

« Ravi que vous soyez venu », lui dit Green. Son sourire était à la fois travaillé et sincère. Il était vêtu d'une veste Nehru et d'une chemise rose et violet à motif cachemire. Une mélodie psychédélique, dégoulinante de cithare, s'écoulait de la chaîne hi-fi.

Carney admira la vue pendant que Green lui servait un soda. Quelques mois plus tôt, l'appartement aurait offert un panorama dégagé sur Randalls Island et le Queens, mais à présent de nouveaux immeubles résidentiels hissaient leurs étages par dizaines dans toutes les directions, les lumières des chantiers éclairant le squelette des futurs appartements. Cette course au ralenti.

« Le Queens, le Bronx, reprit Green. Vous savez ce qu'on ne voit pas, d'ici ? Brooklyn. On lui tourne le dos. » Puis il en vint au fait : « Voyons voir ce que vous avez pour moi. »

Ils s'installèrent à la table de la salle à manger. Après un rapide coup d'œil dans la mallette, Green dit : « Où avais-je la tête ? » et attrapa un grand carré de feutre noir sur une petite table chromée. « Je peux ? » Il y disposa les pièces avec un soin religieux. Des gants s'étaient matérialisés sur ses mains.

Carney retourna à la fenêtre pour le laisser travailler. Il avait tout mémorisé, rien ne disparaîtrait pendant qu'il regardait ailleurs. Ces immeubles… Ils lui donnaient l'impression d'accumuler les étages pour échapper à la folie de la rue. Persuadés que l'éloignement mettrait leurs occupants à l'abri. La semaine passée, la mairie avait publié les nouveaux chiffres de la criminalité et la presse en avait fait ses choux gras : L'EMPIRE DU CRIME, LA VILLE DES MEURTRES, LE VER DANS LA POMME. Au cours des dix dernières années, les homicides avaient quadruplé ; viols, cambriolages et vols de voiture avaient atteint des sommets inégalés, plus moyen de faire cent mètres sans que des bandes armées vous tombent dessus, etc. Les statistiques étaient présentées sous forme de liste, imprimées avec une encre bas de gamme qui tachait les doigts comme du sang.

La 125e Rue n'avait pas eu besoin des journaux pour en prendre conscience, mais ces articles aideraient peut-être la population vivant sous la 96e à ouvrir les yeux. Certains Blancs fuyaient vers Long Island et les diverses constellations de la banlieue, tandis que d'autres s'élevaient, un étage après l'autre. On peut arriver à court de terre, pas de ciel.

« Vous n'êtes plus à la retraite ? » lui demanda Green. Son verdict : il appréciait énormément ce qu'il avait sous les yeux.

« Juste pour cette fois, répondit Carney.

– Tout ceci est absolument sublime. Marjorie Baxter ? Mais ça fait seulement une semaine et la police les recherche, je vais devoir décliner. » Il retira ses gants. « Si on vous propose autre chose, n'importe quoi, je serais ravi d'avoir la primeur.

– Ça fait seulement une semaine que quoi ? »

Green haussa les sourcils, surpris que Carney ignore, ou prétende ignorer, la provenance des bijoux. Il ouvrit le bar (une imitation Maison Jansen rehaussée de chrome) et déverrouilla un compartiment dans son socle, où il prit un dossier.

Le format des communiqués de police avait changé depuis que Carney avait cessé de suivre l'actualité. Ils étaient devenus plus agréables à l'œil. L'inventaire du vol à main armé de la joaillerie J.M. Benson correspondait à ce que Munson lui avait refilé. Les suspects : quatre hommes noirs, vingt à trente ans, taille moyenne. Si on déduisait l'inflation ajoutée à destination de l'assurance, Carney avait correctement estimé la valeur des pierres.

Green réitéra son souhait que Carney l'appelle la prochaine fois qu'il chercherait un associé, mais pour cette fois c'était hors de question. « Il paraît que c'est la Black Liberation Army. Ça fait quelques mois qu'ils enchaînent les braquos. Les cambriolages. Entre ça et les flics assassinés, personne ne veut traiter avec eux. »

Évidemment. Des voleurs noirs n'auraient pas cassé une bijouterie de l'East Side en plein jour. Il n'y avait que des extrémistes acharnés et des révolutionnaires fous pour faire un coup pareil. Green avait beau tourner le dos à son quartier d'origine, sa manière de dire « ils enchaînent les braquos » trahissait son enfance à Brooklyn.

Il ajouta : « D'après Moskowitz, votre relation s'est interrompue à cause de ce qu'il a qualifié de "marchandise très voyante". Je suis navré que les circonstances se répètent.

– Il m'a balancé.

– Pas très sympa, répondit Green avec un dégoût visible. Je lui ai demandé qui était l'homme le plus honnête avec qui il ait travaillé, il m'a donné votre nom.

– D'accord.

– Il est mort l'année dernière. Tombé raide dans son salon.

– Ça a été rapide, apparemment. » Moskowitz l'avait vendu aux hommes qui avaient tué son cousin. Carney s'était parfois laissé aller à imaginer sa vengeance avec un luxe de détails, mais il avait cessé lorsqu'il s'était retiré. Si on n'arrête pas totalement, on n'arrête pas du tout.

Il remballa ses brillants.

Dans la rue, Carney décida de marcher un peu avant de prendre un taxi. Les soirées de juin comme celle-ci, avant que l'été ne s'abatte, étaient rares à New York, aussi rares que les maires intègres ou les terrains de jeu sans bouteilles cassées ni junkies dans les vapes.

Si Munson devait rembourser un book le soir même, ce ne serait pas avec le butin de J.M. Benson. La BLA… Pas étonnant que l'inspecteur soit à cran. Munson les avait-il engagés pour ce casse ? Carney n'aurait pas été surpris qu'il s'associe à des tueurs de flics, s'il y avait de l'argent à la clé. Cela dit, avec tous les poulets des cinq arrondissements qui cherchaient les hommes de la BLA… Non, le plus probable était qu'il les avait entubés. Et peut-être abattus dans la foulée. Les Blancs n'avaient plus de limites ces temps-ci.

Le peu que Carney savait de cette histoire était déjà bien assez dangereux. Le moment était venu de dire stop. Il allait retourner dans la 157ᵉ, rendre ses pierres à Munson et on n'en parlerait plus. Il prit la 38ᵉ en direction de l'ouest, s'arrêta dans une cabine téléphonique et annonça aux enfants qu'il serait de retour pour vingt-deux heures.

Le lendemain, Elizabeth rentrerait de voyage et cette brève incursion dans son ancien métier serait derrière lui. Elle était partie douze jours. Un soir, en avril, alors qu'ils regardaient les infos sur leur canapé, elle lui avait dit : « Tu trouves pas ça un peu bizarre que j'envoie les gens dans des endroits où j'ai jamais mis les pieds ? »

Elizabeth avait beau expédier ses clients aux quatre coins du globe, elle s'aventurait rarement hors de la ville. La famille était partie en vacances à San Juan et à Montego Bay, mais ça s'arrêtait là. C'était Elizabeth qui dirigeait pratiquement l'agence depuis que son fondateur, Dale Baker, lui en avait cédé la gestion quotidienne. Elle avait rebaptisé la boîte, craignant que la connotation nationaliste de Black Star ne rebute les clients les plus conformistes. Seneca Travel & Tour se portait bien, Elizabeth engrangeait sans cesse de nouvelles responsabilités, et pourtant elle continuait d'esquiver les conventions et les voyages d'affaires, n'avait même jamais visité les agences d'Atlanta, de Los Angeles et de Chicago. Chaque fois que Carney insistait pour qu'elle accepte une invitation, elle faisait non de la tête. « Tu me connais », disait-elle.

Une partie de ses craintes venait du fait de voyager seule, craintes d'autant plus fortes qu'elle était une femme noire. Elle concevait pour ses clients des itinéraires sûrs et ponctués d'étapes accueillantes, malgré la répugnance que lui inspiraient certaines destinations. « Même pour un million de dollars, je ne foutrais jamais les pieds à Birmingham. Saloperies de ploucs. » L'autre partie venait du fait de laisser May et John, surtout à l'époque où ils étaient encore petits.

Et puis sa mère, Alma, était morte. Elle manquait énormément à Elizabeth. Moins à Carney. Depuis qu'ils étaient mariés, Alma n'avait cessé de fourrer son nez dans leurs affaires, de se lamenter qu'il ne méritait pas sa fille, de critiquer son magasin, sa façon de parler, son histoire familiale peu ordinaire. Elle incarnait les vertus qu'on attribuait traditionnellement aux résidents de Strivers' Row : bienséance, rectitude et raffinement. On ne pouvait pas en dire autant de son gendre. Tout le contraire d'Alexander Oakes, l'élégant jeune homme qu'Elizabeth connaissait depuis toujours et qui travaillait maintenant à la mairie. Voilà plutôt l'homme qu'il aurait fallu à sa fille.

Carney avait lu dans un magazine un article sur l'espérance de vie moyenne et conclu qu'il pourrait supporter le mépris de ses beaux-parents. Et puis un revers de fortune les avait forcés à vendre la maison natale d'Elizabeth. Quelques années plus tard, Carney emménageait dans Strivers' Row. Pour Alma, c'était l'évidence : non content de voler leur fille, ce nègre des rues avait réalisé le coup du siècle en leur prenant jusqu'à leur quartier.

À chaque visite, elle revivait le trauma de ce larcin. « Ça a tellement changé », maugréait-elle en suspendant son manteau en fourrure dont le bas s'élimait et qui perdait ses poils. Naguère, les quatre rangées de maisons étaient une oasis de solennité que n'atteignaient pas les soubresauts de Harlem. Hélas, la détérioration ambiante avait fini par franchir l'avenue. La jeune génération divisait en trois ou quatre appartements les maisons de son enfance, des bailleurs cupides découpaient de majestueuses demeures en studios pour fainéants et poivrots. De l'autre côté de la 7ᵉ Avenue se multipliaient les « maisons de drogués », comme les appelait Alma, coincées entre des immeubles incendiés, avec des vendeurs d'héroïne postés à chaque coin. Une année, à Noël, un arracheur de sacs à main l'avait bousculée et elle s'était cassé la hanche en tombant sur le trottoir. « Je ne reconnais plus le quartier. »

Après la crise cardiaque qui avait emporté Alma, Elizabeth s'était emmitouflée dans son chagrin. Carney ne savait pas comment la consoler. Ce n'était pourtant pas faute d'essayer. Il avait perdu sa mère lorsqu'il était encore enfant, à un âge où il n'était pas équipé pour lui faire des adieux convenables. La mort de son père, en revanche, avait été une bénédiction : il avait découvert une liberté nouvelle, une atténuation des symptômes. Conséquence de tout cela, il ne pouvait porter qu'un regard extérieur sur le deuil de sa femme.

Elizabeth s'était jetée à corps perdu dans le travail, rentrait rincée du bureau et se laissait tomber sur le canapé du petit salon, malheureuse et mutique, jusqu'au moment où elle sombrait dans le sommeil. Depuis qu'elle avait passé le cap de la quarantaine, elle n'avait plus autant d'énergie pour l'invective, mais elle était devenue experte en jurons variés. Autrement dit, les années ne l'avaient diminuée en rien. May et John voyaient en leur mère une femme patiente et ferme, si bien que ses nouveaux accès de colère les prenaient de court. Mère et fille s'affrontaient sans relâche, surtout lorsqu'une des deux reconnaissait chez l'autre un de ses traits de caractère qu'elle se sentait obligée d'annihiler.

Elizabeth avait planifié ce voyage d'affaires pour le printemps. Au programme : la tournée des hôtels qui ouvraient à Miami, puis des sauts à Houston et à Chicago pour passer un peu de temps avec les équipes de ST&T, et enfin retour par le Lake Shore Limited, la ligne reliant Chicago à New York. Elle avait pris des billets de train pour des dizaines de milliers de personnes alors qu'elle-même n'avait jamais voyagé par le rail. « Ça va être l'aventure », disait-elle.

Carney espérait que ce périple l'aiderait à surmonter sa tristesse. Douze jours loin de la maison. Lui non plus n'était pas un grand voyageur – il ne s'était jamais absenté plus de cinq jours. Même le croisement de la 83e et de la 3e lui semblait être une terre étrangère, maintenant qu'il le considérait avec attention. Les vitrines étaient moins encombrées, et décorées de façon plus discrète, comme pour ménager les sensibilités raffinées. Sur les enseignes du fleuriste, du papetier et du teinturier s'étalaient des lettrages sûrs de leur classe. On savait tout de suite qu'on y serait bien traité. Carney se demanda si leurs concepteurs ségréguaient les plus belles lettres. Ça lui fit penser qu'il était temps de moderniser la devanture du magasin. Il prit des notes.

En ce début d'été, le béton et l'asphalte n'avaient pas

encore commencé à recracher durant la nuit la chaleur accumulée tout le jour. La brise charriait une odeur qui n'était pas celle des ordures et des eaux usées. Un homme plus instruit que lui aurait su identifier les différentes espèces de plantes, mais Carney estimait simplement que ça sentait « les arbres » – ceux qui, plantés à intervalles réguliers dans les trottoirs, s'accrochaient à la vie. Il y avait des années que Carney n'avait pas arpenté cette partie de l'East Side. S'il n'avait pas trimballé une mallette remplie de bijoux volés, il serait rentré chez lui. Mais les coins mal famés étaient trop nombreux entre ici et Strivers' Row. Pourtant, qu'il était doux de songer que la ville avait été un jour suffisamment sûre pour que chacun puisse aller à pied où bon lui semblait.

Quand il se baladait *uptown*, Carney aimait jouer à « Est-ce que j'ai des trucs ici ? », un jeu qui consistait à tester diverses manières de calculer jusqu'où ses meubles s'étaient propagés dans Harlem. Tant de pièces vendues à tant de clients sur tant d'années, à quoi s'ajoutaient des variables temporelles qui compliquaient l'équation – dilution causée par la construction de nouveaux logements, variation de la population, fréquence des rénovations. Il avait une carte mentale semblable à celle des feuilletons policiers, criblée d'épingles rouges délimitant les zones où il était très présent, un peu moins, et pas du tout. Où se trouvait l'épingle la plus au sud, la frontière australe de son activité ? Sur la 94ᵉ, peut-être. Et à l'est ? Où commençait-elle, cette barrière invisible qui séparait sa ville de celle des Blancs ?

Le premier coup sur le crâne le fit chanceler. Le second, aux reins, le propulsa contre une camionnette bleue garée le long du trottoir. SULLIVAN – RÉPARATION ET RESTAURATION DE MOBILIER. Le passage de roue était mangé par la rouille – dans la seconde où il le vit de près, il lui trouva une ressemblance avec un biscuit rongé par une souris. L'homme le souleva et le plaqua contre la tôle. Carney commença par chercher de l'aide – la 83ᵉ était déserte –, puis il découvrit le visage de son agresseur. Il ne parvint pas à le remettre, jusqu'au moment où l'homme ouvrit la bouche. « Je croyais t'avoir perdu. »

Carney se souvenait que Munson avait commencé à bosser avec Buck Webb lorsqu'il avait quitté les mœurs pour venir à Harlem. L'affabilité de l'inspecteur estompait les disparités entre les flics blancs et les personnes qu'ils étaient payés pour servir. Buck Webb, lui, ne voyait pas l'intérêt d'arrondir les angles. C'était un flic à l'ancienne, cou de taureau et bras de bûcheron. Quand on grandit *uptown*, on se forge avec les années une image type du flic blanc. Buck Webb collait au stéréotype terrifiant composé par toute une génération de jeunes Noirs. Les temps changeaient. Pas les types comme lui.

Carney avait vu quelquefois les deux équipiers ensemble – en train d'emmerder un frère sur le trottoir d'en face, ou de surgir de derrière un capot –, mais les présentations officielles avaient eu lieu un soir au Nightbirds. Les poulets venaient de secouer un petit escroc au fond du bar et l'avaient abandonné avec son humiliation et son nez cassé. Lorsqu'il était calme, Webb était aussi blanc que le ventre d'un poisson, mais il devenait écarlate dès l'instant où il se mettait en colère, à l'image des lézards dans les documentaires animaliers. Il était donc rouge vif quand le duo avait traversé la salle, échauffé par la violence. Munson s'était arrêté pour dire bonjour à Carney et lui avait présenté son équipier. Un bonjour à entendre comme un « à demain », puisqu'il devait venir chercher son enveloppe.

« Carney ? avait fait Buck Webb. Le fils de Michael Carney ? »

Carney avait cligné des yeux.

Webb avait éclaté de rire. « Tu sais, Munson, j'ai chopé cet enfoiré tellement de fois que j'ai fini par demander qu'ils installent un tourniquet à l'entrée du poste. Et le fiston, c'est quoi son histoire ? »

Munson avait posé une main sur l'épaule de Carney afin d'apaiser les esprits. Jamais dans l'histoire de l'humanité un Noir n'avait levé la main sur un flic blanc au Nightbirds, mais le geste n'en était pas moins lourd de sens. « C'est un citoyen exemplaire, avait répondu Munson. Allez, on décolle. » Il avait adressé à Carney un regard neutre, qui dans pareille situation avait valeur de sympathie.

« Si je me rappelle bien on l'appelait Big Mike », avait ajouté Webb. Il s'était tourné vers la porte. « Honnêtement, il était pas si balèze. »

Et ça avait été tout. Carney voyait rarement Webb. Quand Munson était avec son équipier, cela signifiait, au choix, qu'il faisait son travail de policier ou qu'il était sur une filouterie de plus haut niveau, rien à voir avec Carney dans les deux cas. C'est quand Munson venait, tout seul, lui taper sur l'épaule, qu'il avait intérêt à surveiller son portefeuille. Webb se faisait si rare que Carney demandait souvent : « Où est-ce qu'il est, Buck Webb ? » Pour se moquer du racket exercé par Munson, mais surtout parce qu'il ne voulait rien avoir à faire avec Webb et ses méthodes de cow-boy.

Et tout à coup le voilà qui se matérialisait, tel un cauchemar, en pleine 83e. Buck Webb ramassa la mallette. « T'as ma marchandise ? » Le poids lui fournit la réponse qu'il espérait. « Quand je t'ai vu sortir du taxi et rentrer direct dans l'immeuble, j'ai cru que j'étais baisé. » Il secoua de nouveau la mallette.

Au carrefour, une vieille dame blanche qui tirait un chariot de courses s'arrêta pour observer la scène. Webb leva les pouces en l'air et se retourna vers Carney. « Je connais cette expression. T'es en train de piger que Munson t'a baisé. » Il lui envoya son poing dans le ventre. « Tu lui diras qu'il sait comment me contacter. On peut régler ça rapidement. Régler ça comme deux Blancs. »

4

Au retour du vendeur de meubles, Munson était à la fenêtre, vêtu d'un débardeur imbibé de transpiration, l'avant-bras gauche dans un bandage. Des empreintes digitales ensanglantées dessinaient des pétales de rose sur le tissu. Il écrasa une canette de National Bohemian, la lança en direction de la cuisine et rangea prudemment son bras blessé dans sa chemise. « Je suis allé collecter une enveloppe, expliqua-t-il à son visiteur. On s'est empoignés. Et vous ? »

Munson regarda Carney gagner le canapé d'un pas raide, une main sur le ventre, puis lui raconter sa mésaventure en tâtant doucement l'arrière de son crâne.

« C'est ennuyeux », commenta Munson. Il alluma une cigarette. Le vendeur de meubles disait la vérité – ce travail à l'estomac, c'était du Buck Webb tout craché.

Le fauteuil de réalisateur grinça sous le poids de Munson. La vue le ramena une fois de plus au ringolevio. Deux fois en deux jours, alors qu'il n'avait plus pensé à ce jeu depuis qu'il était sorti de l'enfance. C'était Memorial Day qui faisait remonter ce souvenir ; la douceur et la lenteur des après-midi lui rappelaient son ancien passe-temps, ces journées à jouer au ringolevio dans Hell's Kitchen, entre les ombres et les immeubles à perte de vue. Un peu cache-cache, un peu gendarmes et voleurs, un peu autre chose encore. Munson rentrait le ventre derrière les boîtes aux lettres, essayait de ne pas finir aplati par des bus quand il traversait au milieu de la circulation, se recroquevillait dans l'obscurité des perrons inondés de pisse tandis que les autres le cherchaient. Un entraînement à cette cavale, en somme.

Le policier gloussa en repensant aux adultes qui brandissaient le poing devant sa bande de copains, cette tribu de jeunes délinquants qui les frôlaient en galopant sur les trottoirs. Les personnes extérieures au jeu n'en avaient pas conscience, alors même qu'il déployait son énergie anarchique tout autour d'elles. Et puis un des gamins chopait un membre de l'autre équipe et hurlait *Ringolevio, un-deux-trois, un-deux-trois, un-deux-trois !* et ses cris faisaient brusquement entrer le jeu dans le monde des gens ordinaires. Des grand-mères en lâchaient leurs sacs de courses, des livreurs zigzaguaient avec leur diable en proférant des chapelets de jurons.

Les seuls non-joueurs au courant de ce qui se tramait étaient ceux qui observaient d'en haut – les reclus, les tarés et les vieux qui passaient leur vie à la fenêtre, le torse et les bras reposant sur des coussins défraîchis. Chaque bloc d'immeubles avait ses juges silencieux. Leurs histoires circulaient : untel avait pris un lancer en pleine tête lors de son premier tour à la batte avec les Brooklyn Robins, et maintenant il avait du fromage mou dans le crâne ; unetelle s'était sifflé un flacon entier de sirop antistress le jour où son fiancé l'avait plaquée devant l'autel, et depuis qu'elle était sortie de chez les fous elle regardait la rue en guettant son retour. De leur hauteur, ils assistaient à l'intégralité du jeu, aux feintes et aux contre-attaques, aux manœuvres et aux sprints malavisés. Lorsque le jeune Munson s'accroupissait derrière le camion d'un laitier, il levait les yeux et voyait l'ancien joueur de base-ball qui le fixait de son regard vide.

Désormais il était l'un des leurs, perché dans sa planque de la 157ᵉ, éjecté du terrain. Une fois sur la touche, on peut voir le système dans son entièreté, repérer les endroits où les engrenages s'emboîtent, comprendre le fonctionnement du mécanisme et intriguer en conséquence.

Munson ouvrit et referma le bras pour évaluer la blessure. Doigts fonctionnels, quoique douloureux. L'homme des cavernes : à une main le pouce opposable pour tenir un gourdin, à l'autre le majeur pour faire des doigts d'honneur. Il s'étira, grimaça. Se tourna vers Carney. « Vous êtes marié, je crois ?

– Vous le savez très bien, arrêtez votre char.

– Je suis pas du genre à tirer des conclusions hâtives, et je sais que les liens familiaux sont complexes dans le ghetto. Vous avez une femme, donc vous savez que même si vous l'aimez, même si elle est super, il y a des moments où elle vous rend maboul. Sa manière de marcher ou de parler, de manger, même de respirer. Si vous avez de la chance, c'est seulement par moments. Sinon, c'est tout le temps. » Une bière apparut dans sa main. « Avec un équipier, c'est pareil. On reste des journées à se faire chier dans la bagnole pour surveiller des ordures, on se pèle le cul, il vous raconte une histoire que vous avez déjà entendue cent fois, vous lui racontez une blague que vous lui avez déjà racontée cent fois, et chacun respire les pets de l'autre en regardant droit devant dans le noir. Un vrai couple. »

Carney fronça les sourcils. Il jeta un coup d'œil en direction de la porte, comme pour s'assurer qu'elle était encore là. « Qu'est-ce qui vous arrive, vous avez divorcé ?

– Le divorce, répondit Munson. C'est ce que je dis, faut serrer les dents. Prendre du recul. Garder son sang-froid. Autrement, on finit par s'arracher les yeux. » Il écrasa sa cigarette. « Si je vous dis le mot "calepin", ça vous évoque quoi ?

– Serpico, répondit Carney. C'est comme ça que les policiers se répartissent les pots-de-vin. »

Tout le monde connaissait l'histoire de Frank Serpico. L'année précédente, le *New York Times* avait sorti une série d'articles sur la corruption au sein de la police, avec Serpico dans le rôle du dénonciateur public. Il était réglo, tous ses collègues étaient pourris. Les petits trucs qui rendent le boulot supportable – les gueuletons à l'œil, les coins où piquer un roupillon tranquille, les bakchichs pour faire sauter une prune –, tout cela dégoûtait saint Frank. Conséquence, les gros trucs, par exemple ce système de racket – une merveille d'ingéniosité –, devenaient moralement inacceptables. Serpico avait bavé auprès de ses supérieurs, lesquels n'avaient rien fait (sans surprise), puis il était allé jusqu'au bureau du maire, lequel n'avait rien fait non plus (idem), et un jour on avait appris que le *Times* allait rendre l'affaire publique. Le maire Lindsay avait donc réuni la commission Knapp pour étudier « le problème ».

En plus des repas offerts par la maison, des filles, des commissions ponctionnées aux patrons de bars, et des imbéciles heureux qui croyaient pouvoir travailler sans passer à la caisse, la commission s'était particulièrement intéressée au fameux calepin. « Tout le monde paye pour bosser, expliqua Munson à Carney. Depuis toujours. Même si, avant, c'était pas des dollars mais des shekels ou je sais pas quoi. Y a deux ou trois ans, un mec qui en a dans le crâne m'a suggéré qu'on organise un peu tout ça. Le résultat, c'est le calepin – les enveloppes de tout le poste, bien classées. Le jour de la collecte, on a deux trésoriers qui font la tournée pour les autres. Ils passent voir le book du coin, le type qui tient une loterie, celui qui gère les parties de dés. Et le gros tas de fric qu'ils ramènent, on le répartit en fonction des grades et de l'ancienneté. Un agent, il va se faire dans les six cents balles de bonus par semaine, un sergent huit cents, et ça continue comme ça jusqu'au capitaine, qui a droit à une part et demie. »

À Harlem, en tout cas, ajouta Munson plus bas. Ce n'était pas pour rien que l'arrondissement était surnommé l'Eldorado. Et ce n'était pas pour rien que Munson avait demandé à y être muté. Quand on patrouille dans les rues, on gagne douze mille dollars par an si on s'en tire bien, la prime de l'Eldorado était donc bienvenue. À la bonne époque, quand Munson était le trésorier de sa division, il gonflait le nombre d'officiers en civil dans la compta. Les bookmakers aboulaient la thune. Et vu que Munson était chargé de la répartition, il empochait les parts inventées. Il ne se plaignait pas.

« Les mecs comme moi, dit Munson, on a notre caisse noire, mais on fait aussi, comment dire, des heures sup. J'ai mes petites affaires personnelles qui mettent du beurre dans les épinards. Pareil que vous. Chink Montague. Maintenant Notch Walker. Il paye la maison pour avoir le droit d'exercer, et il me paye moi pour que tout se passe en douceur. D'un côté c'est l'essence dans le réservoir, de l'autre c'est l'huile dans le moteur.

– Tout se passe en douceur, jusqu'au jour où le moteur tombe en panne, dit Carney. Serpico a pris une balle dans la tête. D'après le journal, c'est un flic qui lui a tiré dessus.

– Les ripoux détestent les gens honnêtes, Carney. Ces airs qu'il se donnait, comme s'il valait mieux que les autres… » L'inspecteur haussa les épaules. « C'était juste une question de temps avant que quelqu'un essaie de le descendre. »

Carney se leva pour ouvrir plus grand la fenêtre. Elle ne bougea pas.

« Vous voulez savoir pourquoi Webb vous est tombé dessus », dit Munson. Il alluma une cigarette. « Y a deux semaines, la Black Liberation Army a abattu deux collègues en patrouille et déclaré que la chasse aux flics était ouverte. Tous les effectifs sont mobilisés pour les choper – comment il disait, Malcolm X ? – par n'importe quel moyen. C'est une mission sacrée. Webb et moi, on n'arrête pas de courir. On reçoit une info sur des enfoirés de miliciens qui utilisent une soupe populaire comme façade. On y va, on casse quelques têtes…

– Une soupe populaire ?

– Vous avez pas lu le papier sur les Panthers ? Les soupes populaires, c'est comme ça qu'ils s'implantent dans les quartiers. En se rendant utiles. La plupart du temps, ils viennent pas d'ici, c'est des agitateurs de Californie, d'Oakland. Ils arrivent chez nous avec leurs grands discours et ils essaient de retourner nos Noirs contre nous.

– Vos Noirs ? » Il y avait dans la voix de Carney quelque chose qui s'approchait de la rage.

Munson leva les mains en signe d'apaisement : décidément, on ne pouvait plus rien dire. « Bref, là où je veux en venir, c'est qu'on cavale dans toute la ville en suivant des pistes. Vendredi dernier, un type que je connais me file un tuyau – il pète des genoux pour Notch Walker. Il me rencarde de temps à autre, je sais pas encore ce qu'il a derrière la tête. Je le retrouve au fond du Baby's Best et il me demande si je cherche encore les gars qui ont tué les collègues. Et là qu'est-ce qu'il fait ? Il me donne l'adresse d'une de leurs gonzesses. »

Munson et Buck allèrent donc se mettre en planque devant l'immeuble en question, cinq étages sur la 146e, entre Amsterdam et Convent. La fenêtre, au deuxième, n'avait pas de rideaux. L'appartement était éclairé, des ombres dansaient sur les murs. Les inspecteurs attendirent dans leur voiture.

Deux Noirs approchèrent. Leur démarche n'était pas celle des habitants de la ville, ceux-là appartenaient à une autre espèce. Munson et Webb échangèrent un regard : C'est eux. Les hommes n'eurent pas à sonner à l'interphone ni à sortir une clé : la porte de l'immeuble ne fermait plus. Ils montèrent se joindre à la fête.

Munson soupira. « Je précise que, Buck et moi, notre relation commence à battre de l'aile. Ça fait des années qu'on roule ensemble, on a défoncé je sais pas combien de portes et coffré toutes les catégories d'abrutis qui arpentent la terre de Notre-Seigneur Dieu mais, comme je vous l'ai dit, un équipier ça finit par vous taper sur les nerfs. Et Buck, il me les brise. “Vu ce que tu picoles, tu ferais peut-être mieux de lever le pied sur les benzos, d'arrêter de brûler la chandelle par les deux bouts." Et moi je lui réponds : "Tu te prends pour qui à me…

– J'ai compris l'idée, fit Carney.

– Bref, vous voyez quand votre femme se met à vous gueuler dessus à propos d'A, B ou C ? C'est jamais A et B qui la foutent en boule, en fait c'est Z, le tout dernier truc de la liste. Sauf qu'elle doit faire tout l'alphabet avant de vous le dire.

– Avec Alpha-Bits on fait la fête, on s'amuse de A à Z !

– Quoi ? »

Carney s'abstint de développer.

« Donc, Buck, il me fait tout l'alphabet, reprit Munson. Et il finit par arriver à Y, à savoir la thune que je gagne. Et pourquoi tu m'as pas mis sur tel plan, et pourquoi tu m'as pas fait croquer ci ou ça, il commence à m'énumérer des trucs qui m'étaient complètement sortis de la tête. Des gens morts depuis des années, des vieilles combines d'autrefois. Qu'est-ce qu'il croit ? J'attends pas que ça me tombe tout cuit dans le bec, moi.

« Et après il finit par en venir à Z. Z, c'est le truc qui le fout vraiment en rogne. Z, c'est qu'il a été convoqué par la commission Knapp, et il veut savoir pourquoi lui et pas moi. »

Pourquoi Buck et pas lui ? C'était une question sur laquelle Munson ne désirait pas trop s'attarder. Aussi longtemps que Knapp et son équipe n'avaient pas eu le pouvoir d'assigner à comparaître, personne ne les avait pris au sérieux. Encore une commission en toc pour faire bien devant la presse. Elle allait coincer des officiers tout en bas de l'échelle qui rackettaient des patrons de bar et des conducteurs de dépanneuses, du menu fretin. Et puis, en mars, la mairie lui avait accordé ce pouvoir. Les assignations avaient commencé à pleuvoir. Et ceux qui auraient dû en recevoir évitaient d'évoquer le sujet.

La première fois que Munson avait entendu parler de Knapp, c'était dans les années 1950, quand l'homme, alors procureur adjoint, avait mis fin aux trafics dans le port. Un type sérieux. Tout le monde savait que le financement de la commission s'arrêterait au 1er juillet, Munson espérait donc passer entre les mailles du filet. Mais si le flic assis à côté de lui dans la bagnole était convoqué en plein week-end férié, alors on ne tarderait vraisemblablement pas à venir toquer à sa porte. Parfois, Munson se disait qu'il aurait mieux fait de rejoindre la lutte contre la corruption, quand il en était encore temps. Un boulot stable, et qui permettait sûrement de monter des plans encore plus juteux depuis l'intérieur.

Munson alluma une cigarette. La précédente n'était pas terminée. Il alterna entre les deux. « Ça fait dix ans que je suis avec Buck. J'ai vu des hommes se pisser dessus quand on arrivait. Il a une méchanceté en lui qui le fait avancer, un truc qu'il tient de son enfance. Mais il a reçu une balle y a deux ans, et depuis c'est plus le même. Sa femme a engagé un avocat pour le divorce, elle sait d'où il tire son blé et elle veut s'en servir contre lui. Vous auriez dû le voir, avant. Maintenant il a peur, il veut plus prendre de risques.

« Et je peux pas m'empêcher de me demander… Quand il passera devant la commission, est-ce qu'il risque de craquer ? À la bonne époque, j'y aurais même pas pensé. Mais les temps ont changé. La ville a changé. Tout se casse la gueule et on doit faire gaffe à ne rien se prendre sur le coin de la tête. » Munson s'interrompit, considéra son invité. Carney comprenait-il ce qu'il disait ? C'était l'un de ces Noirs qui ne laissaient jamais filtrer ce qu'ils pensaient. Le plus souvent, ça ne posait pas de problème. Mais, ce soir-là, Munson avait besoin de savoir si Carney avait les épaules pour respecter ses engagements.

On verrait bien.

« Est-ce qu'il risque de craquer ? reprit Munson. C'est la question qui me trotte dans la tête au moment où les lumières s'éteignent derrière les fenêtres et où les merdeux qu'on surveille sortent de l'immeuble. »

Munson et son équipier avaient le choix : suivre les trois suspects ou ratisser l'appartement. Sortaient-ils simplement acheter des clopes ou manigançaient-ils quelque chose qui méritait une filature ? Il présenta l'alternative à Buck, qui décida de monter dans l'appartement. Son équipier le sentait comme lui, c'était dans l'air : ils allaient toucher le gros lot.

Cinq étages, deux appartements par palier. Une mamacita cuisinait un plat qui embaumait la cage d'escalier et faisait saliver Munson. Personne en vue, ni junkie piquant du nez ni bébé rampant sur le carrelage à damier avec sa couche qui débordait. On ne savait jamais sur quoi on allait tomber. Des télés gueulaient, des coups de feu claquaient, à tous les étages on regardait le même feuilleton. Depuis quelque temps les mains de Munson s'étaient mises à trembler, mais Buck, malgré son manque d'entrain et de vigueur, savait toujours y faire avec les serrures. Ils entrèrent en un clin d'œil.

L'appartement 2F se résumait à une chambre et un salon, avec un couloir dans lequel il fallait se faufiler au milieu d'un empilement de sacs et de cartons. Le propriétaire était du genre croyant, le Christ se vidait de son sang sur tous les murs, mais le logement avait été envahi. Un mec de la BLA met le grappin sur la fille dans un parc – Est-ce que tu aimes Jésus ? Moi aussi, c'est le meilleur – et une semaine plus tard toute sa bande emménage. Les matelas, sans draps, étaient à touche-touche par terre, les vêtements dans des sacs de l'armée. Munson estima qu'ils devaient être six ou sept à crécher là.

Buck se chargea de la chambre, Munson du salon. Un grand tapis rouge usé couvrait le sol. La pièce était encombrée de tracts et journaux révolutionnaires par cartons entiers. « Les finesses habituelles en couverture, dit Munson. Tuez les Blancs, Soutenons nos frères envoyés au Vietnam. » Il retira un oreiller enfoncé dans une caisse de lait. En dessous, il découvrit quatre revolvers et deux boîtes de cartouches. Sous le canapé, deux fusils automatiques au lieu d'une paire de sandales oubliées.

« Buck m'a appelé depuis la chambre, dit Munson. Il avait l'air tout guilleret, comme autrefois, et j'ai compris qu'il avait trouvé le pactole qu'on avait reniflé depuis la rue. J'y vais, et il tient dans la main un gros sac en toile plein de billets, avec un autre sac à l'intérieur – les bijoux de chez J.M. Benson, qui s'était fait braquer quelques jours plus tôt. On retourne tout pour vérifier qu'il n'y a rien d'autre, mais c'est le plus gros. On se regarde. Pas besoin de plus. On prend tout. »

Aucun signe des armes de service de Jones et de Piagentini. Munson subtilisa un revolver dans la caisse. Ça lui servirait tôt ou tard. On pouvait toujours compter sur les revolvers.

Il y avait des mois que l'inspecteur n'avait pas vu son

équipier aussi heureux. Buck dévalait l'escalier en souriant comme un gros singe irlandais. Mais, en arrivant sur le perron, il lui fit un signe : la Black Liberation Army arrivait par l'ouest dans la 146ᵉ. Les trois mêmes mecs.

« La bagnole est du mauvais côté, dit Munson. Donc on sait qu'on va foutre le camp à pied, envoyer les collègues et revenir plus tard. La priorité, c'est de mettre les biftons à l'abri. » Et peut-être de se joindre à la fête une fois que ce serait fait. C'était toujours amusant de dépouiller des crevures, de décamper et de se repointer avec la cavalerie. *Alors, qu'est-ce qui se passe ici ?* Dix points si vous réussissez à faire marrer votre équipier.

Côté BLA, il y avait un homme à qui les autres obéissaient, le chef. Il était grand, avait une coiffure afro volumineuse, un bouc et une démarche assurée dans ses bottes militaires et sa veste de treillis à épaulettes léopard. Lorsque la bande avait quitté l'appartement, il avait balayé la rue du regard comme un pro tandis que ses lieutenants blaguaient et se vannaient. Plus tard, au poste, Munson le chercherait dans la liste des militants radicaux. Il s'appelait Malik Jamal, nom de naissance Robert Taylor, originaire du Tennessee. Recherché pour agression et vol à main armée, ancien membre des Black Panthers, désormais big boss de la Black Liberation Army. Depuis l'assassinat des deux flics, la police suivait de près l'activité des extrémistes noirs. Il y avait plusieurs mois que la BLA enchaînait les coups ici et en Californie afin de se constituer un trésor de guerre. Elle appelait ça des « expropriations ». Elle vidait les caisses des bars de nuit, braquait des banques n'importe comment mais s'en tirait, et accumulait les opérations aussi culottées que le cambriolage de la bijouterie J.M. Benson.

« Au moment où on s'engage sur le trottoir, je croise le regard de Jamal et il pige immédiatement. Buck tient le sac contre son ventre, donc Jamal peut pas le voir, mais deux Blancs costauds, un peu âgés, qui marchent comme des flics ? Dans ce coin-là, devant cet immeuble ? En une seconde il nous grille. Il crie, on détale en courant, et puis un des mecs commence à tirer. On riposte un peu, mais l'objectif c'est de partir avec la marchandise, on va pas déballer les insignes et en faire une affaire officielle. »

Plonger entre les voitures comme s'il jouait au ringolevio. Était-ce à ce moment-là que tout avait commencé, ce qui faisait le lien entre l'homme qu'il était et l'enfant qu'il avait été ? Munson dit : « Je sais pas si vous vous souvenez, mais il faisait beau vendredi, donc il y avait du monde dans Amsterdam Avenue, plein de gens qui écoutaient de la musique ou qui jouaient aux dominos. La BLA nous a lâchés – ils savaient qu'on avait renforcé les patrouilles et que les voitures n'allaient pas tarder à rappliquer. Buck est à bout de souffle, il n'a plus l'habitude. Pour être franc, je ne suis pas non plus en grande forme. On va jusqu'à Broadway et on prend un taxi. C'est pareil qu'au bon vieux temps, quand je venais de me faire muter à Harlem et qu'il y avait de l'argent partout, ça jaillissait du trottoir comme du pétrole. »

Depuis cinq ans, Munson et son équipier louaient un studio dans la 54e, non loin de Lexington Avenue. « Dans les films, y a toujours des gonzesses pleines aux as qui sortent des beaux immeubles en tenant des caniches en laisse. Eh ben là, chaque fois que je monte, y a la même connasse qui descend avec son caniche, je vous le jure, c'est de la folie. » Les inspecteurs y faisaient venir des filles, y entreposaient parfois divers objets. Ce treizième étage leur offrait à la fois un panorama nocturne sur une ville à conquérir et l'illusion de l'invincibilité. Les immeubles impassibles dont la silhouette se découpait sur la toile du ciel semblaient n'avoir aucune opinion sur la question. Tout le monde s'éclatait autour du bar style western. Près du seau à glace, il y avait une corne qui mugissait quand on appuyait dessus.

Dans leur planque, les inspecteurs examinèrent plus en détail le butin Benson. C'était le point culminant de leur carrière parallèle, de ces petits coups accumulés au fil des ans, le fruit de leur opiniâtreté et d'une expérience durement acquise. Buck prit une pleine poignée de billets, Munson en attrapa une autre et ils commencèrent à compter : cent vingt-cinq mille dollars. Une bonne pêche.

« On peut dire merci aux rebelles d'Algérie et du Nord-Vietnam et à tous ceux qui ont donné des idées à la Black Liberation Army », dit Munson à Carney. Il écrasa sa cigarette, en alluma une autre. « Buck, ça le tranquillise un peu vis-à-vis de son assignation. On s'est toujours fait du pognon parce qu'on est malins et qu'on reste discrets alors que les autres flambent tout. On résistera à Knapp et à sa commission, on s'en sort toujours. » Il était convenu que le magot resterait en sécurité dans la 54e jusqu'à ce que les choses se tassent.

Ce week-end férié fut généreux avec Munson. Comme lorsqu'on s'attable à une partie de cartes et qu'on a la main chaude : donne, donne, donne, je peux pas perdre. Fred Stevenson organisa un barbecue dans son nouveau duplex à Union City. Des saucisses et des poivrons qui grillaient dans une délicieuse fumée brune, la vue sur Manhattan de l'autre côté de l'East River, avec le smog qui lui donnait une teinte sépia rappelant les vieilles photos du Far West. À la nuit tombée, Munson alla chercher Pam à Bay Ridge et ils se firent un ciné, *Tueur malgré lui* qui passait au Loews. Pas aussi bon que le précédent, mais quand ils sortirent de la salle Pam lui dit qu'elle lui trouvait un air de James Garner. Comment ça ? « Parce que tu es drôle et fort à la fois. » Compliment accepté. Elle travaillait à la boutique Young Miss et disait pouvoir lui faire une ristourne s'il cherchait quelque chose pour une nièce. « Avec moi, c'est tout le temps les soldes », disait-elle. Il quitta sa chambre à l'aube, réveillé par le boucan matinal des pigeons.

Le dimanche fut une page blanche. Il gribouilla. Arriva sans trop savoir pourquoi devant l'immeuble de son enfance, dans la 46e. Uniquement des nouveaux visages, même les spectateurs aux fenêtres, leurs coussins crasseux et leurs jugements silencieux, avaient été remplacés. La ville était calme, elle soufflait.

Après la garçonnière cosmopolite de Green, la planque de Munson dans la 157e ressemblait à un décor de film chichement accessoirisé. Ne pas trop s'appuyer contre les murs au risque qu'ils s'écroulent.

Carney avait été soulagé que Munson ne bronche pas en apprenant que Buck Webb avait récupéré leur pactole. L'inspecteur semblait défoncé à quelque chose, ce qui était de bon augure pour le retour de Carney sur le droit chemin. L'affaire se réglerait entre les deux Blancs. Munson croyait à son histoire, c'était le principal. Carney n'avait qu'à l'écouter monologuer, ensuite il pourrait rentrer chez lui et prendre un cachet d'aspirine.

« Ce matin, dit Munson, j'arrivais au poste, j'allais monter les marches, et là j'entends mon nom. J'ai pas le temps de réagir que le truc est déjà dans ma main : je suis assigné à comparaître. Un enculé d'huissier qui me dépose sa merde et qui me fait une Jesse Owens. Dans la rue, devant tous les collègues, histoire que le message passe bien. Knapp veut me voir. »

Munson n'essayait pas de rembourser un book. Il mettait les voiles. « Je comprends pourquoi votre équipier vous en veut, dit Carney.

– J'avais l'intention de lui envoyer sa part, dit Munson. Pour qui il me prend ? Je liquide les pierres, je récupère deux-trois dettes et je me trouve un coin tranquille pour attendre que ça passe. Mais il ne m'aurait pas laissé aller voir un fourgue, à cause de l'autre problème.

– Quel autre problème ? »

Munson alluma une cigarette. « J'aurais pu y arriver. Calmer Buck, je sais faire. La Black Liberation Army – trente mille hommes qui les cherchent dans toute la ville –, c'est une question de temps avant qu'ils se fassent ramasser. Ils butent des flics pour le plaisir, mais le plus important pour eux c'est de financer leurs opérations. Donc ils braquent, et ils font venir de l'herbe de Californie que Notch Walker vend dans la rue. Notch leur file un coup de main pour les armes et la logistique. Et pour d'autres choses aussi.

– C'est pas bon, dit Carney.

– Vous avez raison, c'est pas bon. Ils sont associés, comme pour le casse chez J.M. Benson. Ce que je vous ai donné aujourd'hui… La moitié appartient à Notch.

– Notch Walker.

– Affirmatif. J'ai un contact qui est barman à l'Emerald

Inn. Hier soir, il m'a dit que les mecs de la 146e nous avaient balancés, Buck et moi, et que Notch a fait courir la nouvelle. Je peux me brosser pour que les fourgues d'*uptown* m'ouvrent leur porte. Mais un type comme vous, qu'on n'attend pas... »

Munson termina sa bière et se leva. « Ma tête est probablement mise à prix. Je pensais que j'aurais un peu de temps avant que Buck s'aperçoive que la marchandise avait disparu. Mais, si ça se trouve, il a entendu dire que Notch nous recherchait et il a conclu que j'allais foutre le camp. À moins qu'il ait eu l'intention de faire pareil de son côté. »

C'était Buck qui avait tendu le téléphone à Munson quand Carney avait appelé le poste de police. Il devait se souvenir que le vendeur de meubles avait été fourgue et avait fait le rapprochement. L'inspecteur avala deux cachets et attacha son étui de poitrine. Il glissa un .38 dans celui qu'il avait à la cheville. « Vous êtes prêt ?

– Je rentre chez moi.

– J'ai besoin que vous conduisiez. (Il leva son bras blessé.) Division du travail.

– Je ne peux pas.

– C'était pas une question. »

Carney se leva.

Une seconde s'écoula. Munson sourit. Il enfila sa veste de sport, un vêtement en mince tissu bleu qui le serrait plus qu'autrefois, et tâta les poches pour vérifier que son portefeuille et ses clés s'y trouvaient. « Déposez-moi et je vous fiche la paix. Vous aurez vos places de concert, on en finit avec cette histoire et vous pourrez rentrer chez vous. »

Carney avait suffisamment pratiqué l'inspecteur pour savoir qu'il mentait, et qu'il mentait aussi à propos des places. Cela dit, il ne pouvait s'en prendre qu'à lui-même. Il s'était tenu à carreau pendant quatre ans, mais à la seconde où vous replongez un orteil, le monde s'empresse de vous aider à replonger tout entier. Un voyou reste un voyou et les ripoux détestent les gens honnêtes. Le reste, c'est de la survie.

5

535 Edgecombe Avenue. L'adresse d'une des factures empilées sur son bureau. Une cliente, une dame portoricaine, deux enfants, des boucles rousses sous un foulard à carreaux. Un canapé-lit neuf, et Carney qui s'excusait de ne pas vendre de lits superposés. La musicalité de son accent était restée gravée dans sa mémoire. *Cinq cent trente-cinq* : un filament délicat ; une bribe d'un jingle télévisé ; la voix d'une starlette ambitieuse, aguichante et déterminée, qui captive l'objectif.

Cette époque était révolue. L'immeuble avait brûlé. Les fenêtres du rez-de-chaussée étaient condamnées par du contreplaqué, celles des étages obscures et cernées de suie. Carney espérait que la famille s'en était sortie sans encombre.

« Arnaque à l'assurance, dit Munson. Le propriétaire achète pour une bouchée de pain, mais il y a une hypothèque énorme et une procédure de saisie en cours. Il assure plein pot et tout à coup *boum* – tout le machin crame. » Il sortit de la voiture pour pisser. « Ici, à Brooklyn et dans le Bronx. J'aurais bien croqué dans ce gâteau-là, tiens. »

Une combine plus vieille que Carney, qui n'avait pas

besoin qu'on la lui explique. Il se souvenait de l'odeur d'essence sur les vêtements de son père, certains soirs. Une partie de sa clientèle alternative s'y adonnait elle aussi. « Tu fous le feu à des vieux chiffons et tu t'arraches », lui avait un jour dit Skip Lauderdale. Ils attendaient que son revendeur de monnaies anciennes les rappelle. « T'entends des gens qui s'engueulent au bout du couloir, des gamins qui rigolent, et t'espères que le mec qui est censé prévenir les pompiers fera son boulot. En général, le feu est éteint avant qu'il y ait des blessés. » *En général.*

Les incendiaires prenaient leurs aises, en ce moment. Quand on a un inspecteur de l'État dans la poche, on sait que personne ne remarquera une indemnisation suspecte. Une preuve supplémentaire du déclin de la ville. Tout en conduisant, Carney s'aperçut qu'une plaine jonchée de gravats et de briques éparpillées avait remplacé tout un quartier dont les appartements avaient abrité les espoirs et les peines de dizaines de milliers d'immigrants, de travailleurs acharnés et d'autres qui faisaient humblement de leur mieux. Un homme craque une allumette et un immeuble part en fumée. Un propriétaire cesse de payer ses impôts et abandonne le bâtiment aux camés, lesquels s'installent et font fuir les familles, et la mairie finit par tout raser. Un cratère après l'autre. Une absence de vergogne organisée qui frisait le complot. Carney, lui, ne parlait pas de complot car il y voyait un phénomène plus simple : dans l'ensemble, les gens étaient des raclures.

En avril, la presse locale avait couvert la visite d'une délégation de maires venus de tout le pays pour un congrès, avec en prime une excursion dans le quartier de Brownsville, à Brooklyn. Elizabeth lui avait lu des citations, en prenant un accent caucasien pour imiter ces visiteurs offusqués :

Kevin White, de Boston, voit dans ces vingt blocs d'immeubles « le premier signe tangible de l'effondrement de notre civilisation ».

« Seigneur, on dirait Dresde », laisse échapper Wesley C. Uhlman, de Seattle.

... et la plupart des visiteurs concèdent que ce spectacle leur rappelle la maison.

Très drôle. Cette dernière phrase était devenue une plaisanterie qu'ils ressortaient chaque fois que, durant leurs balades, ils remarquaient une marque de décrépitude. Un pervers, accroupi sur un banc, qui jetait à la ronde de pleines poignées d'une substance répugnante prise dans un seau en métal ; un chat errant, le crâne aplati sur l'asphalte ; une poupée crasseuse à laquelle manquait la moitié du visage : *ça me rappelle la maison !*

Côté est, Edgecombe Avenue était bordée par une falaise, Coogan's Bluff. Un escalier descendait vers les anciens stades de Polo Grounds. Des clochards campaient dans le parc derrière le mur de pierre, dans des cahutes blotties contre les rochers. Murs en tôle étayés par des tuyaux. L'un des résidents avait un animal de compagnie : un corniaud au poil râpé, attaché à un bloc de béton par la longue spirale d'un fil téléphonique. À quelques encablures de la piaule de Munson, Carney avait pénétré dans une ville radicalement différente.

Munson siffla le chien, qui ne réagit pas. Il remonta en voiture.

« On est en planque ?

– Oui, dans le sens où on attend. Non, dans le sens où il n'y a pas de mystère. »

Pas de mystère parce qu'ils attendaient son équipier. Munson avait téléphoné à Webb depuis une cabine à trois rues de son appartement dans la 157ᵉ. Lorsque l'inspecteur lui avait tourné le dos pour composer le numéro, Carney avait soupesé les avantages et les inconvénients de déguerpir. Elizabeth était en voyage et ne risquait rien, il n'aurait qu'à récupérer les enfants et prendre le large avant que cette soirée ne dégénère. Parce qu'elle empirait de minute en minute, comme s'il était un clou enfoncé de plus en plus profond, enserré dans le bois. Deux flics blancs poursuivis par la justice, des extrémistes avec des armes automatiques, Notch Walker. Ce n'était pas tenable. Bilan de ses réflexions : on était mardi soir, il faisait bon, c'était une soirée agréable à Washington Heights, il y avait des témoins plein les rues, Munson ne pourrait rien faire s'il le plantait là.

« Carney. » Munson avait plaqué une main sur le combiné. « N'y pensez même pas. »

Il avait raccroché et informé Carney qu'ils montaient à Highbridge Park pour mettre les choses au clair avec Buck. « J'arriverai peut-être même à obtenir qu'il s'excuse pour vous avoir malmené. Il vous a fait quoi ? Donné un coup dans les reins ?

– Je sais pas comment vous appelez ça. »

Munson avait haussé les épaules et lui avait dit que sa voiture était garée au coin de la rue. Carney s'était installé au volant et avait roulé jusqu'au crosisement de la 158ᵉ et d'Edgecombe, un bloc en dessous du point de rendez-vous. La 54ᵉ, la 157ᵉ… « Combien de planques vous avez ? avait-il demandé.

– C'est comme les femmes… Faut toujours en avoir une sous le coude. »

Carney, lui, n'en avait qu'une : la bonne. Il y avait bien réfléchi et il en était maintenant sûr, il allait prendre la journée du lendemain pour accueillir Elizabeth. Les enfants ne rentreraient pas avant seize heures. Il devrait expliquer la bosse qu'il avait sur le crâne et l'hématome qui fleurissait sur son ventre. La dernière fois qu'une activité illicite lui avait valu un œil au beurre noir, il avait raconté à Elizabeth qu'un junkie l'avait frappé. « C'est la folie, dans les rues. » Cette fois, il allait opter pour une agression, plus en phase avec le climat actuel dans la ville. Si Alma avait été encore de ce monde, il aurait choisi le lieu du crime exprès pour l'énerver – devant l'église qu'elle fréquentait, en plein jour, ou près des locaux de Broken Wing, l'association d'aide aux orphelins dont elle était administratrice. Pour la première fois, sa belle-mère lui manqua.

« Je connais Chink, dit-il, mais je n'ai jamais rencontré Notch Walker. Il a fait ses débuts à Sugar Hill, c'est bien ça ?

– Jusqu'au jour où c'est devenu trop petit pour lui », dit Munson.

Carney avait beau être hors circuit depuis des années, le nom de Notch Walker revenait sans cesse dans la bouche des vieux voyous du Nightbirds ou du Blossom. Prostituées, héroïne, jeu. À l'instar d'Elizabeth, Notch était une sorte d'agent de voyages, sauf qu'il se spécialisait dans l'évasion : sexe, ivresse, rêves de jackpot. Et puisque ses produits se vendaient tout seuls, il concentrait son travail de promotion sur ses concurrents : il ligotait les lieutenants des bandes rivales aux bancs de Riverside Park et les aspergeait d'essence avant de craquer une allumette, déclenchait une fusillade dans un bar de nuit qui faisait quelques victimes civiles et passait au JT du soir. Un échange de coups de feu par une venteuse soirée de décembre avec les hommes de Chink dans Lenox Avenue avait laissé un souvenir indélébile à plus d'un passant qui ne pourrait jamais plus apprécier les chants de Noël. Sa méthode : l'agressivité.

L'*Amsterdam News* publia une photo qui le montrait en train de sortir du restaurant Sylvia's, un sourire impérial aux lèvres. Il était grand et large d'épaules, vêtu ce jour-là d'un pantalon étroit en pied-de-poule marron et blanc et d'un pardessus croisé en cuir qui lui donnait l'air d'un pirate noir. Bumpy Johnson, son élégant costard à rayures et son chapeau mou étaient les vestiges d'un Harlem disparu. Notch incarnait le type de gangster que les rues engendraient dorénavant : voyant, dangereux et imperméable au remords.

Munson alluma une cigarette. Tous les deux ou trois ans, un nouveau entrait en scène et tentait de se faire un nom, dit-il. « Ou bien la vieille garde les étouffe dans le berceau, ou bien elle est dépassée. Ensuite, la jeune garde devient la norme, et les gamins commencent à la prendre pour cible. » Il repéra une Cadillac DeVille qui remontait lentement Edgecombe. Au volant, un Hispanique à cheveux longs et rouflaquettes épaisses. « Notch, poursuivit Munson, c'est le crabe qui a réussi à monter au sommet du panier. »

En prenant sa retraite, Carney avait rejoint la cohorte des gens bien, qui tiraient les rideaux quand des coups de feu retentissaient dehors et qui désapprouvaient ostensiblement les guerres de territoire et les bagarres sanglantes relatées dans le journal du matin. Un cave comme les autres. Il aimait pouvoir tourner le dos aux fenêtres, ne rien savoir du drame idiot qui agitait les clans cette semaine-là. Mais alors, pourquoi passait-il au Nightbirds, pas aussi souvent qu'autrefois mais tout de même, ainsi qu'au Donegal's et au Blossom, où il croisait systématiquement des têtes connues du temps où il était fourgue ? Il n'en fallait pas beaucoup pour qu'ils le mettent au parfum, et une tournée suffisait à convaincre les plus réticents. Pourquoi allait-il dans ces endroits, et pourquoi avait-il gardé la carte de Green alors qu'il était un retraité heureux et décidé à le rester ?

Silence dans la voiture. Les deux hommes suivaient le cours de leurs pensées respectives. Soudain, Munson fit : « Quand vous étiez gamin, *uptown*, vous aussi vous jouiez au ringolevio ?

– C'est pas un pays étranger, Munson. » Il y avait la balle aux prisonniers, il y avait le handball, et il y avait le ringolevio. Carney en était fou. Comme jouer à chat, mais en plus grand, plus monstrueux. Une équipe chassait, l'autre était poursuivie. La « prison » était un perron, ou le coffre d'une voiture dont le propriétaire n'allait pas leur mettre une raclée pour avoir touché à sa bagnole. Pour capturer un adversaire, il fallait le retenir le temps de crier *Ringolevio, un-deux-trois, un-deux-trois, un-deux-trois*. Des cous étaient agrippés, des chemises déchirées par l'ennemi qui tentait de se libérer. Et quand le perron commençait à se remplir, il était temps de songer à s'évader. Leurs premiers gros coups, libérer les copains – *Tous libres, tous libres, un-deux-trois, un-deux-trois* – sans se faire attraper.

Pour ça, il fallait sauter, se contorsionner, sortir sa meilleure imitation de Fred Astaire.

Le plus souvent, Carney et sa bande jouaient devant chez Freddie, dans la 129e Rue. En fonction de l'appétit et de l'enthousiasme, le terrain de jeu pouvait couvrir deux pâtés de maisons ou la ville entière, partout où leurs pieds les portaient. Une fois toute l'équipe en prison, on inversait les rôles et on recommençait. Il y avait des légendes à propos de parties étendues sur plusieurs jours, qui s'interrompaient à l'heure du dîner quand chacun devait regagner son appartement sinistre – un père soûl, une mère indifférente, une quelconque variante des deux – jusqu'au lendemain matin, où le jeu reprenait.

Carney dit : « C'étaient toujours ceux qui avaient des grands frères qui parlaient de ces parties. C'était un truc de grands.

– Pas forcément, dit Munson. Chez nous, on jouait plusieurs jours d'affilée. » Il alluma une cigarette. « Dans le fond, on jouait aux gendarmes et aux voleurs. Choper les membres de l'autre équipe ou cavaler pour éviter de finir en taule : c'étaient les gendarmes et les voleurs.

– La prison s'appelait comme ça parce que c'était l'endroit où il ne fallait surtout pas atterrir. » Si son père l'avait entendu dire qu'il jouait aux gendarmes et aux voleurs, il aurait retiré sa ceinture. Mieux, il aurait pris la ceinture de Carney et lui aurait flanqué une double ration.

« On était flic, et puis voleur, et puis encore flic. Peu importe ce qu'on pensait être, on était les deux à la fois, dit Munson. On sillonnait tout Hell's Kitchen. Toute la ville. Du matin au soir. Le temps de faire une pause pour acheter un soda, un autre nous harponnait et gueulait *Ringolevio !*

Ça ne s'arrêtait jamais. » Il soupira. « Et le lendemain, on recommençait. »

Buck Webb passa à bord d'une DeVille vert foncé. Munson et lui échangèrent un hochement de tête que Carney prit pour un signal entre flics. Webb se gara un peu plus loin.

Les deux équipiers conduisaient le même modèle de voiture. Celle de Munson était rouge. « Vous les avez achetées ensemble ? demanda Carney.

– Je connais un gars. » Munson ramassa le sac en vinyle à ses pieds. Il plia son bras blessé. « Bon, je vais lui présenter des excuses, lui expliquer et lui filer sa moitié. » Il donna une tape sur le sac. « Et ensuite on ira faire la petite course dont je vous ai parlé.

– Je croyais que c'était ça, la petite course.

– Ça ? Non, ça c'est juste Buck. » Munson ouvrit sa portière et se dirigea vers la DeVille de Webb. Il se pencha à la fenêtre, lui dit quelques mots et monta à bord.

Carney avait déjà été en voiture avec l'inspecteur, plusieurs années auparavant. Tout en faisant sa tournée des enveloppes, Munson l'avait soumis à un interrogatoire subtil portant sur son cousin Freddie. Il avait fallu à Carney un moment pour s'en rendre compte. Il tâta le siège. Ce n'était pas la même voiture, mais il ne doutait pas que celle-ci aussi ait vu sa part de moments troubles. Accumulé les éclats de violence comme les kilomètres. On compte les kilomètres parce que c'est important – pour les tabassages de Noirs, en revanche, on s'embête moins.

Carney se demandait si certains de ses copains d'enfance avaient été brutalisés sur cette banquette arrière. Brad Wiley ! Bradford Wiley, forcément, un jour où il avait dû voler la caisse d'un snack ou les économies d'une vieille dame. Tante Millie disait qu'il avait un « mauvais fond ». Il mentait sans vergogne, par exemple durant les parties de ringolevio, quand il niait être sorti du terrain alors qu'il n'avait pu esquiver l'équipe adverse sans utiliser un moyen de transport.

Carney et ses copains n'organisaient pas des tournois aussi longs que ceux sur lesquels Munson était intarissable, mais ils passaient tout de même des heures et des heures à se courir après, à se tapir dans des halls et à hurler dans les rues telle une unique créature démente et tentaculaire. Ils chopaient un adversaire puis étaient chopés à leur tour. Prononçaient la formule magique avant que l'ennemi ne parvienne à se libérer.

Gorge irritée le soir à force de crier. Freddie et lui étaient toujours dans la même équipe, bon courage pour les séparer. À cette époque, Carney vivait avec son cousin et sa tante Millie, et avec Pedro quand il était là. Freddie tenait le rôle de recruteur. Il avait une liste de tous ceux qui étaient partants pour jouer, les enfants des étages supérieurs, du pâté de maisons et de celui d'à côté. Les jumeaux Jones, Jesus, Roger Roger, Timmy le Polio. Il se portait garant pour un morveux que les autres n'avaient jamais vu : « C'est Sammy, il habite dans le Queens, il est cool. » On ne les voyait jamais dans le quartier, ils n'existaient dans ce plan de réalité que lorsque Freddie lançait une partie.

Au fil des années, ils avaient connu des épisodes mémorables. L'après-midi bruineux où Roger Roger avait renversé le chariot de fruits de Mr Conner ; il avait dû bosser tout l'été pour le rembourser. La fois où Carney et Freddie s'étaient cachés sur un toit et avaient vu une dame qui dansait en porte-jarretelles dans l'immeuble d'en face. Freddie avait failli faire le grand plongeon en se tordant le cou pour mieux voir. Et cette ultime partie, avec son épouvantable majesté qui l'avait fait survivre à la mythologie de l'enfance et devenir une anecdote que Carney racontait toujours.

C'était le printemps 1942. Freddie et Carney, dans l'équipe des fuyards, s'étaient réfugiés dans Morningside Park. Le parc était situé hors du terrain, mais Freddie avait suggéré qu'ils y soufflent un moment avant de repartir libérer leurs camarades retenus prisonniers. « C'est pas pareil si on triche pas un petit peu », disait-il souvent. Carney apprenait lentement. Il en fallait peu pour qu'il se laisse entraîner dans les combines de son cousin. Qu'il s'agisse de sécher l'école et d'aller au ciné, ou de faire exploser des poubelles avec des pétards achetés à Chinatown, Carney répondait présent.

Au bout de dix minutes dans le parc, ils commencèrent à se lasser de leur transgression. Freddie sautait d'un banc à l'autre comme si le béton craquelé s'était changé en lave. Carney shootait dans des canettes oubliées par des fêtards et les expédiait sur la pelouse.

« Viens voir », dit Freddie.

Carney approcha. Un homme en costume marron était étendu dans l'herbe. Il leur tournait le dos. Les jambes entrelacées, les bras écartés – une posture trop torturée pour une personne qui ferait une simple sieste.

Il n'y avait personne alentour. Carney haussa les épaules. Freddie donna un petit coup à l'homme avec le bout de sa chaussure. Rien. La cage thoracique ne bougeait pas. Sans bruit, ils firent le tour pour voir son visage. Une moitié avait disparu, réduite à une pulpe rouge. Ce qu'ils avaient pris pour de la boue dans le creux de son dos et le fond de son pantalon étaient des impacts de balles.

« Ils lui ont tiré dans le cul ! » jappa Freddie. Ils décampèrent sans demander leur reste.

En rentrant dans l'appartement de la 127e Rue, où il était revenu vivre, Carney raconta à son père ce qu'ils avaient trouvé.

Big Mike répondit : « Un grand, la peau claire, avec une moustache ? Je parie que c'est Clive. » Il éclata de rire.

Carney lui demanda s'il fallait appeler la police.

« À ton avis, qui est-ce qui l'a laissé dans le parc ? »

Aurait-il ri s'il avait su qu'un jour ce serait à son tour d'être abattu par les flics ? Oui, et même davantage.

Une enfance new-yorkaise ordinaire : balle aux prisonniers, ringolevio et macchabées criblés de balles. Quand John et ses copains jouaient au ringolevio – le jeu faisait toujours fureur chez les enfants, dont les cris résonnaient dans la ruelle –, Carney exigeait qu'ils restent dans l'enceinte de Strivers' Row. Bien que l'âge d'or du quartier soit passé, les surprises y restaient rares.

L'éclair du canon illumina un instant l'intérieur de la DeVille, dessinant le siège avant, l'arrière de la tête de Buck, le profil de Munson. L'inspecteur tira une seconde balle – nouveau flash –, puis regagna sa voiture. Les coups de feu ne suscitèrent aucune réaction dans le bidonville du parc ni dans les immeubles de l'autre côté. Le corniaud se rongeait l'arrière-train.

Munson remonta en voiture et posa entre ses pieds le sac en vinyle et la mallette de Carney. « Ça ne s'est pas passé aussi bien que je l'espérais. »

Carney commença à actionner la poignée de sa portière, mais Munson l'empoigna avec une main et lui enfonça un pistolet dans le ventre avec l'autre. Sa blessure lui fit serrer les dents de douleur, mais il tint bon. « Vous feriez mieux de démarrer », dit-il.

En passant, Carney ne put s'empêcher de jeter un coup d'œil au visage détruit de Buck Webb et eut un haut-le-cœur. Lorsqu'il tourna en direction de l'ouest, les habitants du quartier réapparurent sur les trottoirs et des lumières s'allumèrent aux fenêtres. La Cadillac passa la frontière en sens inverse, revint dans le monde.

« Où est-ce qu'on va ? » demanda Carney. Il tremblait.

« Je dois vous avouer qu'il va y avoir plus d'une étape.

– Ah bon ?

– Ouais, fit Munson. Maintenant c'est vous, mon équipier. »

6

On l'appelait Corky – le Bouchon – parce que son grand frère avait essayé de le noyer dans l'East River quand il avait cinq ans, mais « y avait pas eu moyen de le faire couler ». Par la suite, sa longévité dans les métiers à risque avait corroboré ce surnom. Dans les années 1950, il gagnait sa vie comme bookmaker, couvrait les grands combats à une période où les Ritals contrôlaient le milieu, depuis les books jusqu'aux juges en passant par les éboueurs qui ramassaient les déchets le lendemain matin. Lorsque Bumpy Johnson l'avait évincé par la force, il s'était mis à prêter de l'argent à des taux exorbitants pour payer son loyer. Les dentistes et les croque-morts noirs jouissaient d'une clientèle stable ; les usuriers noirs, plus encore.

En 1957, Corky ouvrit ses parties de cartes privées à tous les joueurs qui n'avaient pas froid aux yeux, et il débuta une nouvelle carrière d'imprésario dans le monde du poker. La première – et dernière – partie organisée à l'Aloha Room pour le week-end de Memorial Day eut lieu à la demande de l'un de ses joueurs historiques.

Encore récemment, l'Aloha était un bar de nuit discret mais toujours ouvert, situé dans Mount Morris Park West, et son décor maori était une nouveauté *uptown*. Maintenant que l'engouement était passé, l'âge du lieu se voyait aux marines polynésiennes qui s'écaillaient sur les murs et aux visages souriants dessinés par des vandales sur les totems en bois. Les ampoules rouges des torches tiki électriques avaient grillé depuis des années et leur production avait été arrêtée. Des mèches de tissu évoquant de longs brins d'herbe frangeaient les petites tables ; un grand nombre étaient tombées au sol ou avaient été arrachées. La négligence de la direction n'avait pas échappé aux clients exaspérés par les barmen incompétents et acariâtres, et un nouveau voisin du dessus, avocat de profession, portait régulièrement plainte pour tapage. L'Aloha n'accueillait désormais plus que des soirées privées.

Corky Bell réussit à l'avoir gratuitement. Le propriétaire lui devait six briques et ne trouvait pas de quoi rembourser les intérêts. Pour l'occasion, Corky fit venir une table aux dimensions généreuses, couverte d'un digne tapis de feutre vert et montée sur de solides pieds en chêne ; dans l'ambiance Pacifique Sud de l'Aloha, elle détonnait autant qu'une météorite tombée d'un recoin secret de l'espace.

« Ils oublieront jamais où ils étaient pour le premier week-end de Memorial Day, parce qu'ils vont le passer avec Corky Bell », dit-il à Lonnie. C'était le jeudi 20 mai, une semaine avant la partie. Lonnie était donneur, réglo, et l'une des premières personnes que Corky appelait lorsqu'il montait un plan. Les habitués du circuit l'avaient vu aux parties de Mo Mo au Sable Club ainsi qu'à celle de Mike Yella au Morningside, où, à l'été 67, T-Bone Givens après s'être fait descendre par les frères Ryan avait fini la tête dans la salade de pommes de terre. Lonnie n'était pas un bavard.

La compassion de son regard atténuait la vexation des *bad beats*, ces mains théoriquement impossibles à perdre, et si vous le complimentiez pour ses doigts magiques après avoir reçu une main imparable, il ne vous contredisait pas.

Lonnie était partant. C'était presque comme autrefois. À leur apogée, les soirées de Corky Bell étaient de vraies grand-messes. La partie qu'il organisait le premier week-end de janvier était la plus courue de la ville, celle du 4-Juillet faisait toujours un tabac, et ses événements ponctuels marquaient les esprits, même si Corky ne rentrait pas toujours dans ses frais. Ses tables attiraient des politiciens, des briseurs de membres et des vendeurs de stupéfiants, des médecins, des banquiers et des pasteurs. Les Blancs montaient en taxi de Park Avenue ou venaient des nouvelles banlieues pour se confronter à d'authentiques criminels. La bouffe était sensas, miraculeux sandwichs achetés dans d'illustres épiceries juives, parfois une côte de bœuf sous un machin à lampe chauffante, et des barmen empruntés au dernier bar à cocktails ou club à la mode veillaient à ce que les joueurs ne soient jamais à sec.

Des célébrités s'y pressaient. Pas uniquement Sylvester King, le cousin de Corky, et pas seulement des musiciens new-yorkais, mais aussi des stars d'Hollywood. Après le Nouvel An 1963, l'acteur Peter Lawford, venu en ville « faire des recherches pour un rôle », prit place autour de la table. Il commença par déclarer qu'il jouerait une seule main et finalement il resta deux jours, dégainant ses meilleures anecdotes lorsque l'ambiance retombait ou qu'il cherchait à se faire apprécier. « Je la regarde de la tête aux pieds – elle a de ces jambes – et je lui dis : “Y en a d'autres comme toi chez toi ?” » Sonny Liston le remplaça quand Leotis Martin le pluma. Leroi Banks, le ventriloque, était présent avec sa marionnette, Mr Charles, qui gigotait sur ses genoux, comme à la télé. La marionnette passa la soirée à débiter des inepties et des blagues cochonnes que la censure n'aurait pas permises. « T'es allée au dispensaire, chérie ? Ils t'ont dit quoi ? Que t'as des *échardes* ? Je te promets que j'y suis pour rien ! » Liston avait la réputation d'être une bête féroce, mais il pouffait comme une fillette à chaque obscénité jaillissant de la bouche peinte de Mr Charles. Et il ne lésinait jamais sur les pourboires.

Les parties de Corky Bell n'étaient plus aussi fréquentes qu'avant. Raison officielle : sa petite amie Stacey s'était arrogé les Saint-Sylvestre et les 4-Juillet, qu'ils passaient dorénavant à Sag Harbor, où elle avait un bungalow. Raison intime : l'adrénaline, le plaisir qu'il avait à manier les énergies du hasard, à devenir momentanément le vecteur du destin, avait cédé la place à une peur glaciale le jour où Chickie James avait tiré une balle dans la tête de Skippy Jamon à cause d'un *full* ; le geyser de sang avait ruiné le tapis de feutre et maudit les jetons, si bien qu'il avait fallu remplacer l'ensemble.

Un mauvais présage de plus. Il avait cessé de les compter. Harlem était méconnaissable. Les voyous d'aujourd'hui n'avaient plus d'honneur et encore moins de classe. Un bordel avait ouvert juste à côté du boui-boui où il aimait venir manger du poisson frit, et le spectacle de ces jeunes filles exploitées qui tapinaient dans la rue s'imposait à lui alors qu'il désirait seulement satisfaire une envie de merlan sur du pain blanc. Lui qui était grand-père, ça le mettait mal à l'aise. Ces temps-ci, s'encanailler dans Harlem était plus dangereux qu'exotique et les Blancs ayant un faible pour le *seven-card stud* ou le *hi-lo* se rabattaient sur les restos à goulasch de Garment District, autour de la 37e Rue. Corky Bell y était allé une fois, pour voir. Il avait tenu vingt minutes avant qu'un raciste à postiche et chicots jaunis se plaigne à la direction parce qu'il partageait sa table avec plusieurs Noirs. *Noirs* n'étant pas le terme qu'il employa. Corky Bell avait toutefois eu le temps de se faire une idée : jeux truqués, joueurs complices, bols de goulasch fumant pour ceux qui avaient faim, salles non aérées ravissant les amateurs de cancer du poumon.

Lorsque Cameron Purvis lui téléphona en lui proposant d'organiser une partie exceptionnelle pour Memorial Day, il se rendit compte que les cartes lui manquaient terriblement. Purvis avait grandi dans le Bronx, sur Arthur Avenue, et était un pilier des parties qu'il donnait pendant les jours fériés. Pour l'occasion, il faisait la route depuis Washington, où il bossait pour le gouvernement. Corky Bell confondait tous les joueurs blancs, mais Purvis se démarquait par son drôle de boulot. « Mon travail consiste à faire découvrir à l'Amérique les merveilles de "notre ami l'atome", avait-il expliqué lors de la première partie du Nouvel An. L'un des meilleurs amis que nous ayons. » Synonyme d'innovations dans la démolition, la médecine et l'agriculture, l'énergie atomique était bien plus qu'une bombe, c'était le futur, dès aujourd'hui. « Laissez-moi vous parler des radio-isotopes… »

En 1963, la guerre froide s'était muée en un casse-tête insoluble. « Maintenant je suis dans les abris antiatomiques », expliqua Purvis. Il vendait des bunkers à installer dans son jardin pour le compte de l'American Fallout Shelter Company. « Ça paye d'être réactif. » Il fut enchanté de découvrir Corky Bell occupé à disposer les chaises quand il arriva à l'Aloha Room en début de soirée le vendredi de Memorial Day. Corky Bell n'était pas le seul à goûter ce rappel du bon vieux temps ; Purvis ne trouvait plus son travail aussi épanouissant qu'autrefois. « J'en ai marre de faire le garçon de courses pour RAND Corporation, vous comprenez ? » La table le dévisagea en silence. Il était actuellement consultant pour l'armée américaine, tentait de redorer le blason des herbicides à usage tactique tels que l'agent orange. « Quand l'Américain moyen entend le mot "chimie", dit-il à l'assemblée, ça lui évoque toutes sortes d'idées négatives. Mon boulot, c'est de remodeler les cerveaux. » Les joueurs opinèrent.

La première main fut distribuée à vingt heures six le 28 mai. Ils étaient huit à ouvrir les hostilités et, durant plusieurs jours, la partie vit se succéder régulièrement de nouvelles têtes, des pigeons, des fiers-à-bras et toute une gamme de protagonistes hauts en couleur. On joua à diverses variantes, *five-card stud*, *draw*, *razz*, *ace-to-five lowball*, *deuce-to-seven* et *hi-lo*, avec un marathon de *seven-card stud* qui dura toute la journée du dimanche en hommage au père de Purvis, qui avait combattu lors des deux guerres mondiales et en était un aficionado. Memorial Day – le jour où on commémore les vétérans. Lorsque l'énergie retombait, Purvis entonnait « From the Halls of Montezuma », l'hymne des Marines, et relançait la machine.

Les plus acharnés se reposaient dans l'arrière-salle et revenaient après avoir fait le bilan de leurs erreurs et des mains qu'ils avaient ratées, tandis que d'autres séchaient le samedi, revenaient le dimanche et jouaient quarante-huit heures d'affilée. Lorsque Corky Bell avait besoin de sommeil, son neveu George présidait à sa place. Les anciens échangeaient leurs souvenirs des buffets précédents, des sandwichs au pastrami et de la choucroute de chez Levi's, ou de la fois où Corky Bell avait fait venir des plateaux de poulet frit de chez Lady Betsy's et mis la partie en pause « le temps que vous appreniez à utiliser des serviettes, bande de porcs ». Y avait-il suffisamment à manger ? à boire ? Les personnalités autour de la table composaient-elles un mélange suffisamment vivant et stimulant ? Une bagarre faillit éclater pour savoir qui faisait le meilleur *fried chicken*, Lady Betsy's ou New Country Kitchen. Cette bousculade donna à Corky Bell l'impression d'avoir rajeuni de dix ans.

Les parties des jours fériés – 4-Juillet, Labor Day – s'essoufflaient généralement le lundi après-midi, grignotées par le monde réel et ses impératifs. On ne peut pas vivre indéfiniment dans un rêve. Ce week-end de Memorial Day semblait voué à prendre le même chemin, mais Cameron Purvis avait besoin de continuer, et il fit des convertis. Il annula son vol pour Los Angeles – « un rendez-vous avec un chercheur de chez DuPont » – et informa sa secrétaire qu'il y avait eu un décès dans sa famille. Les joueurs se traînèrent jusque chez eux, prirent une douche, se rasèrent et revinrent. Le bruit courut et ceux qui n'avaient pu venir le lundi se pointèrent le mardi. Corky Bell se débrouilla pour prolonger l'hospitalité défraîchie de l'Aloha Room, téléphona au Blackeye P's pour commander un plateau de sandwichs au rosbif, et dit à son contact de la maison Poulaga qu'il lui filerait une enveloppe supplémentaire. C'est peut-être ce coup de fil qui attira l'attention de l'inspecteur sur la partie.

Lonnie alterna avec deux autres donneurs travaillant

depuis longtemps avec Corky Bell, et il quitta son poste le dimanche soir, épuisé mais content. Corky avait mauvaise conscience quand il le rappela le mardi matin. Lonnie lui répondit que les pourboires à eux seuls équivalaient à un mois de son salaire au Whistle Shop, le bar de la 125e où il travaillait. Le donneur se débarbouilla et rappliqua à l'Aloha Room pour l'heure du dîner.

À vingt-deux heures trente-cinq, le mardi 1er juin, il ne restait plus que quatre joueurs. Purvis et Nelson Wright étaient les derniers représentants de l'effectif original, quatre jours plus tôt. Ils gagnaient trop pour partir : Purvis était à soixante mille, Wright à vingt-cinq. Ce dernier gérait un bordel sur Broadway qui accueillait des hommes d'affaires en déplacement. Avant que l'Hôtel Theresa ne soit converti en bureaux, le concierge distribuait aux clients des cartes où le nom du claque – BILOXI – s'étalait dans une police raffinée. Wright était le seul voyou de Harlem autour de la table. Les temps avaient bel et bien changé.

Il y avait un autre Blanc en plus de Purvis, un homme qui se prétendait agent d'artistes et que Corky Bell classait dans la catégorie des joueurs dégénérés. La partie avançant, il s'avéra que personne n'avait entendu parler de ses clients ni des « grandes salles » dans lesquelles il affirmait les faire programmer, mais il perdait de l'argent par tous les pores de sa peau, c'était un raté qui tentait de se faire bien voir, si bien que personne ne contredit ses bobards.

Le dernier joueur était un architecte noir de Newark. Lorsqu'il leur expliqua de sa voix douce comment il gagnait sa croûte, il rencontra des regards interdits.

« Un architecte noir ? fit Wright. Je savais pas qu'ils nous laissaient faire ça.

– Ils ne me *laissent* pas faire quoi que ce soit. Je le fais, point. » Il avait conçu deux hôpitaux et une école d'infirmières. Les bâtiments médicaux, c'était son créneau.

Wright acquiesça, pensif. « C'est fort. »

Quatre joueurs, donc, plus Corky Bell, Lonnie et le garde à la porte, lorsque les voleurs déboulèrent.

Autrefois, Corky Bell engageait des malabars à l'ancienne, des tueurs froids qui avaient chacun leur spécialité : des étrangleurs, des hacheurs, des hommes disposant d'opinions tranchées sur les atouts respectifs de la chaux vive et de l'acide sulfurique. Ils ne bougeaient pas, respiraient peu, s'effaçaient devant les rodomontades de la table jusqu'au moment où ils étaient appelés pour maîtriser un type qui avait trop bu, casser le fémur d'un garde du corps, mettre un coup de boule à un importun blanc qui avait oublié où il se trouvait.

Il arrivait qu'on se tienne mal dans les parties de Corky Bell, mais personne n'avait jamais songé à en braquer une. Ça aurait été enfreindre l'ordre qui régnait *uptown*, et il y aurait eu des conséquences. Ces voleurs devaient en avoir conscience lorsqu'ils avaient décidé de prendre la partie pour cible.

Tout le week-end, deux hommes avaient protégé l'Aloha Room, un à la porte et l'autre au bar. Trouver des remplaçants pour le mardi avait été plus long que prévu. C'est pourquoi, alors que la partie se terminait doucement, Corky Bell avait décidé d'économiser quelques dollars en surveillance et en barman et s'était fait un plaisir de remplir lui-même les verres des joueurs – deux manquements au protocole qu'il ne se serait pas autorisés jadis.

Le garde du mardi se nommait Arnie Polk, un troisième

couteau qui s'était fait jeter de l'organisation de Chink Montague au motif qu'il était « un peu dans la lune » et qu'il « planait », à en croire son ancien employeur. Arnie aurait été le premier à admettre que la violence n'était pas sa plus grande passion.

Se fiant aux explications de Corky Bell, il s'attendait à un public paisible. Il se laissa distraire. Il rendit de fréquentes visites au plateau de sandwichs et eut même le culot de se plaindre de la mayonnaise. Au moment où le braqueur lui asséna un coup de pistolet, il fantasmait sur le Newport 30, l'élégant bateau en couverture du numéro de mai de *Top Boating* – Arnie était abonné. Reflet de son point de vue pessimiste sur la vie, sa rêverie se teintait d'une touche dramatique : ayant pris un mauvais virage sur l'Hudson, l'embarcation tanguait dans le sillage houleux d'un paquebot. Il avait cru que l'homme venait jouer – un Blanc qui attaque une partie de cartes à Harlem, ça ne s'était jamais vu. Le voleur le frappa et Arnie s'effondra sur le parquet, où il fit le mort jusqu'à la fin du braquage. Personne ne s'aperçut de la supercherie. Il ne broncha même pas quand le voleur lui subtilisa son arme, même si ça le chatouilla.

Seul le Blanc parla. Il était en sueur, échevelé, et il avait l'air à cran, mais ses aboiements firent sursauter les joueurs. La mine hésitante – « surprise », dirait plus tard Purvis – de son collègue noir laissa penser à plus d'un joueur qu'il était drogué, et donc une variable imprévisible et dangereuse. Le Blanc lui dit de lever son arme. Le Noir s'exécuta, mais son bras retomba peu à peu, capitulant sous le poids d'un fardeau invisible. La même chose se reproduisit plusieurs fois, comme si une lutte intense se déroulait en lui. « On voyait bien qu'il était sans pitié, raconta par la suite l'agent d'artistes à son comptable, c'était un tueur et il faisait des efforts considérables pour ne pas tous nous abattre. »

Corky Bell se leva. « Inspecteur Munson ? dit-il en plissant les paupières.

– Oui, oui, répondit le Blanc.

– J'ai payé, dit Corky Bell. Qu'est-ce qui vous prend ? Et c'est quoi cette tenue ?

– Je bosse, dit Munson.

– Munson », dit Wright. En bon tenancier d'un commerce de prostitution, Wright contribuait régulièrement à la cagnotte du 28ᵉ district. Cet homme, sa division, il les avait dans la poche. Mais qui était ce Noir avec lui ? Il ressemblait à un camé en plein trip. Du genre à braquer une pharmacie pour trouver du sirop contre la toux, pas une partie de poker.

« Un policier », dit Purvis qui tentait de raccrocher les wagons.

Corky Bell se tourna vers l'intrus noir. « Toi aussi, t'es flic ? »

L'homme baissa la main et haussa les épaules avec une expression de culpabilité discrète mais immanquable, comme s'il avait été surpris en train de mordre dans le dernier cupcake.

Une scène de tension et de confusion se déployait à l'Aloha sur fond d'absurde décor polynésien. La profanation de la partie de Corky Bell, ce duo interracial de voleurs, le fait que le Blanc soit flic… Il y avait de quoi s'y perdre. Corky Bell avait raison : aucun d'entre eux n'oublierait cette partie de Memorial Day.

Tandis que le braquage suivait son cours, certains planifiaient leurs propres coups. L'architecte examina rapidement la table ; si l'occasion se présentait, il empocherait quelques jetons. Pendant ce temps, l'agent d'artistes évaluait les multiples colonnes de jetons rouges et verts qui composaient l'empire de Purvis. Il avait repéré un poste avancé qui lui paraissait vulnérable.

À leurs infimes changements d'attitude, Corky Bell comprit ce qu'ils manigançaient. Ces imbéciles pouvaient gratter autant de jetons qu'ils voulaient, ça ne leur servirait à rien si les voleurs partaient avec la caisse.

Effectivement, Munson demanda le cash. Lorsque Corky Bell lui répéta qu'il avait payé le poste et que l'inspecteur n'avait aucun droit d'être là, ce dernier tira en l'air.

L'agent d'artistes poussa un cri aigu.

Corky Bell désigna le bar. Munson ordonna à son équipier de le couvrir et lui rappela, avec une impatience audible, de tenir son arme « correctement ». Comme on réprimande un enfant qui n'a pas attaché ses lacets. Trente secondes plus tard, l'arme du Noir visait de nouveau le sol.

Lonnie et Nelson Wright étaient certains de le reconnaître. Pour Lonnie, il s'agissait d'un braqueur qui venait souvent se soûler jusqu'à en perdre la vue au Blossom, du temps où il y travaillait. Wright, pour sa part, décréta qu'il l'avait vu à l'église, alto dans la chorale. Les deux hommes avaient acheté des meubles chez Carney's Furniture par le passé, Lonnie une commode Egon et Wright un fauteuil inclinable Sterling Dreamer.

Purvis dit : « Oh, la vache. »

Munson garda son arme pointée sur les captifs. Il piqua un sandwich sur le plateau, le mastiqua, puis il se baissa pour soulever la grosse boîte en métal qu'il posa ensuite sur le bar. Il fit signe à Lonnie avec le canon de son .38 et lui ordonna de prendre la clé à Corky Bell.

Entre ses emplois de donneur et de barman, Lonnie avait assisté à trois braquages et à autant de cambriolages, ainsi qu'à une foule de coups de sang assortis d'accessoires mortels. Il avait connu des tables où une mauvaise main, un flush suspect avaient suffi pour qu'on sorte les armes, avait vu ébahi Blackjack Martin braquer un .22 sur le Comptable quand celui-ci avait dévoilé deux paires. À chaque fois, il avait cru y rester. Son père, tueur à gages pour Caesar Mills dans les années 1940, avait été dépouillé et abandonné à Morris Park, près des balançoires. Lonnie évitait le parc qui lui rappelait de mauvais souvenirs, et sa proximité l'avait gêné tout le week-end. Il était convaincu, à voir l'arme du policier, que Mount Morris ne tarderait pas à accueillir le dernier membre de sa malheureuse lignée.

Corky Bell ouvrit son gilet et regarda le mur opposé d'un air sombre. Lonnie plongea la main dans la poche et y piocha la clé.

« On a payé tes collègues. » Corky Bell était écœuré. « On vous a payés.

– T'as qu'à porter plainte », rétorqua Munson en crachant une gerbe de miettes. Il dit à Lonnie d'ouvrir la boîte métallique. Ses yeux ne quittèrent pas la main du donneur, au cas où il produirait une arme. Ce ne fut pas le cas. Qui n'aurait pas souri devant tous ces billets ? Les joueurs avaient empoché leurs gains, ils étaient venus puis repartis, mais à en juger par les jetons sur la table il y en avait encore pour plus de cent mille dollars. Quatre jours durant lesquels des tocards, des pigeons et des flambeurs avaient dépensé sans compter ? Cent mille, oui. Facile.

Munson annonça que, tant qu'à faire, il allait prendre la boîte. « C'est plus simple que de tout fourrer dans ma veste. » Il referma le couvercle et amorça sa retraite. Le poids de son butin le fit grimacer à cause de son bras blessé. Les joueurs ne bougèrent pas, Lonnie et Corky Bell non plus, et encore moins Arnie le garde, qui visait un Oscar pour son rôle de cadavre.

Munson rappela à son compagnon de lever son arme. Ce qu'il fit. Le temps qu'ils arrivent à la porte, il avait recommencé à baisser le bras.

Corky Bell dit : « C'est une partie de Corky Bell, nom de Dieu. »

Munson jura, se précipita vers la table et le gifla avec la crosse de son arme. Corky Bell tomba en position fœtale et protégea sa tête contre les coups qui suivirent.

Il était vingt-deux heures quarante-neuf le mardi 1er juin. Le braqueur noir était parti. Munson dit aux joueurs de reprendre leur partie et leur souhaita bonne chance. Lorsque la porte se referma, ils l'entendirent crier à son équipier : « Où vous croyez aller comme ça ? »

7

Munson encaissait ses gains. Il était en train de larguer la police, son réseau d'extorsion, sa ville natale et vraisemblablement sa femme pour recommencer ailleurs, loin – quand on est grillé à ce point, on ne se contente pas de franchir le fleuve pour s'installer dans une banlieue du New Jersey. « J'ai déjà fait de jolis coups, c'est sûr, expliqua-t-il. Plein. Mais un vrai jackpot ? Ce soir je me le fabrique, une étape après l'autre. » Il tambourina sur la mallette de Carney, à demi remplie de bijoux et de billets. Il restait de la place.

Lorsque Webb lui était tombé dessus, Carney avait cessé d'entendre des sirènes. Depuis Edgecombe, elles avaient recommencé à saturer la nuit, chacune d'elles sonnait comme un avertissement.

Le signal piétons passa à DONT WALK. Vas-y, propulse la Cadillac dans ce resto, défonce la vitrine. Tue cette nuit dans l'œuf.

Munson venait d'assassiner son équipier quelques minutes auparavant. Il avala un comprimé sans eau. Manifestement un stimulant quelconque.

« Depuis combien de temps vous planifiez ça ? lui demanda Carney.

– Je pensais que j'aurais quelques semaines de plus pour me préparer. Et puis j'ai reçu l'assignation à comparaître, et j'avais passé un si bon week-end que j'ai décidé que c'était le moment idéal pour dire adieu à New York. » Il serra la mâchoire. « Y a plus rien ici. »

Buck Webb avait affirmé vouloir « régler ça comme deux Blancs ». Il avait été exaucé. Son meurtre faisait-il partie du plan, ou Munson avait-il improvisé ? Lorsqu'il était monté dans la voiture de son équipier, il avait dû se demander si la commission Knapp réussirait à le faire craquer. Et estimer que ce serait le cas.

Munson accorda à Carney le temps qu'il lui fallait pour reprendre ses esprits. Carney réfléchissait à appeler Calvin Pierce pour le consulter. Ça lui était déjà arrivé plusieurs fois de contacter l'avocat – il avait perdu le compte –, mais jamais pour un flic. Était-il maintenant complice d'un meurtre ? Appeler Pierce… Comme si Munson allait lui permettre de s'arrêter devant une cabine téléphonique. Comme s'il avait une chance de survivre à cette nuit.

Il en avait pourtant l'intention. Sa femme rentrait le lendemain et elle lui manquait. « Ça…, commença-t-il.

– Pas envie d'en parler, le coupa Munson. J'ai toute une liste de choses à faire. Des sous à récupérer. Ensuite, vous me conduisez à l'aéroport de Philly et je vous dis au revoir.

– Bien sûr. » Ne surtout pas lui demander où il allait. Aux Bahamas ou à Buenos Aires. Considérant ce dont Carney venait d'être témoin, savoir d'où l'inspecteur décollait, c'était déjà trop.

Non, Munson ne le laisserait pas partir après tout ça. Tel père, tel fils – les flics avaient abattu Big Mike Carney pendant qu'il braquait une pharmacie.

Munson lui dit de rouler jusqu'à une adresse *downtown*, près de Mount Morris, une grande *brownstone* de style italien. L'Aloha Room ? Carney en avait entendu parler. Au sommet du perron, derrière les fenêtres du salon, une vive lumière filtrait par les interstices des épais rideaux.

Munson lui tendit un .38.

Carney le dévisagea.

« Il n'est pas chargé. C'est pas un piège.

– Ne comptez pas sur moi.

– Je vous demande juste de le tenir. Plus vous aurez l'air convaincant, moins ils risquent de vous faire chier. Comme souvent dans la vie.

– Non.

– J'ai déjà perdu un équipier ce soir. »

La bouche de Carney se réduisit à un trait.

« Je plaisante, fit Munson. On va entrer et vous allez rester près de la porte.

– Et s'ils commencent à tirer ?

– Évitez les balles. »

Objecteur de conscience. C'était le terme qu'il cherchait. *Ma morale m'oblige à décliner.* Cette guerre ne concernait que Munson, pas lui. Il prit le revolver.

L'Aloha Room fut la première étape. L'arme pesait si lourd qu'elle tirait son bras vers le sol.

Deuxième étape, le mac. Comme on dit, l'occasion fit le larron.

Ils étaient au coin de la 126e et de Lenox. Dernier ordre donné par Munson après avoir rangé le butin du poker dans le coffre : « Démarrez. » Carney prit la direction du nord et de la planque sur la 157e. Avec un peu de chance, ils en avaient terminé.

Et puis Munson dit : « Garez-vous là », en désignant deux hommes.

Les tenues chamarrées florissaient à Harlem depuis un moment, à la faveur des innovations de l'industrie textile, d'une tolérance nouvelle pour les couleurs vives et de l'audace de la jeune génération. La frontière entre style chic et look de mac était mouvante, mal définie, mais tout le monde s'amusait trop pour s'en plaindre. Les hommes au carrefour étaient des proxénètes, sans l'ombre d'un doute, vu le nombre de couches superflues qu'ils accumulaient par une nuit si douce. Le plus grand portait un costume violet à passepoil argenté et un large chapeau blanc pailleté. L'autre avait un long trench en cuir qui drapait ses épaules à la manière d'une cape. Sa chemise à motif tigré et son chapeau de cow-boy rouge, blanc et bleu semblaient sortis d'un cirque macabre.

Munson indiqua à Carney de se ranger le long du trottoir opposé. Il lui prit les clés, puis il traversa l'avenue.

« Inspecteur Munson ! cria le plus grand. Vous faites votre tournée ? »

Carney n'entendit pas ce que Munson répondit ; son visage n'exprima rien. Le policier saisit le mac par le manteau et lui asséna plusieurs coups au visage. Il chancela, tomba, et Munson continua à le frapper au sol.

L'homme au trench noir dit : « Oh merde, oh merde », et fila vers l'ouest, ses bottines cubaines en croco claquant sur l'asphalte.

Munson balança deux coups de pied dans le ventre de l'homme en violet. Il était à bout de souffle. Il marcha jusqu'au coin de la rue et se saisit d'une poubelle en aluminium avec sa main valide. Il la traîna et la renversa sur le corps de l'homme, à qui il administra ensuite plusieurs coups de pied supplémentaires à travers le métal.

Cela aurait pu être un mauvais rêve si une vieille chouette au premier étage d'un immeuble n'avait pas ouvert grand sa fenêtre et crié à Munson d'arrêter, bon sang, elle essayait de dormir. Voilà comment Carney eut l'assurance qu'il était bel et bien à New York et pas dans un cauchemar. Il n'y avait plus de différence entre les deux.

Munson regagna la Cadillac. Il n'avait pas dépouillé le mac ; il était seulement venu le savater. L'homme se tordait en gémissant sur le trottoir, il n'était donc pas mort. Munson rendit les clés à Carney et lui fit signe de rouler vers le nord.

« J'ai jamais pu encadrer cette enflure. On est tous des salauds, mais y en a qui sont pires que les autres. » Il avala un comprimé. « Lui, il est pire. »

Pour les troisième et quatrième arrêts, Carney dut patienter dans la voiture, mais l'inspecteur lui laissa les clés. Il doit penser que mon dressage est fini, songea Carney. Il donne un peu de mou à ma laisse.

La boîte de nuit se trouvait dans la 145ᵉ, à quelques numéros d'Amsterdam Avenue. La devanture était peinte en noir et surmontée d'une rangée d'ampoules rouges en guise d'enseigne. C'était un soir de semaine, bientôt minuit, pourtant des hommes et des femmes, sortis respirer un peu d'air frais, se massaient autour de l'entrée. Fumaient des cigarettes et des joints, buvaient dans des gobelets jetables. Carney doutait que Munson ait l'intention de canarder la boîte, mais il allait certainement y avoir du sport si quelqu'un se mettait en travers de son chemin. D'autres arrivèrent aussi à cette conclusion, comme en témoigna la ruée vers l'extérieur qui suivit son entrée. Les clients observaient les consignes de sécurité en vigueur à Harlem, à savoir se replier suffisamment loin pour ne pas être le premier fauché quand l'action déborderait sur le trottoir, mais rester assez près pour ne rien rater de la suite. Le lendemain, ils feraient rager leurs amis rentrés plus tôt.

Carney se tassa sur le siège de la DeVille. À la partie de Corky Bell, deux des joueurs étaient des clients du magasin. (Il admettait une pincée de fierté.) Impossible de dire combien de ces fêtards appréciaient le mobilier haut de gamme à un tarif abordable. Il avait pris un encart dans l'*Amsterdam News* et dans deux journaux caribéens pour faire la réclame de ses promotions spécial Memorial Day ; il avait toutes les raisons d'estimer que plusieurs de ces personnes avaient pu être attirées par la perspective d'une bonne affaire. Moteur en marche, il attendit.

Munson ressortit de la boîte au pas de charge en tenant une pochette en tissu contre son ventre à la manière d'un ballon de football. Il poussa un cri de joie, parut un instant désorienté, puis localisa la Cadillac et Carney. « On y va, allez ! » L'inspecteur s'engouffra dans la voiture. Carney démarra en s'efforçant de ne pas être vu par la foule.

La quatrième étape fut plus tranquille. L'épicerie était le seul commerce ouvert au croisement de la 132e Rue et de la 8e Avenue. Munson balaya la rue du regard, entra, ressortit deux minutes plus tard. Pas un bruit – ni coups de feu ni cris de douleur, rien – ne s'échappa de la boutique durant sa visite, et personne ne s'enfuit. L'argent de l'épicerie se trouvait dans un sac en papier roulé. « Je suis Robin des Bois, commenta Munson, sauf que je garde tout pour moi ! »

Carney ne posa pas de questions.

Le flic ajouta cette nouvelle prise dans la mallette et promit à Carney qu'il la lui rendrait à la fin de la nuit.

Cinquième étape, le Clyde's.

On n'allait pas au Clyde's pour se faire couper les tifs. Le coiffeur – il était seul – ratait les clients d'une manière si humiliante que personne n'y remettait jamais les pieds. C'était fait exprès. Malgré cela, le va-et-vient était constant et les horaires, étendus. Le merlan s'en allait à dix-huit heures, et alors une montagne de muscles débutait sa journée en prenant place sur une chaise en bois devant la porte de l'arrière-salle. La radio était constamment réglée sur la fréquence 1600 AM – celle de WWRL, « The Big RL », la principale radio noire de l'époque – à un volume assourdissant. De temps à autre, l'homme sur la chaise tapait du pied au rythme d'un tube de la Motown ou d'un des nouveaux sons de plus en plus léchés en provenance de Philadelphie, mais généralement il gardait les bras croisés et le menton baissé, et ses yeux de lézard ne bougeaient pas. Il s'appelait Earl.

Le salon de coiffure était une façade derrière laquelle Chink Montague entreposait depuis longtemps l'argent de ses loteries clandestines, confirmant la solidité de son activité à Harlem et de son arrangement avec la police. À deux reprises, par le passé, des hommes avaient essayé de braquer cette banque privée, en 1960 pendant la guerre opposant Chink à Bumpy Johnson, et deux ans auparavant. Le lendemain de la première tentative, Earl avait pris ses fonctions au salon de coiffure ; en plus de remplacer son défunt prédécesseur, il avait aidé à balayer les éclats de verre. Quant au dernier raid en date, il avait été promptement maîtrisé. L'aspirant voleur s'appelait Dizzy Huntley, il appartenait à la racaille du quartier et avait été instantanément reconnu malgré sa fausse moustache et ses lunettes à grosse monture noire. C'était une soirée calme, Earl le conduisit donc dans l'arrière-salle où, en compagnie de ses acolytes, ils lui firent la misère, se moquèrent de ses piètres talents pour le vol et plus largement pour le crime, et puis ils finirent par se lasser et lui réglèrent son compte.

Chink Montague avait pris le contrôle du salon de coiffure, qui appartenait jusque-là à Smiling Rick, lors de son expansion territoriale de 1958. En souvenir, il conservait sur le mur une photo montrant Rick vêtu d'un *zoot suit*, les bras écartés devant le Cotton Club. Les coursiers de Chink sillonnaient tout le sud-ouest de Harlem pour collecter les mises auprès des femmes au foyer et des anciens militaires, des apprentis plombiers et des garants de cautions judiciaires, des représentants de toutes les professions, des saints autant que des maudits qui pariaient sur trois chiffres en espérant qu'ils leur ouvriraient le Coffre du Bonheur. Les grilles et les billets de tout le réseau convergeaient vers l'arrière-salle du Clyde's. Dès que les résultats tombaient, les coursiers distribuaient aux gagnants leur part de la cagnotte du jour. Mais l'essentiel de l'argent restait dans l'arrière-salle jusqu'au jeudi, où des messagers l'emportaient dans un autre QG du gangster.

« Si je pouvais attendre deux jours, dit Munson, là je toucherais vraiment gros. » Il alluma une cigarette. « Mais j'ai pas le temps de m'éterniser »

Carney et lui étaient garés à une vingtaine de mètres du salon de coiffure depuis une demi-heure. Le Clyde's occupait le rez-de-chaussée d'une maison de ville de Lenox Avenue, au niveau de la 121ᵉ. Un coin résidentiel avec une poignée de commerces. Plus haut, vers la 125ᵉ, l'avenue devenait plus vivante. Ici, tout était calme.

Carney voulut savoir ce qu'ils attendaient.

« Un jour, vous m'avez demandé ce qu'on fait quand on est en planque. Des fois on observe. Des fois on attend la confirmation de quelque chose. Un homme apparaît. Quelqu'un s'en va. C'est le signal et il faut y aller. »

Un bus M102 vert foncé – SERVICE TERMINÉ – remontait lentement l'avenue aussi brillamment éclairé que vide. May et John prenaient parfois cette ligne pour aller à l'école – New Lincoln, un établissement privé expérimental –, mais à des horaires plus convenables. S'inquiétaient-ils de son absence ou se réjouissaient-ils de cette soirée sans leurs parents ? Qui paierait leurs frais de scolarité si Carney ne passait pas la nuit ? Par moments, quand il pensait au voyage d'Elizabeth, une petite voix se mettait à murmurer dans sa tête, une voix de gobelin. Qu'avait dit Munson au sujet des équipiers et des conjoints ? *Ils se rendent mutuellement mabouls.* En avait-elle marre de lui, était-ce pour ça qu'elle était partie ? Un voyage d'affaires. Ou un ex qui habitait maintenant à Miami ou Chicago, peut-être un collègue d'une succursale qu'elle rêvait de rencontrer. Il n'avait rien détecté quand ils s'étaient parlé au téléphone. Et pourtant : le murmure. Le père de May et John est retrouvé mort dans un caniveau, leur mère refait sa vie à Chicago avec un enfoiré de beau parleur. Mais non, tout avait l'air d'aller quand elle l'avait appelé de l'hôtel, elle avait paru sincère en lui disant qu'ils lui manquaient. S'il était tué ce soir, elle serait rentrée à temps pour s'occuper des enfants. Une vision de la figure démolie de Buck Webb le ramena dans le présent.

Munson palpait sa blessure à travers sa veste. Son doigt ressortit noir et humide. « Qu'est-ce qu'elle est devenue, cette nana que vous aviez dans votre bureau ? demanda-t-il.

– Elle s'est mariée. Elle a eu un enfant. Elle est partie et elle est revenue. » Autrefois, quand Munson venait chercher son enveloppe, il commençait toujours par flirter un peu avec Marie. Elle feignait d'être choquée par son baratin, mais il n'empêche qu'elle mettait ses « jolies boucles d'oreille » et son rouge à lèvres spécial quand c'était le jour de la collecte. C'est à ces détails qu'on pouvait déduire l'opinion qu'elle avait de l'inspecteur. Elle gardait le secret sur une partie des choses qui se déroulaient dans le magasin et il en allait de même avec sa vie privée. Il apparaissait évident que son mari, Rodney, était un sale type ; moins évidente était la capacité de Marie à changer de vie.

« Le mari, hein ?

– Je n'ai pas dit ça.

– Je l'entends dans votre voix. »

Carney n'avait jamais rencontré Mrs Munson. S'il se souvenait bien, elle était professeure d'art plastique dans une école primaire. Une matrone irlandaise qui n'avait pas sa langue dans sa poche, à en croire les descriptions distillées par l'inspecteur au fil des ans ; elle identifiait ses défauts, en pardonnait certains, posait parfois des limites. La possibilité qu'elle ne soit plus dans l'équation permettait d'expliquer le comportement de Munson, sa tenue négligée et ses airs d'animal acculé.

« Angela part avec vous ? » À l'instant où Carney posa cette question, une idée surgit : *Il a tué sa femme.*

Munson vérifia que son revolver était chargé. « Mon adorable fiancée a décidé d'aller voir sa sœur à Pittsburgh. Elle me rejoindra peut-être un peu plus tard. On ne peut pas forcer les gens.

– Mais une arme aide à les convaincre », compléta Carney.

Munson fit mine de n'avoir rien entendu. « Même si je n'avais pas une avalanche de merde qui me tombait sur la gueule, hors de question que je continue à vivre dans ce trou. » Sa voix était un grondement épuisé. « Autrefois, le ghetto se limitait au ghetto. Maintenant, c'est toute la ville. Des sacs à merde qui balancent des nouveau-nés dans des vide-ordures. Des gamines de treize ans enceintes de leur père. Des femmes qui en ont tellement marre de se faire cogner qu'elles font sauter le caisson de leur paternel avant d'avaler le canon du flingue. Des grand-mères attachées aux radiateurs pendant que leurs petits-enfants piquent l'argent de leur pension.

– Le cycle de la vie. »

Ils rirent.

« Elle me pose des questions sur ma femme, dit Munson. Elle me les brise comme si on était ensemble depuis des années.

– Le flingue. Avec Webb… C'est un de ceux que vous avez pris à la BLA.

– Et ?

– Pour faire accuser quelqu'un d'autre.

– Quand je pense que j'ai douté de vous. »

Là-dessus, ils gardèrent le silence un moment.

Une fois de plus, Carney se retrouvait embarqué dans les plans d'un autre. Certes, c'est lui qui avait contacté Munson le premier, mais l'inspecteur avait exploité sa personnalité de vendeur, son caractère arrangeant. Sept ans plus tôt, Freddie avait occupé ses derniers jours sur terre à tâcher de réparer les conséquences d'un cambriolage désastreux. Ce n'était pas à cause de Carney que son cousin avait été tué, mais il était aux premières loges. Spectateur du carnage, comme maintenant de la tournée kamikaze de Munson dans Harlem. Agresser à volonté, prendre à volonté. Tuer à volonté. Lorsque Munson parlait du ringolevio, il parlait du frisson de l'impunité, de la possibilité de soumettre la ville à son désir, jadis comme aujourd'hui. Que signifiaient les lois pour les flics blancs du genre de Munson ? Les deux heures écoulées l'avaient amplement prouvé : rien du tout.

Le ringolevio… Chacun y jouait pour des raisons qui lui appartenaient. Carney chérissait cette époque où, quoi qu'il arrive, Freddie l'aidait à s'échapper. Lorsqu'il atterrissait en prison, il n'avait qu'à attendre que son cousin débarque. Et vice versa – si Freddie tombait, Carney commençait sur-le-champ à planifier son évasion. Quand ils se faisaient attraper, une fois sur deux c'est parce qu'ils essayaient de libérer l'autre. Le soleil vrombissait sur les fenêtres, les chromes et les débris de verre, et soudain la tête de Freddie apparaissait derrière un camion de déménagement, inspectait le périmètre, évaluait ses chances. Sur le perron, Carney sautillait en écartant les bras : je suis là, viens me chercher.

Freddie n'était plus là pour l'aider. Il allait devoir se débrouiller seul.

Le mouvement attira l'attention d'Earl qui leva les yeux du *New York Post* de la veille. Il gardait l'arrière-salle, assis sur sa chaise dont il n'avait pas bougé depuis plusieurs heures. Il fronça les sourcils. Carney était conscient qu'il changeait de mine lorsque Munson venait prendre son enveloppe ; il découvrit que c'était une réaction universelle. Earl se leva et ouvrit la porte de la boutique.

La radio passait « I'll Be There » des Jackson Five. Carney frissonna. Si Munson reconnut la chanson, il n'en montra rien.

Earl dit : « Inspecteur Munson. » Son attitude rappelait celle des bandits de westerns, qui restent plantés devant les saloons, qui parlent lentement et n'ont pas été défiés depuis trop longtemps.

« On va à l'arrière », dit Munson à Carney.

Earl recula d'un pas, toisa Munson, puis Carney. L'arme dans la main du policier laissait peu de doutes quant à ses intentions, mais l'esprit du planton s'y refusait. « Alors c'est comme ça ? » fit-il avec dégoût.

Munson agita son revolver, lui signalant de les précéder dans la salle de comptage. Il le fouilla. Il coinça l'arme du garde dans sa ceinture et jeta la matraque sur l'un des fauteuils. Puis il remarqua Carney. Pour cette fois, il lui avait dit de ne pas prendre d'arme et de se borner à exécuter les ordres, mais il n'avait pas imaginé que le vendeur de meubles lèverait les mains, façon « ne tirez pas », dès que les choses sérieuses commenceraient.

Munson parut dépité. Il dit : « Ouvre la porte, tu veux ? »

La partie publique du salon de coiffure était jaune et défraîchie, les affiches aux murs couvertes de moutons de poussière grasse, les étiquettes sur les boîtes et les flacons décollées et passées. La salle de comptage était tout l'inverse, joyeuse et accueillante. Tant qu'à passer de longues heures à faire tourner les rouages d'un réseau de jeu clandestin, autant se mettre à l'aise. Les boiseries en chêne rappelaient le temps où l'immeuble était une demeure luxueuse dans un quartier cossu ; quant au réfrigérateur et à la cuisinière vert avocat, c'étaient des modèles récents de chez Frigidaire. Un lustre en verre scintillait au-dessus d'une table à manger Collins-Hathaway, collection 1968, que jonchaient les restes d'un dîner tardif composé de jambon et de pommes de terre. Carney n'avait rien avalé depuis le matin.

La station de travail – une table en cèdre avec une enfilade de machines à compter les billets, lampes de bureau et agendas bien rangés – était fermée pour la nuit. À côté, un gros coffre Eureka Co. supportant un téléviseur portable Panasonic diffusait un *Dracula* avec Christopher Lee, volume à zéro. Probablement Channel 9, et à coup sûr John était devant au lieu de dormir. Carney regretta de ne pas être à la maison, il aurait grondé son fils puis l'aurait rejoint sur le canapé pour regarder le Comte faire son numéro.

Les deux employés de l'arrière-salle devaient avoir le même âge que lui. Modèle identique, kilométrage différent. Carney apprendrait plus tard que le petit au visage amer se nommait Driscoll. Il portait une chemise blanche empesée et un pantalon foncé retenu par de larges bretelles. Il avait les yeux perçants du mécanicien qui évalue combien il va pouvoir vous soutirer. La cigarette amarrée à sa lèvre inférieure tressautait quand il parlait.

L'autre, le plus grand, s'appelait Popeye. Son visage était marqué par une dentelle de petites entailles, souvenirs de bagarres ou d'une longue séance de torture. Son œil mort ressemblait à une cuillère pleine de lait. Sa constitution sèche, quasi squelettique, et les cheveux épars entourant sa tonsure lui donnaient l'air inoffensif d'un vieil homme brisé qu'on garderait pour faire le ménage. Les choses avançant, Carney comprit vite qu'il était extrêmement dangereux.

Il ne reconnaissait pas ces deux-là. Il avait déjà eu affaire aux chauffeurs et aux hommes de main de Chink Montague, mais ils changeaient régulièrement. Les risques du métier. Carney était bien sûr familier de leur patron, et lorsque la porte s'était ouverte il avait eu peur de découvrir Chink en personne, qui le fusillait du regard depuis son trône. Malgré l'ascension fulgurante de Notch Walker, ce dernier tenait encore une bonne partie d'*uptown*. Carney avait été soulagé de ne trouver que ces deux hommes dans l'arrière-salle.

Munson les rassembla près du réfrigérateur. Carney fouilla Driscoll et Popeye, une procédure qu'il accomplit d'une main tremblante et qui lui valut des regards malveillants et des menaces à mi-voix. Il s'excusa.

« Vire ce truc », lui dit Munson. Un bloc à couteaux était posé sur le plan de travail en formica jaune, à côté d'une rangée de pots en céramique. Carney le mit hors d'atteinte.

« C'est une blague, Munson ? » demanda Driscoll. Il regarda Carney en essayant de se rappeler où il l'avait vu.

« La blague, c'est que vous allez me donner la thune. La blague, c'est que vous pensez que je ne tirerai pas. »

La radio passa ensuite « Maybe Tomorrow ». Ils étaient tombés sur une plage dédiée aux Jackson Five. *No one else can make me cry the way you do, baby* – personne ne peut me faire pleurer comme toi, chérie. Cette chanson fichait le bourdon à Carney chaque fois que May la braillait à tue-tête dans sa chambre, débordante de joie sur son couvre-lit jaune et rouge. Que savait-elle des peines de cœur et des cataclysmes ? Elle ne pouvait pas encore saisir la vérité des paroles ; ça viendrait. Les chagrins qu'il avait rencontrés au fil de sa vie étaient toujours au bord du chemin, attendant que ses enfants passent à leur tour. On commence par chanter les chansons tristes, et un jour on les incarne.

Néanmoins, s'il ne foirait pas trop leur éducation, May et John ne seraient jamais kidnappés par un flic tueur. On entendait rarement ce genre d'histoires dans les chansons.

Driscoll dit : « T'as tort de faire ça à Chink.

– Il t'arrachera la peau pour récupérer sa thune, ajouta Earl.

– Chink, dit Munson. On l'appelle Chink parce qu'il a des yeux de Chinois. Vous croyez que ça lui plaît ? C'est un manque de respect. »

Driscoll fronça les sourcils. Il avait appris à articuler parfaitement avec une cigarette plantée dans le bec. Le filtre était collé à sa lèvre par la salive ou par une résine spéciale et rien n'aurait pu l'en décrocher, pas même un monologue shakespearien. Il lança un « T'es qui, toi ? ».

Carney leva de nouveau les mains comme pour repousser un objet brûlant ou pointu. « Je suis là, c'est tout, dit-il.

– Comment tu t'appelles ? fit Driscoll.

– Il va avoir besoin de quelque chose pour le ranger, dit Munson. L'argent. » Il désigna les valisettes en métal près de la table à compter. Pas la première fois qu'elles recevaient ces billets qui étaient l'énergie vitale de Harlem.

Il ordonna à Driscoll d'ouvrir le coffre. Carney se chargea des valises.

Driscoll se tourna vers Popeye : Je fais quoi ? Si quelqu'un devait voler Chink Montague pendant son tour de garde, autant que ce soit un flic. En un sens, le truand était protégé, de même que les guichetiers qui donnent les billets lors des casses – l'argent des banques est assuré. Rien d'autre à faire. Popeye ne se départait pas de son air maussade. Driscoll s'agenouilla devant l'Eureka et entama son rituel.

Pour la première fois, Popeye ouvrit la bouche : « Touche à ce fric et tu verras. » Il avait une voix aiguë, presque féminine. Carney le jaugea comme il le faisait avec les clients. Popeye savait qu'on ne survit pas à une transgression pareille. Chink graissait des pattes pour pouvoir opérer. Si Munson laissait ces hommes en vie, Chink serait à ses trousses en moins d'une heure. Et les copains flics de Munson aussi, parce qu'il court-circuitait le système. Ils étaient peut-être même déjà en route, tout dépendait de Corky Bell et de son état d'esprit depuis le ratissage de l'Aloha.

Dans la pièce voisine, la radio enchaîna sur « Ready or Not ». Carney se demandait si cette soirée l'avait rendu cinglé, il entendait sans arrêt les Jackson Five entre les ululements des sirènes. Encore heureux que May ne lui ait pas demandé des places pour les Archies. *Ready or not, here I come, you can't hide.* Il arrivait que les animateurs laissent dérouler des cassettes pour s'accorder une pause, fumer une clope sur le toit ou manger tranquillement un sandwich, faire grimper une fille sur leurs genoux. Carney imagina que celui-ci avait quitté sa cabine et s'était retiré tel un dieu absent qui les laissait subir ses choix et tenter de les interpréter. Insérer la cassette, appuyer sur lecture, s'en laver les mains.

« Vous connaissez pas l'inspecteur Munson aussi bien que moi, dit Popeye aux autres. On s'est rencontrés à l'époque où il était encore aux mœurs, pas vrai, Munson ? Ça remonte à quand ? »

Driscoll s'interrompit quand Popeye parla, se détourna de la mollette crantée du coffre et réfléchit au rôle qu'il allait jouer dans ce qui s'apprêtait à se produire. De même que le salon de coiffure servait de façade à cette salle de comptage, l'amabilité de Driscoll couvrait la violence de Popeye. Quelque chose se tramait ; ces heures à accompagner Munson avaient affûté les sens de Carney.

« Continue », dit Munson à Driscoll. Popeye et Earl se massaient près du frigo, le troisième était devant le coffre. Déchiffrer les tressaillements des muscles et les jeux de regards.

« Comment elle s'appelait, déjà, cette gonzesse ? » fit Popeye. Indigné, non pas à cause de cette histoire mais par cette profanation de son lieu de travail. Un rictus révéla une rangée de dents en or. « Y avait un mac, Prince Mike il s'appelait, il avait un joli petit lot qu'il faisait bosser dans les hôtels de *midtown*. C'était quoi son nom, Munson ? Je sais que tu te souviens. Ce que t'as fait. Si t'as oublié, le Diable te le rappellera – tu seras sur sa liste. »

De là où se trouvait Munson, à l'autre bout de la pièce, la petite flamme sous la casserole était invisible. Popeye saisit la poignée et projeta le contenu du récipient – des haricots dans de l'eau bouillante avec un peu de matière grasse – à travers la pièce. Munson eut le visage et les mains ébouillantés. Il se mit à hurler, recula et tira, d'abord sur Popeye, puis sur Earl qui avait profité de la diversion pour attraper une chaise et la lancer sur lui. Elle le frappa à la poitrine et lui fit manquer sa cible. Earl en sortit indemne, mais le coup de feu mit un terme à sa rébellion ; la sentinelle se replia vers la cuisinière. Assis le dos contre le réfrigérateur, Popeye agrippait sa jambe. La balle l'avait atteint juste au-dessus du genou.

Driscoll n'avait pas bougé. Il avait toujours la même expression bovine.

Munson dit : « Putain de ville. Tout le monde se sent obligé de faire le malin. » Il examina ses mains. La peau virait à l'écarlate, mais les brûlures étaient bénignes. « Magne-toi », dit-il à Driscoll. Il colla une balle dans le réfrigérateur pour se venger.

Les ressorts cliquetèrent et le coffre s'ouvrit. Munson dit à Driscoll de rejoindre ses copains à l'autre bout de la pièce. Il adressa un signe de la tête à Carney. « À vous, mon vieux. »

Carney n'avait pas vu autant de billets depuis qu'il avait cessé ses activités secondaires. Son Hermann Bros. dégageait un parfum froid et métallique quand il l'ouvrait, une odeur qu'il associait à l'argent. Il la sentit ici aussi. Les liasses étaient retenues par des élastiques. Il commença à les transférer dans la première valisette.

« Tu fais faire ton sale boulot par un clown ? » demanda Popeye. Il examina ses mains ensanglantées. « C'est Notch qui t'envoie ? T'es son clébard, maintenant ? »

Munson tira trois fois : la première balle toucha Popeye à la poitrine et les deux autres à la tête. Trois nouveaux trous dans le Frigidaire ; il allait falloir le remplacer. Tout le monde se jeta au sol, le nez contre le lino. Seul Munson demeura debout, revolver braqué, immobile. Carney tenta un coup d'œil entre ses doigts. Le flic ressemblait à une statue. Une silhouette de bronze au coin d'un parc, à la mémoire d'un homme puissant et influent désormais recouvert de merde de pigeon. Un nom sur une plaque de rue. On passe devant tous les jours mais on ne s'arrête jamais pour voir de qui on est censé se souvenir.

8

Si vous demandez à des rêveurs avides de définir le mot *jackpot*, ils vous donneront mille réponses différentes. Demandez à la serveuse du boui-boui qui joue chaque jour les trois mêmes numéros, au perceur de coffres qui plisse les yeux contre les étincelles, au braqueur qui arrache un chauffeur à son volant et conduit le camion jusqu'au point de rendez-vous – qu'est-ce qu'un jackpot ? L'une dira que c'est ce qui permet de changer de vie, de tirer un trait sur la misère. Un autre avancera qu'un jackpot représente une somme suffisante pour que l'argent ne soit jamais plus un souci, raisonnement circulaire et par conséquent imparable. Pour d'autres encore, le jackpot revêtirait un aspect différent – la providence, une vie paisible, une famille soudée, voire un surplus de chance dans un monde atroce. Tout en aidant Munson à monter la prise de la soirée dans la planque de la 157e Rue, Carney aboutit à une définition plus pragmatique : un jackpot, c'est quand il faut deux hommes pour le trimballer.

Une grosse somme, dans tous les sens du terme. Carney portait sa mallette. Elle contenait le butin de la bijouterie et l'argent de l'épicerie. Munson se chargeait des deux valises noires du salon de coiffure, dans lesquelles il avait ajouté l'argent de la boîte de nuit. La pluie s'était mise à tomber, un crachin hésitant annoncé depuis l'Aloha Room par des vents froids au coin des rues.

La porte de l'immeuble ne fermait plus. Tandis que Carney attendait dans le hall que Munson ait ouvert la seconde porte, il jeta un coup d'œil au plafond. Une habitude depuis la fois où, rendant visite à tante Millie, il était tombé sur un type qui se piquait dans l'entrée. Pour vider la seringue du sang qui y était entré, les junkies la tournaient vers le haut et enfonçaient le piston. Avec le temps, le plafond de certains halls, toilettes et ascenseurs – tout ce qui pouvait soustraire une personne aux yeux du monde l'espace de quelques instants – se mouchetait de petites taches pourpres. Constellations sordides et invisibles au-dessus des têtes.

Carney et Munson traversèrent la cage d'escalier et son carrelage noir et blanc. L'ascenseur était bruyant, il descendit avec le bruit d'une boîte de conserve pleine de clous. « Faut pas vous excuser quand vous fouillez quelqu'un, dit Munson. C'est mal vu. Ou vous êtes armé, ou vous l'êtes pas. Ou vous fouillez un mec, ou vous le fouillez pas.

– Je vends des meubles, moi. »

L'inspecteur soupesa les valises, sourit. « Ce que je veux dire, c'est qu'il faut choisir – ou vous faites une chose, ou vous la faites pas.

– Quand est-ce que vous avez décidé de tuer Buck ? »

Munson garda le silence pendant le reste de l'ascension. Lorsqu'ils arrivèrent à l'appartement, il dit : « C'était plus le même homme. Ils l'auraient brisé. »

Le policier alluma une cigarette. Posées sur la table, la

mallette et les valises ressemblaient à des totems primitifs. « Quoi qu'il en soit, il est minuit passé, donc ça appartient à hier. Aujourd'hui, j'attends le type qui doit m'apporter un nouveau nom et de nouveaux papiers. Après ça, on file à l'aéroport, et ensuite je vous lâche les basques. Vous allez y arriver ? »

Carney répondit par l'affirmative.

Alors que Munson s'apprêtait à ouvrir une des valises afin de compter l'argent, il regarda Carney et s'interrompit. « Et si vous alliez nous chercher à bouffer ? Il y a une épicerie ouverte vingt-quatre heures sur vingt-quatre un peu plus haut sur Broadway.

– Je ne risque pas de m'enfuir ?

– On sait tous les deux que non. Et ramenez aussi de la bière – beaucoup de bière. »

Carney était le seul piéton dans la rue. Le feu passa au rouge avec un claquement menaçant et une poignée de voitures s'élancèrent. À cette heure, grâce aux leçons paternelles, il avait généralement une conscience accrue de ce qui l'entourait. Dans le monde de Mike Carney, la ville grouillait de sales types prêts à « t'en foutre une à travers la gueule ». La vigilance était de mise. Après ces quelques heures aux côtés de Munson, il aurait encore préféré s'en prendre une à travers la gueule.

Deux hommes abattus ce soir. Munson avait mis fin à son équipée après avoir refroidi Popeye – personne, pas même l'inspecteur, n'avait pu deviner comment les choses tourneraient. Carney avait vidé le coffre et ils étaient ressortis une minute plus tard. À leur suite, ni malédictions ni promesses formulées par les survivants, uniquement les harmonies guillerettes de « Stand ! » des Jackson Five.

Quelques heures plus tôt, Munson confisquait les clés en quittant la voiture. À la boîte de nuit et à l'épicerie, il les lui avait laissées. Et à présent Carney était seul sur Broadway, il marchait vers l'unique établissement ouvert à l'horizon, une bodega qui faisait un angle, auvent rouge et jaune, ampoules clignotantes : El Charrito Grocery Deli.

Peut-être était-il maintenant l'équipier de Munson, après tout ce dont il avait été témoin. Il ne pouvait plus voir l'inspecteur en peinture, ce qui validait les critères de ce dernier. Il se remémora son premier tour en voiture avec lui, en 64, quand le policier s'était vanté d'infiltrer des hommes parmi les militants politiques. À qui Carney serait-il allé le balancer ? Un père de famille comme lui, vulnérable. Et qui l'aurait écouté ? Munson était invincible.

Il fit un signe à l'employé derrière la vitre pare-balles et demanda deux jambon-fromage et deux packs de six de Rheingold. El Charrito était le bout de la laisse, la limite du jeu. La pluie s'immisça sous son col.

Que disait Freddie, déjà ? « C'est pas pareil si on triche pas un petit peu. »

Ils engloutirent leurs sandwichs, Carney sur le canapé et Munson avachi dans le fauteuil de réalisateur. « Un vrai génie, ce mec, dit Munson. Il sait tout contrefaire – je l'ai vu de mes yeux. Il vient d'Ukraine et il vit à Coney Island. Il parle tout le temps de chez Nathan's. Son grand-père faisait des saucisses, et d'après lui celles de chez Nathan's sont des contrefaçons parfaites de celles qu'il mangeait au pays. Il aspire à atteindre le même niveau de qualité. » Il retira un morceau de cartilage coincé entre deux dents.

« Tout ce qui existe dans le monde, on peut le trouver dans cette ville. Du moins, c'était vrai autrefois. »

Munson pointa du doigt le diablotin rouge et noir en céramique et annonça qu'il avait une anecdote marrante sur les circonstances dans lesquelles il l'avait acquis. Carney ne s'était pas trompé : c'était bien au cours d'une soirée, en l'occurrence une soirée où Munson et Webb avaient mis un coup de pression à un salon de massage de Chinatown. L'inspecteur n'alla pas au bout de son histoire, distrait par ce qui l'attendait à l'approche du petit matin.

« Vous le voulez ? demanda-t-il. Vous pourriez peut-être le vendre dans votre magasin. »

Carney déclina.

« Il faudrait me donner ma part.

– Votre part, vous la prenez, Munson.

– Vous avez l'air de vous demander pourquoi on a fait tout ça. » Les aventures de la nuit ne semblaient pas l'avoir affecté. « L'argent entre, l'argent sort. J'ai un bateau. Un très joli bateau, il est amarré à Bay Shore et je peux pas le mettre dans l'avion. Vous savez comment c'est. Vous avez vraiment acheté ces deux immeubles ?

– Oui.

– J'en ai entendu parler. J'ai possédé une partie d'un immeuble, à une époque. » Munson alluma une cigarette. « Ils ont un proverbe dans les bureaux du procureur : les flics sont pauvres à vingt-cinq ans, riches à trente-cinq et en prison à quarante-cinq. Mais je trouve que c'est vachement insultant, je m'en mettais plein les fouilles quand j'avais vingt-cinq ans.

– Il reste encore la prison.

– On est justement en train d'éviter que ça m'arrive. »

La porte de la chambre était fermée depuis que Carney était revenu d'El Charrito. L'argent n'étant plus sur la table, il en déduisit que l'inspecteur l'avait remisé dans la pièce voisine. Combien Munson avait-il engrangé au cours de cette soirée ? Suffisamment pour se payer une jolie petite cachette, l'arranger comme il faut et se débarrasser des bijoux une fois qu'il serait bien installé. Il remarqua une des armes de Munson sur la table basse bancale, entre deux canettes vides. L'autre était-elle dans l'étui à sa cheville ? Impossible à dire.

Munson se leva pour mieux voir la rue. « Ce serait pas lui, ça ? » Fausse alerte. « La vue qu'on a depuis notre appart – mon appart – dans la 54e, c'est une vraie carte postale, mais je commence à préférer celle-ci. » Il bâilla. « La ville est moins éclairée à cette heure, elle ressemble davantage à un humain : elle se repose, elle se détend après une grosse journée. »

Le nez de l'immeuble évoquait à Carney la proue d'un navire. Le fauteuil de réalisateur n'en était pas la barre mais la vigie, le poste d'où le guetteur surveillait l'évolution du bleu sombre de la nuit. Munson piquait du nez. Carney le voyait résister. Malgré ses bravades et la violence qu'il affichait, l'inspecteur était rétamé. Fini le temps où les rues lui appartenaient, où il y promenait son charisme turbulent et grossier. Il avait changé en dix ans. On était en 1971, et cet homme et New York n'étaient plus que l'ombre d'eux-mêmes, des braises qui sombraient dans l'épaisseur de leurs propres cendres.

« Le voilà, annonça Munson. Il bosse vite et il me livre, mais il me fait payer la peau du cul. » Trente secondes plus tard, l'Ukrainien sonnait à l'interphone.

Munson retourna à son poste de guet pour écraser sa cigarette, en alluma une autre. « Y a un truc que j'ai jamais compris : elle est où l'apostrophe ? »

Carney comprit qu'il était censé le rejoindre à la fenêtre.

« Le signal pour les piétons, dit Munson. Il indique WALK et ensuite il passe à DONT WALK, mais ils ont oublié de mettre l'apostrophe, ça devrait être DON'T WALK.

– J'imagine que c'est fait exprès, répondit Carney. Pour gagner de la place.

– Et moi qui pensais que c'était une erreur et que tout le monde faisait semblant de ne rien voir. »

L'Ukrainien frappa à la porte, Munson alla lui ouvrir. Tout s'enchaîna très vite : Notch Walker et deux de ses hommes firent irruption dans le salon, l'un des hommes sauta sur Munson et ils rebondirent tous les deux contre les murs avant de dégringoler au centre de la pièce.

Notch fit un pas de côté quand les deux lutteurs s'approchèrent de ses pieds, une moue écœurée aux lèvres. « Ce pauvre con de Blanc se prend pour Sammartino. » Le second nervi de Walker se mit à envoyer des coups de pied dans le ventre de Munson et ne cessa que lorsque le policier abandonna toute prétention à imiter le catcheur italien.

Un homme le mit en joue avec un petit pistolet pendant que l'autre entreprenait de le fouiller. Il y mit de la conviction et de la minutie, ce que Munson apprécia, puis il dirigea l'inspecteur vers le mur où ce dernier s'accroupit à côté du diablotin, les bras croisés et les yeux pleins de rage et de tristesse, un chien battu dans une décharge.

Deux autres jeunes hommes se joignirent à la fête, encadrant un Blanc émacié entre deux âges. L'Ukrainien. Il ne paraissait pas effrayé ; plutôt intrigué. Sa casquette rouge en laine était de traviole. Il la redressa. Carney supposa qu'ils lui avaient collé le visage contre le judas pour que Munson leur ouvre sans se méfier.

À en juger par leur mine sombre et leur tenue paramilitaire, les deux jeunes qui tenaient l'Ukrainien n'étaient pas des voyous de Harlem, toujours revigorés par un éclat de violence. Les bérets étaient un symbole sans équivoque : on se débarrasse de nos chaînes. Mais ce n'étaient pas non plus des Panthers, cool et élégants avec leur col roulé et leur veste en cuir noir. Ceux-ci appartenaient à la Black Liberation Army et se préparaient pour la guerre à venir. Guerre des races, guerre des classes – ils n'étaient pas difficiles, l'important était qu'elle éclate vite.

Quant à leur chef, Carney le reverrait quelques mois plus tard dans les journaux : Malik Jamal. La photo illustrant l'article avait été prise par les caméras de surveillance d'une banque. En personne, il était grand et leste, avec une voix de tribun qui aurait pu couvrir le brouhaha des camions et des soiffards de la 125e.

« C'est encore moi, mon petit poulet », dit-il, confirmant que les inspecteurs l'avaient bel et bien détroussé le vendredi précédent. Le second soldat de la BLA était bâti comme un poids lourd, pantalon de camouflage et T-shirt noir étiré par ses muscles. Les verres de ses lunettes étaient extrêmement fumés, mais ça ne semblait pas le gêner dans ses mouvements.

Munson fixait Carney, ses yeux l'imploraient d'attraper le pistolet sur la table basse et de le lui lancer. Ou de se mettre à défourailler. Carney garda un visage aussi lisse que le ciment.

Notch Walker grimaça en découvrant le désordre de l'appartement. Avec sa stature impériale et sa carrure, il paraissait trop grand pour la pièce. Un long pardessus en cuir bordeaux était posé sur ses épaules telle la cape d'un tyran. Sa chemise n'était pas rentrée dans son pantalon ; il s'était habillé à la hâte.

« Inspecteur Munson, dit Notch. On m'a beaucoup parlé de vos exploits de cette nuit. »

Munson jura, sa voix retrouvant des intonations de petite frappe de Hell's Kitchen. Les hommes de Notch le giflèrent jusqu'à ce qu'il la boucle.

« C'est toi, le vendeur de meubles ? demanda Notch à Carney.

– Carney's Furniture, 125e Rue. »

Le gangster fronça les sourcils. « Vous m'avez tiré du lit, tous les deux, dit-il. Bon, c'est où ? »

D'un mouvement de la tête, Carney indiqua la chambre. Il souffla : libéré de prison.

Il avait demandé à l'employé de la bodega de lui faire la monnaie sur un billet d'un dollar. L'homme avait prétendu ne pas avoir ce qu'il fallait dans sa caisse. Carney ne disposait donc que de trois pièces de dix *cents* et d'une poignée de minutes avant que Munson ne commence à avoir des doutes. Personne ne répondit au Nightbirds, ce qui était aussi fâcheux que rageant.

L'opératrice le mit ensuite en contact avec le Donegal's, où on le fit attendre un moment – bruits de musique et de rires –, avant de raccrocher. Il jeta un coup d'œil par-dessus son épaule pour s'assurer que le flic n'était pas descendu. À la deuxième tentative, Buford répondit.

Le Donegal's demeurait l'abreuvoir favori de l'ancienne

génération de truands d'*uptown* qui venaient s'y réfugier loin de leur famille. Le père de Carney était un habitué, il avait plus d'une fois laissé son jeune fils quelques heures sur un tabouret pendant qu'il allait « travailler ». La clientèle avait vieilli, mais Carney se sentait chez lui parmi les anciens du milieu. Ils se racontaient des potins, les gros coups et les derniers plans, et échangeaient des histoires tristes et sages à propos des injustices, des collègues cons comme des balais, et du fonctionnement révoltant de l'appareil judiciaire.

Buford était derrière le comptoir tous les mardis, sauf quand il n'y était pas. Carney tirait enfin une bonne carte après une journée entière de mains foireuses. Buford proposait un service de messagerie à l'usage des truands, et le bloc-notes jaune près de la caisse était un véritable almanach des entreprises criminelles. Si les flics avaient été capables de le décoder – le bloc-notes n'était pas chiffré, c'est juste que Buford avait une écriture particulièrement illisible –, ils auraient pu résoudre un millier de meurtres inexpliqués ainsi qu'une décennie d'escroqueries, exécutions et détournements en tout genre.

Pour cette fois, Carney ne demanda pas à Buford de prendre un message, mais d'en transmettre un. Le barman s'exécuta avec plaisir, Carney lui ayant offert une belle ristourne sur une table et des chaises de cuisine. Buford s'était rabiboché avec sa fille après l'avoir longtemps perdue de vue et souhaitait organiser un dîner de Noël dans les règles de l'art pour la première fois depuis ce « désastreux hiver 46 ».

Avant ça, Carney ne l'avait jamais vu hors du Donegal's. Le limonadier avait déambulé timidement dans le magasin, honteux d'être surpris à pratiquer une activité aussi légale que le lèche-vitrines. Il avait dit : « Je veux quelque chose de classe, mais qui fasse pas péteux. »

À quoi Carney avait répondu : « Gossamer de chez Egon. »

Buford saurait forcément contacter les hommes de Notch Walker. Au téléphone, il avait suggéré qu'ils commencent par Nicky Boots, lequel avait quitté le bar une demi-heure plus tôt et devait être rentré chez lui. « Je vais le réveiller, t'en fais pas. » Nicky Boots s'était rangé et reprenait exceptionnellement du service pour certaines bricoles irrésistibles. Il vivotait sur la pension que lui versait l'armée. Le fils de sa sœur était un vaurien qui vendait de la came pour Notch Walker. Contrairement à ce qu'aurait souhaité Nicky, les dix années qu'il avait passées à Sing Sing n'avaient pas refroidi son neveu. Buford promit à Carney que Notch Walker serait informé.

« Dis-leur de faire attention à ne pas être visibles depuis les étages supérieurs, avait précisé Carney. Munson sera en train de surveiller. » Il coinça un prospectus dans la porte du hall pour la maintenir ouverte. Quatre minutes plus tard, il mangeait un jambon-beurre avec Munson.

Le policier remuait les lèvres en silence, reconstituait mentalement la trahison de Carney. Ses épaules s'affaissèrent. « Je vous aurais laissé partir, dit-il. J'avais seulement besoin d'un coup de main. »

Carney détourna le regard, se concentra sur la statue. Au milieu de toutes les erreurs que Munson avait commises ce soir-là, informer son captif de l'existence d'une prime sur sa tête était particulièrement malavisé.

Le lieutenant de Malik Jamal tenait l'inspecteur en joue

pendant que les autres cherchaient l'argent. Ils ressortirent de la chambre avec la mallette et les valises métalliques, qu'ils ouvrirent sur le canapé. Notch Walker laissa échapper un sifflement. « Mais c'est que t'as braqué toute la ville, mon salaud. » Il adressa un signe de la tête à ses hommes, qui y virent le signal de mettre l'appartement à sac. Ils commencèrent par la chambre.

« Il paraît que t'as avoiné Long James », dit Notch. Le maquereau de Lenox Avenue, vraisemblablement.

Munson fusillait du regard Notch et Carney tour à tour, incapable de décider lequel des deux il haïssait le plus.

« Pourquoi ? continua Notch. Il a jamais fait de mal à personne.

– Bien sûr que si.

– Bon, c'est un mac… » Notch haussa les épaules. Pas la peine de chipoter. Il se tourna vers Carney. « Ma mère t'a acheté un canapé et des fauteuils. Y a un bail. Elle les a toujours.

– J'aime bien me dire que les gens reviennent au magasin parce qu'ils s'y sentent chez eux.

– Nicky Boots m'a dit que t'étais fourgue.

– Je l'ai été.

– Parce que j'ai des trucs que j'aimerais bien écouler. Des jolis trucs.

– Je leur trouverai une maison, avec plaisir. Pour votre mère. »

L'Ukrainien était assis dans le fauteuil de réalisateur, où les hommes de la BLA l'avaient cantonné après l'avoir fouillé. Le faussaire considérait les forces en présence ; il avait atterri dans un dangereux théâtre où se croisaient flics, vendeurs de meubles et révolutionnaires. Son métier lui permettait de faire des rencontres intéressantes, c'était indéniable. Il joignit les mains et les coinça entre les cuisses, tel un cancre envoyé au coin. « Le riche spectacle de la vie », marmonna-t-il.

Malik s'approcha de lui, balançant un coup de pied à Munson au passage. « T'es qui, toi ?

– Je suis ce qu'on appelait autrefois un brodeur, dit l'Ukrainien. Je fais des faux, des copies, des papiers. Quand il y a une faute à un nom, je la corrige. Je venais pour une livraison. » Il plongea une main dans la poche intérieure de son blouson – lentement – et tendit à Malik une enveloppe pliée en papier kraft.

Malik examina le permis de conduire qui se trouvait à l'intérieur et demanda à l'homme de lui laisser sa carte. « On ne sait jamais quand on aura besoin de fuir à Cuba. » L'Ukrainien écrivit son nom et son adresse sur une des cartes vierges qu'il gardait dans son portefeuille.

Munson réclama une cigarette. Malik lui répondit que ça filait le cancer et lui colla une gifle.

Les hommes de Notch cassaient tout, creusaient des trous dans le faux plafond de la salle de bain, vidaient les tiroirs, éventraient le matelas et le canapé. Ils ne découvrirent aucun trésor, excepté la malle remplie d'armes à feu dans le placard de la chambre – des pistolets, des fusils, même une mitraillette. Ils traînèrent la malle dans le salon. Malik Jamal sourit.

« Ça, on partage, dit Notch.

– Bien sûr, dit Jamal.

– Parfait. »

Notch dit à Carney qu'il le recontacterait à propos de la prime et de la marchandise dont il souhaitait se débarrasser. Jamal ouvrit la bouche, mais se ravisa. Une requête ? Un avertissement ? Carney ne le sut jamais.

Vous aussi, vous jouiez au ringolevio ? Tout le monde y jouait, mais les règles variaient peut-être d'un quartier à l'autre. Munson avait passé la nuit à régler les choses comme un Blanc. Il allait bientôt apprendre comment on faisait à Harlem.

L'inspecteur avait cessé de maugréer et de jurer et fixait maintenant un point entre ses chaussures. Un des hommes de Notch le releva, son bras blessé lui arrachant un gémissement. Un pistolet entre deux vertèbres le réduisit au silence. Le gangster prit la mallette, les révolutionnaires les valises métalliques. L'autre homme de Notch traîna la malle pleine d'armes, qui laissa de profonds sillons dans le parquet. Carney n'aimait jamais voir un beau sol ancien se taire massacrer.

Munson n'eut pas un regard pour lui quand ils l'emmenèrent. L'Ukrainien fermait la marche. Il ôta sa casquette. La porte se referma avec un bruit métallique.

Carney resta seul avec la statue. Deux témoins qui se tairaient à jamais.

Peu de chances que le gangster lui rende sa mallette. Mieux valait y voir une partie du prix de son évasion.

Il lui fallait encore découvrir pour quelle raison Munson gardait aussi jalousement l'entrée de la chambre. Ça ne pouvait pas être à cause des armes. Déjà que l'appartement 8B était mal entretenu, il y régnait maintenant un foutoir total. Les hommes de Notch avaient fouillé la chambre avec ardeur et entrain, jetant les tiroirs en tas, dispersant les rares vêtements – un costume fauve de rechange et quelques débardeurs – sur le matelas saccagé. Une enveloppe blanche attira l'attention de Carney. À l'intérieur, il découvrit deux billets pour les Jackson Five, cinquième rang, le 16 juillet au Madison Square Garden.

Il ferma les fenêtres car la pluie commençait à éclabousser les rebords. Il espéra que ses enfants avaient pensé à le faire avant de se coucher. De toute façon, il serait bientôt rentré. Depuis le poste de guet, il repéra deux incendies dans le sud de Harlem, deux brasiers qui tourbillonnaient et enflaient dans la nuit. Des bateaux en flammes sur une mer noire. Les sirènes semblaient indiquer que les pompiers étaient en chemin.

9

Il demanda à May pourquoi les Jackson Five étaient six.

« Le batteur s'appelle Johnny Jackson. Ils disent que c'est un cousin, mais en fait c'est seulement un de leurs copains d'enfance. »

Les Jackson étaient sur l'avant-scène, les trois chanteurs et danseurs au centre, flanqués par le guitariste et le bassiste.

« C'est lequel, le guitariste ? demanda Carney. Marlon ?

– Tito ! Chut ! »

La première partie était assurée par un groupe dont Carney n'avait jamais entendu parler, les Commodores. Ils n'étaient pas mauvais. Il connaissait par cœur toutes les chansons des Jackson Five – les enceintes du tourne-disque portable de May s'insinuaient dans le moindre recoin de la maison –, et maintenant qu'il les voyait sur scène il passait un excellent moment. C'était la première fois qu'il venait au Madison Square Garden. La salle était immense, le public s'y répartissait entre les gradins et les tribunes. La quantité de pots-de-vin, renvois d'ascenseurs et escroqueries diverses émaillant sa construction avait dû être faramineuse.

Carney avait remplacé Elizabeth à la dernière minute. Quand il avait mis la main sur les places – après toutes ces épreuves et ce sang versé –, le concert avait instantanément été catégorisé « soirée filles » par May et sa mère. Elles avaient cessé de se disputer à partir du moment où Elizabeth était rentrée de voyage, et elles avaient entamé une nouvelle lune de miel. Malheureusement, six semaines plus tard, d'importantes inondations dans l'Alabama enchaînaient Elizabeth à son bureau pour décaler des voyages. On racontait que des poissons-chats nageaient dans le vestibule du Grand Hôtel de Birmingham. Carney était ravi d'escorter sa fille et de profiter de ces places qu'il avait payées en plusieurs devises.

Le public était mélangé, la majorité des spectateurs n'avaient pas vingt et un ans. Carney et les autres pères échangeaient des hochements de tête en faisant mine de ne pas s'amuser tant que ça. Les jeunes filles criaient à chaque remarque aguichante des musiciens et applaudissaient furieusement les chorégraphies. La musique était tapageuse, les tenues plus encore. Les Jackson caracolaient dans des costumes moulants à chevrons multicolores. Leurs gilets arc-en-ciel à paillettes bruissaient et cliquetaient, et la casquette en satin rouge du guitariste aurait pu contenir un jambon de Noël. Vu l'éducation qu'il avait reçue, Carney ne pouvait qu'approuver la mode des pantalons pattes-d'éph, pratiques pour accéder rapidement à un étui de cheville.

Le contact de Munson lui avait dégoté d'excellentes places. Deux heures s'étaient écoulées entre le moment où Carney était parti avec le butin de J.M. Benson et son retour. Munson avait dû aller les chercher dans l'intervalle, et ce faisant il avait reçu un coup de couteau ou une balle dans le bras. À moins qu'il n'ait dépouillé quelqu'un en revenant – il avait eu un gros programme pour cette ultime nuit.

Carney aussi. Il était étendu sur le canapé du petit salon, épuisé et endolori, quand Elizabeth était arrivée le lendemain. Elle souriait, en partie parce que son humeur s'était améliorée, et en partie parce qu'elle guettait la réaction de Carney à sa nouvelle coiffure. Elle n'avait plus que deux ou trois centimètres de cheveux. Elle posa, lui fit admirer son profil, la courbe délicate de son crâne. Son afro lui allait bien. « On m'a donné une adresse à Chicago, dans le South Side. »

Il grogna quand il se leva pour la prendre dans ses bras et expliqua que deux jeunes l'avaient agressé. L'un d'eux avait une arme, l'autre lui avait mis un coup de poing dans le ventre. Par chance, il n'avait pas d'argent sur lui. « Mon pauvre chéri. Cette ville, c'est vraiment plus possible. » Il dit qu'il avait un bleu. Elle dit : « Fais-moi voir. » Une chose en entraîna une autre. Elle était rentrée.

C'était le lendemain du jackpot de Munson. Lorsque les enfants étaient partis à l'école, il était descendu manger un sandwich au Three Brothers, où il avait feuilleté les journaux à disposition sur le comptoir. Les éditions du matin relataient le meurtre de Webb. Martin Diaz Jr, résident d'Edgecombe Avenue, était sorti promener son chien quand il avait découvert le policier mort dans la Cadillac. Il était environ minuit – Munson était-il en train de braquer l'épicerie à cette heure ? Les souvenirs de Carney s'évaporaient. Les bleus qu'il avait sur la poitrine tenaient lieu de preuve matérielle. Une semaine plus tard, ils ne seraient plus que de l'histoire ancienne.

Les premiers articles rangeaient la mort de Webb dans la catégorie des meurtres de policiers par des extrémistes. Les journaux cessèrent progressivement de couvrir l'affaire après l'annonce, le jeudi, de la disparition de Munson – soit il avait mis les voiles, soit il était mort. La commission Knapp s'intéressant aux deux équipiers, le commissariat central devait être sur les dents. Si une enquête était en cours, elle se déroulait à l'abri des regards. Carney n'avait plus d'informateur au sein des services de police, et il s'écoulerait plusieurs années avant qu'il en trouve un nouveau. Les activités de Munson et de Webb paraîtraient alors dérisoires comparés aux abus de l'unité des enquêtes spéciales. Les temps changent, il faut suivre le rythme. Dépouiller une partie de poker témoignait d'un manque d'imagination flagrant quand on pouvait voler plusieurs millions de dollars en came dans la salle des preuves, puis la revendre aux dealers à qui on l'avait confisquée.

Les Jackson Five achevèrent l'avant-dernière chanson et se préparèrent à sortir de scène. Le moindre de leurs mouvements, le plus infime tremblement, suscitait une vague de couinements dans la salle.

« Ce soir, dit Michael, je voudrais vous parler du blues. »

Carney ricana – ce gamin n'avait que dix ans.

« Du blues ? demanda Marlon, à moins que ce ne soit Jermaine.

– Oui, du blues. Personne n'a le blues comme moi. Je suis peut-être jeune, mais je sais de quoi je parle. »

Les garçons entonnèrent « Who's Lovin' You » et le bâtiment tout entier trembla. Les jeunes filles se déchaînaient.

Certaines rumeurs affirmaient que la mafia avait fait couler des macchabées dans le béton des fondations. Le vacarme les aurait réveillés. Carney n'aurait pas dû se moquer. Quel enfant noir de dix ans ne connaît pas le blues ?

Le vendredi soir, trois jours après la virée de Munson à travers *uptown*, la police avait appréhendé des suspects dans le meurtre de Jones et de Piagentini ainsi que dans l'agression des deux policiers qui gardaient le domicile du procureur Hogan. Braquage d'un club privé dans le Bronx, au coin de Park Avenue et de la 171e Rue, l'une des victimes réussit à s'enfuir et appelle les flics. Deux des voleurs, Richard Moore et Edward Josephs, mis en cause dans le procès des Panthers, ne s'étaient pas présentés au tribunal et s'étaient fait oublier un moment en Algérie.

La lecture du *Times* ne permit pas à Carney de déterminer si c'étaient des Panthers ou des ex-Panthers ayant rejoint la Black Liberation Army. L'un d'eux ressemblait à un des hommes de Malik Jamal, celui qui avait emporté la malle remplie d'armes. Carney suivit l'affaire, mais aucune photo de meilleure qualité ne sortit dans les journaux. Lorsque Malik Jamal cambriola une banque à Secaucus, dans le New Jersey, avait-il le fusil de Munson entre les mains ? L'inspecteur avait voulu les entuber et, pour finir, c'est lui qui finançait la révolution.

L'autre moitié du jackpot était allée à Notch Walker. Cet automne-là, il se présenta chez Carney's Furniture avec un cartable contenant six montres Panerai Radiomir des années 1940. Des engins fabuleux. Le contact habituel de Carney ne pourrait pas les écouler, mais Green avait parlé d'un spécialiste qu'il connaissait, un vieux Polonais. Green se révélait être un contact précieux. Carney retrouva avec délice la sensation de ranger des liasses de billets dans son vieux coffre.

Munson avait raison : ou on fait quelque chose, ou on ne le fait pas.

Notch aurait pu envoyer un de ses hommes. Il vint en personne. Le jour, il s'habillait d'une manière plus conformiste qui aurait pu le faire passer pour un jeune homme ordinaire allant bosser dans un bureau *downtown* – costume en flanelle anthracite, chemise blanche, cravate neutre. Son garde du corps l'attendit dans la salle d'exposition et parut s'intéresser aux lampes. Larry lui mit le grappin dessus.

Notch et Carney convinrent d'un prix pour les montres et se serrèrent la main. Il n'y eut pas un mot à propos d'une prime pour lui avoir livré Munson. Notch avait peut-être oublié, et il ne s'en souviendrait pas davantage lors de ses visites suivantes. Le gangster prit congé. Il s'arrêta à la porte du bureau et désigna la salle d'exposition.

« Tu payes Chink pour pouvoir bosser ?

– Oui.

– Ça va changer. »

La semaine suivante, quand une bombe incendiaire visa le Satin Room, l'une des boîtes favorites de Chink Montague, Carney y vit le début d'une nouvelle guerre des gangs. Sur Channel 7, l'émission *Eyewitness News* montra des pompiers combattant bravement le feu qui s'était propagé aux immeubles voisins. Les délogés, hagards, en pyjama, serrant contre eux le peu qu'ils avaient pu sauver, formaient un croissant à l'orée du halo des gyrophares.

Les indices locaux d'un effondrement généralisé. Parfois, lorsque Carney avait vent du dernier scandale en date – un massacre dans un village vietnamien, une série d'overdoses mortelles à cause d'une cargaison mal coupée, un adolescent désarmé abattu par la police –, il soupçonnait que la révolution avait déjà eu lieu, seulement personne ne l'avait remarquée et rien n'était venu remplacer ce qu'elle avait renversé. De l'ordre ancien, de ses idées reçues et de ses promesses bancales, il ne demeurait qu'un tas de gravats et on attendait maintenant que quelqu'un annonce la suite. Personne ne semblait vouloir se porter volontaire.

« Merci New York ! On vous aime ! »

Les garçons de l'Indiana étaient bons clients pour les rappels. Quand les Jackson Five se lancèrent dans « Never Can Say Goodbye », Carney repensa à la mort de Munson. Le bassiste et le guitariste – Tito, apparemment – déroulèrent leur mélodie nostalgique tandis que leurs frères se dandinaient en chantant, trois corps exprimant une même lamentation. Les yeux levés vers Michael, May chantait avec lui, reproduisait chaque pause et intonation du disque ; c'était sa dévotion qui les avait matérialisés dans sa ville. Pour la première fois depuis des années, elle prit la main de son père. Carney se surprit à articuler les paroles, bien que cette chanson soit un mensonge. Dire au revoir n'avait rien de difficile. À mesure que les jours débordaient les uns sur les autres, ça devenait en réalité de plus en plus facile.

NEFERTITI T.N.T.

1973

« Dans une ville comme New York,
mieux vaut ne pas avoir de problèmes
avec les contradictions. »

1

Les meubles n'étaient pas au goût de Zippo – ils étaient donc parfaits. Les silhouettes racées qui faisaient fureur quelques années plus tôt, ces lignes spatiales et fuselées, étaient passées de mode. Sofas potelés, ottomanes rebondies et plantureux fauteuils l'entouraient désormais dans la salle d'exposition. Le pays était entré en récession, on la sentait passer mais on pouvait toujours apprécier la présence d'un trône douillet chez soi. Les canapés semblables au mastodonte orange et marron contre le mur étaient ce que préféraient les vraies gens qui composaient la clientèle du magasin. Tout le temps où Zippo avait vécu *uptown*, il était passé mille fois devant Carney's Furniture mais n'en avait jamais poussé la porte. Vise un peu ça. Son intuition ne l'avait pas trompé : le magasin était parfait.

Soudain, un jeune frère tiré à quatre épingles émergea du bureau au fond de la salle et fondit sur lui. *Downtown*, l'accoutrement de Zippo aurait rebuté le personnel de presque toutes les boutiques. Qui est ce sale hippie avec son pantalon en serpent et sa chemise jaune mégawatt ? *Uptown*, il détonnait moins. Voire, il passait inaperçu dans certains cercles. Il demanda au vendeur si le patron était dans les parages.

Zippo patienta dans un immense canapé moutarde. Bottes en cuir à rayures blanches et noires posées sur la table en bois zébré, croisées au niveau des chevilles. Bien qu'il mette un point d'honneur à n'aimer que les styles européens, minimalistes et durs – du cuir et des clous chromés, des blocs de plastique curviligne –, il était contraint d'admettre que cette banquette était un bon argument en faveur du mobilier confortable.

« Zippo », le salua Carney. Il n'avait pas changé. Humble commerçant, pilier intègre du quartier. Pour avoir travaillé avec lui autrefois, Zippo savait qu'il n'en était rien. « Qu'est-ce que je peux faire pour toi aujourd'hui ? » Comme si ça ne faisait pas des années. Comme si la veille encore il lui avait vendu un tapis.

« J'ai une proposition à te faire, dit Zippo.

– Je n'ai pas besoin d'un photographe.

– C'est fini, ça, maintenant je suis réalisateur. Pour le cinéma. »

Zippo devina que Carney échafaudait mentalement des scénarios obscènes. « Pas ce genre-là, dit-il. Je tourne un film pour Hollywood. » Il dégaina son sourire le plus professionnel. « Ton magasin va être sur grand écran. »

Neuf ans plus tôt, la *Harlem Gazette* avait publié les meilleurs clichés du feuilleton mettant en scène Miss Laura et Wilfred Duke, avec annonce en une et double page centrale, le tout crédité « Anonyme ». Quel intérêt pour Zippo de diffuser son travail si personne ne savait qu'il en était l'auteur ? Le grand public voyait dans ces images des munitions pour maître-chanteur, des « photos compromettantes », mais pour Zippo elles étaient tout l'inverse : des œuvres d'art sans compromis, qui ne reculaient pas devant les mécaniques primaires du désir, nos pulsions les plus intimes. Les barres noires ajoutées sur le visage des sujets permettaient à chacun d'y projeter sa propre vérité érotique. Lorsque la mauvaise encre du journal maculait les doigts du lecteur, il comprenait qu'il était investi dans le processus. Oui : un art précis, sans compromis.

Zippo s'était retenu de harceler le kiosquier sur le thème « C'est moi le photographe ». Il était fou de joie de voir son travail publié, mis à disposition d'un public anonyme mais approbateur. Lâché dans le monde – contrairement à ses œuvres plus intimes, glissées sous un matelas ou planquées dans le tiroir à chaussettes et parfois exhumées à des fins de rêverie ou de masturbation. Et cette réussite, il la devait à Carney, qui l'avait embauché pour détruire la réputation du banquier Wilfred Duke.

Après cette mission, Zippo avait continué les travaux intimes en faisant poser des épouses timides, des petites amies dociles et des exhibitionnistes en herbe, et laissé – plus ou moins – tomber les chèques en bois et autres marottes illicites. Il avait étendu son offre aux portraits d'animaux de compagnie, une prestation lucrative qui s'accompagnait d'un puissant bouche-à-oreille, contrairement aux sujets plus risqués. En quelques mois, il s'était constitué une image parfaitement réglo.

C'est la mort de son oncle Heshie qui l'avait poussé à changer d'activité. Zippo avait toujours été le préféré du vieux patriarche. « Tu vois le monde comme moi, avec un œil qui regarde de travers », disait-il souvent à son neveu en lui montrant ses derniers bricolages, les esquisses et les bidules qui encombraient son atelier. Herschel Lefkowitz était un inventeur, détenteur de nombreux brevets. Il était né à Odessa et avait posé ses valises en 1906 dans le Lower East Side, sur Ludlow Street ; la maison où vivait sa famille en Ukraine avait été incendiée au mois d'octobre précédent. Pogroms, massacres. Heshie observa que l'Amérique, elle aussi, avait un faible pour les tueries, mais celles-ci se concentraient principalement sur les Indiens et les Noirs. Il conclut que son tour viendrait une fois que les autres auraient été exterminés, mais cela pourrait tout de même prendre quelques années.

D'après Heshie, les inventeurs se répartissaient en deux catégories : d'un côté ceux qui identifiaient un manque ou une lacune et y remédiaient, de l'autre ceux qui voyaient l'invisible, découvraient ce qui n'existait pas encore et lui donnaient vie – « ceux qui comblent un vide dans le monde ». L'oncle Heshie appartenait à cette seconde tribu. « Je me vois comme un artiste. J'ai les choses dans la tête et je les fais exister. » De toutes ses inventions, entre les fermetures éclair réversibles et les ouvre-boîtes à ressort, la plus durable et lucrative avait été le porte-brosse à dents en céramique, un accessoire qui avait conquis les salles de bain du monde entier. Lorsque sa nièce Dorothy avait épousé Henry Flood, un instituteur noir de Harlem, Heshie avait accueilli la cérémonie dans le jardin de son manoir à Riverdale. L'argent des brosses à dents.

Heshie était le seul membre de la famille Lefkowitz à assister à la fête. Ils avaient fait le grand saut à quelques mois les uns des autres, succession de valises cabossées et de dents gâtées, mais entre-temps ils s'étaient perdus de vue. Alors que ses cousins voyaient en Henry une brute à la peau noire, études ou pas études, Heshie reconnaissait en lui un réfugié, un semblable. Il avait fui l'Europe et ses dispositions génocidaires, Henry l'Alabama et ses visées meurtrières. Et désormais ils étaient tous les deux des New-Yorkais.

Lorsque Zippo avait sept ans, son père avait succombé à une crise cardiaque dans le métro. Ils rentraient de la ménagerie de Central Park. Au moment où son père s'effondra à ses pieds, les autres voyageurs furent frappés par l'air détaché du petit garçon, à croire que cette tragédie affectait un autre que lui. À croire qu'il se trouvait carrément dans un autre train, filant dans une obscurité différente. Les ballons gonflables de Zippo rebondissaient contre le plafond du wagon avec le bruit d'un battement de cœur. À partir de ce jour, Heshie le prit sous son aile, paya ses colonies de vacances et régla les factures de soins quand son « problème avec le feu » se manifesta.

C'est à cause de ça que tout le monde l'appelait Zippo, y compris sa mère. Pas l'oncle Heshie, cependant. « J'ai fait de mal à personne, disait Zippo. Seulement à quelques immeubles. »

Heshie légua à son neveu une somme faramineuse, mais pour la toucher il devait aller au bout de ses études ; après le lycée, Zippo avait appris en autodidacte la photo et la filouterie. Sa nouvelle incarnation était l'ultime invention d'Heshie Lefkowitz : il s'inscrivit dans une école d'art, le Pratt Institute à Brooklyn, et accomplit son destin.

Quand les conditions sont réunies, le feu prend tout seul ; un comburant multiplie sa puissance, sa vitesse et sa voracité. Pratt était l'essence, la mutation culturelle en cours joua le rôle de soufflet. Zippo se fit un nom sur le campus dès sa première exposition collective. Il avait deux ans de plus que les autres étudiants ; son expérience des milieux interlopes enrichissait son travail. *Blue Movies* consistait en un recadrage de douze photos intimes, six visages alignés au-dessus de six corps, telles des vues dans un segment de pellicule. Aucun des visages – dont l'expression allait de la fausse pudeur à l'abattement ou l'agressivité – ne correspondait aux fragments de corps. Boa en plume, ceinture de nuisette. Creux d'un coude et tétons curieusement tristes.

« J'ai choisi celles qui avaient la plus grande charge érotique, expliqua-t-il à la classe.

– Une sensualité délicate », répondit son professeur de photographie, qui manquait de Noirs dans son entourage et n'avait jamais eu l'idée de sexualiser les personnes de couleur. Il lui donna un A.

Comme nombre d'artistes, Zippo avait éprouvé un puissant besoin d'attention dans sa jeunesse, et comme chez nombre d'artistes les premiers petits éloges alimentèrent une phase de mépris envers son public, qui le rendit invincible. Il commença à s'habiller à la manière d'un Dalí noir et se dessina une épaisse moustache au crayon. Vêtu de velours des pieds à la tête, il arpentait DeKalb Avenue en promenant une pastèque dans une poussette et alpaguait les passants pour leur demander s'ils aimaient son « bébé piment ». On le soupçonnait d'être défoncé le plus clair du temps. Il n'en était rien.

Downtown, la scène Loft Jazz prenait son essor. Greene Street en était la Mecque, Mercer Street un temple, et Wooster Street s'efforçait de prendre le train en marche

– Manhattan, dans certaines de ses poches, était un sanctuaire de branchitude. Deux dollars vous donnaient droit à des bières à volonté et à des rêveries discordantes qui vous limaient les os. Un soir, Zippo se gavait d'air frais à côté d'Ornette Coleman devant les fenêtres ouvertes d'un premier étage appartenant à un ponte de l'industrie musicale. Il demanda au jazzman combien avait coûté le loft qu'il possédait à quelques rues de là.

« Quoi ? » fit Zippo. La musique était forte.

Ornette répéta la somme.

C'était dans ses moyens. L'argent des brosses à dents. Zippo se paya un loft de cent quatre-vingt-cinq mètres carrés dans Greene Street pour douze mille dollars. Un copain, étudiant en architecture à Pratt, lui dessina un projet ; il le présenta à son examen de fin d'année et reçut un A. L'espace de Greene Street, alias la Grotte, comprenait une salle de projection dont les six sièges avaient été récupérés au Pussy-Cat Playhouse qui avait dû fermer à la suite d'une inspection sanitaire. Il y avait aussi une pièce surnommée le Terrain Vague. Zippo la peignit de telle sorte qu'elle ressemble à la surface de la lune – un ciel d'un noir infini dominant un gris immortel – et passa une semaine à fabriquer des rochers en papier mâché. Elle servit de décor à des dizaines de courts métrages au fil des ans, dans lesquels une succession d'apprentis comédiens interprétèrent les plus grands monologues de l'histoire sur la lune pendant que Zippo rôdait avec sa Bolex 16 mm. « Ça me donnait l'impression de marcher au fond de la mer. Comme si j'étais mort depuis des années. » Il y avait même une pièce pour ses mannequins en cire, qu'un climatiseur rafraîchissait.

L'argent libérait Zippo des soucis qui affectaient les gens normaux, l'influence du complexe bizarro-hippie élargissait sa vision de ce qui était possible, et les narcotiques faisaient le reste. Il loua un bungalow à Venice Beach et y passa l'été 1972. Après avoir traqué à travers tout le pays une directrice de casting nommée Doris, il avait enfin réussi à la croiser au rez-de-chaussée du Max's, à Kansas City, et pris sa cordialité universelle pour une marque d'intérêt. Quoique conscient qu'il n'y avait rien entre eux, il s'attarda sur la côte Ouest. C'est en Californie, après un visionnage de *Blacula*, qu'il endura (le terme était de lui) la première partie d'une révélation en deux temps. Le pays entrait en récession : il était prudent d'investir son argent pour réaliser tout son potentiel.

Jusque-là, les films de la blaxploitation l'avaient laissé froid. Il avait vu son père casser sa pipe dans un train, on pouvait donc comprendre qu'il soit à la recherche d'un héros. Malheureusement, en cette matière, toute la première vague du genre, les *Sweetback*, *Shaft* et *Super Fly*, ne lui avait proposé que des personnages de dessin animé. Et puis Blacula avait déboulé. L'intrigue : lorsque le prince africain Mamuwalde (William Marshall) tente de convaincre des dignitaires européens de rejoindre le mouvement anti-esclavagiste, le comte Dracula le punit pour son arrogance en lui faisant intégrer la cohorte des morts-vivants. Quelques siècles s'écoulent. À Los Angeles, dans les années 1970, Blacula croise par hasard la réincarnation de son épouse décédée et décide de la conquérir. (Dans les films, les momies et les vampires tombent systématiquement sur des sosies de femmes aimées plusieurs centaines d'années auparavant. Zippo, quant à lui, était incapable de faire durer une relation plus d'un mois.) Au cours du « final sanglant », alors que Blacula massacre les hommes du LAPD, sa dulcinée est accidentellement touchée par une balle. Quel intérêt d'être immortel si on est seul ? Blacula se suicide en marchant vers la lumière du soleil – purifié et détruit par le feu.

Même dans le monde des vampires, la ségrégation raciale avait cours. Jamais on n'aurait vu un vampire blanc marcher vers le soleil. Si Blacula avait patienté deux ou trois siècles de plus, il aurait probablement rencontré à nouveau sa femme décédée. Le film n'en restait pas moins un bel hommage à l'amour par-delà la mort et à une négritude surnaturelle.

Quelques mois plus tard, aux environs de Noël, une séance en matinée de *L'Aventure du Poséidon* provoqua le second volet de sa révélation. Comme tout le monde, Zippo aimait voir des Blancs en prendre plein la gueule, les films catastrophe étaient donc tout à fait son style. Il cherchait à comprendre le succès des blockbusters, pur intérêt professionnel. Il était ressorti du cinéma profondément bouleversé.

L'Église avait réprimandé le révérend Scott (Gene Hackman) pour ses idées peu orthodoxes. « En colère, révolté, critique, un renégat », explique celui-ci. « J'ai perdu mes prétendus pouvoirs cléricaux, mais je suis toujours en activité. » Le paquebot *Poséidon* le mène vers le lieu de son déclassement : « Exilé dans un nouveau pays d'Afrique. Il a fallu que je cherche sur une carte l'endroit où j'allais. » Lorsqu'un tsunami fait chavirer le navire, le révérend Scott prend la tête d'un groupe hétéroclite qu'il tente de mener hors de danger, un pont après l'autre. Alors que le salut est proche, il faut qu'un membre du groupe se suicide pour sauver les autres, de moins en moins nombreux. « Qu'est-ce que tu veux de plus ? demande le révérend à Dieu. Encore une vie ? Alors prends la mienne ! » Il sauve ainsi son groupe en disparaissant dans une nappe de pétrole enflammée.

Noël à L.A. avait quelque chose de déconcertant : les Pères Noël portaient des bermudas et les lutins étaient des pin-ups sur le retour ou des « Serveuses n° 2 » en devenir. La ville ressemblait à un film d'Antonioni. La première fois on trouve ça nul, et puis on le regarde une deuxième fois et c'est génial. À cette différence près que, la seconde fois, ça restait tout aussi nul. Zippo passa les derniers jours de l'année plongé dans des réflexions philosophiques. Blacula venait d'Afrique et le révérend Scott y allait : qu'est-ce que cela signifiait ? La terre natale, la source. Les deux hommes cherchaient un sens à leur vie et ils le trouvaient dans le sacrifice.

Tous les deux s'immolaient par le feu.

Zippo avait tourné la page des expériences warholiennes menées dans sa Grotte. Le geste ne suffisait plus, il fallait commettre l'acte en soi, se dépouiller de l'ironie. Épouser la culture de masse dans sa splendide vulgarité.

Quel genre de héros faire apparaître sur ce grand écran ? Les dealers, les macs, les privés, tout ça c'était du réchauffé. Zippo voulait combiner ses préoccupations du moment, le vampire et le pasteur. Blacula incarnait un pouvoir occulte venu d'Afrique, du berceau de l'humanité. À la fin du film, il mettait Los Angeles à genoux comme l'aurait fait un révolutionnaire brutal. Quant à l'anticonformiste révérend Scott, il servait le système tout en essayant de le réformer, dedans et dehors à la fois. Pareil que les Noirs – à la fois en Amérique et non-Américains, comme l'avait montré W.E.B. Du Bois. Et pareil que Zippo, qui passait pour un membre de la tribu des gens normaux alors que son esprit était parcouru par toutes sortes de dévastations.

Un agent secret, dans ce cas. James Bond – à part que ce serait une femme, une femme noire. Chargée par la CIA d'une opération ultra-confidentielle, elle travaillerait pour le système mais serait en réalité infiltrée au service de la nation noire.

Nefertiti T.N.T.

Los Angeles était un sortilège, New York le contre-sort. Rentré à Greene Street, Zippo écrivit un premier jet sur un bloc-notes, assis dans l'un des fauteuils du Pussy-Cat Playhouse et nargué par l'écran vierge. Il écoutait la compilation de rock *Nuggets*, le volume à fond. À la fin de chaque face, il retournait le disque avec une concentration et une solennité dignes d'un moine. *I can't get your love, I can't get a fraction / Uh-oh, little girl, psychotic reaction.* Quatre jours plus tard, les enceintes grillèrent et il les remplaça par le dernier modèle, plus agressif à bien des égards. Il ne dit à personne qu'il était revenu à New York. Il écrivit sans relâche. Quand la nuit tombait, il sortait patauger dans la ville, remontait West Broadway et bifurquait au niveau de Houston Street, optait pour une direction qu'il n'avait pas prise la fois d'avant.

Au cours de ces balades, à demi hébété, il s'efforçait de concilier l'idée et l'objet. Son oncle Heshie avait dit qu'il voyait les choses dans son esprit puis qu'il les faisait advenir dans le monde. C'était ça, l'art. S'il avait suffi d'avoir une idée, tous les jeunes Blancs qui fréquentaient la même école que Zippo – qui bavassaient sans jamais se bouger le cul – auraient été des génies reconnus dans le monde entier. Une idée devait être exécutée, elle acquérait sa valeur en accédant à l'existence.

Avec les feux, c'était différent. Les médecins de Zippo lui avaient dit qu'il était parfaitement normal d'avoir des fantasmes morbides, à condition de ne pas les réaliser. Il pouvait imaginer des flammes rongeant des rideaux, le sifflement des gaz qui fuyaient, la chaleur sur sa peau, du moment que ça restait dans sa tête. Idem pour la photo érotique. Une pensée cochonne ou une rêverie inspirée par un cliché osé n'avaient rien de honteux. Tant que ça restait dans sa tête et que ça n'affectait pas les autres, tout allait bien.

Un sacré dilemme. Mieux valait se concentrer sur son scénario.

Il fit la connaissance de Samuel Z. Arkoff lors d'une bar-mitzvah dans le Queens. Samuel Z. Arkoff, le célèbre producteur de *Blacula* et de *Amok, l'homme à deux têtes* – entre autres classiques du film d'horreur – était un ami des Lehmann, dont Zippo connaissait le fils Josh depuis l'enfance. Ce jour-là, le petit frère de Josh entrait dans l'âge adulte. Zippo accapara Arkoff et lui expliqua qu'il travaillait sur un film de blaxploitation.

« Formidable », répondit le producteur, une petite assiette de canapés à la main et des miettes de fromage aux coins de la bouche. Il avait un conseil à lui donner : ne jamais utiliser ses fonds propres. Zippo avait suffisamment de réserves sur l'argent des brosses à dents pour tourner l'hiver suivant à New York, si tout se passait bien. « Pas de fonds propres, répéta Arkoff. C'est à ça que servent les gens. » Le père d'Arkoff était un immigré russe qui avait parié sur l'Amérique, tout comme l'oncle Heshie. L'Amérique, les inventions, le cinéma – Zippo détecta un même mélange de rêve et de pragmatisme. Arkoff lui laissa sa carte : « Appelez-moi quand vous serez prêt. » American International Pictures avait touché le gros lot avec *Blacula* et *L'Exécuteur noir*, et venait de sortir *Coffy*. Blaxploitation = carton au box-office. Pour le moment. Les films de délinquants juvéniles, les comédies de plage, les histoires de bikers… Toutes les modes finissaient par passer, il fallait donc se remplir les poches tant qu'on le pouvait. « Le plus tôt sera le mieux, mon jeune ami. »

Zippo transforma la Grotte en bureau de production. Des connaissances de ses années à Pratt revinrent de leur excursion dans le monde réel pour bosser avec lui, honorant la promesse qu'ils s'étaient faite à la fin de leurs études. Les autres n'avaient pas accompli grand-chose. La cheffe décoratrice se mit en « congé » de son boulot dans une boutique d'encadrement ; l'ingénieur du son quitta le domicile parental à St. Louis et prit un car Greyhound ; et Toby Fairchild, le peintre à la main tremblante qui n'avait pas encore réussi à admettre que ses talents résidaient ailleurs, fut affecté aux finances. Zippo retira ses billes et alla courtiser les investisseurs de Harlem. Avantage : il avait un scénario complet. Les chéquiers s'ouvrirent dès que la distribution fut arrêtée.

Doris, la femme pour qui il avait traversé le pays, pressentait Lucinda Cole et Roscoe Pope dans les rôles principaux, et son intuition se révéla bonne. Roscoe Pope signa son contrat quelques jours avant que son album live *Memo from Dr Goodpussy* ne prenne d'assaut le Top 50.

Pile au bon moment. Si le disque était sorti une semaine plus tôt, son manager n'aurait même pas répondu au coup de fil de Doris. Pope accepta à contrecœur de remplir ses obligations en venant tourner une semaine à New York.

Lucinda Cole, quant à elle, avait suivi la trajectoire inverse. Zippo se souvenait de l'époque où elle fréquentait la pègre et louvoyait entre les tables des carrés VIP. Peu de temps après, elle crevait l'écran dans *Le Serment de Miss Pretty*, où elle incarnait une bonne sœur qui n'avait pas sa langue dans sa poche. L'aplomb de son jeu lui valut d'être comparée par la critique à l'explosive Dorothy Dandridge de *Carmen Jones*, et la chanson du film, « My Heart Is a Pasture », fit un carton ; le visage de Lucinda resta plusieurs semaines en couverture des magazines de cinéma, même si, pour les besoins du film, le studio l'avait fait doubler par une autre chanteuse, meilleure qu'elle.

Zippo était assez jeune pour croire qu'un tel succès suffirait à lancer une carrière. Pas pour une actrice noire. Il aperçut Lucinda à la télé, dans le feuilleton *Dragnet* où elle jouait la mère désemparée d'une junkie (les deux comédiennes semblaient avoir le même âge), et en directrice d'un lycée technique dans *La Nouvelle Équipe*. Il fut à la fois content de la retrouver et triste de voir qu'Hollywood avait si peu à lui offrir. Du reste, dans « My Heart Is a Pasture », elle chantait déjà *Sometimes I think I was planted upside down / And that I've grown away from the sun* – parfois j'ai l'impression qu'on m'a plantée à l'envers, et que je pousse en m'éloignant du soleil.

Il n'avait pas pensé à Lucinda Cole avant que Doris la lui propose ; soudainement, il n'arriva plus à imaginer qui que ce soit d'autre pour le rôle de Nefertiti. Le casting eut lieu à Santa Monica, dans une chambre au septième étage du Sandbar Hotel. Lucinda Cole y entra d'un pas aérien et dit : « Je crois que j'ai dormi dans cette chambre la première fois que je suis venue à L.A. » Robe hawaïenne translucide, bottes en cuir blanc, lunettes de soleil larges comme des assiettes – Zippo avait du mal à définir le style qu'elle tentait de se donner. Mais c'était l'époque qui voulait ça.

Le scénario lui plaisait. « C'est mieux que la majorité des blaxploitation merdiques qui sortent », dit-elle. Fallait-il comprendre qu'elle l'excluait de ce genre, ou qu'il se détachait du lot ? Quoi qu'il en soit, Lucinda Cole était partante. Son voisin du dessous, un disciple de Bong Soo Han, le père du hapkido, avait d'ores et déjà accepté de lui enseigner les arts martiaux.

Zippo et Doris se firent un high five dans l'ascenseur. Il leur fallut trois tentatives avant d'y arriver. Le film commençait à prendre forme. Doris était parfaite dans son travail, parfaite des pieds à la tête, et Zippo se résignait à l'idée qu'ils ne seraient jamais ensemble. Ils s'étaient peut-être aimés quatre siècles plus tôt, quand ils étaient d'autres personnes, ou bien ils s'aimeraient dans quatre cents ans, lorsqu'ils se retrouveraient. Cette perspective lui remontait le moral chaque fois qu'il avait le cafard.

Super Fly T.N.T. sortit l'été suivant et Zippo accusa le coup. Il fut dévasté de découvrir que Ron O'Neal lui avait piqué son idée de titre. Zippo se souvenait de lui en avoir parlé à une fête chez Robert Guillaume. Ron avait eu un étrange sourire, il comprenait maintenant pourquoi. Il se consola d'apprendre que le film faisait un bide. Et se rabattit sur *Nefertiti Jones*. Inutile de préciser qu'il eut un nouveau coup de mou quelques semaines plus tard, quand il sortit de la station de métro Broadway-Lafayette et tomba nez à nez avec la gigantesque affiche de *Cleopatra Jones*. Il parlait trop, c'était certain, et n'aurait jamais dû raconter sa vie à Max Julien ce soir-là au Farga's.

Ainsi donc naquit *Nefertiti : Agent secret.*

Zippo se réserva le travail de repérage. Il voyait déjà les mots sur l'écran, la dernière phrase que les spectateurs liraient avant que les lumières se rallument : ENTIÈREMENT FILMÉ EN DÉCORS NATURELS À HARLEM, U.S.A. Il quadrilla *uptown* comme guidé par une baguette de sourcier, traquant les immeubles qu'il visualisait dans son esprit. Retour à la terre natale. Il trouva la maison de Nefertiti – une bâtisse en pierre blanche qui donnait sur une cour d'école rappelant à l'héroïne qu'elle se battait pour la jeune génération. Il choisit le bar où les piliers de comptoir, prostituées et traînards de tout poil diffusaient les rumeurs à travers la ville. Le perron où l'héroïne fait regretter à l'exhibitionniste du quartier d'avoir ouvert son manteau devant la mauvaise personne (interlude comique). Il écrivit une petite scène qui se situait dans la salle d'exposition et le bureau de Carney's Furniture.

Parfois, à des coins de rue ou près d'un terrain vague qu'il avait jadis aimé, il redevenait Aaron Flood, son incarnation d'avant Zippo. Il fit le tour de ses endroits favoris : le terrain de jeu de la 131e, dont les gravillons et les morceaux de verre étaient restés incrustés comme du shrapnel dans son genou ; le trottoir devant Jimmy's Tap, dans la 135e, où d'après la légende familiale sa mère avait embrassé son père la première fois. Le Dewey's, le magasin de glaces où elle avait emmené Zippo après l'enterrement de son père, était devenu un magasin de disques. Ce jour-là, il avait pris rhum-raisins en l'honneur de son papa et s'était forcé à en avaler chaque cuillérée. Il détestait ce parfum. Aucun de ces lieux ne figura dans le film. Tout le monde a sa bobine secrète.

Le repérage n'était pas une excuse valable en ce dernier soir, car le tournage débutait le lendemain. Il s'en servit néanmoins comme prétexte pour remonter *uptown*, déambuler dans son ancien quartier et au-delà. Enfin, il trouva l'endroit qu'il cherchait depuis le début, le décor parfait, non loin de l'East River, dans des avenues qui n'appartenaient pas à sa géographie mentale. Le bloc d'immeubles tout entier avait été rasé, à l'exception d'une maison à deux étages. D'un bout à l'autre du terrain vague, les tas de gravats formaient une houle trouée par des lattes de bois et des tuyaux en acier. La maçonnerie dénudée de l'ultime résistante gardait le souvenir de ses anciennes voisines. Zippo imagina qu'elles avaient été emportées par une rivière de briques.

Le contreplaqué barrant la porte n'était pas fixé. D'autres étaient venus avant lui. Il n'y avait personne à l'intérieur ; Zippo explora la maison de la cave au grenier. Il jeta son dévolu sur une chambre, à l'arrière, au deuxième étage. Quatre rues plus tôt, il avait découvert un pardessus en tweed abandonné sur une vieille guimbarde et l'avait emporté, au cas où. Bingo. Avec le pied, il rassembla de vieux journaux qui traînaient et ajouta le vêtement roulé en boule. Il sortit le bidon d'essence de son sac. Huma les vapeurs. Vilain garçon. L'odeur le ramena en arrière. Il entendit le bruit de l'allumette avant même de la gratter – sa piste audio était décalée. À mesure que le feu prospéra et enfla, elle se resynchronisa.

Zippo contempla les flammes. Ça faisait si longtemps. Bonne chance, chaleur, bonne chance, fumée. Les flammes qui chatouillaient le plafond l'arrachèrent à cette ivresse cotonneuse et il se carapata pendant qu'il le pouvait encore.

Le lendemain, quand il cria *Action*, l'idée qu'il avait conçue fit son entrée dans le monde. Avec l'art, il ne suffisait pas de penser ; il fallait concrétiser. C'était pareil avec les incendies, quelquefois. Quelquefois, on avait besoin du feu devant soi, du feu qui craquait, dansait, dévorait : plus vivant qu'on ne le serait jamais.

2

Tout partit en vrille après cette soirée dans le magasin de Carney. Pepper assurait la sécurité depuis le quatrième jour du tournage, une semaine plus tôt. Deux lampes au tungstène – louées – disparurent juste avant d'être chargées dans un camion technique, barbotées en un clin d'œil par des charognards du coin. Ces voleurs fondaient sur leur proie avec la vitesse et la férocité des goélands qui vous piquent vos frites sur la promenade de Coney Island.

« Ils sont rapides.

– Les goélands de Coney Island ? Des vraies saloperies. »

Zippo embaucha Pepper. Les vols cessèrent.

Assis, Pepper observait. Cet après-midi-là, avant de partir pour Carney's Furniture, l'équipe tourna quelques heures devant Nicky Tavern, sur Amsterdam, une scène où Nefertiti malmène une balance. D'après ce que comprit Pepper, le mouchard l'avait roulée et elle devait maintenant lui tirer les vers du nez. Lorsqu'ils arrivèrent au magasin de meubles, Pepper, l'air menaçant, s'installa sur un tabouret au coin de la 125e et de Morningside. Les candidats à la choure se reportèrent sur des cibles moins risquées. Ce boulot lui rappelait Newark, quand il faisait le videur pour les clubs de Barbary Coast. Sa technique : regard noir, bras croisés mais détendus ; lever un œil sceptique si quelqu'un s'approche trop du périmètre ; grogner parfois en guise d'avertissement. Pepper était un froncement de sourcils géant, transmuté par magie en forme humaine. Ça suffisait.

« T'es payé pour être toi-même, lui dit Carney. C'est pas mal. » Ce sourire goguenard qui le caractérisait apparut une seconde. Il lui tendit un 7Up.

Pepper grommela.

Le sourire de Carney disparut quand l'équipe arriva et commença à mettre le bazar. Après un plan d'ensemble sur le magasin – Zippo tenait à ce que tout reste tel quel, sauf les miroirs, à cause des reflets – l'invasion proprement dite débuta. Les Blancs de l'équipe de production étaient des hippies à cheveux longs et barbe noueuse ; aux yeux de Carney, des Vikings efflanqués qui saccageaient tout. Ils déplacèrent une rangée de canapés à l'autre bout de la salle, roulèrent des tapis, recouvrirent le sol d'un lacis de câbles noirs. Carney était dépité. « Attention au sol ! » « Le lustre ! » Au fil des ans, Pepper l'avait souvent vu patrouiller dans son magasin, effectuer des ajustements imperceptibles, disposer les articles en harmonie avec son ordre intérieur. Ce film était une catastrophe. « Mettre une ottomane Sterling à côté d'un fauteuil club Egon, tu parles d'une mentalité », maugréait-il. Pepper ignorait de quoi il parlait.

Tassé dans l'encadrement de la porte d'entrée, le vigile surveillait la rue tout en gardant un œil sur les préparatifs du tournage. La quantité d'efforts qu'il fallait pour projeter quelque chose sur un écran. Nagra, diaphragme – tout un langage à part. Une jeune Blanche nommée Lola cavalait sans arrêt pour éviter ce qu'ils appelaient des « faux raccords » – elle veillait à ce que la cicatrice de l'acteur soit au même endroit d'une scène à l'autre.

Zippo avait dû filer à un rendez-vous avec un investisseur potentiel. Au fond de la salle d'exposition, l'éclairagiste brancha une lampe gigantesque à une prise dissimulée par un long canapé d'angle couleur terre-de-Sienne brûlée. Carney lui-même avait oublié qu'elle existait. Il y eut un claquement, toutes les ampoules du magasin grillèrent et le courant sauta. Lorsque Carney et l'éclairagiste remontèrent du sous-sol, Rusty conseilla à son patron de sortir prendre l'air. « Je m'en charge, dit-il. Tu tiens beaucoup trop à tes meubles. »

Pepper avait fait la connaissance de Rusty douze ans auparavant, lorsqu'il avait commencé à utiliser le magasin comme service de messagerie. Un jour, il était tombé sur le vendeur qui pourchassait une mouche avec une tapette : bras fil de fer, petite bedaine et cheveux crantés. Le temps et la ville avaient fait de ce petzouille un Harlémite respecté. La paternité y était pour quelque chose – aucune interaction n'était complète sans qu'il déballe les photos de sa femme Beatrice et de leurs trois garçons. Sans compter que Rusty était une grenouille de bénitier, ce qui le rendait encore plus respectable aux yeux des visiteurs. Il était diacre, prenait part au service, tout le tralala. Une fois, il avait invité Pepper dans son Église du Saint Quelque-Chose. « Ça ne fait rien si tu n'es pas venu au culte depuis longtemps, avait dit Rusty. Dans la maison du Seigneur, il n'y a pas de porte et pas d'interphone, tu seras toujours le bienvenu. » L'expression sur le visage du voyou avait garanti qu'il ne renouvellerait pas sa proposition.

Comme promis, Rusty s'occupa du magasin. Il canalisa les jeunes Blancs afin que les Sterling restent avec les Sterling et les DeMarco avec les DeMarco, et il rassembla les lampadaires en une gerbe d'argent et de bronze. Ainsi il serait plus facile de tout ranger conformément aux goûts de Carney. Il nota l'accent du perchiste – ils venaient de régions différentes de la Géorgie mais avaient écouté le même prédicateur à la radio chaque dimanche. Et à présent ils étaient tous les deux à New York, où ils travaillaient sur un film à propos d'une agente secrète noire qui tuait des racistes. Agente secrète ou peut-être experte en kung-fu, Rusty n'avait pas lu le scénario. Est-ce qu'on projetait des films réalisés par des Noirs dans sa ville natale ? À tous les coups, le Ku Klux Klan bloquait les routes pour les empêcher d'entrer dans le comté.

Le professionnalisme et l'amabilité de Rusty le propulsèrent *de facto* au poste d'assistant de production ; le charisme tranquille de Larry lui valut une apparition et une ligne de dialogue. De manière générale, Pepper trouvait que Larry en faisait des tonnes, mais il était toujours moins agaçant que les autres représentants de sa génération, avec leurs vêtements qui brûlaient la cornée et leurs slogans épuisants de positivité. Lorsque Pepper était arrivé ce matin-là, Larry faisait les cent pas sur le trottoir en marmonnant. Il répétait, disait-il.

Il expliqua à Pepper comment les choses s'étaient passées. Le lendemain du jour où Carney avait accepté que Zippo utilise son magasin, celui-ci était venu spécialement trouver Larry. Il avait baissé ses lunettes noires et lui avait demandé : « T'as déjà joué la comédie ?

– Pas plus que n'importe qui.

– T'as un truc », lui avait assuré Zippo.

Le personnage de Larry travaillait pour Charles & Co. Furniture, le nom du magasin dans le film. Il tenait la porte à Nefertiti et tentait de la charmer quand elle venait voir le patron, Mr Dudley. « Ça fait des jours que je bosse sur cette phrase, dit Larry. Ça me stresse. » Quoi qu'il fasse, elle sonnait toujours comme la première fois qu'il l'avait prononcée.

Pepper lui demanda quelle était cette phrase.

« *Salut, ma jolie.* »

Le problème était clair. Larry n'avait aucun moyen d'améliorer sa diction. Il prononça sa réplique comme toutes les autres fois quand les caméras se mirent à tourner quelques heures plus tard : une seule prise.

Pour être franc, ces conneries d'entente entre les races tapaient sur le système de Pepper. La majorité des techniciens étaient de sales hippies, mais Zippo, le directeur de la photographie et Angela – qui se chargeait des costumes et du maquillage – étaient noirs. Les Blancs obéissaient aux ordres.

C'était l'Amérique, à la fois melting pot et baril de poudre. Ça finirait forcément par péter, mais ça n'avait pas l'air pour tout de suite.

Avant ce tournage, Pepper n'avait jamais bossé avec des Blancs. Les coups à Newark, puis *uptown* au bon vieux temps, c'était ça la réalité. Et ce n'était pas terminé. De temps à autre on lui proposait de rejoindre une équipe dans laquelle le chauffeur ou le financier était blanc : c'était le signal qu'il fallait passer son tour. Ses refus relevaient du simple bon sens. Déjà qu'il faisait à peine confiance aux voyous noirs, pourquoi aurait-il accordé cette faveur à des connards de racistes qui le mystifieraient à la première occasion ? Parfois les Noirs se mettaient en quatre pour se porter garants d'un Blanc qui ne les avait pas encore baisés. Pas encore.

Il décida que son travail sur le tournage de *Nefertiti* n'enfreignait pas sa règle – gros bras à son compte, il demeurait extérieur à l'entreprise. Pourquoi refuser d'apprendre une ou deux choses ? Au cours du deuxième jour, ils filmèrent une partie de dés à l'arrière d'une épicerie. La boutique existait réellement – Tiny's Extra, dans la 132e, là où Skitter Lou avait tranché la gorge de Bull Moreland près du congélateur à glaces en 67 –, mais la partie de craps était du cent pour cent Hollywood, depuis les fringues trop propres des acteurs jusqu'au visage trop gentil des joueurs. Dans une vraie partie de dés, il y avait au moins six motifs écossais différents – sur les pantalons, les chemises, les vestes – et un mec avec la joue barrée d'une cicatrice. Pepper avait lu dans un journal militant que, au temps du Far West, un cow-boy sur quatre était noir, et chaque fois que *Nefertiti : Agent secret* s'écartait trop du vrai Harlem, il rappelait cette anecdote. Manière de dire qu'Hollywood avait toujours été à côté de la plaque. Les gens du cinoche opinaient, ne changeaient rien.

Entre deux prises dans l'épicerie, Pepper fit venir Pete le Perchman. « Montre voir ton appareil, dit-il.

– Tenez, Mr Pepper », dit Pete le Perchman. La voix du voyou faisait toujours sursauter le jeune Blanc, qui manqua de faire tomber le talkie-walkie sur le trottoir. Pete n'avait pas encore pris ses marques à Harlem, il montait *uptown* quand il voulait descendre vers le sud et oubliait l'emplacement des bouches de métro, à croire qu'elles passaient leur temps à jouer au bonneteau. Le fait que Pepper lui donne de fausses indications n'arrangeait évidemment rien.

Le talkie-walkie du technicien était un nouveau modèle, solide, de chez Windsor. Pepper éprouva son poids, s'assura qu'il tenait dans la poche de son blouson. Le bouton du volume était assez large pour être manié avec des gants. Les vieux Windsor explosaient comme des œufs quand ils vous glissaient des mains. Pepper rendit l'appareil au gamin. Il ne s'était pas tenu au courant des innovations dans le champ des dispositifs de communication à courte portée. Dès qu'il aurait un jour de congé, il jetterait un œil à la presse spécialisée.

Les Vikings hippies occultèrent la devanture avec des bâches noires, et les instructions et épithètes aboyées en permanence migrèrent vers le fond du magasin pour les plans dans le bureau. Chip l'ingé-son se vautra sur un canapé douillet et ouvrit un numéro de *Doctor Strange*, enveloppé dans des effluves d'herbe. Typique de ces mecs de Greenwich Village qui ne venaient jamais *uptown*, sauf pour distribuer des tracts sur le Vietnam ou le Cambodge et faire la morale aux habitants en leur disant de s'engager davantage. Ils ne pouvaient pas s'empêcher de fourrer leur nez dans les affaires des Noirs.

« On est presque prêts », dit Lola, puis, cinq minutes plus tard : « Ils ont encore besoin de temps. » *On* quand c'était une bonne nouvelle, *ils* sinon. Pepper s'était accoutumé au rythme de métro branlant du plateau de cinéma. Des ouvriers réparaient les pannes dans l'obscurité du tunnel, et puis on filait à toute vitesse jusqu'au problème suivant.

Lola semblait s'être approprié le bureau de Marie, entrait et sortait sans arrêt comme un rat. Pepper n'avait pas vu la secrétaire de la journée. Le magasin avait été fermé au public quand l'équipe de tournage avait débarqué. Marie était peut-être partie avant qu'il n'arrive.

Pepper déménagea son perchoir devant la porte côté Morningside, où projecteurs et filtres étaient braqués sur l'intérieur du bureau de Carney. Juste à temps pour lui mettre le grappin dessus quand il rentra de sa promenade. Il était plus détendu et félicita Rusty d'avoir fait régner l'ordre. Il dit à Pepper que May avait un match de basket à Brooklyn, mais que John allait les rejoindre.

« Il a déjà fini l'école ? demanda Pepper.

– Il est dix-neuf heures. »

Soit. Pepper n'avait pas vu le petit depuis l'été précédent, lorsqu'il avait croisé Carney dans la 125e, devant le Chock Full o'Nuts, et était reparti avec une invitation à dîner.

« Vous allez faire quoi ?

– Du poulet. »

Il n'avait rien d'autre de prévu. En se rendant chez Carney, le soir, il passa devant le chariot d'un vendeur de fleurs et chercha le bouquet le moins minable, une gageure. Pepper n'avait pas acheté de fleurs depuis qu'il s'était séparé d'Hazel.

Il sonna à la porte. Dans la rue, des garçons se lançaient un ballon en s'apostrophant. Il n'avait pas encore pris l'habitude d'entrer dans Strivers' Row par la grande porte. En revanche, il s'y était souvent introduit par l'arrière, car ces ruelles ne demandaient que ça.

Elizabeth lui ouvrit et son visage s'illumina quand elle

vit le bouquet. Elle le remercia et alla chercher un vase. Mrs Carney avait compris depuis des années qu'il n'était pas un honnête citoyen. Pepper le savait parce qu'elle avait cessé de lui poser des questions sur sa vie, et aussi à cause de la perplexité qu'il semblait lui inspirer. Du reste, elle ne lui en tenait pas rigueur. Il se demanda dans quelle mesure elle était au courant des divers à-côtés de Carney.

May écoutait de la musique très fort à l'étage – du funk, à en juger par la basse. John lisait un livre sur le canapé du salon. Il dit : « Bonjour, oncle Pepper.

– Pepper tout court, rectifia le voyou comme à chaque fois.

– D'accord, oncle Pepper », répondit John en souriant de toutes ses dents. Quelques années auparavant, Pepper s'était juré qu'il ne leur ferait pas regretter leur insolence. Il tenait sa promesse.

Pepper demanda à voir la couverture du livre : *La Planète des singes.* Il recommanda le film, bien plus court. John répondit qu'il l'avait déjà vu cinq fois, il cherchait les différences avec le roman.

Pepper opina. Parfois, lorsque Carney parlait d'une certaine manière et que les mots devenaient tranchants, il revoyait Big Mike, le vieux truand ressuscité l'espace d'un instant. Et voilà qu'il commençait à reconnaître Carney dans les attitudes et les intonations de John. Un reflet de son père avant qu'il n'endosse sa propre personnalité.

Deux ans plus tôt, Carney avait demandé à Pepper quand avait eu lieu leur première rencontre. Il croyait se souvenir qu'il était encore petit et que Pepper passait de temps en temps à l'appartement de la 127e Rue. Ce dernier le détrompa : lorsqu'il avait commencé à monter des coups avec son paternel, Carney était au lycée. Sa mère était morte et le jeune homme restait seul avec Big Mike. Il saluait son père et ses acolytes sans lever les yeux et se claquemurait dans sa chambre jusqu'à ce que les hommes partent pour la mission du soir, un braquage de fourgon blindé ou un raid sur un grand magasin la veille de la paye. Les malfrats lui faisaient peur, à moins qu'il ait eu honte de son père, ou qu'il ait simplement préféré rester seul.

Carney rentra du magasin peu après l'arrivée de Pepper et ils passèrent à table, une recette délicieuse qu'Elizabeth avait découpée dans le *Times*. Pepper ne revit plus Carney avant le mois de novembre. Le vendeur de meubles faisait parfois un saut au bar pour prendre des nouvelles. D'abord c'était pour affaires – il devait mettre un coup de pression à un vendeur qui s'était fait la belle sans payer, ou bien il avait besoin d'un garde du corps pour un rendez-vous avec une bande de merdeux. Parfois quelque chose d'un peu plus compliqué. Et puis Carney s'était rangé et n'était plus venu au bar que pour discuter le bout de gras. Le dîner de Pâques avec la famille devint tout naturellement une habitude annuelle, et les enfants se mirent à l'appeler oncle Pepper.

Ce soir de novembre, lorsque Carney avait poussé la porte du Donegal's, le bar était à moitié désert et la télé passait un film avec Ray Milland à un volume assourdissant. Pas évident de cerner ce qu'avait fait le personnage de Milland : c'était une petite fouine qui transpirait beaucoup, un fraudeur ou un fuyard quelconque. Ils regardèrent le film un moment, sans parler. Pepper mettait un point d'honneur à ne pas mentionner les divers plans du moment – soit on était au courant, soit on ne l'était pas. Et puis une pub pour Gillette arriva et Pepper signala qu'il avait dépensé tout l'argent du dernier coup et qu'il allait être temps de se refaire. Carney répondit que, s'il cherchait quelque chose de facile, il connaissait un type qui avait besoin d'un vigile. Il dit : « Il ressemble à rien, mais il est pro », et il lui expliqua comment il s'était retrouvé embringué dans ce film.

Carney avait fait la connaissance du réalisateur à l'époque où ce dernier était adolescent et traînait avec son cousin Freddie. Il avait commencé escroc à la petite semaine – chèques en bois, films porno – et à présent il était réalisateur et tournait l'un de ces films qui faisaient fureur, avec des acteurs noirs. Malgré la débilité et la violence de ces histoires de ghetto, John et May les adoraient, et il se trouvait que Carney avait touché un peu d'argent.

« Comment ça, de l'argent ? demanda Pepper.

– Des montres.

– Je vois. »

Carney s'était fait embobiner par Zippo, comme les passants qui entraient dans le magasin pour demander leur chemin et se laissaient convaincre d'acheter un nouveau buffet. Zippo dévoilait des talents de vendeur – ça faisait peut-être partie du métier de réalisateur, amener les autres à jouer le rôle qu'on leur a attribué. Carney voulait prendre des parts dans le film. Il affirma que le cinéma se finançait ainsi, désormais – en cédant des parts. Un groupe de dentistes forme un consortium, ou bien un homme d'affaires cherche à placer de l'argent. Le film décolle, vous empochez la caillasse.

Un exemple : l'année précédente, le Dumas Club ne parlait que de Don Newberry, amateur de whisky et président du comité administratif. Newberry était un juriste dénué de relief, mais son père avait servi d'agent de liaison entre Tammany Hall – une faction du parti démocrate – et la communauté noire, et en tant que tel il avait contribué à sécuriser le vote des Harlémites. Newberry Jr avait fondé toute sa carrière sur ce fait d'armes. En outre, il habitait juste au-dessus de l'acteur Ron O'Neal et avait offert ses conseils aux producteurs de *Super Fly* – « Ça me fait plaisir ». Il avait obtenu dix pour cent du film et l'année suivante, *boum*. Un million de dollars, et le compteur n'avait pas fini de tourner.

« Tu fous un flingue dans les mains d'un Noir et tu lui fais buter des Blancs – c'est pas de l'art, mais ça remplit les salles », disait Zippo. Il était venu au magasin pour finaliser la scène du bureau et avait attendu le moment propice pour exposer ses arguments. Il insista sur le fait que *Nefertiti : Agent secret* était une œuvre d'art, mais qui ne reniait pas cette sensibilité rugueuse. Dans son travail, il appliquait une série de principes esthétiques : la méthode ZIPPO. « Un genre de credo personnel. » ZIPPO était un acronyme, ouvertement pompé sur la formule éponyme ARKOFF de Samuel Z. Arkoff. Il présenta les concepts centraux et les atouts de sa méthode :

Zeitgeist – mot allemand signifiant *esprit du temps*. Puiser dans la culture.

Intelligent – élever notre vision du monde.

Provocant – sortir le public de sa complaisance bourgeoise.

Perturbant – obscénité, violence et sexe employés dans une visée artistique. *Cf.* point précédent.

Oral – des dialogues et des discours marquants.

« Voilà, c'est ça ZIPPO », dit Zippo. Carney raconta cela en substance à Pepper, sans parvenir à se rappeler ce que signifiait *zeitgeist*, « peut-être à cause de la guerre ». La chose à retenir était que Carney avait besoin de blanchir du cash et que ses enfants avaient sauté de joie quand il leur avait parlé du film : il marchait.

Le réalisateur avait une requête supplémentaire. Depuis le début de leur réunion, il lorgnait du côté de l'Hermann Bros. « Est-ce qu'on pourrait utiliser le coffre ? demanda-t-il.

– Non.

– Pour la scène.

– Non. »

« Il a demandé à utiliser ton coffre ? fit Pepper.

– Pour la scène, apparemment. »

Le voyou porta son verre à ses lèvres. On ne touche pas au coffre d'un autre.

Buford le barman déposa deux bières devant eux. Carney expliqua à Pepper qu'il avait convenu avec Zippo d'un prix pour la location du magasin et d'un nombre de parts dans le film. Zippo avait appelé ce matin-là pour lui dire que des gamins du quartier avaient piqué du matos. Le lendemain, Pepper était embauché.

Le voyou avait besoin de fric pour ses frais généraux, bien sûr, mais surtout il s'emmerdait. Il ne savait plus à quand remontait la dernière fois qu'il avait savaté quelqu'un. Ce boulot pourrait le mettre en présence de personnes qui avaient besoin d'une correction. D'une bonne bosse ou de, comment ça s'appelait déjà, d'un décollement de la rétine. Quant au boulot en lui-même, il n'y avait rien d'étonnant à ce qu'un voyou notoire fasse le vigile pour joindre les deux bouts. La moitié des flics étaient avant tout des enfoirés de voleurs qui maintenaient l'ordre quand ils avaient le temps. Dans une ville comme New York, mieux vaut ne pas avoir de problème avec les contradictions.

Les promesses de Lola ne valaient rien. Pour savoir quand on allait se mettre à tourner, il fallait guetter les annonces du metteur en scène. Il entrait dans le magasin, passait le plateau en revue et approuvait d'un sonore « C'est parfaitement ZIPPO ici, bébé ! ». Ce jour-là, il portait un jean rouge et un pull irlandais noir criblé de trous de mites ou de brûlures d'acide. Ses inamovibles bracelets en argent tintinnabulaient à chacun de ses gestes. Pour y remédier, lorsque la caméra se lançait, il se figeait dans des poses certainement calculées. On finissait par s'y habituer.

L'équipe se mit au turbin. Pepper n'avait guère été impressionné par Zippo lors de leur premier rendez-vous – de manière générale, il considérait la jeunesse avec un mélange d'apitoiement et de stupéfaction. Mais Zippo savait y faire et son équipe lui obéissait au doigt et à l'œil. C'était bizarre : les autres semblaient avoir confiance en lui.

Sur le plateau, on racontait que l'Anglais qui jouait Mr Dudley – le vendeur de meubles pas très net – était une star dans les cercles shakespeariens. Sa seule présence époustouflait toute l'équipe. « Dommage qu'il n'ait qu'une seule scène », regretta Lola. Johnson Gibbs était digne, ample, doté de favoris remarquables et de l'infatuation propre aux pasteurs et aux directeurs de banque. C'était étrange de voir un autre que Carney à ce vieux bureau, mais l'acteur semblait tout à fait à l'aise. Mr Shakespeare observait la salle d'exposition par la fenêtre et articulait sans bruit ses répliques en tenant les revers de sa veste comme s'il contemplait la bataille de Gettysburg depuis le sommet d'une colline.

Et puis Lucinda Cole fit son apparition. Elle était juste à côté, au Skinny's, depuis plusieurs heures – la production avait loué le bar pour les costumes, le maquillage et l'« attente ». (D'après ce qu'en voyait Pepper, l'attente en question consistait à entreposer les personnes jusqu'à ce qu'on ait besoin d'elles, comme lorsqu'on garde un cave au chaud pour le rançonner.) Pepper connaissait peu le travail de la vedette. Lors de leur premier rendez-vous, Zippo avait énuméré une partie de sa filmographie. Pepper avait haussé les épaules. Zippo avait fredonné le thème d'un de ses films. Jamais entendu. Pepper demanda comment s'appelait son personnage. « Nefertiti ? Tu nous fais une de ces conneries afrocentriques ? »

Zippo répondit : « Ça signifie *la belle est venue.* »

Pepper se fichait pas mal du raffinement, que ce soit celui de Strivers' Row, de Park Avenue ou d'Hollywood, mais à l'instant où il vit Lucinda il admit que ce nom lui allait comme un gant. Elle évoquait un sablier, pas par sa silhouette mais parce qu'elle vous rappelait que la vie est courte et qu'il y a sur cette terre des choses qu'on ne connaîtra jamais. Bien qu'ils aient seulement échangé quelques mots quand Pepper rejoignit l'équipe, le bref sourire qu'elle lui adressait chaque matin était un réconfort inattendu, au même titre que le petit salut de l'épicier du coin, de la serveuse du boui-boui ou du vendeur de journaux. Elle était devenue instantanément une voisine, malgré ses tenues qui attestaient d'une origine extraterrestre.

Pour la scène dans le magasin de meubles, ils l'avaient

affublée d'un pantalon en cuir blanc et d'un chemisier satiné bleu nuit qu'elle portait sous une cape en cuir noir. Son visage rond semblait serti dans son imposante coiffure afro. Cette perruque défiait les lois de la physique, fixée par un bandeau dans lequel étaient brodés de curieux symboles, des hiéroglyphes décrivant le « système mythique » de Zippo. Pepper piquait du nez chaque fois que le réalisateur essayait de le lui expliquer. Sur n'importe qui d'autre, ce costume aurait ressemblé à un déguisement d'Halloween. Sur Lucinda, il était à tomber.

L'actrice entra dans le bureau en titubant. Elle était grande, et ses talons compensés couleur rubis la rendaient encore plus impressionnante. Mais ils transformaient les coups de pied à la gorge en véritables défis ; au cours des jours précédents, la foule d'ennemis qu'elle devait savater avait obligé à multiplier les prises. Elle se jucha sur le bureau de Carney et se pencha pour étudier la photo dédicacée de Lena Horne. Elle approuva.

Lola vira tout le monde du plateau afin que Zippo puisse décomposer la scène à ses acteurs. Carney et John rejoignirent Pepper à son poste de guet sur Morningside, où un bout de trottoir offrit au jeune garçon une vue partielle sur le bureau. Carney posa une main sur l'épaule de son fils. Pepper se rendit compte que John avait à peu près l'âge de Carney quand il l'avait rencontré. Vingt-cinq ans plus tôt, peut-être. Certains après-midi, le gamin filait un coup de main au magasin, mais il semblait s'en désintéresser complètement. Ce n'était ni un voyou, ni un vendeur – pour le moment.

Quoi qu'il devienne plus tard, ce soir-là il était un enfant sur le tournage d'un film, excité comme un chiot. Carney lui demanda ce qu'il pensait de tout ce bazar.

Dans le bureau, Zippo exposa sa vision. Fidèle à elle-même, Lucinda parlait bas et s'effaçait entre les prises ; à la seconde où les caméras commençaient à tourner, elle se changeait en derviche furieux. Mr Shakespeare écouta en opinant solennellement. Il posa une question. Zippo lui décrivit le profil du propriétaire du magasin, Mr Dudley.

Carney se raidit. « Je rêve, ou il vient de dire que ce mec utilise son magasin de meubles comme couverture pour son activité de receleur ?

– J'en ai bien l'impression », acquiesça Pepper.

Carney fit irruption dans son bureau et vira tout le monde sauf Zippo. Troy, le chef op, prit un air renfrogné et alla se poser sur un Sterling. Pepper adressa à John un haussement d'épaules signifiant qu'il n'y avait pas lieu de s'inquiéter. Le plateau était désert, mais les câbles électriques qui empêchaient les portes de se fermer totalement permirent à ceux qui traînaient dans les parages d'entendre la tirade de Carney.

Zippo fit revenir acteurs et techniciens. « OK, donc, il est bookmaker, expliqua-t-il à Mr Shakespeare. C'est plus ZIPPO comme ça. »

Ils filmèrent le moment où Larry fait entrer Nefertiti, puis le prélude à la confrontation entre l'héroïne et le book. À cette heure, Morningside était encore calme. Quand l'orchestre de la nuit entonnerait sa partition, ils devraient composer avec l'éventail de son vacarme. Pepper éloigna un poivrot, qui fit demi-tour et repartit vers la 126e en massacrant un tube de la Motown. Indifférents, la plupart des passants changeaient de trottoir pour éviter le tournage. Les projecteurs déployaient une lumière froide et troublante, une bulle de mystère dans la rue. L'agitation habituelle régnait dans la 125ᵉ alors que, sur Morningside, les réverbères étaient en panne, l'église était éteinte, les immeubles abandonnés aussi, et il n'y avait personne dans la maison qui faisait l'angle. La rue était une salle obscure, le rectangle de la porte un écran illuminé. Bientôt la scène serait finie, l'équipe s'en irait vers le site suivant, et puis c'est le tournage qui s'achèverait, et alors que deviendrait Pepper ? Il serait de nouveau plongé dans le noir, entre deux spectacles.

Zippo demanda une dernière prise et on commença à remballer.

Carney ramena John dès qu'il eut réussi à obtenir des autographes pour sa sœur et lui. Pete le Perchman et les autres chargèrent le matériel dans le camion, qui disparut pesamment au coin de la rue. Le vent s'était levé. Pepper se mit en route vers le métro. *Elle était comment, cette prise ? Allez, on en fait une autre.* Pareil que s'ils dévalisaient une banque. Le cinéma était un proche cousin des braquages. Que l'on veuille piller un entrepôt, attaquer un camion ou tourner une scène, il fallait considérer toutes les variables, le terrain, les acteurs, et les plier à sa volonté. Se répartir la préparation et l'exécution. Comment est la lumière à cette heure de la journée, où se trouvent les accès, y a-t-il beaucoup de circulation. Chacun a un rôle à jouer, un script à suivre. Un gars pour percer le coffre, un autre au volant. Tenues, éclairage, micros. L'obsession du temps – après l'argent, le temps était la devise de référence, aussi bien dans les coffres des banques que sur les plateaux.

Est-ce qu'on a suffisamment de temps ? Si oui, est-ce qu'on touche le jackpot qu'on espérait ?

Tout ce travail investi. À une différence près : sur un tournage, quand on rate, on recommence. Personne ne nous tire dessus.

Mais, comme lors d'un braquage, c'est quand on croit que l'affaire est dans le sac que tout part en cacahuète. Le lendemain de la scène chez Carney, ils installèrent leur équipement devant un portail du City College. Nefertiti arrive sur le campus, puis on la voit dans une salle de cours où elle consulte Beryl Boyle, docteure en physique nucléaire, au sujet d'un microfilm comportant des schémas inquiétants. Les techniciens n'étaient pas sereins, ça se voyait, se sentait et s'entendait. Telle une araignée, Pepper perçut les vibrations de la toile. Zippo n'était pas là. Il se renseigna auprès de Pete le Perchman.

« C'est Miss Cole, répondit le technicien. Elle a disparu. »

3

Pepper avait accepté ce boulot parce qu'il avait besoin de fric et parce que le détournement du camion avait merdé. Niveau préparatifs, Church Wiley avait été irréprochable. Comme toujours. Church était infoutu de se souvenir du prénom de ses gamins, mais si vous lui demandiez la vitesse moyenne des véhicules de la société Anson Freight sur l'autoroute surnommée Jersey Turnpike, il marmonnait : « Quatre-vingt-onze kilomètres/heure, quatre-vingt-dix-sept par temps couvert. » Il n'avait que deux enfants.

Le chauffeur du jeudi s'appelait Phil Burgher ; chaque semaine il reliait Alexandria, en Virginie, à Newark, dans le New Jersey, pour alimenter l'entrepôt Magnavox qui livrait ses clients le vendredi. Phil était régulier, régulier dans le sens de prévisible, ce qui en faisait une cible idéale. Il s'autorisait un seul arrêt, sur l'aire de Pedricktown, juste après la frontière avec l'État du Delaware. « On sent vraiment qu'on entre dans le New Jersey », dit Church. Deux pompes diesel, un gros tas de gravier et une gargote baptisée Teddy's Place. L'enseigne, un néon rouge partiellement grillé, clignotait et grésillait. Burgher en pinçait pour la serveuse, volumineuse choucroute sur la tête et clope tordue au bec. Son repas fini, le chauffeur s'attardait toujours un peu, flirtait sans grand espoir, faisait un tour aux toilettes avant de reprendre sa route pour le dernier tronçon. Il y avait deux sections du trajet qui correspondaient à ce que cherchaient les voleurs avant que le camion n'atteigne les zones habitées.

Certains braqueurs aimaient razzier le garage West Side, mais Pepper préférait Tom Gerald à tous les autres revendeurs véreux. À sa connaissance, aucune de ses voitures n'avait jamais pu être retracée. Il y avait presque vingt ans qu'il lui achetait des véhicules. Il se rendit à l'adresse de la 165e, non loin de Broadway. Tom ne rajeunissait pas ; son dernier séjour en taule lui avait blanchi les cheveux et grippé les articulations. Il sortit de son bureau pour saluer Pepper, mais se retira rapidement et passa le relais à son fils. Avec son visage ovale et ses longs cils, Billy tenait surtout de sa mère. À son accent, Pepper devina qu'on devait parler espagnol à la maison.

Billy lui proposa deux voitures, une Dodge Dart et une Chevrolet El Camino, toutes deux de 1967. Il tapota le capot de la Dart, un petit bolide parfait pour l'action et les virages à grande vitesse. Pepper était davantage intéressé par l'El Camino, moitié berline et moitié pick-up. « T'as une bâche pour l'arrière ? » Pour rire, Billy faillit répondre qu'il y aurait un supplément, mais le visage de Pepper l'en dissuada et il lui offrit la bâche. Ils ne s'en servirent pas ; un carré de moquette brune fit très bien l'affaire.

Ce jeudi soir là, l'air était doux et sucré, un de ces temps de rêve dont l'été nous gratifie parfois pour nous laisser entrevoir ce que pourrait être la vie si on en avait quelque chose à faire. Pepper avait connu des femmes comme ça, avares de leurs qualités, et il y en avait peut-être qui disaient la même chose de lui. Il haussa les épaules et avala une grande goulée d'air nocturne. Church et lui étaient dans l'El Camino, garés à quelques mètres du cube de béton qui abritait les toilettes publiques. À l'autre bout du parking, Burgher, voûté derrière la vitre du *diner*, reluquait la serveuse qui débarrassait la table voisine.

Gus Burnett et Burt Miller attendaient à bord de la Dodge, derrière le restaurant, près de la benne à ordures. Pepper ne les connaissait pas ; c'étaient des mecs de Church, qui avaient fait le voyage depuis l'Alabama. Vingt ou vingt et un ans, élancés comme des lévriers et aussi peu loquaces. À la même heure le lendemain, en principe, ils seraient de retour dans le Sud, à suçoter des écrevisses, gratter des banjos et autres loisirs typiques de cette région. Ils semblaient capables d'exécuter des ordres simples et avaient donné les bonnes réponses quand Pepper les avait interrogés sur le dispositif. Ils étaient fiables.

Pepper avait souvent bossé avec Church et n'avait aucun doute quant à ses capacités. Avant le coup d'envoi, ce dernier était un vrai moulin à paroles. Les requins qui écument les salles de billard et les tapis verts parlent toujours beaucoup quand ils travaillent, ça leur sert à sonder les faiblesses de leurs proies et à les distraire. Church, c'était l'inverse : il parlait pour tester son plan et régler les derniers problèmes.

Ce soir-là, il était au volant de l'El Camino. « Pedricktown », dit-il en détachant les syllabes pour tromper son ennui. Il pointa du doigt le tas de gravier et dit : « C'est le maire. »

Pepper soupira, jeta un coup d'œil à l'aire d'autoroute dans son rétroviseur.

« Ton truc, à toi, c'est plutôt la… comment on dit… la communication non verbale », fit Church.

Les commissures des lèvres de Pepper se retroussèrent. Un nuage hirsute glissait dans le ciel.

« On y va », dit Church, et il tapa sur sa portière pour avertir les hommes dans la Dodge.

À quel moment Burgher pigea-t-il qu'un truc se tramait ? Quand l'El Camino devant lui ralentit sans raison ? Quand il voulut la dépasser et remarqua la Dodge qui roulait à la hauteur de sa cabine, le Noir sur le siège passager qui braquait un revolver sur lui ? Le semi-remorque était un pachyderme de douze tonnes qui, si son conducteur avait été porté sur la violence, aurait pu aplatir ou éjecter les deux voitures. D'après Church, Burgher avait déjà deux condamnations pour violences, des bastons dans des bars qui avaient dégénéré. C'est pourquoi ils avaient peint un message à son intention, en grosses lettres inratables : DIANA CORY LINDA. Ils avaient veillé à ce que les mots soient lisibles depuis le camion, mais pas depuis les voitures arrivant en sens inverse, et à ce que les phares l'éclairent. Un homme qui voit le nom de sa femme et de ses enfants dans la benne d'une El Camino l'interprétera vraisemblablement comme une menace implicite. Sinon, l'arme servira de sous-titre.

« J'ajoute un crâne et des os en croix ? » avait demandé Church, le pinceau à la main. Pepper lui avait répondu de manière non verbale.

Burgher se rangea sur le bas-côté. Il y eut une discussion. Gus Burnett, le mec de l'Alabama qui avait le revolver, grimpa dans la cabine et conduisit le camion ainsi que sa cargaison de téléviseurs jusqu'à Newark, dans une fabrique de glace désaffectée à l'ouest du dépôt des trains. Burt Miller resta au volant de la Dart et suivit l'El Camino. Les deux voitures quittèrent l'autoroute au niveau d'une périphérie minable de New Brunswick et s'arrêtèrent après un pont routier. Vers l'est, les bois avaient été rasés pour céder la place à un chantier. Church savait que le travail cessait tous les jours à dix-neuf heures. Une lumière crue dessinait le contour des monticules de terre et des engins de terrassement. Church et Pepper échangèrent un regard – quatre cents mètres plus tôt, ils avaient croisé un vieil homme qui poussait difficilement un chariot de fruits branlant et vide. Fallait-il s'en inquiéter ? Ils descendirent de voiture : pas la peine de se casser la tête.

Church alla jusqu'à la Dart et dit, à l'intention du coffre : « Ça va là-dedans, beau gosse ? »

Le terme approprié pour décrire la réponse de Burgher : étouffée.

« Compte jusqu'à cent, dit Church.

– Cinq cents », rectifia Pepper. Il déroula le tapis galeux sur l'arrière de la voiture afin de couvrir le message.

« Compte jusqu'à ce que tu perdes le compte, dit Church, ensuite sors de ce coffre et vis ta vie. »

Burt Miller s'engouffra à l'arrière de l'El Camino et ils se mirent en route vers la glacière. Pepper jeta un dernier regard vers le chantier. Combien de fois, après un coup, avait-il abandonné des voitures ou des camionnettes à New Brunswick ? En 1949, 54, 63 quand il était dans les manteaux de fourrure, et aujourd'hui. Il allait falloir songer à varier. Les flics étaient-ils une engeance stupide et paresseuse ? Oui. Mais, de loin en loin, il s'en présentait un qui était seulement la moitié d'un con, et si ce demi-con avait un minimum d'esprit d'initiative et songeait à jeter un œil aux affaires non résolues, ça pourrait devenir un souci.

La fabrique de glace, dernière possession d'une dynastie jadis prospère, appartenait à l'ancienne compagne d'un pote de Church. Le mec avait de quoi faire chanter son ex – avec le temps, un mariage fournit toujours des moyens de pression – et il avait une dette envers Church. Lorsque les trois voleurs arrivèrent à Newark, Gus avait déjà brisé le cadenas de la remorque et sorti l'une des télés. Sauf que ce n'était pas une télé. Personne n'avait la moindre idée de ce que ça pouvait être. Le bidule qui se trouvait dans le carton était en plastique, noir et blanc, avec un rectangle de dix centimètres de long qui sortait d'un socle de quarante-cinq centimètres. Est-ce qu'il fallait poser le pied dessus ? Sa forme évoquait à Pepper les cireuses à chaussures des hôtels. Deux blocs de plastique, plus petits, y étaient rattachés par des cordons marron.

Church inclina la boîte sur le côté. « Magnavox Odyssey. »

Les braqueurs rivalisaient de perplexité.

« Un truc de tennis, dit Gus.

– Y a une télé sur la boîte, dit Church, mais y a pas de télé à l'intérieur.

– Ça dit que c'est une *console*. Et ces machins, là, apparemment c'est des contrôleurs de jeu. “Fonctionne avec toutes les marques de téléviseurs, noir et blanc ou couleur”.

– Du ping-pong, marmonna Burt.

– Et du hockey. »

La question pressante était de savoir combien ils pourraient tirer de ces appareils. Ils entreposèrent les boîtes au sous-sol et les deux mecs de l'Alabama allèrent se débarrasser du poids lourd. Une sirène de police creva le silence puis s'éloigna. Church pesta. Il aurait mieux fait de rester à Baltimore, son terrain de chasse habituel. Chaque fois qu'il lui prenait l'envie de se diversifier, c'était un désastre. « C'est le Frederico's qui recommence. » Pepper n'était pas au courant de cette histoire, mais tous les voyous savent reconnaître les regrets d'un coup manqué.

Retour à Jersey City. Une fois à bord de l'El Camino, Church annonça qu'il devait faire un crochet par Clinton Avenue, sans préciser pourquoi. De l'argent ou une femme, à tous les coups. Pepper l'obligea à prendre un itinéraire alambiqué afin d'éviter le quartier d'Hillside – il n'était pas d'humeur. Saloperie de Newark, Newark le Fléau, la Chose aux cent visages de serpent. Les rues et les carrefours de sa ville natale sortaient de la brume du passé et le cueillaient au creux de l'estomac. Les vieux fantômes avaient beau être lents et groggy, ils connaissaient ses points faibles.

Church se rangea sur Avon Avenue, devant une maison revêtue de bardeaux grisâtres. Autrefois, Pepper jouait souvent au base-ball avec un gamin qui vivait tout près, Jimmy Temple. Il avait marché sur une mine en France, trois jours avant son rapatriement – adieu, champion. Church attrapa un sac marron sous son siège et pénétra dans la maison obscure. La porte n'était pas fermée à clé. Il en ressortit une minute plus tard, sans le sac, poursuivi par une matrone hurlante dont les pantoufles claquèrent sur le béton jusqu'à ce que l'El Camino ait atteint le bout de la rue. Pepper ne posa pas de question. Church ne donna pas de réponse. Cinq minutes plus tard, il éclata de rire et ne put s'arrêter avant plusieurs kilomètres.

Church mit trois semaines à trouver un acheteur dans

le Bronx, un Lituanien spécialisé dans les appareils électroniques. Son offre : quelques pauvres milliers de dollars. Les appareils se vendaient quatre-vingts billets en magasin, mais on ne pouvait pas dire que les clients se les arrachaient. Quelques semaines plus tard, au Donegal's, Pepper apprit que Dootsie Bell avait « expiré » en prison, cancer du cerveau. La misère est une pompe à fric. Une veuve, des gosses, pas d'assurance-décès donc pas un rond pour l'enterrement… Pepper donna une liasse à la veuve pour couvrir les dépenses. Une fois, Dootsie avait déposé Pepper à l'hôpital de Harlem au lieu de le laisser se vider de son sang sur le bas-côté. Il réglait enfin sa dette. Quand arriva le mois de novembre, il était quasiment à sec et c'est alors que Zippo était apparu.

À cause de la disparition de Lucinda Cole, le tournage était au point mort. C'était elle, la star. Nefertiti apparaissait dans toutes les scènes, sauf celle sur le yacht du méchant, où il exposait son projet (attiser la guerre entre les races) et ses motivations (dominer le monde après la guerre). Ils avaient filmé ces scènes la première semaine, car l'acteur qui incarnait le Baron – un Blanc – devait ensuite partir jouer *Qui a peur de Virginia Woolf ?* en dîner-spectacle sur une croisière Miami-Le Havre. « Il a fallu couper une heure, mais le cœur de la pièce est le cœur de la pièce. » Ayant laissé tomber le plan à l'entrée de City College (« On va se contenter d'un extérieur sans elle »), l'équipe s'installa dans le bâtiment du département d'Anthropologie en espérant que la star finisse par arriver.

Pepper n'avait pas mis les pieds sur un campus depuis plusieurs années. Depuis le jour où, en compagnie de T.T., il avait dévalisé un laboratoire de l'université de Stony Brook. (Il n'avait jamais su ce que contenait ce bidon, mais il avait été soulagé qu'il n'ait pas explosé quand il était tombé du chariot et avait dévalé l'escalier de secours.) Il parcourut les affiches et les prospectus dans les couloirs – depuis qu'il bossait avec l'équipe du tournage, il s'intéressait à ce qui faisait vibrer les jeunes. Pour un voyou, tout est objet de recherche, une variable de plus dans la longue chaîne des préparatifs. Caméras en circuit fermé, yeux électroniques, individus : aucune différence. Les incontournables annonces de manifs, de marches et de veillées aux chandelles ornaient les tableaux d'affichage et les portes des bureaux. Quelques affiches de films d'horreur, du type *Plan 9 from Outer Space* et *Freaks*. Ces créatures étranges s'étaient immiscées dans la télé de Pepper aux heures obscures de la nuit ; faire payer les bourges pour les voir était une jolie arnaque. Des feuilles d'inscription à des groupes de discussion ou d'élévation des consciences. Bien que Carney lui ait expliqué le sens de cette expression lors d'un dîner de Pâques, Pepper avait du mal à se défaire d'une conception littérale de l'« élévation des consciences ». Que faisait-on une fois qu'on avait fini de s'élever ? Il y reconnaissait ce qui était l'un des grands problèmes de sa vie : il était entouré d'andouilles dont la mentalité restait bloquée à un certain niveau alors que la sienne grimpait bien plus haut.

Pete le Perchman et les autres avaient installé leur matériel dans la salle de cours, en prévision d'une réapparition de Lucinda. Zippo avait négocié avec l'université la possibilité d'utiliser un dédale de minuscules bureaux sans fenêtres dans le même couloir. L'équipe de *Nefer-*

titi investit donc les lieux, comme l'aurait fait un groupe d'étudiants mobilisés contre la bombe atomique, la guerre ou les Blancs en général. Obéissant à un instinct domestique, Pepper choisit la table la moins rangée. Il feuilleta un livre sur le comportement des primates. Une double page représentait des singes coiffés de calottes métalliques reliées à des électrodes.

Peu après dix-huit heures, Lola lui demanda de venir. L'assistante de production avait passé la journée à fulminer et à s'agiter, à cracher son venin dans son talkie-walkie Windsor et à soupirer exagérément. Depuis quelques minutes, elle chuchotait dans le combiné du téléphone en regardant partout à la fois. Elle rappelait à Pepper les indics certains d'être grillés. Elle lui tendit l'appareil.

C'était Zippo, qui paraissait affolé et en même temps dans les vapes – ce garçon avait tous les talents. Personne ne savait où était Lucinda Cole. Elle avait une chambre à l'Hôtel McAlpin, où la production logeait une partie des acteurs grâce au soutien d'un des financeurs du film, lequel bénéficiait d'une réduction par l'intermédiaire de sa société de revêtements de façade. Sa fille jouait la serveuse effrontée dans la scène de la boîte de nuit. L'hôtel avait téléphoné pour réclamer la réparation des dégâts causés dans la suite de Lucinda. Visiblement une fête qui avait dérapé. L'actrice était introuvable.

« Est-ce que tu peux venir *downtown* ? » demanda Zippo. C'est là qu'il habitait.

Venir *downtown* ? Pepper n'était ni un âne, ni un beatnik. « Hors de question. »

Ils se retrouvèrent donc au Whistle Shop, sur la 5e Avenue, un bar à deux pas de la 125e annoncé par la silhouette en néon bleu d'un élégant qui tapait du pied. La clientèle était assez âgée, des gens du quartier rebutés par l'ambiance des boîtes et des bars branchés. Plus haut, les nouveaux établissements étaient bruyants et agressifs, fiefs d'un public plus jeune dont les vêtements criards, les hymnes militants et la témérité anarchique froissaient la génération précédente et ses rébellions policées. Ces hommes et femmes entre deux âges se faisaient tout petits pour éviter que les jeunes renversent leur verre en se ruant vers les minuscules pistes de danse. Les anciens désapprouvaient les paroles vulgaires du funk. Il fallait vraiment avoir l'esprit tordu pour graver sur vinyle des cochonneries pareilles. Ils se rabattaient donc sur le Whistle Shop où ils étaient entre eux. Le vendredi et le samedi soir, le Robert McCoy Trio y jouait un free jazz soporifique qui s'accordait parfaitement avec les boissons diluées que le barman, Lonnie, servait avec affabilité et dévouement.

Pepper y était venu quelques fois avec Hazel, et l'associait donc à une clientèle conventionnelle. Zippo était tout en noir, tenue de deuil. Il salua deux clients en rejoignant Pepper, perché sur un tabouret de bar, qui découvrit ainsi qu'il connaissait Lonnie. La personnalité du réalisateur lui avait fait oublier qu'il était originaire du quartier.

« Je jouais aux échecs avec son cousin », expliqua Zippo tandis que le barman lui préparait un Cuba Libre. D'ordinaire, il était aérien et distrait ; pas ce jour-là. La disparition de sa vedette le plombait.

« Ou bien les gens reviennent, ou bien ils reviennent pas, dit Pepper. Ça dépend d'eux.

– J'ai pas le luxe de pouvoir attendre.

– Elle est d'ici », dit Pepper en balayant vaguement le

bar, comme si elle allait émerger des toilettes pour femmes. Elle devait bien avoir une famille.

Zippo lui raconta que la mère de Lucinda Cole était morte, que son père s'était envolé depuis des années et qu'elle n'avait apparemment personne d'autre. Son agent se faisait du mouron. « Il est pas entré dans les détails, dit Zippo, mais il m'a fait comprendre qu'elle avait traversé une mauvaise passe l'été dernier et qu'elle essayait de tourner la page. D'arrêter la came, l'alcool, les mauvaises fréquentations… J'en sais pas plus. » L'agent lui avait certifié qu'il allait sauter dans le premier avion. « Il m'a dit qu'il essayait de joindre son médecin pour avoir son avis. »

Un médecin pour la tête, supposa Pepper. Il répondit à Zippo qu'il ne voyait pas ce qu'il avait à voir avec tout ça.

« J'aimerais que tu la retrouves. D'après Carney, tu sais ce que tu fais.

– Si tu penses qu'il lui est arrivé quelque chose, tu devrais en parler à la police. » Aller au bureau des pleurs comme un bon blaireau, une personne normale – ce qu'était Zippo, du reste. Mais quelque chose semblait le retenir.

« Ils vont fourrer leur nez partout, y aura des articles dans les journaux. J'ai pas besoin de ça. » Il lança un regard par-dessus son épaule. « Je perds du fric à vue d'œil. Peut-être qu'elle sera là demain, peut-être qu'elle est en train de se défoncer et qu'elle reviendra après le week-end. Ça peut être plein de choses, mais moi j'ai un film à boucler. »

Pepper toucherait son salaire, que les caméras tournent ou pas ; il s'en était enquis auprès de Lola dans l'après-midi. Zippo lut dans ses pensées. « Je te paierai un supplément, dit-il. Et t'auras un bonus si tu la retrouves. »

Une camée qui replonge, il avait des contacts *uptown* qui

pourraient savoir où elle se fournissait. Sans être Diahann Carroll, c'était tout de même une starlette, une source de ragots. Il visualisa le squat à came dans lequel il s'était rendu, un jour, le Mam Lacey's, un ancien cabaret qui avait périclité après la mort de la patronne. Il avait à peine échangé deux mots avec Lucinda Cole, mais il n'aimait pas l'imaginer dans un lieu pareil. Une fois que les drogues vous ont sous leur emprise, elles peuvent vous mener n'importe où. Sur le tournage, Pepper avait trouvé les yeux de Lucinda froids quand il les voyait de côté, mais ils s'animaient, devenaient curieux dès qu'elle croisait son regard. Vraiment, il n'aimait pas l'imaginer seule dans l'un de ces endroits sordides.

« Quel genre de bonus ? » demanda-t-il.

Ils tombèrent d'accord sur un tarif pour les recherches et Pepper dit à Lonnie que Zippo réglerait sa note. « Plus les frais », c'était bien la coutume ?

Downtown. Un âne, finalement. Il prit la ligne 1 du métro jusqu'à Christopher Street et marcha vers l'est. Vingt-deux heures trente un mercredi soir et la vague de froid qui s'éloignait, les rues du Village grouillaient de monde. Pepper s'était accoutumé à la version 125e de cette population, ses vêtements négligés et ses postures insolentes. La version blanche était un mystère pour lui, notamment en termes de pilosité faciale. Même lorsqu'ils s'habillaient comme des hippies, les hommes noirs taillaient leur barbe et leur moustache, et entretenaient parfaitement leur afro. Ces jeunes Blancs se baladaient avec de ces trucs sur la tête... Les chats crevés derrière des poubelles paraissaient plus soignés. Les nouvelles modes nous tombent dessus et il faut s'adapter, c'est la vie, mais désormais elles se succédaient si vite, et elles étaient si fourbes et invraisemblables, que Pepper avait du mal à suivre.

Il traversa la 6e Avenue. La vue des tours jumelles jaillissant vers le ciel ne manquait jamais de le saisir au détour d'une rue. Elles dominaient la ville tels deux flics se demandant pour quel motif ils allaient pouvoir vous coffrer.

Le Sassy Crow se trouvait sur MacDougal, au croisement avec Minetta Lane et en face du Café Wha ?. Pepper se rappelait avoir remarqué la mascotte du Sassy l'été précédent, quand Hazel l'avait emmené voir un orchestre de jazz. La corneille moqueuse avait des traits afro-américains – ses grands yeux blancs et son cigare évoquaient une caricature grossière. Il en avait fait part à Hazel qui lui avait répondu quelque chose du genre « Tu sais bien que les Blancs adorent ça ». L'orchestre qu'ils venaient voir, mené par le saxophoniste, jouait juste à côté dans un club exigu, le Kaleidoscope Wheel. Quand Hazel avait suggéré qu'ils restent pour le deuxième concert, il avait accepté sans hésiter. Il ne lui refusait jamais rien. Ça avait été une bonne soirée. Il avait oublié le nom de l'orchestre, mais « Une bande d'écureuils dans un sac en toile frappé par des marteaux » n'aurait pas été une publicité mensongère.

Il descendit l'escalier vertigineux menant au sous-sol où se trouvait le club et pénétra dans la puanteur physique de la vieille bière. Pepper n'aimait pas les endroits n'ayant qu'un seul accès. Ils piégeaient les odeurs et les gens. Le videur au bas des marches était un Blanc musculeux et rougeaud, blouson de motard et longue barbe ceinte par des élastiques multicolores. Vêtu de sa tenue de travail, jean et blouson en toile marron (ce qui était aussi sa tenue de tous les jours), Pepper tranchait avec les habitués. Il affirma s'appeler Zippo Flood et le videur lui fit signe d'entrer. Le manager de Roscoe Pope avait fait inscrire le réalisateur sur la liste.

Pope n'était pas encore venu sur le plateau – le tournage de ses scènes était prévu pour le lundi suivant –, mais Pepper avait déjà eu vent de ses frasques. Des clients de l'hôtel qui se plaignaient du bruit, une pute travestie qui avait frappé le veilleur de nuit avec ses escarpins quand il lui avait demandé de ne pas fumer le cigare dans l'ascenseur. D'après Zippo, Pope et Lucinda Cole avaient eu une vague liaison à Hollywood, et le veilleur assura que, la nuit de sa disparition, le personnel l'avait vue en compagnie de Roscoe. Quand Zippo avait appelé la chambre de l'acteur, celui-ci lui avait répondu d'aller se faire foutre. D'où cette mission *downtown*.

Pepper se fraya un chemin à travers la foule et se libéra un espace contre le mur grâce à son mélange habituel de regards assassins et de force physique. Il y avait dans la salle neuf petites tables rondes, toutes occupées, et les spectateurs jouaient des coudes pour chaque centimètre carré d'espace libre. Zippo lui avait dit que Pope cartonnait avec son album *Memo from Dr Goodpussy* et qu'il profitait de son passage à New York pour organiser une série de dates secrètes afin de roder de nouveaux sketchs. De toute évidence, le secret avait été éventé.

Le ventriloque noir Leroi Banks, qui ouvrait la soirée, se trouvait sur scène avec sa marionnette, Mr Charles. Pepper l'avait vu plusieurs fois dans l'émission de Red Skelton. La coiffure afro de Mr Charles suivait la mode et atteignait à présent une circonférence audacieuse. Banks l'avait vêtu d'un jean et d'un blouson dans le même tissu, avec une chemise en satin rouge et un foulard jaune à pois pour compléter l'ensemble. Le ventriloque, lui, était habillé normalement, comme il convenait à un homme normal : pantalon en toile foncée et pull à losanges jaunes. La fumée des cigarettes dansait lentement dans un cône lumineux sous le projecteur qui éclairait la scène.

Mr Charles dit : « Dans l'avion, pendant qu'on venait de Vegas, je me suis levé pour me dérouiller et j'ai commencé à parler avec l'hôtesse. Elle m'a demandé si j'avais entendu parler du “Mile High Club”. Je lui ai demandé ce que c'était, elle m'a répondu que c'est le club des gens qui ont fait l'amour dans un avion. » Il avait une voix grave, sa tête dodelinait d'avant en arrière et ses paupières peintes papillonnaient.

Leroi poussa un sifflement. « Dis donc, j'espère que vous avez été discrets.

– Je croyais que oui, mais quand j'ai regagné mon siège ma bonne femme a compris ce que j'avais fait.

– L'hôtesse t'a balancé ?

– J'avais de la sciure plein le pantalon. »

Les ventriloques ne sont jamais gros. Pour Pepper, cela reflétait la nature parasitique de leur relation avec le pantin qui aspire son essence vitale. Ce qui lui donna une idée pour un nouveau régime : il suffirait que tout le monde adopte une marionnette. Ça ferait bondir le prix du bois. De temps à autre, il se découvrait l'esprit d'entreprise.

Pepper croisa les bras et attendit la fin du sketch suivant, dans lequel l'homme et sa marionnette discutèrent de séduction, le premier préférant une approche courtoise et le second une méthode plus agressive. Des grossièretés furent exprimées. « T'es qu'un bouffon, décréta Mr Charles, un gigantesque bouffon. » Si Pepper avait eu un pantin qui lui avait parlé sur ce ton, il lui aurait tordu le cou. Oser lui dire ça alors qu'il était assis sur ses genoux.

Leroi Banks et son ami tirèrent leur révérence, et Pepper eut le sentiment que les applaudissements saluaient surtout l'arrivée du clou de la soirée. À une table non loin, un couple de Blancs avait une chaise en rab. La femme portait une robe à motif floral, l'homme un costume noir ajusté et des lunettes à monture de corne. Il notait des choses dans un carnet – un journaliste ou un agent fédéral enquêtant sur une plainte pour obscénité. Pepper retourna la chaise et s'y assit à l'envers. Il adressa un salut de la tête à l'homme et à la femme, qui échangèrent un regard inquiet et rapprochèrent leurs cocktails. Il faut le comprendre, il avait mal au dos. D'habitude, il ne travaillait jamais autant de jours d'affilée.

Un hippie bourgeois, l'animateur de la soirée, bondit sur la scène et fit quelques blagues. D'une voix nasillarde, il balança des piques contre le maire fraîchement élu, Beame (« Se faire élire capitaine du *Titanic*, faut avouer que c'est courageux ») et annonça Roscoe Pope. Ce dernier fit deux pas sur la scène, feignit un hoquet de terreur en découvrant la foule et fit mine de se carapater. Il régla le pied de micro. Il était coiffé en pétard, vêtu d'un pantalon en velours vert chiffonné et d'un blouson de base-ball noir en satin.

« Quel plaisir de revenir à New York, dit-il. La Grosse Pomme. Retrouver des amis. Voir mon pote Christian. C'est une crème, Christian, et je passe toujours des super moments avec lui, mais… Vous pouvez me dire pourquoi les parents nomment leurs gosses d'après des trucs qui ne concernent qu'eux ? Vous pouvez croire en Dieu si vous voulez, mais vous êtes pas obligés de mêler votre gamin à ça. Moi, par exemple, y a plein de trucs que j'aime. Mais je vais pas appeler mon fils Bouffer-des-Chattes ! "Je vous présente mon fils, Bouffer-des-Chattes." C'est pas bien de faire ça. Coller une étiquette sur un chiard uniquement parce que vous aimez bien un truc. »

Le public éclata de rire et l'expression de Pope changea : la salle avait passé le test. Elle était à sa merci. C'est pareil quand on impressionne des passants ou des otages en leur montrant qu'on leur fera du mal s'ils nous cassent les pieds, songea Pepper – ils doivent demander la permission. Pope enfonça le clou, chambra un couple qui avait eu l'inconscience de s'asseoir au premier rang : « Il te bouffe la chatte, ton mec ? Non ? » Le comédien se délecta du malaise provoqué. « Ces deux-là, c'est sûr, ils vont s'engueuler en rentrant. "Pourquoi tu me bouffes jamais la chatte, chéri ?" » Il leur ficha la paix et enchaîna sur un sketch à propos d'un justicier noir, Pif Rouge, qui acquiert des superpouvoirs à cause d'un fer à défriser radioactif. Il vit diverses aventures, jusqu'au jour où il est lynché par Super Facho après avoir utilisé sa vision à rayons X sur une Blanche. « Il a fini pendu, le con. C'est pour ça que je touche pas aux Blanches – ou alors seulement quand personne peut me voir. » Vint ensuite une autopsie d'*Autant en emporte le vent*. « C'est une Blanche qui arrête pas de faire : "Oh non, ils vont brûler ma maison". Ils auraient raison de brûler ta baraque, connasse, t'es une esclavagiste. Si j'avais une allumette, j'y foutrais le feu moi-même. »

Il prit le verre d'eau posé sur le petit tabouret à côté de lui. « Si on a des films de ce genre-là, c'est parce qu'ils enseignent pas l'histoire comme il faut. À l'école, y a plein de trucs qu'ils disent pas. "La traversée du fleuve Delaware par George Washington." Un événement fondateur de l'histoire américaine. Ce qu'ils vous disent pas, c'est que Washington, il traversait juste parce qu'il y avait des esclaves en solde. *Allez, rame, j'ai moins quarante pour cent parce que je suis un Père fondateur !* »

À l'avant, une Blanche cria : « Bravo ! » et, contre le mur du fond, un type taillé comme une barrique, lunettes à grosse monture sur le nez, pouffa en prévision de la blague suivante. Il connaissait le sketch par cœur. Ça avait l'air d'être sa came. Un fan, mais aussi un membre de cette génération qui estimait normal qu'un Noir puisse s'exprimer de cette façon sans se prendre une balle. À quoi ressemblaient les salles où Pope jouait dans le Sud ? Étaient-ce des endroits mélangés comme celui-ci, ou bien des caves réservées aux Noirs ? À moins qu'il ne puisse tout simplement pas jouer ? Pepper avait entendu dire qu'il était top et s'était imaginé un type un peu coincé, un genre de Bill Cosby en plus rentre-dedans. Mais il découvrait un tout nouveau type de Noir, et une salle en accord avec son style. L'équipe de *Nefertiti*, les étudiants, maintenant les branchés de *downtown*... Il baignait jusqu'au cou dans cette nouvelle génération et ses nouveaux trucs.

Il suffisait de voir le couple à sa table. L'homme avait beau prendre des notes, il riait comme tout le monde. Ce n'était pas un agent fédéral ; il devait bosser pour le *Village Voice* ou l'un de ces canards pirates qui donnaient des instructions pour fabriquer des bombes artisanales. (Dans ce domaine, Pepper suivait l'axiome du poulet frit : pourquoi le faire soi-même quand on peut l'acheter tout prêt ?)

Pope était certainement fiché quelque part. Combien de fois Lenny Bruce avait-il été arrêté parce qu'il avait la langue trop bien pendue ? S'ils étaient capables de traiter un Blanc de cette manière, alors un Noir…

Pope gloussa à cause d'une chose qu'il venait de dire, peut-être étonné lui aussi de ne pas être encore au trou. « Y a beaucoup de gens dans le ghetto qui n'aiment pas les Blancs, dit-il. C'est un truc historique. Mais franchement, on est obligés de les aimer. Ils sont partout. Comme la terre qu'on a sous les pieds. C'est pas possible de détester la terre. On a le droit de ne pas en vouloir chez soi, mais elle sert à plein de trucs super. Y a les plantes et les arbres qui poussent dedans. Et c'est juste un exemple. »

Il but une gorgée d'eau. « Le Blanc, là-bas, au fond, il est en train de se dire : *J'aimais bien son numéro jusqu'à ce qu'il se mette à parler de race.* » Il eut un rictus.

Une fille pâle et maigre en salopette et gilet vert pétant fendit la foule. Elle envoya son coude dans le ventre d'un homme, lui écrasa le pied, et il lui aboya dessus. Cette salle était décidément trop bondée pour Pepper. Un incendie éclate, un taré sort un flingue ou un cran d'arrêt, les flics déboulent… Aucun moyen de foutre le camp en cas de problème. Hazel l'avait traîné plusieurs fois dans ce genre d'endroit exigu, pour voir un concert ou boire un verre, et elle l'avait systématiquement charrié à cause de sa nervosité. « Qu'est-ce qui t'arrive, t'as braqué une banque ? » Il souriait. C'était agréable d'être compris par quelqu'un. Elle ignorait comment il gagnait sa vie, mais dans l'ensemble elle l'avait cerné assez vite. Ça expliquait probablement qu'elle l'ait largué.

Le corps de Roscoe Pope devint plastique – d'abord

militant courageux, puis trouillard ratatiné ou ivrogne chancelant – et sa voix se coula dans les personnages successifs. Pasteur, Blanc lambda, mec du ghetto, Noire révoltée, poivrot du coin, à croire que l'humoriste était une radio zappant à travers les pensées d'un wagon de métro. Sans oublier Richard Nixon : « *Appelez-moi ce bâtard de Khrouchtchev !* » Malgré la certitude que ce type était une merde, Pepper admirait son courage. Zippo lui faisait un peu le même effet : ce gamin était pénible, mais il avait du cran pour lutter contre les Blancs depuis l'intérieur du système. Il fallait croire en sa propre invincibilité. Être un superhéros, à l'instar de Pif Rouge ou de Nefertiti. Pif Rouge connaissait une fin tragique. N'ayant pas lu le scénario, Pepper devrait attendre pour découvrir ce qui attendait Nefertiti.

« J'ai lu dans le journal que l'homme le plus vieux d'Afrique est mort, dit Pope. L'homme le plus vieux d'Afrique… Il avait cent dix ans. Vous vous rendez compte ? Il s'est suicidé. Je déconne pas. Il a laissé un mot. *Dieu m'a oublié.* Dieu m'a oublié. Je sais… C'est raide. Moi, je me suiciderais jamais. J'aime trop les chattes. Et la coke, aussi, c'est pas mal. » Il renifla avec gourmandise.

« La Faucheuse pourrait venir toquer à ma porte pendant que je suis en train de baiser, je lui dirais : "Reviens dans cinq minutes, je vais pas tarder à juter." Bon, d'accord, une minute. OK, trente secondes. N'empêche, un suicide, c'est toujours triste. D'après la Bible, c'est un péché. Sauf si vous avez cent dix ans. Quand vous tenez jusqu'à cent dix ans, vous avez le droit de faire ce que vous voulez. Les Blancs ont pas réussi à vous tuer, vous avez open bar. *Salut les cons, j'ai tout vu, je me casse.* »

Pepper s'approcha autant qu'il le put de la scène avant que la *standing ovation* ne bloque sa progression. Il passa donc en force jusqu'à l'entrée des coulisses, sans prêter attention à l'agacement et à la colère des spectateurs qu'il écartait et bousculait. Dans le couloir, il papota avec deux femmes du premier rang tout en jouant avec le bouton de remboursement d'un vieux téléphone à pièces.

« Pope. »

L'humoriste toisa Pepper – jaugea ses vêtements, ses rides. Ravala la blague qu'il s'apprêtait à dégainer. « Oui, mon frère ? » Il décocha un clin d'œil à une personne située derrière Pepper et fit des pistolets avec ses doigts.

« Je travaille pour la production du film, dit Pepper. *Nefertiti : Agent secret.*

– Je sais pas où est passée cette conne, je l'ai déjà dit à l'autre débile. »

Pepper lui posa une main sur le bras, doucement.

Les sourcils de Pope s'infléchirent. Il devint plus conciliant. « Laisse-moi juste passer aux chiottes, dit-il. Je reviens dans une minute. C'est bon ? »

Pepper acquiesça et ressortit du couloir, se rapprocha des petites marches qui menaient à la scène. La salle se vidait, bruissait des impressions que s'échangeaient les spectateurs. *Les Blancs ont pas réussi à vous tuer, vous avez open bar.* Pas nécessaire de dépasser les cent ans pour en arriver là. Dans un monde aussi vil, stupide et cruel, chaque jour où les Blancs ne vous tuent pas est une victoire. Il était minuit passé. Pepper avait survécu à une nouvelle épreuve.

Mais Lucinda Cole, avait-elle réussi ? En pleine overdose quelque part. Terrée dans un squat. Elle avait besoin qu'on la tire de là avant que les dégâts ne soient définitifs.

« J'arrive », dit tout haut Pepper, sans savoir pourquoi. Sa voix était lasse et irritée.

Au bout de cinq minutes, il se rendit compte qu'il s'était trompé : il y avait une deuxième issue. Il s'avança dans le couloir. Le ventriloque sortit la tête de sa loge, déçu de découvrir Pepper et non pas la personne qu'il attendait.

« Vous venez de le rater », lui dit Banks. La loge d'en face était vide. Le ventriloque indiqua un escalier éclairé par une ampoule rouge. Il donnait sur la ruelle que le Sassy Crow partageait avec le petit club d'à côté.

Tordre le cou à cette enflure.

4

Pepper habitait dans un deux-pièces au-dessus de l'entreprise Martinez, pompes funèbres et chambre mortuaire, au coin de la 143e et de Convent. Les notes de l'orgue s'immisçaient tels des spectres entre les lattes du plancher. « Nous voici aujourd'hui au bord du vide, puisque nous cherchons partout le visage que nous avons perdu », « J'ai cueilli ce brin de bruyère. L'automne est mort, souviens-t'en », etc. Ce n'était pas si mal, de vivre au-dessus des morts. Un peu comme vivre au-dessus du métro, chose qu'il avait aussi faite pendant un temps : voyageurs ou cadavres, ceux du dessous étaient en transit, ils cheminaient vers leur destination. Parfois, Pepper s'asseyait près de la fenêtre, dans le fauteuil inclinable Egon que Carney lui avait offert quelques années plus tôt, et mangeait des sandwichs aux œufs en affinant sa théorie sur la catégorie d'endeuillés qui sort de l'église en dernier.

Il se leva tôt le lendemain matin, survolté par ses projets de vengeance. Plus jeune, il aurait foncé à l'hôtel de Roscoe Pope dès la veille au soir, rudoyé les gardes du corps et fait irruption dans la chambre de l'acteur. Mais, avec l'âge, venait le pragmatisme. Une bonne nuit de sommeil valait mieux que d'étancher sa soif de revanche. Plus vite il mettrait la viande dans le torchon, plus il serait en forme pour la branlée du lendemain.

L'Hôtel McAlpin se trouvait sur Herald Square, en plein cœur de Manhattan. C'était un colosse qui dressait ses vingt-quatre étages de brique au-dessus de Broadway. Les gens comme il faut déploraient la dégringolade de Times Square, les macs, les putes, les pickpockets et plus généralement l'ambiance glauque qui y régnait. Pepper trouvait Herald Square encore pire. D'ordinaire, il se débrouillait pour ne pas avoir à fréquenter ces lieux bondés où le populo se massait au quotidien. Il calcula sa venue de manière à arriver après l'heure de pointe du matin et avant midi, moment où les tours austères se videraient de leurs employés. Neuf heures trente, donc – avant, aussi, que les pèlerins des autres arrondissements, de Long Island et de Jersey n'envahissent les fameux grands magasins, Macy's, Gimbels, Korvettes et autres temples.

Il devait bien l'admettre : la première fois qu'il avait vu Herald Square, avant la guerre, il avait été impressionné par les gratte-ciel des Blancs, les hauts immeubles résidentiels, les restaurants vitrés, les étalages débordant de choses qu'il n'avait pas le droit de toucher. Quelques kilomètres au nord, Harlem entamait déjà son déclin, entre les immeubles incendiés qui grouillaient de fantômes, les boutiques qui ne rouvriraient jamais et les écoles sans livres. Entre-temps, Herald Square avait commencé sa dégringolade. C'est toujours pareil : les conséquences de nos choix finissent par nous rattraper ; or, dans toute la ville, les New-Yorkais faisaient des choix désastreux. La désinvolture en matière d'hygiène publique contaminait désormais *midtown*, où d'immondes pyramides d'ordures envahissaient les carrefours. Les journaux relataient avec délectation les crimes atroces de la veille. Les panneaux TOUT DOIT DISPARAÎTRE, DERNIÈRE DÉMARQUE et – 75 % gagnaient la 8e et la 9e Avenue et faisaient des incursions jusqu'à Herald Square. Pepper n'avait jamais voté, mais la situation lui donnait presque envie de songer à s'inscrire sur les listes électorales.

Il se souvenait que le joueur de base-ball Jackie Robinson avait eu un appartement au McAlpin et en déduisit que l'établissement devait être moins raciste que la majorité des hôtels de luxe. Si la façade était relativement cossue, l'intérieur était absolument somptueux. Le hall était haut de trois étages, jamais Pepper n'en avait vu d'aussi vaste, tout en marbre et calcaire crème avec des arches et des colonnes gigantesques. Il lui rappelait la gare de Grand Central. On n'en faisait plus de pareils. C'était aussi bien. Pas la peine que les gens se sentent encore plus insignifiants qu'ils ne l'étaient déjà. À cette heure, les concierges ne lui jetèrent qu'un regard rapide – il n'avait pas le profil des arracheurs de sacs à main, des arnaqueurs et des pervers qui faisaient les gros titres, informant le reste du pays que la Grosse Pomme était devenue une zone interdite, décrépite et dangereuse.

Avant de descendre *downtown*, Pepper avait demandé au « bureau de production » – une pièce dans l'appartement de Zippo – si Lucinda Cole avait refait surface. Négatif. Il avait obtenu le numéro de sa chambre et de celle de Roscoe Pope grâce à un jeune réceptionniste qui répondit au téléphone avec un accent provincial et une amabilité que New York n'avait pas encore réussi à lui faire perdre. Cole et Pope étaient au même étage. Pratique si elle avait envie de le voir, un peu moins si leur histoire avait tourné au vinaigre.

« Mr Pope ? » Le comédien prononça quelques mots d'un ton sec derrière la porte de la chambre 1312 et une voix féminine plaintive lui répondit. La femme demanda à Pepper de patienter le temps qu'elle se rende présentable. Pope recommença à l'insulter.

Pepper reconnut la femme pour l'avoir vue au Sassy Crow – la rousse à longues boucles et grandes dents qui avait crié « Bravo ! » à plusieurs reprises durant le spectacle. Elle était emmaillotée dans un drap, des vapeurs d'alcool émanaient de sa peau.

Pepper l'écarta et pénétra dans la chambre. Pope demanda qui c'était et, lorsqu'il vit Pepper, il maudit sa conquête de l'avoir laissé entrer. Il était à moitié sous les couvertures, ses bras et sa poitrine maigrichons suggérant que le sport qu'il pratiquait était le lever de cuillère de coke. « Qui t'a dit que tu pouvais entrer ? » demanda Pope en brandissant les poings.

Le comédien ne saisissant pas la raison de sa visite, Pepper le frappa. La fille s'étrangla comme les vieilles Blanches dans les vaudevilles. « Habille-toi », lui ordonna Pepper.

Pope était estomaqué.

La fille ramassa ses vêtements par terre – chasse au trésor – et fila dans la salle de bain en traînant le drap sur la moquette sombre.

Pepper s'assit dans le fauteuil en cuir bordeaux près de la fenêtre. Sur Broadway, au milieu de la chaussée, un homme armé d'un râteau menaçait le coffre d'une berline bleue. Les klaxons exaspérés grimpaient jusqu'au treizième étage.

« Tu te rappelles de moi ? » demanda Pepper.

Le comédien acquiesça en se massant la mâchoire.

« Je bosse pour la production du film. » Il ne pouvait se résoudre à dire que c'était Zippo qui l'envoyait – quel déshonneur d'admettre qu'il était au service d'un personnage aussi grotesque. La *production du film*, en revanche, sous-entendait des conséquences possibles, des avocats, des financiers et des assureurs.

« C'est quoi ton nom, déjà ?

– Pepper.

– Pourquoi on t'appelle comme ça ?

– Personne m'appelle, dit Pepper. T'es la dernière personne à avoir vu Lucinda Cole. Qu'est-ce que vous avez fait, tous les deux ?

– Rien du tout. On se connaît depuis un bail. Ça a été ma gonzesse pendant un moment. On est ensemble sur un film, c'est normal qu'on se voie.

– Je t'ai demandé ce que vous avez fait. »

Pope lui raconta qu'il était tombé sur Lucinda au bar de l'hôtel et qu'ils avaient bu quelques verres. C'était la première soirée de Pope à New York. « Elle était de dos, mais dès que je l'ai vue près du comptoir, j'ai su que c'était elle. Elle a une façon de se tenir, on dirait une reine. »

Pepper était partagé : se prêter au jeu de la nostalgie et laisser Pope se détendre, ou le pousser dans ses retranchements et le dominer ? « Vous étiez au rez-de-chaussée, donc. Et après ?

– Après rien du tout. Le bar fermait et je savais bien que j'aurais beau lui faire mon cirque, elle craquerait pas. » Il eut un petit rire triste. « Pourtant, je t'assure que j'ai essayé.

Mais elle était nerveuse, et je le voyais à son regard : elle avait pris de l'héro. »

Pepper avait passé une semaine sur le tournage de *Nefertiti : Agent secret* et n'avait rien remarqué de bizarre. « Elle a replongé ?

– Je pense plutôt que c'était un petit réconfort, de quoi tenir le coup pendant la soirée. Elle m'a dit qu'elle allait sur la 107e. » Il expliqua que le dealer Quincy Black y habitait. Dans le monde du spectacle, Quincy était connu pour être un plan fiable et discret. « Je l'aurais bien accompagnée, mais j'ai eu, comment dire, un coup de flip le mois dernier. J'ai cru que j'allais y rester. Enfin, je dis jamais non à un petit remontant, mais je suis passé à un régime macrobiotique. » Pope inclina la tête. « T'es en train de nous écouter, toi ? Ramène ton cul ici. »

La groupie sortit de la salle de bain. Elle dit : « Appelle-moi, Roscoe. »

Pepper estimait peu probable que le comédien la rappelle. De fait, il lui ordonna de se barrer et ajouta une épithète. La fille s'éclipsa, non sans lui faire un doigt d'honneur et lui tirer la langue.

Lucinda Cole. L'étape suivante était limpide. « Habille-toi, dit Pepper.

– Je bouge pas d'ici.

– Tu vas m'emmener chez Quincy.

– Il est même pas midi, il sera pas levé.

– Je sais m'y prendre pour réveiller les gens. »

Il se retint de choper le comédien par la peau du cou et de l'embarquer de force. Celui-ci avait une manière bien à lui de voir le monde, mais Pepper espérait que le coup de poing lui aurait remis les idées en place, de la même façon qu'à un distributeur automatique ou à un jukebox enrayé. Pope se tint à carreau lorsque les portes de l'ascenseur s'ouvrirent sur une cargaison de touristes pimpants qui partaient en safari dans la ville. Il ne tenta rien non plus quand ils arrivèrent dans le hall, dont les canapés en cuir et les fauteuils club avaient commencé à se remplir. Des visiteurs s'y retrouvaient avant de sortir, des costards-cravates des immeubles voisins y avaient rendez-vous avec des clients de passage.

Le bois sombre de la réception évoquait la proue d'un navire, depuis laquelle des employés en uniforme observaient la mer humaine. Le responsable sortit d'un bureau derrière les guichets et Pope le désigna d'un geste du pouce. « Cette gueule, dit-il.

– Ben quoi ?

– Il a une gueule de raciste, ça se voit. »

C'était la vérité. Ses cheveux blancs étaient rabattus en une vague sophistiquée, comme sur les portraits dans les musées, et leur teinte rehaussait le rose de son large visage bosselé par ses lobes, son menton et ses joues. Ses yeux bleus étaient pleins d'une rage froide, à peine contenue. Aucun doute : c'était le visage d'un raciste, tendance Blanc du Sud plutôt que Nouvelle-Angleterre et Mayflower. Pepper ne put retenir un sourire en entendant cette description.

Ils franchirent les portes à tambour. Le verre et le béton des immeubles cernant le square canalisaient le vent et produisaient des bourrasques hostiles. Pope dit : « Des fois, y a des gens qui sont pas racistes mais qui ont une gueule à l'être. Ils y peuvent rien. Prends mon conseiller financier. C'est un Blanc, il s'appelle Spencer Tomlinson. » Un iceberg de touristes flotta lentement vers eux. Pepper et Pope se séparèrent et se retrouvèrent de l'autre côté. Pope continua : « À la fin de notre premier rendez-vous, je lui dis merci, ravi de vous avoir rencontré, et lui il me fait : "C'est à cause de ça" en pointant son nez du doigt. Je lui demande ce qu'il veut dire et il me fait : "Je suis né avec une tête de raciste, je le sais bien." »

Pope s'assura que Pepper riait à son histoire, et alors il le poussa sur une vieille dame blanche qui portait des sacs de courses. Pepper et la vieille dame tombèrent sur le trottoir, puis le voyou se releva et s'élança à la poursuite du comédien. Il y a toujours plein de passants pour aider une vieille dame blanche à se remettre debout. Les vieilles dames noires, en revanche, ont le droit de se démerder seules. Pope était en train de traverser la 34e Rue direction *uptown*. Pepper zigzagua entre un taxi – touristes ébahis à l'arrière – et un camion de déménagement. Pas de flics à l'horizon, mais on était à Herald Square, ils ne devaient pas être loin. Il rattrapa Pope au coin de la 35e, et cette fois il verrouilla une main sur sa nuque et lui fit une clé de bras avec l'autre, le fit pivoter et lui colla un coup de boule dans le nez.

Le comédien jura, des larmes plein les yeux. « Comment tu veux que je joue dans ce film si j'ai la gueule toute gonflée ? »

Il aurait quelques jours pour mettre de la glace sur son nez. Et, de toute façon, la maquilleuse, Angela, faisait des miracles. Le lundi précédent, elle avait rajeuni de dix ans l'acteur qui jouait le commissaire grâce à l'une de ses préparations magiques.

Pepper eut mal au crâne tout le reste de la journée et

décida de laisser tomber les coups de tête. Ce n'était plus de son âge.

Cette station de métro regorgeait d'issues ; Pepper gardait une main sur le bras de sa proie. À Times Square, désormais, les voyageurs ouvraient l'œil – s'ils n'avaient pas compris de visu que les choses avaient changé, les reportages quotidiens dans les journaux et à la télé, ainsi que les histoires de leurs proches, s'en étaient chargés. À tout instant la tragédie pouvait s'abattre – un étudiant de Julliard poussé sur les voies, une mère de quatre enfants poignardée pour six dollars et un sandwich au pastrami. Des rats bondissaient entre les rails et se battaient pour des croûtes de pizza ou des restes de knish. Des adolescents leur jetaient de la nourriture, tels des empereurs romains assistant aux jeux.

Un train de la ligne 2 s'arrêta sur la voie direction *downtown*, sa peau métallique ornée de glyphes sinueux et bigarrés. Quelques années plus tôt, les voitures étaient couvertes de crasse et de suie, donnant l'impression que l'obscurité des tunnels déteignait sur elles. À présent, chaque nuit, des gibiers de potence fondaient sur les dépôts de l'IRT et de la Flushing Line, le terminus de la 239e Rue et celui de Coney Island, escaladaient les grillages et dégainaient des bombes de peinture volées. Claquement des billes métalliques qui mélangeaient la peinture tandis qu'ils réfléchissaient à la forme que prendrait leur assaut. Pseudonymes, slogans éculés, vantardises et invectives explosaient en lettres arrondies et caractères anguleux, réduits à des taches arc-en-ciel pour les passagers qui attendaient sur les quais et les passants qui les voyaient filer sur les voies aériennes.

Il y avait des plaintes, naturellement, mais Pepper se fichait qu'un gamin écrive son nom sur le flanc d'un wagon de métro, le mur d'un immeuble ou un camion de pressing pendant que le conducteur avait le dos tourné. New York était tapissée de noms, sur ses places et ses ponts, dans ses parcs, et la majorité appartenait à des crapules. Qui que soient Remsen et Schermerhorn, ils n'avaient pas donné leur nom à des rues en étant des hommes bien, c'était une certitude. Le monde ne fonctionnait pas comme ça. Les équipes de nettoyage de la régie des transports luttaient contre les graffiti, les décapaient afin de faire de la place pour les messages et pseudonymes du lendemain, mais les noms des pourritures qui avaient engendré la ville – les négriers, les proxénètes et les richards –, eux, ne seraient jamais effacés. Ils étaient indélébiles.

Pepper n'avait aucun problème avec les tagueurs. Qu'on leur foute la paix.

Le train de la ligne 1 direction *uptown* arriva avant celui de la 2. Le conducteur cria : « Laissez descendre, laissez descendre. » Les hordes traînant les pieds. Faites un plan en coupe de Times Square façon vivarium, et vous obtiendrez une collection de foules – celle massée sur les quais, attendant que les portes d'un train s'ouvrent, et celle à la surface attendant que DONT WALK se change en WALK. À leur signal respectif, les deux groupes déferlaient.

Il n'y avait pas de places assises. Pepper s'interposa entre Pope et la porte. Le comédien hocha la tête, résigné après sa première tentative d'évasion. Pepper avait souvent vu cela chez les hommes qu'il malmenait, cette satisfaction d'avoir au moins tenté d'inverser la situation. Tant pis si ça n'avait pas marché, l'essentiel était de pouvoir raconter aux copains, et à soi-même, qu'on ne s'était pas laissé faire.

Pope dit : « J'ai discuté avec Hal Ashby, la semaine dernière, dans une soirée. Il bosse sur un film qui se passe dans un cirque. Il a un rôle pour moi : Monsieur Loyal. Un Monsieur Loyal noir dans un cirque blanc – tu trouves pas ça génial ? Et dire que je me fais chier à New York à cause de cette bouse. »

Pepper opina. 50e Rue. Un jour, il avait semé des poursuivants en descendant dans cette station et en s'engouffrant dans le tunnel. Ils vous lâchent une fois sur deux quand vous partez sur les voies, il l'avait appris.

« Et le Zippo, là. Il a un grain, non ? T'as pas l'impression qu'il lui manque une case ?

– Si. »

Le visage de Pope s'assombrit. « Cette histoire avec Lucy. Tu penses qu'elle va bien ?

– Comment tu veux que je le sache ?

– Elle a jamais raté une seule journée de boulot, même quand elle prenait de la came tous les jours. Déjà à l'époque je trouvais ça chaud – je l'appelais l'Aspirateur, t'aurais dû voir ce qu'elle s'envoyait ! Mais elle était toujours présente pour ses scènes. “On n'a pas de seconde chance”, c'est ce qu'elle me disait quand je déconnais, quand j'entendais pas le réveil. On a besoin de gens comme elle, dans la vie, qui nous disent de nous bouger le cul. »

Évidemment, Pepper pensa à Hazel, mais il refusa de montrer à Pope qu'ils appartenaient tous les deux à la même espèce. Qu'est-ce qu'elle lui manquait. Elle pouvait lui dire ses quatre vérités, il laissait couler. Avec elle, il y avait beaucoup de choses qu'il laissait couler.

Pope soupira. « Quincy est réglo, mais des fois il confie ses affaires à d'autres gars, et j'ai pas entendu dire que du bien d'eux. Tu crois qu'ils auraient pu lui faire quelque chose ? Elle se pointe tard le soir et…

– Je sais pas.

– On aurait dû prendre un taxi, si c'est la prod qui paye. Je suis connu, moi. » Sa voix trembla légèrement lorsqu'il dit *connu*, peut-être avait-il du mal à s'en convaincre. Il avait fait la connaissance de Lucinda Cole trois ans plus tôt, à Los Angeles, chez une célébrité. Pepper n'avait jamais entendu parler du type en question, mais Pope s'acharna à répéter son nom, de la même façon que les petits voyous invoquent celui des gangsters et des pointures du quartier, dans l'espoir que tout le monde les connaisse et leur témoigne la même révérence et la même crainte : Don Cornelius par-ci, Don Cornelius par-là. *Don* – un mafieux ? Pepper comprit que le type bossait dans la musique. Il demanderait à John ou à May la prochaine fois qu'il les verrait.

Ce Don Cornelius avait donc organisé un barbecue pour le 4-Juillet, et Roscoe Pope avait vu Lucinda arriver sur la terrasse par le sentier qui longeait la maison. « Tu sais comment c'est, tu reconnais une personne parce que tu l'as vue dans des films, mais quand tu la rencontres en chair et en os elle te met K.-O. C'est ce que ça m'a fait, mais puissance dix. »

Une fois, Pepper avait vu l'acteur Martin Balsam sortir du resto polynésien du Savoy-Plaza, à l'époque où l'hôtel existait encore. Il comprenait.

« Tout le monde était tombé amoureux de Lucy à cause du *Serment de Miss Pretty*. Faut dire qu'elle était canon, et elle l'était encore plus en vrai – mais ça tu le sais, tu bosses avec elle. Une vraie Athéna noire.

– Nefertiti.

– Une Athéna noire. Je sais pas comment j'en suis arrivé à lui faire la causette. J'étais hyper mal à l'aise, je bafouillais, mais c'est comme ça que ça a commencé. Elle avait entendu parler de moi – elle m'avait pas vu jouer, mais on lui avait raconté des histoires à propos de mes soirées, des trucs qui s'étaient passés à Vegas. Elle m'a écouté. Et si tu me laisses parler, t'es foutue. »

Les idées de Pepper se mirent à vagabonder. La station fantôme capta son attention, apparition fugace derrière les vitres. Si vous ouvrez un plan du métro, vous remarquerez que, *downtown*, les stations sont très proches les unes des autres : Rector, Wall, Cortlandt. Séparées par quelques rues à peine. Les Blancs étaient flemmards à l'époque – encore plus que maintenant –, ils détestaient marcher. Et puis ils étaient devenus malins : trop d'arrêts, ça ralentit les choses. Ils avaient donc fermé la station de la 91ᵉ Rue en 1959, de sorte que la ligne 1 ne s'arrête plus qu'à la 86ᵉ et à la 96ᵉ. Ça avait du sens. Pepper ne se souvenait pas qu'il y ait eu des manifestations contre la fermeture de la station 91ᵉ Rue, ni des distributions de tracts comme on en voyait désormais pour tout et n'importe quoi.

Ça avait pourtant été une de ses stations. À l'époque où il sortait avec Dolly, elle habitait sur la 89ᵉ. Il sortait de son lit, prenait un café au Metro Donut et sautait dans le métro. Pour lui, la station 91ᵉ Rue était la porte du monde de Dolly, un monde où on respectait la loi – et aussi la porte qui le ramenait dans son monde à lui. Il aimait l'emprunter dans l'autre sens, car elle lui donnait le sentiment de retourner là où se trouvait sa place. Parfois, quand il dînait avec Carney, Elizabeth et les enfants, Pepper pensait à la vie qu'il s'était choisie et à l'endroit où il avait choisi de la vivre. Il pensait à toutes ces stations qu'il avait laissées derrière lui.

Lorsque celle de la 91e Rue avait été condamnée, toute une époque avait été enterrée avec elle, les bons côtés autant que les mauvais. Pas de retour en arrière. L'entrée avait été bouchée, mais le quai demeurait. Lorsque Pepper passait à la surface, il en oubliait même qu'elle avait existé. Dans le tunnel, il la traversait à toute allure et certaines fois – pas toutes – il avait un regard pour ce port creusé dans la roche. Que s'y passait-il, au milieu des publicités pour des produits retirés de la circulation, des affiches de films oubliés et des annonces de spectacles qui avaient fait des flops sur Broadway ? Des vauriens s'y insinuaient pour recouvrir les graffiti laissés par d'autres une semaine plus tôt, couche après couche, à l'image des immeubles de la surface – construire, raser, remplacer. Mais que s'y passait-il qui ne pouvait être saisi au cours des cinq secondes où le train y vibrait ? En bon truand, Pepper savait que chacun manigance quelque chose quand personne ne regarde.

La station fantôme subsistait. Ils la dépassèrent. Un jour, lorsqu'il aurait le temps, il y descendrait par le tunnel depuis la 96e. Il irait voir de près ce qu'elle devenait.

« Je lui ai dit de virer son manager, continuait Pope. Elle faisait des merdes à la gloire des poulets pour la téloche, du genre *Dragnet* et *Adam-12*. Même son rôle de sœur Josephine, dans *Miss Pretty* ! Tu la mets pas sur des plans nazes comme ça ! Hollywood, c'est une plantation des temps modernes. En ce moment, j'ai des réalisateurs blancs qui se mettent à me sucer la bite parce que j'ai la cote. Et j'ai bien l'intention de faire mon trou pendant que je le peux. Mais quand ils arrêteront de s'intéresser à moi, j'aurai encore mes blagues. Elle a quoi, Lucy, à part ce qu'ils décident de lui filer ? *Miss Pretty* ça remonte à dix ans, et ils lui font encore jouer des infirmières. » Il s'interrompit et lança un regard assassin à un Blanc en manteau fauve qui réprouvait son langage fleuri. « À l'époque où on était ensemble, elle était sûre qu'elle aurait bientôt le rôle qui la ferait décoller. Quand tu viens du ghetto comme elle, t'es obligé d'y croire. C'est ta porte de sortie. Tu comprends pourquoi ça m'a fait mal quand je l'ai vue à l'hôtel ? Elle avait plus ce feu en elle. Elle avait l'air vaincue. »

Un jeune Blanc les écoutait, longs cheveux ondulés et barbe de hippie, et son sourire s'élargissait à mesure que l'élocution et les tournures de langage lui confirmaient que le célèbre humoriste était bel et bien parmi la plèbe. Qu'il était même tout près de lui. « Roscoe ?

– Quoi ?

– Qu'est-ce que vous faites dans le métro, Roscoe ?

– C'est le grand, là, il m'a kidnappé. À ton avis, qu'est-ce que je fous dans le métro, connard ? »

Le jeune leva les yeux vers Pepper, qui hocha la tête.

Pope lui tourna le dos. « Ils achètent ton disque et ils croient que tu leur appartiens », dit-il. Son regard se perdit dans les ténèbres indifférentes du tunnel.

5

Il y a cent manières d'annoncer qu'on baigne dans des trucs louches et cent manières de ne pas l'annoncer. On peut se lancer en fanfare comme les macs, avec un boa en polyester. Ou vendre la drogue du moment à un carrefour, se signaler aux clients par un regard furtif mais perçant. On peut aussi ne rien annoncer, c'est la méthode des banquiers en costume croisé qui ont un bureau et leur nom sur une plaque. Se planquer derrière une façade : une bodega ou une papeterie, et des parties de dés dans l'arrière-salle. Ou un magasin de meubles. C'était ainsi que procédait Quincy Black, qui recevait sa clientèle dans une *brownstone* rénovée de Harlem.

Uptown, le climat ambiant s'inscrivait sur presque toutes les maisons : perrons fêlés, constellations de taches et réseaux de fissures, stigmates laissés par les vandales. Noms gravés dans le bois rayé des portes, serrures forcées et capricieuses. Celle de Quincy Black, sur la 107e entre Broadway et Riverside, détonnait au milieu de ses voisines décaties. Avec sa façade minutieusement restaurée, ses doubles portes neuves en acajou et ses volets assortis, le numéro 316 aspirait à se détacher et à rejoindre en crabe une rue plus coquette. Par beau temps, les couleurs des agencements floraux explosaient dans les jardinières, contrastant avec les bouteilles de mauvais vin et les mégots qui décoraient les perrons environnants. Les lampes en cuivre étincelaient. Lorsque Pepper appuya sur la sonnette, elle émit un son fier et grave.

Ils patientèrent. Pepper avait ordonné à Pope d'appeler le dealer depuis une cabine à la sortie de la station 110e Rue. Quincy Black était chez lui. Maintenant qu'il ne songeait plus à se faire la malle, le comédien était tout excité par cette expédition imprévue. Il dit : « Je viens de la campagne, moi. Quel délire. Je savais qu'il y avait des mecs comme toi – des mecs qui ont des solutions à tout – sur les films à gros budget, mais sur un petit film comme celui-ci… La vache. »

Pepper repéra un grand Hispanique en imper noir au coin de la rue. Cache-oreilles, cigarette. Est-ce qu'il les espionnait ? L'homme poursuivit son chemin vers le nord et disparut.

« T'es déjà allé en Californie ? lui demanda Pope.

– Non.

– D'où tu viens ? De New York ?

– Newark.

– Alors tu sais comment ça se passe. Quincy, il a grandi dans le Bronx, et après il est parti vivre chez sa tante à L.A. Son daron jouait dans l'orchestre de Nat King Cole, il était même avec lui à la télé. Tu te rappelles ? Le premier Noir à avoir une émission à lui. Comme par hasard, ça n'a pas duré. » Quincy affirmait qu'Hollywood lui avait tout appris. À gérer une partie de cartes et à ne pas se faire rouler. De retour à New York, il s'était mis à bosser avec

Notch Walker. « Il te le dira pas, mais c'est par Notch qu'il touche sa came. Et elle est bonne. » Pope fit le geste de humer un verre de vin. « Le roi du monde, avec une légère tendance à la parano. »

La 107e Rue. À sa connaissance, Pepper n'y avait jamais commis aucun délit. Rien ne pressait. Il tenta de se remémorer le nom du dealer tombé à cause de lui en 61. Le mec avait des vendeurs au coin de la 103e et il entreposait sa marchandise sur la 105e : Biz Dixon. Pourquoi Pepper le suivait-il, déjà ? Encore un plan foireux à la Carney, pareil que ce film. Salir un gros banquier de la Carver Federal, avoir la tête du dealer en bonus. Pepper n'avait jamais compris ce que Carney avait contre ces deux-là – il lui avait collé une patate pour l'avoir mêlé à tout ça, et puis il était passé à autre chose. Le vendeur de meubles était synonyme d'emmerdes, comme son père avant lui. Au moins sa femme était gentille, et ses deux gamins aussi.

Quincy Black ouvrit la porte, en pantalon de velours marron et chemise en soie blanche à têtes de tigre brodées. Il était plus jeune que Pepper ne l'avait imaginé, svelte et élancé avec des sourcils épilés et une moustache en trait de crayon. « Roscoe ! s'extasia-t-il. Tu es superbe ! Félicitations ! »

Pope sourit. « Félicitations pourquoi ?

– Mais pour tout ! Absolument tout ! » Pepper et Pope pénétrèrent dans le vestibule. Quincy toisa Pepper.

« Je m'appelle Pepper.

– Ravi de te rencontrer. » Quincy indiqua un rangement bas en bambou près de l'escalier. « Elles vont là. »

Pope, qui connaissait le règlement de la maison, se baissa pour enlever ses tennis. Il fit signe à Pepper de l'imiter.

Pepper ne retira pas ses chaussures.

Il nota les reflets du soleil sur les rambardes cirées, le tapis impeccable du couloir – du personnel. Combien de personnes Quincy employait-il pour entretenir sa maison et où étaient-elles en cet instant ?

Le dealer considéra ses richelieus et dit : « Merci, mon frère », comme si Pepper s'était plié à sa requête. Il ajouta : « Dans les cultures orientales, ça fait partie des conventions entre un hôte et son invité. »

Pepper ne retira pas ses chaussures.

Un homme impressionnant arriva depuis l'arrière de la maison. Petite tête et ventre rond, une quille de bowling qui venait lourdement de la cuisine. L'homme essuya sa main gauche dans son tablier jaune et les observa en prenant la mesure de la situation. Dans l'autre main, il tenait un couteau de boucher. Une salière et une poivrière de dessin animé s'ébattaient sur son tablier.

Pepper ne retira pas ses chaussures.

Il ne cherchait pas à se montrer désagréable. C'était une question de principe : les chaussettes, c'était sacré. Aux yeux des gens ordinaires, le monde du crime est le règne du chaos : violent et indiscipliné, répréhensible et interdit. Pepper, lui, menait sa barque en s'appuyant sur la logique et des règles en acier trempé, et si vous lui aviez demandé d'expliquer son système (ne pas bosser avec des toxicos, ne jamais braquer une banque un mardi), il aurait pu le faire (sauf que personne ne le lui avait jamais demandé). Son affection démesurée pour les chaussettes, en revanche, relevait de l'indicible, s'apparentant en cela à la recette de l'amour ou au véritable nom de Dieu.

Ce penchant prenait racine dans les matins glaciaux de

son enfance. Même élimé, le coton entourant ses pieds lui permettait d'affronter les frimas. Sur le front pacifique, durant la guerre, il acquit un respect frôlant la vénération pour les paires propres et sèches qui le prémunissaient contre le syndrome du pied immergé, les parasites et une kyrielle de soucis fongiques. La première chose qu'il fit après le ratage du plan McCarran fut de se débarrasser de ses chaussures et chaussettes imbibées de sang ; il ne se sentit de nouveau humain que lorsqu'il en enfila une paire neuve en coton mélangé. Ses congénères se révélaient souvent décevants ; de bonnes chaussettes, rarement. Hors de question, donc, qu'il les montre à la légère, pour satisfaire les exigences d'un inconnu. Il dormait avec et ne les retirait que pour se laver ou faire l'amour – elles avaient toutefois été découpées en deux occurrences par des infirmiers alors qu'il était inconscient. En cet instant il ne faisait pas l'amour, et à ce stade le meilleur moment de sa journée avait été une longue douche chaude. Il n'allait certainement pas se baisser ni s'agenouiller dans le vestibule de Quincy Black. C'était impensable.

Quincy posa les mains sur ses hanches. « Ros, il a un problème, ton ami ? »

Pope fronça les sourcils et rentra les épaules.

« J'ai de la moquette blanche », dit Quincy d'un ton de reproche. Puis, à l'homme au couteau : « Mickey, souhaite la bienvenue à notre invité. »

Du temps où il travaillait dans des clubs et des *diners* minables du Midwest, Roscoe Pope avait assisté à une foule d'explosions de violence – bagarres au chlasse, carburant au tord-boyaux, psychopathes terrorisant leur victime, vengeances sanglantes dans les ruelles. Il en fallait beaucoup pour l'impressionner. Après l'altercation dans le vestibule du 316 de la 107e Rue Ouest, il se promettrait de ne jamais plus manquer de respect à Pepper. Nonobstant son apparence menaçante, Mickey avait probablement l'intention de se limiter à des bruits intimidants – histoire de lui foutre un peu les jetons –, puis de retourner vaquer à ses occupations en cuisine. Pope savait qu'il était dingue de pâtisserie. Il mit le molosse en garde, mais les choses s'enchaînèrent trop vite.

Mickey arracha son tablier et le jeta par terre. Il brandit le couteau devant lui et avança tel un chevalier avec sa lance. Aussi vif qu'une rafale entre deux gratte-ciel, Pepper lui chopa le poignet et le plaqua contre l'escalier. Le choc fit sursauter trois portraits de famille qui dégringolèrent les marches. Mickey s'arc-bouta et repoussa Pepper contre le mur opposé du couloir. Pepper bloqua le couteau avec la main gauche et lui écrasa la pomme d'Adam avec la droite. Il leva le pied – le temps sembla ralentir, les spectateurs devinant ce qui allait suivre – et écrasa celui de Mickey, nu et sans défense, avec sa grosse godasse noire. Le couteau tomba sans bruit sur les fibres épaisses du tapis.

Les cris de Mickey se changèrent en croassement. Pepper s'était débarrassé du molosse comme on froisse l'emballage d'un sandwich avant de le jeter à la poubelle. Avec le pied, il expédia le couteau à l'autre bout du couloir et aida Mickey à se relever. Il l'accompagna clopin-clopant jusqu'au salon attenant et le laissa tomber sur le gigantesque canapé courbe en cuir couleur café. Le garde du corps y parut minuscule, et la différence d'échelle rappela à Pepper le pantin du ventriloque de la veille. Un tout petit homme aux jambes ballantes. Les deux fauteuils étaient de somptueux mammouths, les tableaux aux murs des gribouillis hors de prix. Pepper avait rarement l'occasion de se trouver dans des pièces aussi luxueuses en présence de leurs propriétaires.

Un tapis d'un blanc immaculé recouvrait la quasi-totalité du sol. Certainement très salissant.

D'un mouvement du menton, Pepper indiqua à Quincy de rejoindre son employé sur le canapé. De son propre chef, Pope alla s'appuyer à la cheminée, où Pepper pourrait garder un œil sur lui. Au-dessus de l'âtre, un vieux Noir en tenue de contremaître dans une plantation observait les festivités d'un œil sévère.

Pepper empoigna Mickey par la chemise et demanda à Quincy combien de personnes se trouvaient dans la maison, administrant une gifle au molosse pour appuyer sa demande.

« Il n'y a que nous », répondit Quincy.

Mickey émit un nouveau croassement. Pepper lui ordonna d'arrêter de tourner autour du pot.

« Le braquage du fourgon Armand. »

Quel abruti, pensa Pepper. On ne fait jamais allusion à un boulot – n'importe lequel – devant un public mixte.

« Le crâne rasé ? ajouta Mickey. Des lunettes de soleil blanches ? C'était moi. »

Bien sûr, la société de fourgons blindés Armand. Pepper se souvenait du premier rendez-vous. Il avait été invité à intégrer l'équipe mais avait décliné pour diverses raisons. Ils devaient se retrouver chez Put Put Lewis pour passer le dispositif en revue. Put Put avait converti son sous-sol en salle de jeux avec bar à miroirs, tabourets léopard et cavalières nues peintes sur du velours sombre. Il leur avait proposé des cocktails pour justifier de les avoir fait venir, mais personne n'était d'humeur à boire quelque chose de plus sophistiqué qu'un Canadian Club sur glace. Raison principale du refus de Pepper : le chauffeur parlait trop lentement. Soit il venait du Sud, soit il manquait plusieurs vitesses à sa boîte crânienne. Pepper aimait que les chauffeurs parlent vite, c'était plus cohérent. Et il y avait aussi Put Put, le genre de type qui apparaît à côté de vous et guette une occasion de s'immiscer dans la conversation avec ses histoires de plans foireux et son sourire d'abruti, l'air de passer le meilleur moment de sa journée. Manquer à ce point d'estime de soi, ça revenait à étaler sa poisse et son incompétence.

Enfin, il y avait Mickey. Pepper l'avait surpris à se mettre les doigts dans le nez sous les spots qui donnaient à la salle de jeux une ambiance d'interrogatoire. Comment croire qu'un homme saura se montrer discret et subtil s'il n'est pas foutu de se curer le pif convenablement. En y repensant, c'est peut-être pour cette raison qu'on l'appelait Mickey.

« Tu te souviens de moi ? » Ses yeux s'emplirent de larmes.

Pepper opina.

Quincy renifla avec dégoût. « Mickey. Pepper. Pope. C'est la foire aux surnoms débiles ou quoi ?

– Évite de trop le faire chier, dit Pope. Crois-moi.

– Tu fais venir un enfoiré qui va me dépouiller et tu me dis de me calmer. »

Pepper souffla bruyamment. « Je suis ici pour Lucinda Cole. Elle est venue avant-hier soir.

– Et alors ? fit Quincy. Elle a oublié son sac à main ? »

Pepper se gratta la joue. Il n'avait pas enlevé ses chaussures, son hôte avait donc droit à deux vannes, mais à la troisième Quincy prendrait une calotte sur la bouche. « Raconte-moi », dit Pepper.

Quincy n'avait pas vu l'actrice depuis deux ans. « Elle a essayé de décrocher, et dans ces cas-là, les mecs comme moi, on est toujours les premiers à se faire larguer. Jusqu'au jour où ça les reprend. » Il adorait le travail de Lucinda et avait beaucoup d'affection pour elle, qui était toujours polie et se tenait bien, « pas comme la plupart des camés qui viennent ici ». L'actrice avait eu de la chance qu'il soit là quand elle avait téléphoné ; Mickey et lui avaient prévu de sortir voir un super film de serpents, *SSSSnake*, au Maharaja Theater ; malheureusement le journal s'était trompé dans les horaires, « comme toujours, putain ».

Maintenant rassuré – ce n'était pas un cambriolage, on lui demandait simplement de trahir la confiance d'une cliente –, Quincy se détendit. « Elle avait l'air en forme, mais bon, elle a toujours l'air en forme, dit-il, de voyou à voyou. On ne voit pas qu'elle consomme. Elle ne voulait pas de poudre, seulement quelque chose pour l'aider à dormir. Apparemment c'est le film qui l'épuisait. Les gens disent qu'ils sont claqués, sur les rotules, et ils cherchent quelque chose pour baisser le son. »

Pour répondre à la question de Pepper, il ajouta qu'elle était partie vers minuit. « Je lui ai filé du Valium. Elle a fait que passer, elle avait pas envie de rester discuter.

– Du Valium.

– Y en a partout en ce moment. Les laboratoires pharmaceutiques ont la même stratégie que les vendeurs du ghetto pour faire des profits : inonder les rues, rendre le public accro. »

Quincy commença à expliquer que les nazis avaient plus ou moins inventé l'industrie moderne des anxiolytiques en forçant le laboratoire Roche à transférer ses scientifiques juifs aux États-Unis, mais Pepper leva une main pour l'interrompre. Il se tourna vers Mickey. « Qu'est-ce qu'il oublie de me dire ?

– Rien du tout », répondit le molosse. Il massait son pied douloureux en cercles prudents. « Tu sais, des fois, les gens veulent juste toucher leur matos vite fait bien fait.

– Ça c'est vrai, abonda Pope d'un air songeur.

– Si j'avais Chink Montague au cul, moi aussi je ferais profil bas », plaisanta Quincy.

Le mal de crâne de Pepper se rappela à lui. Il invita le dealer à cracher le morceau.

« Au moment où elle partait, je lui ai demandé ce que ça faisait de revenir à la maison, obéit celui-ci. Vu qu'elle a grandi *uptown*. Elle m'a dit qu'elle était contente de retrouver New York, un peu moins certaines vieilles connaissances.

– Chink, par exemple ?

– J'ai pas parlé de lui, c'est elle qui l'a fait. Ils sortaient ensemble à l'époque où elle débutait. Il lui a payé des fringues, il l'a aidée à “percer”. Elle m'a dit qu'elle restait le plus possible *downtown* et qu'elle se faisait discrète, mais elle venait de tourner une scène dans un magasin à Harlem, le téléphone avait sonné et c'était lui. »

Pepper visualisa le plateau installé chez Carney's Furniture, Lola dans le bureau de Marie. « Qu'est-ce qu'il a dit ?

– Je sais pas, mon vieux, t'as qu'à demander à Colombo. »

Pepper se raidit, Quincy évacua tout sarcasme de sa voix. « Elle me l'a pas dit. Mais puisqu'elle est venue ici, j'imagine que ça a dû la faire flipper. »

Pepper recula de quatre pas. Il lança un regard à Mickey, dont la posture et la moue indiquaient qu'il ne se jetterait pas sur lui dès qu'il tournerait le dos.

Pope demanda : « On a fini ? »

Pepper acquiesça.

« Ça te dérange si je reste un peu, histoire de passer un moment avec mon ami Quincy ? »

Pepper le regarda de travers. « Régime macrobiotique, hein. »

Le comédien gloussa en se frottant les mains. « C'est une ville dure, New York, on se requinque comme on peut. »

Pope avait amené chez le dealer un homme violent qui lui avait extorqué des informations sur l'une de ses clientes, mais Quincy ne paraissait pas lui en vouloir. Autre raison pour laquelle Pepper n'avait jamais bossé dans la vente : il fallait savoir pardonner.

Mickey se redressa dans le canapé. Il dit : « Hé, attends. »

Pepper se retourna.

« Pourquoi t'as pas enlevé tes chaussures ?

– Un trou, dit Pepper. Dans ma chaussette. »

6

Une fois de plus, des ouvriers éventraient la chaussée devant la maison funéraire Martinez, mettant au jour l'empilement des strates sous l'asphalte. Les marteaux-piqueurs n'arrêtaient pas et le vacarme était constant, donnant l'impression que le bruit qui sortait du trou était celui de la machinerie actionnant la métropole, des rouages de la ville. L'activité assourdissante des soupapes et des pistons, les engrenages qui s'encastraient les uns dans les autres, les chocs, les claquements et les coups. Après minuit aussi, aux heures du crime et de l'insomnie, on peut le percevoir si on tend l'oreille : un ronronnement, un grondement lointain.

Lorsqu'il se réveilla, il faisait noir et tout était calme. Après sa visite chez Quincy, Pepper était reparti au McAlpin pour inspecter la chambre de Lucinda. Elle avait été saccagée ; il voulait voir ce qu'il pourrait retrouver dans ce foutoir. L'hôtel ne l'avait pas nettoyée – la direction attendait sûrement des nouvelles de l'assurance. Faire payer d'abord la production du film, ensuite l'assurance : gagner sur les deux tableaux. Contrairement à ce qu'on lui avait décrit, Pepper ne se trouva pas devant les dégâts causés par une fête. Un vase avait explosé en brisant le miroir de la porte. Le lampadaire avait été plié en deux – sa tige était trop épaisse pour se rompre. Ce qu'il voyait, c'était de la rage.

Lorsqu'il revint *uptown*, son mal de crâne avait muté en pulsation insistante et maléfique. Dans l'idéal, un coup de boule était censé démolir les tissus fragiles du destinataire – c'est pourquoi on visait généralement le nez –, mais Pepper avait touché le front de Pope et quelque chose avait bougé dans sa caboche. Il avala une poignée de cachets d'aspirine, se traîna jusqu'à son lit et, lorsqu'il rouvrit les yeux, les travaux avaient cessé dans la rue et la nuit était tombée.

Il traversa la 143e et s'engouffra sur Amsterdam Avenue pour rejoindre Zippo. À cause du temps passé sur le tournage de *Nefertiti : Agent secret*, il crut d'abord que les énormes projecteurs installés sur le trottoir sud de la 140e faisaient partie d'un film. Mais c'était une production d'un autre genre. Sur les drapeaux rouge, blanc et bleu suspendus aux corniches des immeubles, on pouvait lire HOUSES 4 HARLEM – des maisons pour Harlem. Une cérémonie, l'inauguration de nouveaux logements sociaux qui ne devaient surtout pas ressembler à des logements sociaux, comme s'il allait suffire d'utiliser des briques orange et non rouges pour tromper le monde.

David Dinkins pérorait sur une estrade. C'était un proche de Charlie Rangel et de Percy Sutton, qui briguait sûrement un poste à la mairie maintenant que Beame avait été élu. Pepper avait pour Dinkins une aversion découlant de ses propos naïfs sur « le problème de la criminalité ». La criminalité n'était pas un fléau. Simplement un langage que la population employait parfois pour communiquer.

Les civils rassemblés sur le trottoir étaient des hommes et des femmes dans la cinquantaine et la soixantaine, tous citoyens rangés et bons chrétiens. Quelques jeunes mères dans le lot. En tout cas c'est ce qu'il soupçonna – qu'est-ce qui aurait pu inciter ces femmes à rester plantées dans le froid, sinon la perspective que leurs petits anges aient une vie plus douce qu'elles ?

Dinkins conclut et passa le micro à un homme qu'il présenta comme étant l'ancien procureur Alexander Oakes. Joli garçon. Pepper l'avait vu deux ou trois fois au journal télévisé, en train d'applaudir un Blanc à côté de lui aux moments appropriés. Il avait troqué son costard rayé contre une tenue d'homme du peuple, une veste de travail avec un écusson H4H sur la poitrine.

« Je voudrais remercier le restaurant Jake's et l'Amsterdam Gardens qui nous ont préparé ce magnifique buffet, dit Oakes. Quand j'ai demandé à ce cher Mr King s'il avait prévu suffisamment de tartes aux pêches, il m'a répondu : "Vous verrez bien." Tout ce que je peux vous dire, c'est qu'il risque d'y avoir beaucoup de déçus. Vous savez bien que nous, les Noirs, on a un faible pour la tarte aux pêches. » Oakes sourit, il y eut quelques rires dans l'assistance.

Ces immeubles collet monté avaient poussé en un clin d'œil. Pepper se souvenait de la rangée de bâtiments abandonnés, un sur deux creusé et noirci par un incendie, des brèches dans un sourire chancelant. Et puis il y avait eu l'excavation qui avait offert un aperçu indécent des entrailles de la ville. Et maintenant ces quatre étages de logements, pas excessivement chics mais respectables, des lieux de vie décents – à condition que personne n'ait rogné sur la qualité et que les entourloupes autour du chantier soient restées raisonnables.

« Avant que nous entrions dans la salle commune où vous allez découvrir le formidable travail qui a été accompli, je voudrais vous parler sérieusement quelques secondes. » Oakes attendit qu'une ambulance et sa sirène s'éloignent. « On nous dit parfois qu'Harlem est fini. Que New York part à vau-l'eau. Le travail ne paye plus, les propriétaires nous mettent le couteau sous la gorge, la mairie ne propose rien. » L'assistance murmura, chacun interrogeant ses doléances personnelles. « De la drogue à tous les coins de rue, des enfants qui grandissent sans repères. Mais ce n'est pas une fatalité, sauf si nous restons les bras croisés. Le travail commence ici. Dans ces rues, dans les endroits comme celui-ci. Avant, quand vous passiez devant les immeubles qui étaient là, ils vous rappelaient combien la situation s'est dégradée sans que personne ne bouge le petit doigt. Ces logements, et tous ceux que nous construisons, vont enfin apporter aux New-Yorkais actifs un cadre sûr où ils pourront élever leur famille. » Suffisamment démago pour recueillir quelques amen, même si les présents étaient surtout là pour la tarte aux pêches.

Malin, le salopard. Pepper ne faisait aucune confiance à cet incapable. Si Oakes n'était pas encore candidat à une élection quelconque, ça n'allait pas tarder.

Il arriva au resto avec cinq minutes d'avance. Le New Country Kitchen était bondé, mais Viola le vit pousser la porte et chassa un couple qui visait la dernière table près de la fenêtre. Elle leur promit que des places se libéreraient bientôt. Ils ne parurent guère convaincus.

Viola lui apporta une limonade. « T'as pas l'air dans ton assiette », lui dit-elle.

Le clapotis de son mal de crâne devait être assez fort pour que tout le monde l'entende. « Faut bien payer le loyer. »

Viola haussa les épaules et repartit en cuisine, s'arrêtant pour ordonner sèchement à la serveuse de recharger les distributeurs de serviettes sur les tables bancales. C'était une nouvelle, une petite créature timide qui se ratatinait lorsque Viola lui parlait. Elle ne tiendrait pas longtemps. Elles tenaient rarement longtemps au New Country Kitchen.

De sa place à la fenêtre, Pepper ne put s'empêcher de regarder comment marchaient les affaires pour le Lady Betsy's, de l'autre côté de la rue. Le restaurant était à moitié plein, une clientèle plus âgée que celle du New Country, sans aucun doute des habitués de longue date. Il aperçut même Lady Betsy en personne, une main sur la hanche, qui papotait avec une tablée. Elle s'était voûtée et elle avait cessé de teindre ses cheveux enroulés à la manière d'une rose blanche, mais elle gardait encore bon pied bon œil.

Lady Betsy tenait ce coin de rue depuis la Grande Dépression et faisait un poulet frit légendaire dans tout *uptown*. Elle présidait aux opérations avec un mélange d'ironie directe et campagnarde et de pragmatisme urbain, une école philosophique propre à New York dont elle était une des pionnières. Les sets de table en papier offraient une biographie sommaire en marge du menu, sur lequel les modifications et hausses de prix étaient indiquées à la main par Lady Betsy en personne, qui estimait qu'en imprimer de nouveaux aurait été du gaspillage. À en croire son histoire, elle avait quitté son Alabama natale pour tenter sa chance vers le nord, sans rien d'autre qu'un billet de car et une boîte à chapeau remplie de secrets de cuisine. La boîte, à rayures rouges et blanches, était toujours exposée dans une vitrine au-dessus de la caisse, telle la mâchoire d'un saint.

Malgré les affres et les humiliations quotidiennes des lois Jim Crow, la famille de Lady Betsy était parvenue à rassembler assez de recettes pour confectionner un festin éternel. Le chou révélait une piqûre de scorpion à la fois chaude et rafraîchissante, les macaronis au fromage étaient une symphonie de textures, et le poulet était proprement divin, frit dans la poêle du paradis. La chapelure maison n'était pas un simple saupoudrage de semoule de maïs épicée, mais un mélange croustillant de lait ribot, farine et poussière de rêve. Franchir cette barrière de pâte et accéder à la viande qu'elle renfermait, c'était prendre d'assaut la forteresse du plaisir. Des politiciens locaux et des chanteurs célèbres posaient en photo avec la propriétaire, au milieu de citations encadrées et de panonceaux aux armes de diverses entreprises harlémites – des grosses, des petites et même des fausses. À une époque, certaines compagnies de bus touristiques proposaient un circuit passant spécialement par *uptown* pour que des Blancs de tout le pays – peut-être même des parents de ceux qui avaient persécuté Lady Betsy dans le Sud – viennent se régaler, jusqu'au jour où un poivrot du quartier avait exhibé son anatomie d'une manière particulièrement agressive. Fin de la virée anthropologique.

Il fallait arriver tôt. Autrefois, avant que le restaurant n'absorbe le local de la voyante d'à côté et n'agrandisse sa cuisine, Lady Betsy arrivait à court d'ailes et de cuisses aux environs de vingt et une heures. Vu la longueur de la file d'attente, on aurait cru que Count Basie donnait un concert à l'intérieur. Si la mémoire de Pepper ne lui faisait pas défaut, c'est Big Mike Carney qui l'y avait emmené la première fois – il insistait pour bien manger avant les braquages. Casser la jambe d'un type ou forcer la porte d'un entrepôt ne demandait pas forcément de préparation nutritionnelle ; un braquage, à l'inverse, exigeait une bonne bouffe. Pepper, qui rechignait à encenser qui ou quoi que ce soit, avait admis dans son for intérieur qu'il n'avait jamais goûté un aussi bon poulet.

Et puis, en 1965, Viola Lewis avait ouvert son resto sur le trottoir d'en face. C'était une femme mince aux yeux noirs, à l'âge indéterminé et au mystère têtu. Originaire d'un marigot plein de sorcières en Louisiane, elle avait débarqué à New York avec un sac de voyage rempli de billets – on racontait qu'elle avait envoûté une dynastie de fabricants de cosmétiques pour peaux noires avec une recette vaudoue – et s'était installée au croisement de la 138e et d'Amsterdam. L'ouverture avait été tout sauf spectaculaire. Comment la nouvelle arrivante aurait-elle pu rivaliser avec les précieuses pépites de Lady Betsy ? Et puis la curiosité l'avait emportée, aidée par le délicieux fumet qui s'échappait de la cuisine du New Country. (D'après la rumeur, ces effluves comprenaient un additif conçu pour charmer l'odorat.) Verdict : on savait frire le poulet, là-dedans. Les prises de bec pour déterminer quel établissement était le meilleur devinrent un classique des salons de coiffure. Chacun avait ses partisans, mais Harlem est un lieu sentimental, ancré dans ses habitudes, et quand le monde blanc peut prendre tout ce qu'on a en un claquement de doigts, on s'accroche aux valeurs sûres. Lady Betsy conserva l'avantage.

Ouvrir un resto de poulet frit en face d'un monument de Harlem relevait de la provocation. « On est dans un pays libre. Je ne vois vraiment pas où est le problème », dit Viola à Pepper en mentant éhontément. Sa voix était grave et rauque, et elle découpait ses syllabes avec la précision d'un boucher. « Si son poulet est aussi excellent qu'on le raconte, une dizaine de restos pourraient ouvrir dans le quartier que ça ne changerait rien. »

Cette conversation avait eu lieu au Donegal's par une nuit brumeuse de l'été 68. Viola s'était matérialisée près de lui au comptoir sans qu'il la voie arriver – une sorcière. Ses cheveux noirs étaient coiffés en deux longues nattes indiennes qui pendaient tels des serpents sur son chemisier en lin blanc. Il la reconnut. Il avait dîné plusieurs fois au New Country quand il y avait trop d'attente en face, mais il demeurait fidèle à Lady Betsy. Plus ou moins. « J'ai entendu dire qu'on pouvait louer vos services. »

Elle lui exposa l'affaire : l'affrontement avec sa concurrente pour le titre de meilleur poulet frit de mid-Harlem était dans l'impasse. « Je suis convaincue que mon produit est supérieur au sien. Mais il faut en finir avec cette guerre – une bonne fois pour toutes, terminé, kaput. » Elle désirait donc engager Pepper pour un cambriolage. Il y avait dans la recette de Lady Betsy un truc en plus du paprika, du piment de Cayenne et de l'ail en poudre, une composante secrète que Viola n'arrivait pas à identifier malgré ses efforts. « La nuit dernière, je me suis réveillée en tremblant, j'étais sûre que c'était de la saumure de cornichon dans la marinade. Ce n'était pas ça. » Tant que cet ingrédient lui échapperait, la guerre continuerait.

Depuis qu'il vivait *uptown*, Pepper s'était toujours tenu à l'écart des innombrables conflits territoriaux et intrigues de gangsters qui secouaient Harlem. Il n'avait que mépris pour le tout-venant de la pègre, ses codes insipides, ses visées sinistres et la racaille qu'elle attirait : qu'elle aille se faire foutre. La compétition entre Viola et Lady Betsy était un sujet aussi pressant que n'importe quelle guerre de gangs, et les victimes se comptaient non pas en soldats tombés, mais en clients perdus. La proposition le titillait, dans le cœur autant qu'à l'entrejambe. Ces yeux... Par la suite, il se demanderait si les rapports que Viola entretenait avec les forces obscures étaient davantage qu'une rumeur. Ils se mirent d'accord, se serrèrent la main, et la restauratrice disparut dans la brume de Broadway.

Niveau organisation, rien de compliqué. Le seul souci était que son employeuse insistait pour que l'intrusion ne laisse aucune trace. Pepper recruta le meilleur serrurier d'*uptown*, Enoch Parker. Celui-ci en devait une à Pepper à cause d'un plan bâclé quelques années plus tôt, une voiture qui avait refusé de démarrer, les obligeant à quitter l'entrepôt à pied et à remonter la 6e Avenue chargés de manteaux en chinchilla qui les faisaient ressembler à des ours en cavale. « Ça va être du gâteau », affirma-t-il quand Pepper lui eut tout expliqué en détail : ouvrir le cadenas du sous-sol de Lady Betsy et celui qui enfermait la recette, sans les endommager. Dans les deux cas, il s'agissait de modèles bas de gamme à code. Viola avait soudoyé ou ensorcelé une ancienne serveuse du Lady Betsy's qui lui avait révélé que les recettes sacrées se trouvaient à l'intérieur d'une petite boîte métallique dans le bureau tout au fond.

Le soir du cambriolage, depuis son restaurant où les lumières étaient éteintes, Viola regarda Pepper et Enoch ouvrir furtivement la trappe dans le trottoir qui menait au sous-sol. Comme il avait été complexe et étrange, le chemin qui aboutissait à cet instant. Parfois, Viola prenait un pas de recul et observait sa vie de la même façon qu'elle aurait contemplé un tableau dans un musée d'art noir, un tableau fourmillant de personnages troubles et assorti d'une légende incompréhensible. Elle patienta en fumant des cigarettes françaises et en marmonnant seule dans une langue interdite. Les rues étaient désertes à deux heures du matin. Dix minutes plus tard, les voleurs ressortirent.

« Tout s'est bien passé ? » demanda-t-elle en verrouillant la porte derrière eux.

La « petite boîte métallique » décrite par la serveuse humiliée s'était révélée être un coffre mural Aitkens, un modèle récent caché derrière un tableau de la statue de la Liberté. Il n'avait toutefois posé aucun souci à Enoch. « Oui », répondit Pepper.

Ils suivirent Viola dans son bureau. Elle feuilleta le classeur de recettes à la recherche du traditionnel *fried chicken*, opinant çà et là quand elle apercevait une bonne idée. « Deux gouttes de vinaigre blanc. » « Cuire les haricots à la vapeur jusqu'à ce qu'ils rendent l'âme. » Enfin, elle trouva l'objet de son désir. Sa bouche articula sans bruit les instructions. Elle s'arrêta. Leva les yeux vers Pepper et Enoch, sourit. Les truands se retirèrent sans bruit et remirent le classeur dans son coffre.

Viola passa à l'action deux semaines plus tard avec une

grande promotion pour la Fête du Travail : deux menus familiaux pour le prix d'un, accompagnement offert. Le vendredi suivant, le bruit avait couru : New Country Kitchen remporta la couronne, et la garda. Que l'ingrédient secret soit une épice, une température de cuisson, une durée de marinade, de repos ou de massage, lorsqu'il fut ajouté à la formidable recette de Viola, celle-ci surpassa sa Némésis. Pepper remarqua en outre qu'elle changeait son huile plus fréquemment, et cela se sentait.

Il y gagna du poulet gratuit à vie, une fois par semaine. (Il avait demandé à vie, point, mais Viola avait négocié à la baisse.) Big Mike, lui aussi, aurait traversé la rue car la question était simple : où est-ce qu'on mangeait le mieux ? C'était un pragmatique.

Un souvenir revint à Pepper tandis qu'il décollait ses avant-bras du formica légèrement poisseux de la table, celui d'une nuit où Big Mike et lui étaient à cran après un boulot. Vol de paye, à la Sunshine Bakery de Secaucus. Les bars étaient fermés, mais Big Mike avait une bouteille chez lui. Il habitait encore avec son fils, Ray, dans l'appartement de la 127e Rue. Parti chercher des verres dans la cuisine, Big Mike s'était soudain mis à brailler et à jurer. Il s'était engouffré dans le couloir et avait ramené son fils en le tirant par l'oreille. « C'est quoi ce bordel dans l'évier ? Rappelle-moi ce que tu dois faire dans cette baraque ? »

Carney était une brindille sur pattes. Son père lui avait tordu l'oreille et il s'était contorsionné de douleur. « Ranger et nettoyer, avait dit Carney.

– Tu trouves que c'est propre ? Nettoie-moi tout ça ! »

Milieu de semaine, le gamin devrait se lever dans deux heures pour aller en classe. Pepper avait à peu près son âge la première fois qu'il avait savaté son vieux, mettant un terme à ce genre de scènes. Pas le genre de Carney Jr, et Carney Sr n'était pas non plus le genre à tolérer une rébellion. Pourtant il faudrait bien faire quelque chose de ce sentiment, et Pepper pensait l'avoir vu filtrer de loin en loin dans les plans de Ray Carney : la lame glaciale du couteau.

Big Mike avait posé le whisky sur la table basse. Pepper avait bu aussi vite que possible sans froisser son hôte, puis il avait décanillé. Dans la cuisine, le gamin continuait à récurer.

Zippo le repéra de l'extérieur. Pepper le salua d'un mouvement imperceptible de la tête. Le réalisateur continuait à porter le deuil, pantalon noir et chemise brillante sous un pardessus noir. « Ça sent toujours aussi bon, ici, dit-il en s'asseyant face à Pepper. J'adore ce resto. Tout le monde parle du poulet, mais le coleslaw est dingue. Des fois, je m'en achète une grande barquette et je mange que ça pendant des jours. »

Pepper adressa un signe à la jeune serveuse qui regardait sans arrêt par-dessus son épaule, craignant peut-être que ses erreurs soient comptabilisées. Ce qui était probable. Il commanda six ailes et de la salade de pommes de terre. Zippo opta pour deux portions de coleslaw.

Le réalisateur demanda où en étaient les recherches. Pepper lui demanda combien Chink Montague avait investi dans le film.

C'était sa faute, il aurait dû comprendre plus tôt que Chink Montague était impliqué. Il avait oublié que le gangster et l'actrice étaient liés. Quatorze années s'étaient écoulées depuis le casse de l'Hôtel Theresa, quand Miami Joe avait monté une équipe pour braquer les coffres où les clients entreposaient leurs objets précieux. Le butin n'avait pas été aussi gros qu'escompté, mais jusque-là rien d'extraordinaire. Ça l'était devenu quand ils avaient découvert que la petite amie de Chink Montague figurait parmi les victimes. Une fille du coin, arrachée au caniveau et apprêtée par un puissant truand qui n'avait guère apprécié qu'on dérobe ses cadeaux. Ajoutez à ça la trahison de Miami Joe, et il était préférable de tirer un trait sur cet épisode.

Si ce n'est qu'il avait fait revenir Carney dans l'orbite de Pepper. Le fils de son collègue avait grandi et était maintenant dans le milieu. Lorsque Carney l'avait branché sur le film, il avait mentionné que des hommes d'affaires de Harlem en prenaient des parts. Si des mecs réglos crachaient au bassinet, pourquoi pas d'autres personnages plus troubles qui se serviraient des comptes bien mitonnés d'un film à petit budget pour blanchir de l'argent ? Plus jeune, Zippo avait donné dans l'arnaque à petite échelle. Il savait comment contacter les grosses pointures d'*uptown*. Ça n'enlevait rien au fait que, pour gratter Chink Montague, il fallait tout de même du courage.

Zippo tiqua en entendant le nom du gangster et rentra la tête dans ses épaules : ne parle pas de lui ici. « C'est un bailleur de fonds, il y a un lien de confiance sacrée entre nous.

– Beaucoup, donc ?

– Tu penses qu'il l'a enlevée ?

– C'est pas une histoire de came. Son dealer m'a dit qu'elle lui avait acheté des somnifères. Et ça colle pas avec le foutoir dans sa chambre. » Pepper n'y avait pas découvert les traces d'une fête – taches de vin sur le canapé, mégots de cigarettes dans les plantes, plusieurs verres cassés –, d'un bon moment. Les dégâts évoquaient plutôt un sale quart d'heure.

« Il ferait pas ça, dit Zippo. La kidnapper.

– Pourquoi ? C'est pas ZIPPO ? » Pepper n'arrivait pas à décider ce qui l'écœurait le plus : la stupidité de son employeur ou sa crédulité. Chink avait eu presque tout Harlem sous sa coupe. Il avait ordonné des enlèvements et pire encore, et savait qu'il s'en tirerait sans encombre. « T'as fait quoi ? Tu l'as vendue ? Tu lui as dit que s'il marchait tu la lui offrais sur un plateau ? »

Leur commande arriva. Pepper attaqua. Zippo croisa les bras et fit la moue, l'air d'avoir repéré un long cheveu frisé dans sa salade. « C'est pas moi.

– T'étais pas au courant ?

– Je savais qu'ils étaient sortis ensemble, je savais pas qu'il ferait un truc comme ça. »

Ils tournaient un film sur la face sombre de Harlem et soudain ils se prenaient la réalité en pleine gueule. « Ils sont pas seulement sortis ensemble, dit Pepper. Il lui a présenté du monde, payé des fringues. » Offert un collier de rubis à cause duquel deux hommes avaient perdu la vie, dont un des mains de Pepper. En songeant à ce cadeau, ce dernier se rappela que c'était aujourd'hui son anniversaire. « Il s'est passé quelque chose dans la chambre d'hôtel de Lucinda, dit-il. Quelques heures après le tournage dans le magasin de Carney. »

Zippo vérifia que personne ne les écoutait. « Lola est dans le bureau, elle me dit qu'il y a quelqu'un qui me demande au téléphone. Moi, je suis sûr que c'est pour une facture en retard. En fait, c'était Chink. Il voulait parler à Lucinda. J'avais pas le choix. Je faisais pas le mac, c'était un investisseur qui voulait dire bonjour à son investissement. Juste un petit coucou. » La conversation avait été brève, précisa Zippo. « Cinq minutes plus tard, les caméras tournaient. Si quelque chose la tracassait, ça s'est pas vu.

– J'étais là », dit Pepper. Nefertiti ne montrait pas ses faiblesses. Qu'en était-il de l'actrice, loin des caméras ?

« Une fois, dit Zippo, j'ai un client qui m'a demandé de photographier un homme d'affaires, une pointure. » Sa voix avait perdu son excitation, sa vitalité. « Des photos de cul, tu vois le genre, histoire de le foutre dans la merde. Et je suis bon dans ce que je fais – je vois les choses. La plupart des types, quand c'est pour du chantage, t'as de la chance si le pouce est pas devant l'objectif une fois sur deux. Mais moi je vois les choses, je les capture, et ce jour-là j'ai capturé ce que cet homme était vraiment, et ça a ruiné sa vie. J'en ai gardé un sale goût dans la bouche. Tu passes de l'autre côté de la rue, tu fais un pas, et puis un autre, et tu reviens jamais. »

Il marqua un temps pour s'assurer que Pepper comprenait où il voulait en venir. Son compagnon restait de marbre. Il reprit. « Maintenant, je me sers différemment de mes objectifs. J'adore Lucinda – elle a une âme superbe. Quand ce film sortira, les gens découvriront un aspect d'elle qu'ils soupçonnaient pas. Je sais même pas si elle sait qu'elle l'a en elle. Je la trahirais jamais comme ça. » Il tritura un moment sa nourriture avec sa fourchette et prit enfin une bouchée.

La caissière cria : « Un menu famille, quatre Coca ! »

C'était idiot de demander du blé à une ordure telle que

Chink Montague, point à la ligne, et ça l'était encore plus quand il y avait une femme dans l'équation. Mais l'humanité dans son ensemble n'avait pas la lumière à tous les étages, et si on s'attarde sur la bêtise des uns ou des autres, si on commence à l'évaluer et à la mesurer, avant qu'on s'en rende compte on a perdu la moitié de la journée. Pepper le savait par expérience.

Ils mangèrent en silence pendant quelques minutes. Son expédition chez Quincy lui avait rappelé la fois où il avait filé Biz Dixon, le dealer, dans le cadre d'une autre mission qui consistait à surveiller le banquier Wilfred Duke. Ancien banquier, pour être précis – cette ordure se faisait la malle avec la caisse. On ne l'avait jamais retrouvé. Pepper avait toutefois contribué à le piéger. Il ignorait l'identité de l'homme que Zippo avait pris en photo, mais certaines personnes méritent qu'on les fasse chanter. La mauvaise conscience est un jeu de dupes auquel personne n'a rien à gagner. Autant éviter de s'en infliger.

Zippo fit un signe de la main à une vieille dame qui récupérait une commande à emporter. Elle s'agrippait à son sachet de poulet comme à un sac à main dans une ruelle sombre. « On habitait dans le même immeuble. » Il s'essuya la bouche. « C'est bizarre quand les gens te connaissent pour une chose, mais que t'es plus cette personne-là. Tu vois ce que je veux dire ? »

Pepper fit non de la tête.

« Par exemple, moi, j'ai grandi ici et on se souvient de moi à cause des feux, sauf que maintenant je fais du cinéma.

– Des feux.

– C'est pour ça qu'on m'appelle Zippo. J'allumais des feux.

– Pour toucher l'assurance.
– Non, pour moi.
– Tu foutais le feu à des trucs sans raison ?
– Non, parce que je pouvais pas faire autrement.
– Tu pouvais pas faire autrement.
– C'était un moyen de m'exprimer. De faire sortir ce que j'avais en moi. »

Pepper décréta qu'il ne pigeait rien aux esprits artistiques. « La prochaine fois, démerde-toi pour faire jouer l'assurance et empoche du fric au passage. »

Et Pepper, qu'avait-il en lui ? De nombreuses années auparavant, une femme avec qui il sortait lui avait déclaré qu'il était vide. « On se demande si y a quelqu'un là-dedans. » Janet, son appartement sur Morningside et sa saloperie de perruche. Encore une incursion malavisée dans le monde des gens ordinaires. Vide : sur le coup, il s'était senti insulté. Il l'avait larguée. Mais il n'avait pas cessé de ruminer ce jugement et, avec le temps, il s'était accoutumé à sa justesse. Pendant la guerre, tandis qu'il se crevait le cul sur la route de Ledo en esquivant le typhus et les typhons, il avait eu tout le temps d'écouter les ouvriers birmans raconter leur vie. Que faire quand on a une sangsue collée sur les couilles, comment leurs femmes préparaient le poulet au curry, et toutes les conneries bouddhiques qu'ils ressassaient. Il n'avait plus jamais vu de sangsue, mais les conneries bouddhiques continuaient de lui revenir à intervalles réguliers, éclairées en rouge pétant, aussi vives que ses premiers émois. Prenez la bouteille de Coca que buvait Zippo. Le verre est consigné, ce qui semble indiquer que la bouteille a une valeur. Sauf qu'elle doit sa valeur au vide qu'elle contient, pas à son verre. Pepper pouvait bien être vide : il avait su tirer profit de ce vide.

Zippo fronça les sourcils. Il dit : « N'empêche, Chink était bizarre vis-à-vis du film. Il arrêtait pas de me demander quand et où on allait commencer à tourner. Moi je pensais qu'il avait envie de faire un caméo. T'as déjà bossé pour lui ? Comme garde du corps ou…

– Je prends pas l'argent de ces mecs-là. » Chair à canon pour des salauds ? Il avait déjà donné pendant la Seconde Guerre mondiale. Non. Il est crucial d'établir une hiérarchie dans le crime, de distinguer ce qui est acceptable et ce qui ne l'est pas, d'avoir une charte. Quant à ceux qui choisissent d'obéir à des codes moins stricts, ce sont des cafards. Des moins-que-rien. Du temps où Chink Montague jouait du couteau, quand il réglait encore ses comptes lui-même, il s'était taillé un chemin dans le sang jusqu'au sommet de la voyoucratie harlémite. Depuis une vingtaine d'années environ, son empire de loteries illégales, d'extorsion, de stupéfiants et de prostitution perdurait, s'enracinait tel un mal incurable, survivait aux arrivistes aux dents longues, négociait avec les Italiens et arrosait les flics, juges et politiciens qui comptaient. Notch Walker et ses idées de grandeur étaient entrés par la force à Sugar Hill, l'ancien fief de Chink Montague, mais le caïd avait réussi à contenir la poussée du jeune gangster. Dans l'ensemble. Il avait perdu les loteries de Lenox Avenue et la drogue ici ou là, mais il tenait bon.

Après le casse du Theresa, Chink avait mis Harlem sens dessus dessous pour retrouver le collier de sa petite amie. Il ne voulait pas perdre la face, évidemment, mais peut-être ce collier n'était-il pas qu'une jolie breloque offerte à la fille du mois. Peut-être la fille en question était-elle plus que ça.

Zippo demanda à Pepper ce qu'il comptait faire.

Il s'était déjà retrouvé dans la même pièce que Chink Montague – chez Pearly Gates, et aussi lors d'une partie de poker de Corky Bell où le caïd était venu faire le paon alors que Pepper assurait la sécurité –, mais il n'avait jamais eu le plaisir de lui être présenté. Un soir où il marchait sur la 125e, il avait vu le gangster distribuer des jambons à qui voulait – un geste de prodigalité à l'intention de ceux dont il suçait le sang. Les collègues voyous de Pepper se rabaissaient quand ils parlaient de Chink avec déférence envers son pouvoir ou résignation vis-à-vis de leur propre impuissance. Cet homme était une vermine. Flatter un cafard pour son talent à bouffer des miettes, et puis quoi encore ? Ils ne s'étaient jamais formellement rencontrés, mais cette bizarrerie du destin serait bientôt rectifiée.

Merde. Le moment était venu de lui rendre une visite.

7

Le reporter du *Daily News* qui couvrit l'incendie de Lenox Avenue émailla son papier d'anecdotes sur l'histoire mouvementée de l'adresse. Il faut dire qu'il s'en était passé de belles, au numéro 347. La maison avait été construite par les frères French dans les années 1880, pendant l'essor de Harlem. L'immobilier est spéculatif par essence, on ne peut jamais savoir si les acheteurs seront au rendez-vous. Le secteur du vice, lui, ne l'est absolument pas ; les affamés se succèdent de jour comme de nuit. Pendant de nombreuses années, Lemuel Gold avait tenu au 347 Lenox Avenue un bordel proposant certains jours des tarifs réduits pour la maison Poulaga et les huiles de Tammany Hall. On l'avait retrouvé flottant dans le canal Gowanus, une corde autour du cou. Le *canal Gowanus* – ça en disait long sur le mépris de l'assassin. Une fois divisée en appartements, la maison était devenue un concentré de criminalité, un forfait sur plusieurs niveaux avec distillerie clandestine au sous-sol, banque pour les petites opérations de loterie au rez-de-chaussée, prostituées au premier, prostituées au deuxième, prostituées au troisième, et au quatrième, de temps à autre, une fumerie d'opium offrant une jolie vue sur l'Hôtel Theresa. En 1953, les nouveaux propriétaires firent le ménage et une population plus conventionnelle investit les lieux : poètes et maçons, handicapés de la polio et futurs conseillers municipaux. En ce 15 novembre 1973, le dernier étage était occupé par une femme qui réalisait des travaux de couture – des monogrammes, un peu de confection – en complément de ses heures de serveuse. Les tissus s'embrasèrent vite quand la cigarette tomba de sa main assoupie.

Lorsque Pepper arriva, le bâtiment entier était la proie des flammes. Des geysers de feu jaillissaient par les fenêtres – les vannes de l'enfer avaient été ouvertes. Des agents de police faisaient reculer les évacués, les pompiers élargissaient le périmètre. À quatre numéros de là, les clients du Earl's Satin sortaient voir ce qui se passait. Les caves ouvraient de grands yeux et les filous prenaient la tangente, refroidis par la présence policière. Le club n'avait pas encore fermé ses portes. Pepper espérait que Chink s'y trouverait.

Il avait appelé le Donegal's, énoncé sa demande et était revenu aux nouvelles dix minutes plus tard : Chink Montague appréciait l'ambiance qui régnait le jeudi au Earl's Satin, le club qu'il avait volé à Smiling Rick bien des années plus tôt, en même temps que le reste de ses activités. Peu de gens se souvenaient de Smiling Rick. Pepper était l'un d'eux, et il n'en éprouvait aucune nostalgie. Il doutait que les clients de Rick aient remarqué le changement de direction, peu importe que leurs penchants les portent vers le jeu, l'alcool de contrebande ou le sexe. Interrogez les books, les serveuses et les filles, tous vous répondront sûrement que, à choisir entre deux crevures, Chink Montague mettait davantage d'application à être méprisé.

La ville avait deux spécialités : l'accumulation des malheurs et les femmes en détresse. Ces dernières n'étaient pas le champ d'activité habituel de Pepper, et pourtant voilà qu'il s'y collait pour la seconde fois en deux ans. Au moins, ce coup-ci, il serait payé.

Il n'avait rien demandé à Marie pour le service qu'il lui avait rendu. Il l'avait toujours respectée, sa discrétion au magasin de Carney, sa gentillesse envers les figures de Harlem qui en passaient la porte, les gens bien autant que les ordures. Elle n'avait pas posé de questions quand Pepper avait utilisé le magasin comme répondeur téléphonique ; ses messages étaient transmis et ses affaires roulaient. Trop maligne pour ignorer les activités annexes de son patron et assez cool pour tenir sa langue, quand bien même elle était blanche comme neige.

Pendant un court moment, son mari, Rodney, avait donné le change. Les secrétaires incompétentes se succédèrent lorsque Marie prit un congé pour accoucher de sa fille, Bonnie, et Carney fut soulagé le jour où Rodney lui permit de revenir bosser. Son mari avait du mal à trouver du travail, confia-t-elle un jour à Carney. On doutait qu'il cherche beaucoup. Elle commença à porter des manches longues par beau temps et de grandes lunettes de soleil – modèle spécial cocards –, mais Pepper n'avait pas à se mêler de sa vie. Jusqu'au jour où elle le lui demanda.

Un jour d'octobre, lorsque Pepper quitta le bureau de Carney après un rendez-vous de travail, Marie lui posa une main sur le bras et lui dit qu'elle aimerait lui parler. Elle eut du mal à vider son sac. Ils firent le tour du pâté de maisons. C'était une de ces journées d'automne où le froid s'immisce tel un pickpocket dans vos vêtements. Elle s'arrêta devant un immeuble abandonné et formula sa requête.

« Vous voulez qu'il disparaisse ou qu'il *disparaisse* ? » demanda Pepper.

Elle hésita, répondit : « Qu'il disparaisse », en préférant l'intonation la moins menaçante.

Il dit : « Comme vous voulez. »

Pepper intercepta donc le mari dans la salle de billard où il passait ses journées, près de Nostrand Avenue, à Brooklyn. Rodney était grand, avec un air toujours à la limite du lubrique et un crâne brillant en forme de poignée de porte. Ils discutèrent. Pepper lui expliqua qu'il devait cesser tout contact avec Marie et qu'il était banni à vie de l'État de New York – et tant qu'à faire du New Jersey et du Connecticut aussi. Rodney émit des doutes quant à la détermination de Pepper et décida de la sonder, mais il n'avait pas l'habitude des gens qui rendent les coups, et aucun des hommes présents dans la salle de billard n'intervint. Pour autant que Pepper le sache, Rodney n'était jamais réapparu.

Il fit mine de s'offusquer lorsque Marie proposa de le rémunérer. Ils n'en parlèrent plus, et Pepper partit du principe que Carney n'en savait rien. Cette histoire était entre lui et la secrétaire.

Concernant ce boulot-ci, l'actrice ne connaissait même pas son nom. Il avait accepté pour l'argent. Rien d'autre ? Si, pour retrouver une femme descendue au mauvais arrêt. Il avait appris qu'il valait mieux se cantonner aux stations qu'on connaissait, aux endroits où l'on a sa place. Sinon, on finit mêlé aux mauvaises personnes. C'était valable pour les caves, et c'était valable pour les voyous.

Dans l'immeuble en flammes, quelque chose s'écroula avec un craquement définitif. Les spectateurs reculèrent en poussant un cri. Les bâtiments voisins semblaient bons pour y passer aussi. Les gyrophares zébraient les façades en rouge et bleu. Un pompier baraqué actionnait le tableau de commandes d'un camion, dirigeait la grande échelle vers le 347 pendant que ses coéquipiers couraient à leurs postes, déroulaient les tuyaux et avançaient vers le bâtiment. À l'attaque. Pepper contourna l'attroupement et pénétra dans le Earl's Satin.

La disposition n'avait pas changé. Bar standard dans la première salle, ensuite un petit salon, au fond un bureau. Plus on s'enfonçait, plus on s'éloignait de la loi. Le regard maussade et fatigué du barman ne trompait pas, il en avait vu des vertes et des pas mûres. Tenir le bar dans un établissement appartenant à Chink Montague, ça tannait méchamment le cuir, ça accélérait les processus naturels à l'œuvre dans la ville.

« T'as pas vu ce qui se passe dehors ? fit le barman. On ferme. »

Pepper annonça qu'il venait voir Chink.

« Connais pas. »

Pepper tendit les bras pour attirer l'homme de son côté du comptoir, mais avant d'y parvenir il fit comme une petite sieste.

Pepper n'avait jamais réussi à admettre qu'il avait été mis K.-O., que le réveil ait lieu dans le coffre d'une Chevrolet fonçant sur le New Jersey Turnpike, en dessous d'une table dans un bar de nuit ou affalé sur une chaise en bois dans le bureau du Earl's Satin, il préférait dire qu'il avait « fermé les yeux une seconde », une formule plus adaptée à un vieux s'endormant devant un *soap opera* qu'à un hors-la-loi recevant un coup sur la tête dans l'exercice de ses fonctions.

Ce que Pepper ne pouvait nier ou ignorer, en revanche, c'était son mal de crâne, qui atteignait une magnitude stratosphérique. Il visualisa son cerveau sous la forme d'une roulette de casino, avec la douleur dans le rôle de la bille de métal qui rebondissait lourdement d'une case à l'autre, tour après tour.

Il savait qu'il se trouvait au Earl's Satin parce qu'ils avaient conservé la vieille enseigne noire et blanche quand ils l'avaient remplacée par un néon. Elle était suspendue à des crochets au-dessus de l'aquarium vide. Généralement, les hommes qui accrochent les pin-ups de *Playboy* aux murs de leur bureau ne prennent pas la peine de les encadrer. Chink, ou celui de ses larbins qui bossait ici le plus souvent, avait offert aux photos de Jennifer Jackson et Jean Bell, première et deuxième playmates afro-américaines, de jolis cadres en laiton. Pepper n'arriva pas à identifier la troisième fille à qui cet honneur était accordé. Les premiers Noirs – premier chirurgien noir, premier gouverneur noir, première playmate noire – récoltaient l'essentiel de la gloire, les deuxièmes jouissaient d'une célébrité un peu plus terne, et rares étaient les troisièmes à recevoir le respect dû à leur charge. Si Pepper se tirait de là, il aurait peut-être le temps de s'enquérir de son nom et de ses diverses qualités.

Il y avait trois autres hommes dans la pièce. Le barman

était appuyé contre un classeur à tiroirs, la mine encore plus renfrognée. À côté de lui, vraisemblablement celui qui avait fait fermer les yeux à Pepper. Ils l'appelaient Delroy. Pepper l'avait déjà vu. Il le reconnut à sa cicatrice, un croissant dans la joue ; comme une seconde bouche. Chacun d'eux braquait un pistolet sur Pepper, qui bougea très légèrement la main pour vérifier que le poids de son arme était toujours dans la poche de sa veste. Il n'y était pas.

Chink Montague présidait depuis le grand bureau gris en métal, un Panzer des années 1940. Il y avait une éternité que Pepper ne l'avait pas vu. Son empire avait prélevé un lourd tribut sur le gangster : il ressemblait à un lion camé otage d'un zoo miteux.

Autrefois, il avait été redoutable. Son père était un rémouleur célèbre dans tout Lenox, qui poussait son chariot d'un bout à l'autre de l'avenue en scandant les mots inscrits sur son enseigne : NETTOYAGE ET AFFÛTAGE, LAMES SCIES CISEAUX PATINS. Il avait légué à son fils la philosophie et le goût des lames. Le mythe entourant l'ascension de Chink était largement dû à son usage des couteaux. Tailler ici, trancher là. Oreilles, narines, tutti quanti. Pendant de nombreuses années, on raconta qu'il avait écorché vivant Whitey Gibbs pour prendre le contrôle des loteries de la 125e et tanné sa peau pour s'en faire un portefeuille, mais le plus probable était qu'il en ait seulement gardé des fragments dans du formol. Le fait qu'il n'ait jamais mis un pied dans le pénitencier de l'État, ni à Alcatraz contrairement à Bumpy Johnson, attestait son talent pour la survie. Cette position avait toutefois un prix, qui se traduisait par sa posture voûtée, son teint grisâtre et aux cernes noirs sous ses yeux rougis. Pareil que Lady Betsy : une institution défraîchie qui prenait de la place.

Ses hommes ne s'apercevaient pas de sa décrépitude, ou bien ils faisaient semblant. Sa voix les fit sursauter. « Ça donne quoi, Delroy ?

– C'est un gros feu.

– Faut qu'on se tire ?

– Ça va. Pour le moment.

– J'ai une assurance en béton. Je pourrais faire reconstruire et mettre un salon de coiffure ici.

– Ça rapporte, les salons, abonda le barman.

– C'est pour ça que je le dis. Les Blancs ont pas encore réussi à m'abattre, j'ai bien le droit de me lancer dans l'esthétique si ça me chante. »

Pepper haussa un sourcil. Est-ce que Chink venait de citer un sketch de Roscoe Pope ?

Le gangster se tourna vers lui. « T'es qui, toi ?

– Je bosse pour Zippo. » Il s'aperçut qu'il ne connaissait pas le nom de famille de son employeur. « Je cherche Lucinda Cole.

– Et ?

– Personne ne sait où elle est. Tu lui as parlé le soir où elle a disparu.

– On a pas fait que parler », répliqua Chink. Dehors, un flic aboya dans un porte-voix. « Je suis ici parce que j'attends un coup de fil, reprit le gangster. Je veux savoir si un lascar a fait ce qu'il était censé faire. » Un temps. « J'espère pour lui qu'il a pas déconné. »

Pepper se demanda par où on accédait au sous-sol, s'il était possible d'y garder quelqu'un au chaud malgré le bar au-dessus. Il se demanda aussi à quelle vitesse l'incendie progressait et de combien de temps il disposait avant de devoir agir.

Chink reporta son attention sur le barman. « Quand on en aura fini avec lui, je veux que tu vérifies que tous ces branleurs règlent leur addition. Pas question qu'ils se tirent sans payer à cause d'un petit feu. »

Le barman gloussa. Delroy paraissait mal à l'aise. Il travaillait depuis longtemps au service de son patron et savait qu'il ne plaisantait pas.

« Va les chercher chez eux si besoin, ajouta le gangster. Croire qu'ils peuvent arnaquer Chink Montague. »

Pepper soupira pour attirer son attention. « L'actrice.

– Je sais pas où est Lucy, dit Chink. J'ai essayé. J'arrête.

– Tu lui téléphones, elle disparaît.

– Je vais aller trouver ce Zippo, dit Chink. Lui demander pourquoi il parle de mes affaires à tout le monde. Comment t'as dit que tu t'appelais ?

– Pepper.

– Pepper ? Je comprendrai jamais les parents qui nomment leurs gosses d'après les trucs qu'ils aiment. »

Le sketch devait figurer sur le nouveau disque de l'humoriste. Difficile d'imaginer le gangster descendant l'escalier à pic du Sassy Crow.

Chink réfléchit un moment. « Je me rappelle de toi. Tu montais la garde pendant qu'ils tournaient le film au magasin de meubles. Vu la thune que j'ai mise dedans, ils auraient pu se payer un vrai vigile. Tu fais quoi d'habitude ? Pompiste ? »

Delroy et le barman s'esclaffèrent.

Pepper cligna des yeux.

L'expression de son hôte se troubla quand il comprit que

l'intimidation ne fonctionnait pas. Pepper avait remarqué que son calme avait tendance à déstabiliser – puis horripiler – les fortes personnalités. Il n'aurait rien pu y faire, même s'il avait voulu. On est qui on est.

« Pompiste », répéta Chink au cas où l'insulte aurait échappé à son destinataire. Pepper demeura impassible. Le gangster avait l'impression de regarder dans l'obscurité muette d'une bouche d'égout, et ça commençait à lui taper sur les nerfs. Pour qui il se prenait, ce con ? Autrefois, un homme dans sa situation aurait chialé en réclamant sa mère. Ils se pissaient dessus à la seconde où ils voyaient l'éclair de sa lame. Mais Chink ne sortait plus que rarement son couteau. Il ne voulait pas risquer qu'on voie sa main trembler. Était-il de notoriété publique que Chink Montague n'était plus dans le coup ? L'odeur de faiblesse qu'il dégageait par chaque pore de sa peau devait se sentir. Il jeta un coup d'œil en direction du téléphone. L'appareil ne sonnait pas. Des salopards qui traitaient avec ses concurrents, qui le laissaient sur la touche, des petites merdes comme Notch Walker qui grignotaient son territoire, un immeuble par-ci, une rue par-là. On marchait sur la tête. Comme au temps où Lucy parlait des huiles d'Hollywood qui contrôlaient sa vie – après toutes ces années, les Ritals exerçaient une emprise identique sur la sienne. Saute. Danse. Une putain de marionnette. Un pantin sur les genoux d'un sale métèque. Chink surveillait la scène depuis la cabine de l'autre côté de la rue quand Zippo avait tendu le téléphone à Lucy. Qu'espérait-il ? Que son visage s'illumine quand elle entendrait sa voix, bien sûr. Sa chère Leanne. Malgré le costume débile dont ils l'avaient attifée, elle restait la fille originaire de Maplewood, elle n'avait pas changé depuis le soir où il l'avait rencontrée alors qu'elle était en goguette avec sa cousine au Black Rose, trop couvée pour comprendre que cette boîte n'était pas pour les gentilles filles comme elle et ravie quand il lui avait fait servir du champagne. Leanne Wilkes ? Un nom d'instit ou d'infirmière. Elle disait vouloir faire du cinéma. Il lui avait répondu qu'il allait lui expliquer comment ça marche. Peu importe dans quoi tu bosses – le cinoche, la rue –, il te faut un nom qui en jette. Attends que je réfléchisse. *Lucinda.* C'est bien, ça. *Lucinda Cole.* Approche et regarde-toi dans le miroir, là-bas, tu vas voir qu'il te va comme un gant.

Au bon vieux temps il aurait décidé de tous les buter, de les rayer de la carte. Lucy, Pepper, ses lèche-cul inutiles. Larguer les corps dans l'Hudson. L'incendie et les flics dehors, lui qui attendait que le gars l'appelle à propos du truc, et maintenant ce merdeux qui lui posait des questions – Chink Montague péta un plomb.

« Elle existe même pas ! cria-t-il. Son vrai nom c'est Leanne Wilkes ! Tu sais même pas qui tu cherches, pauvre con. *Leanne Wilkes.* Tu parles d'un nom pour une star du ciné, un nom de plouc, ouais. La cambrousse, les banlieues, tout ça c'est le même merdier. Elle vient de Maplewood, du New Jersey. Comment tu veux faire pire que ça ? On a raconté aux journalistes qu'elle venait du ghetto et ces nazes l'ont gobé tout rond. La première chose que je lui ai dite, c'est qu'il faut savoir se présenter. Je l'ai sapée. Je lui ai fait rencontrer des gens. Et du jour au lendemain, j'existe plus. »

Il y eut un silence, puis les bruits de la rue revinrent, accompagnés par des coups à la porte du club. Chink se ressaisit. S'épongea le front avec un mouchoir à pois verts.

Indiqua à ses hommes d'aller voir. Delroy entrebâilla la porte qui donnait sur le salon en veillant à ne pas laisser deviner la scène qui se déroulait dans le bureau. Il dit : « C'est un poulet. » Un deuxième policier, plus loin, parlait dans un porte-voix et ordonnait d'évacuer.

« Vas-y », dit Chink.

Le barman et Delroy échangèrent un regard : au tour de Delroy. Le barman avait légèrement baissé son pistolet, qui visait désormais l'épaule de Pepper et non plus son visage. Un mieux, de son point de vue.

Delroy sortit. Chink demanda au barman : « T'as tous les noms ?

– Hein ?

– Les noms des enfoirés qui ont pas encore payé leurs verres. »

Parfois, même le plus expérimenté des larbins est pris de court par les caprices d'un patron sadique et peine à trouver la réponse qui le maintiendra en vie. Dans quelle mesure Chink était-il sérieux ? La demande était ridicule, mais pas plus que nombre de ses lubies. Pepper profita de l'instant où le barman prit conscience de sa mortalité pour bondir de sa chaise. L'arme était baissée, il fallait saisir l'occasion. Il poussa l'homme contre le classeur à tiroirs où ils luttèrent un moment avant de continuer au sol. Il réussit à lui prendre le pistolet. Le barman n'était pas épais, mais il était fort et il se battait comme toutes les enflures de South Brooklyn, les pouces escaladant les joues de Pepper à la recherche de ses yeux. Bâtard. Pepper entendit s'ouvrir un tiroir du bureau – il n'avait qu'une seconde avant que Chink ne trouve ce qu'il cherchait. Un coup partit. La balle emporta deux orteils du barman. Pepper se dégagea et lui tira à deux reprises dans le ventre.

Lorsqu'il releva le pistolet et le braqua sur Chink, le gangster avait les mains en l'air. « J'avais dit à cette salope de faire le ménage, cracha-t-il. Je retrouve jamais rien ici. »

Pepper lui ordonna de s'éloigner du bureau. Sans le perdre de vue, et tout en guettant le retour de Delroy, il fouilla dans le tiroir. Chink avait raison, c'était le bazar. Impossible de travailler dans ces conditions. Il exhuma enfin le .38 et le fourra dans son blouson.

Chink jeta un coup d'œil vers la porte du salon. Pepper regagna le centre de la pièce et se mit en position pour le dénouement, qu'il vienne de Chink ou de son garde du corps.

« Elle est rien sans moi, dit Chink. C'est moi qui l'ai faite. »

Pepper ne sut jamais d'où il sortit le couteau. Certainement d'une poche secrète, tous ses costumes en avaient depuis l'époque où il tranchait les problèmes dans le vif. Si Chink n'avait pas été usé par son règne – et sa mélancolie palpable –, la lame aurait sûrement perforé la gorge de Pepper. Mais, le temps que le gangster finisse de dégainer, sa cible avait tiré. Chink avait un tic révélateur : ses pupilles se dilataient au milieu de ses yeux injectés de sang. Pratique pour avertir ses hommes qu'il ne blaguait pas, regrettable le reste du temps. Le couteau siffla tel un moustique à l'oreille de Pepper et Chink s'écroula contre le mur du fond. En plein dans l'estomac. Des sirènes à l'extérieur, suffisamment de bruit pour masquer les détonations : Pepper décida de lui en coller deux autres dans le buffet.

La fumée du canon s'enroulait jusqu'au plafond. Le mal

de crâne de Pepper revint, la bille métallique rebondissant avec rage sur la roulette. Vertige. Il dut faire un effort pour se rappeler qui il était, où il était, ce qu'il faisait là. Pepper. Ses parents ne l'avaient pas baptisé ainsi parce qu'ils aimaient le poivre. C'étaient les gamins du quartier qui lui avaient trouvé ce surnom quand il était petit, mais il avait oublié pourquoi. Un truc qu'il avait dû faire un après-midi et qui était resté. Aucune importance. Ils étaient probablement tous morts.

La porte s'ouvrit. Pepper braqua Delroy, qui fit de même. Le garde du corps semblait plus compétent que le barman – manquant d'informations, Pepper était incapable de prédire la suite des événements. « La femme, demanda-t-il, elle est là ?

– Y a personne », répondit Delroy. Il considéra les deux corps. S'attarda sur celui de son patron. « Il est mort ?

– Tu vois pas les trous ?

– Si. »

Pepper haussa les épaules.

« J'allais lui demander une augmentation.

– T'aurais dû le faire plus tôt. »

Les deux hommes parlaient le même langage. Delroy baissa la main qui tenait le pistolet. Pepper ne l'imita pas. Il dit : « Y a quoi, là ? » en désignant la porte en métal rouge dans le mur du fond.

« Ça donne sur la rue. »

Pepper fit un geste qui signifiait « envoie », et le garde du corps poussa le pistolet sur le tapis. Pepper se baissa, le ramassa, et partit sans demander son reste.

Le vent envoyait les flammes vers le nord. Lorsque le téléphone sonna, vingt minutes plus tard, Delroy était loin, de même que les locataires qui vivaient au-dessus du bar. Le lendemain matin, cinq immeubles avaient flambé. On déplorait trois victimes : la couturière du 347 Lenox et les deux criminels du Earl's Satin. En contradiction avec le rapport des pompiers, la pègre de Harlem soutint que l'incendie avait été provoqué par Notch Walker pour couvrir le meurtre de son rival. De fait, quand la semaine s'acheva, Mr Walker avait agrandi son territoire et mis la main sur les loteries d'*uptown*. Fidèle à son habitude, Pepper ne moufta pas en entendant ces bêtises et continua à siroter sa bière.

Le reporter du *Daily News* semblait estimer que le nom de la femme ne méritait pas d'apparaître dans son papier. Il avait tort. Elle s'appelait Eunice Hooks, elle était originaire de Chestertown, dans le Maryland, et elle était venue à New York pour y chercher une vie meilleure.

8

On aurait pu croire qu'elle l'attendait lorsqu'il arriva le lendemain matin. Au pied des marches, il y avait un petit sac en toile et deux photos encadrées. Elle dit : « Maman ! Le chauffeur est là. »

Mrs Wilkes cria quelque chose depuis l'étage et apparut une minute plus tard pour lui dire au revoir. Elle était maigre et alerte, guère plus âgée que Pepper. Elle remarqua les photos et sourit à sa fille. « Tu tiens vraiment à les prendre ? demanda-t-elle.

– Mon appartement a besoin d'un peu de nouveauté, dit Lucinda.

– Ton père va en être malade, dit Mrs Wilkes. Enfin, ça ne me regarde pas. » Elle considérait son visiteur d'un œil dubitatif. Elle ne le sentait pas.

« Il travaille pour le studio », expliqua Lucinda. Sur le tournage, sa voix était plus grave ; ici, elle ressemblait à celle d'une enfant. L'actrice portait un jean bleu et un cardigan noir avec une veste en pied-de-poule rouge et blanche. Pepper ne l'avait encore jamais vue sans la prodigieuse perruque afro de Nefertiti. Son carré frisé lui allait bien. Elle dit à sa mère qu'elle l'appellerait dans la soirée.

Alors que Pepper allait prendre ses bagages, elle s'interposa et cacha les photos pour l'empêcher de les voir. Il se contenta donc d'ouvrir le coffre et elle y déposa soigneusement les cadres, photo vers le bas. Elle courut prendre sa mère dans ses bras, et Mrs Wilkes les observa depuis le perron en agitant la main jusqu'à ce qu'ils démarrent.

Pepper avait emprunté la voiture de Buford, une Dodge Charger bleu nuit avec un toit en vinyle noir. La mère du barman habitait dans le comté de Nassau où il allait la voir plusieurs fois par semaine, fumant clope sur clope, les fenêtres fermées. Des mégots tordus comme des mauvaises herbes dépassaient des cendriers. Pepper avait grimacé en y prenant place. « Personne t'oblige à me l'emprunter », avait répliqué Buford.

D'après les renseignements téléphoniques, il y avait deux Wilkes à Maplewood. Pepper avait visé en premier l'adresse de Mr Lamont Wilkes, car tous les Lamont qu'il avait rencontrés dans sa vie étaient noirs. La maison était une belle bâtisse de style néo-Tudor nichée entre des chênes, avec de jolies cantonnières aux fenêtres et une pelouse à l'herbe drue. Il avait sonné, et Lucinda lui avait ouvert le plus naturellement du monde.

Il prit la direction de Walton Road. « C'est ici que vous avez grandi ? demanda-t-il.

– J'ai toujours connu cette maison, dit Lucinda. Ma mère n'a pas touché à ma chambre. »

Le quartier était charmant, le genre de coin où les Blancs font des bonshommes de neige après la première grosse tempête d'hiver et leur donnent des noms ridicules. Pepper était déjà venu à Maplewood, mais jamais ici. Comment ça se passait pour les Noirs dans le coin ? Il se demanda quel accueil les parents de Lucinda avaient reçu lorsqu'ils avaient emménagé. Le conducteur et sa passagère gardèrent le silence quelques instants. « Jolie maison, dit-il enfin.

– Joli quartier. Ils l'entretiennent bien. » Elle se regarda dans le miroir du pare-soleil. « Vous avez l'air surpris, dit-elle. Un de mes anciens petits copains pensait que ce serait bon pour ma carrière que je vienne du ghetto. Et le pire, c'est que tout le monde y a cru. La première fois que j'ai été interviewée pour *Le Serment de Miss Pretty*, j'ai dit que je venais de Harlem, et ensuite que j'avais grandi dans une famille difficile – mon père était parti, etc. » Un grand sourire. « Il suffit de dire *Harlem* pour que les Blancs se fassent des idées. Ça avait l'air de leur plaire, donc je ne voyais pas l'intérêt de les détromper. Et pas seulement les Blancs – j'avais aussi des Noirs qui venaient me trouver en me disant : “Je me souviens de t'avoir vu danser au Shiney's autrefois.” Ils me confondaient avec d'autres filles. Mes amies d'enfance me charrient, elles me félicitent parce que j'y suis arrivée. »

Pour que la *success story* soit intéressante, mieux valait probablement que la fille vienne des quartiers pauvres et non d'une banlieue cossue. Pepper avait déjà entendu parler de Noirs qui se faisaient passer pour des Blancs ; se faire passer pour une pauvre, en revanche, c'était nouveau. *Y arriver*. Il avait toujours aimé cette expression. Les voyous réussissent un joli coup, touchent le jackpot, et les gens comme il faut *y arrivent*, trouvent un moyen de contourner les règles des Blancs. De voler un peu de sécurité ou de succès à un monde qui fait tout pour les en priver.

« De toute façon j'avais l'intention de revenir aujourd'hui, dit-elle. Zippo flippait ?

– Il s'inquiétait un peu.

– Donc ils vous ont envoyé à mon secours, c'est ça ? J'ai pas besoin qu'on vienne me sauver.

– Quelqu'un vous a déjà sauvée de quelque chose ? »

Elle tourna la tête vers lui. « Non.

– Jamais ?

– Non.

– Alors vous avez probablement pas à vous en faire. » Il grommela. « Mais ça fait pas mal de gens payés à se tourner les pouces. Je vous ai cherchée partout. Avec Roscoe Pope. Chez Quincy Black. » Il se garda d'évoquer le gangster mort.

« Ces deux-là..., fit-elle en se redressant dans son siège. Dans ce cas, vous êtes au courant pour Chink. Parce que Quincy est une vraie pipelette. »

Il ne répondit rien, elle prit cela pour un oui.

« J'étais adolescente. J'ignorais qui c'était quand il nous a fait signe de venir à sa table. Ma cousine, Baby, elle m'a chuchoté : "C'est un sale type." Elle avait une bande de copains, des mecs qui traînaient dans les rues, avec qui elle sortait *uptown*. C'était la première fois qu'elle m'emmenait là. Et puis j'ai commencé à sortir avec Chink et je n'ai plus eu besoin de guide touristique.

– En général, les gangsters broient leurs copines et puis ils les larguent comme des vieilles chaussettes. Vous avez l'air de bien vous en sortir.

– Plus que bien. » Elle entrouvrit sa fenêtre pour atténuer l'odeur de tabac froid. « Mes parents ont piqué une crise quand Baby leur a dit pour Chink et moi. Je leur avais raconté que je voyais un garçon du City College – c'est là que papa a fait ses études. Mais ils ne pouvaient rien y changer. Ils avaient peur de ce que les voisins pourraient dire, mais ils avaient encore plus peur de ce que Chink pourrait faire. » Un petit rire. « Et ça s'est pas arrêté là ! Vous auriez dû voir leur tête quand je leur ai annoncé que je partais vivre à l'autre bout du pays. "Personne ne revient jamais de Californie." Ils auraient encore préféré que je fasse dix enfants avec Chink. »

En rentrant de Birmanie, Pepper avait été tenté de quitter le New Jersey. Il n'était jamais allé dans l'Ouest. Il était conscient que ce voyage aurait pu élargir ses perspectives. D'un autre côté, il avait visité dix États – onze, en comptant le Connecticut – et ne pouvait pas dire qu'ils lui aient fait forte impression. Une tasse de café coûte le même prix partout et la personne qui vous la sert est tout aussi malheureuse, donc on fait peut-être seulement du surplace quand on croit bouger. « J'ai grandi à Newark, dit-il.

– Ah oui ? »

Circulation fluide. Les roues mordirent dans un nid-de-poule. Pourtant à peine achevée, cette route partait déjà en morceaux. *C'était la rue Machin-Truc, avant qu'ils construisent l'autoroute.* Il connaissait des mecs d'Orange qui avaient un garage sur Essex Avenue. Un bon endroit pour acheter des tires, et un des gars connaissait un revendeur de monnaies. C'était dans ce coin, il roulait peut-être sur son ancien emplacement à cet instant même. L'autoroute avait tout écrasé, scindé la ville en deux, effacé le garage, les jolies maisons victoriennes, les églises, un ou deux terrains de jeu, tout. Mais on arrivait plus vite dans *midtown*, Pepper estimait donc que ça valait le coup. Dix minutes de gagnées, avec le temps ça finit par compter.

« Je vous ai vue dans un film, dit Pepper. Vous étiez bien.

– Ah oui ?

– Vous jouiez une mère célibataire qui gronde des petits vauriens.

– J'ai joué beaucoup de mères célibataires pour la télé, mais si c'était un film c'était *La Méthode Birdie*.

– Ils écoutent leur radio sur les marches de l'immeuble, vous sortez et vous leur criez dessus.

– *La Méthode Birdie*. Quand je suis partie à Los Angeles, après *Miss Pretty*, je pensais que ma carrière était lancée. J'avais eu de bonnes critiques. Beaucoup de presse quand la chanson était entrée dans le Top 50. Et puis deux ou trois années sont passées et on ne me donnait que des trucs comme *La Méthode Birdie*.

– C'était pas si mal.

– Ils payaient dans les temps. »

Pepper se rendit compte qu'elle l'agaçait. Elle se prélassait sur le canapé de ses parents à boire du chocolat chaud préparé par sa mère pendant qu'il cavalait comme un âne, distribuait des coups de boule à des abrutis et tombait dans les pommes.

Les silhouettes des gratte-ciel de Manhattan apparurent l'espace d'un instant, fantomatiques dans le brouillard, et disparurent au virage suivant.

« C'est reparti, dit Lucinda.

– La prochaine fois, vous n'avez qu'à refuser.

– Et je ferai quoi à la place ?

– C'est à cause de Chink que vous êtes allée vous planquer dans le New Jersey ?

– Chink. » Elle souffla par le nez. « Quand je suis partie

de chez Quincy, il m'attendait dehors. Il m'avait téléphoné dans la journée, pendant que j'étais sur le plateau, et ça m'avait mise sur les nerfs. J'avais besoin de quelque chose pour me détendre. Je n'avais plus touché à rien depuis le mois d'août. L'été avait été difficile. » Elle guetta sa réaction. « Il était dans sa grosse Cadillac, j'ai hésité à m'enfuir. Mais j'avais vu ce qu'il était capable de faire aux gens. Des choses horribles. C'était rare qu'il s'occupe de ses affaires devant moi, mais quand on allait dans un bar où il avait ses habitudes, quelquefois il devenait fou furieux et je comprenais qu'il avait repéré quelqu'un. Il le faisait venir et... » Elle chercha un euphémisme, abandonna. « Il disait que, si on donne une leçon à un homme en public, il ne l'oubliera jamais. » Elle rit. « C'est horrible de dire ça à une actrice ! Parce que moi, tout le monde voit quand je fais des erreurs, et lui il me disait que personne n'oublierait. Je suis montée dans sa voiture. »

Lucinda expliqua que Chink lui réclamait un pourcentage de son cachet parce qu'il l'avait aidée à percer. Elle avait une dette envers lui. Mais, en réalité, il en avait seulement gros sur la patate. Il lui dit qu'il l'aimait toujours. Il allait quitter Harlem et prendre sa retraite dans un endroit où la vie serait douce, sur une île. « Je lui ai répondu qu'il était déjà sur une île, il m'a dit : "une île où y a du soleil". » Il trouvait que Harlem changeait, déclinait. New York tout entière sombrait et ça lui minait le moral. Une fois le tournage terminé, ils pourraient partir vivre ailleurs, il avait déjà commencé à prendre ses dispositions. Elle émit un bruit désapprobateur. « Vous savez pourquoi je l'ai largué ?

– Votre cousine vous avait prévenue, c'est un sale type. » Au présent.

« Ça, ça ne me dérangeait pas. Autrefois. Autrefois, je ne m'en rendais pas compte. Je suis partie à Los Angeles parce que la seule façon que j'avais d'être moi, c'était de quitter ce que j'étais. La côte Est, ma famille. Mon homme. » Lucinda alluma la radio et joua avec les boutons. Elle opta pour un morceau de doo-wop entrecoupé de friture. « J'ai décroché le rôle de Miss Pretty, ensuite on m'a proposé de venir en Californie, et il était hors de question que Leanne Wilkes monte dans cet avion. D'une certaine façon, c'est la faute de Chink – c'est lui qui m'a acheté des vêtements pour les auditions, qui m'a payé des cours de théâtre dans le Village. Il connaissait des gens, des gens d'Hollywood qui aimaient venir s'encanailler à Harlem. Tout ce temps, il me préparait à partir.

– Je ne vous connais pas, dit Pepper.

– Et ?

– Vous me racontez tout ça.

– Je n'ai pas l'impression que vous ayez beaucoup d'amis à qui le répéter. »

C'était globalement vrai. Il aimait bien causer avec Carney au Donegal's en buvant des bières. Carney était différent des autres caves. Il y avait quelques autres personnes que Pepper pouvait voir sans déplaisir. Dans l'ensemble, elle visait juste.

Ils atteignirent Weehawken et les bretelles en tire-bouchon annonçant le tunnel. L'employé du péage prit son argent sans le regarder. Il avait une tête de raciste, pour citer Roscoe, pourtant rien ne semblait indiquer qu'il ait remarqué la couleur de Pepper. Finalement, l'égalité passerait peut-être par les boulots de merde, abrutissants et inintéressants au point que le cerveau n'avait plus assez d'énergie pour l'intolérance.

« Vous vous rappelez quand ils ont mis une femme dans cette cabine ? dit-il. Ça avait pas plu aux gens. »

Lucinda acquiesça, le regard perdu dans le tunnel.

Un jour, Pepper avait passé ce péage avec Gus Hooks, le vieux voleur. Gus venait d'Alabama et gardait plein de trucs du Sud dans la tête. Il avait tendu les pièces à la femme dans la guérite et poussé un jappement. « Je lui ai touché la main sans faire exprès, dit-il.

– Ils vont pas te lyncher », répondit Pepper.

Gus n'avait pas eu l'air convaincu. « On sait jamais. »

Lucinda recommença à tourner les boutons de l'autoradio. On ne captait pas dans le tunnel. Sous le fleuve, à mi-chemin. Pepper lui demanda si elle voulait aller au McAlpin.

« Ils tournent aujourd'hui ?

– Ça fait plusieurs jours qu'ils installent le matériel, qu'ils filment ce qu'ils peuvent et qu'ils vous attendent.

– J'ai envie de travailler », dit-elle.

Il se rangea devant la première cabine téléphonique à la sortie du tunnel et appela la Grotte. « *Uptown*, informa-t-il Lucinda en revenant.

– Évidemment. »

La West Side Highway était bouchée dans les deux sens. Une section avait dû s'effondrer, ça arrivait tout le temps, les véhicules dégringolaient sur les passants qui ne s'y attendaient pas. Il avait lu dans le journal qu'une famille intentait un procès à la mairie.

« "Tu seras ma princesse, comme Jackie Onassis", dit Lucinda. C'est ça qu'il m'a promis dans sa voiture. Jackie ?

Donc, lui, il aurait été Kennedy ? JFK a fini avec une balle dans la tête. »

Chink était désormais loin des amours perdues et autres distractions terrestres. Impossible de revenir en arrière, de recommencer. Pepper enchaînait les boulots pour vivre. L'alarme se déclenche, quelqu'un bave aux flics, un nerveux commence à défourailler... C'est comme ça, il n'y a pas de retour en arrière. Hazel. Même elle, même la possibilité d'être avec elle n'avait pas suffi à lui faire croire à autre chose. On peut observer de loin, rien de plus. Depuis la voiture, on peut regarder les autres sortir en courant et disparaître, mais on ne leur propose pas de monter à bord. L'alarme s'est déclenchée, elle a prononcé son verdict assourdissant et définitif, et il n'y a aucun moyen de revenir à ce qu'étaient les choses avant qu'elles partent en vrille.

Tout de même, il y avait eu la fois, à Edison, où un mouchard avait prévenu les bleus et malgré tout ils avaient réussi à s'en tirer. Mais c'était exceptionnel, il ne faut pas compter sur les miracles.

Lucinda reprit : « Le chauffeur est à l'avant, Chink et moi à l'arrière. On parle. On arrive à mon hôtel et je lui dis : "À plus." Qu'est-ce qu'il voulait ? Qu'est-ce qu'il allait me faire ? Il m'a seulement dit : "J'ai besoin de toi, je t'aime." C'en était presque drôle. Il m'a laissée partir. Je suis entrée dans l'hôtel en comptant chaque pas, mais il n'a pas essayé de m'arrêter. »

Pepper lui demanda pourquoi elle avait saccagé sa chambre. Il ne s'agissait ni d'une fête avec des drogués, ni d'un coup de sang de son ex. Pourquoi brise-t-on un miroir ? Parce qu'on n'aime pas ce qu'on y voit.

« Ils ont cru que c'était Chink ? Non, c'était à cause de cette perruque débile que je dois mettre tous les jours. C'était de me dire que mon grand retour dépendait de cette perruque de merde. Et puis de voir Chink et Ros – de voir ce que j'avais fait de ma vie. N'importe quoi. Je n'avais pas réfléchi à l'effet que ça me ferait de voir Roscoe. Avant, il se chargeait à la coke, une vraie pile électrique – et ensuite il devenait méchant. »

Un semi-remorque klaxonna, la faisant sursauter. Pepper leva un sourcil : mieux valait que ça ne s'adresse pas à lui.

« Vu que je ne pouvais pas les frapper, eux tous, je me suis vengée sur la chambre, continua Lucinda. Ça ne vous arrive jamais de faire ça ?

– Si, bien sûr. Mais je frappe aussi les gens, après.

– Je ne fais jamais ce genre de choses, dit-elle. Et puis j'ai regardé le bazar que j'avais mis et j'ai fait ce qui s'imposait : j'ai pris un Valium et j'ai sauté dans un taxi. J'ai donné une fortune au chauffeur pour qu'il m'emmène chez mes parents au milieu de la nuit. » Sauter dans un taxi était le meilleur remède à presque tous les problèmes de la vie, expliqua-t-elle. Un petit quelque chose pour passer la nuit arrivait juste derrière.

Elle était classe dans ses vêtements. Et à l'aise, très différente de Nefertiti. Il pensa à Zippo qui râlait parce que les anciens l'enfermaient dans celui qu'il était auparavant. Lucinda, ou Leanne, était parvenue à se délester de son ancien monde. Et soudain elle désirait le retrouver. Momentanément.

« Vous savez, dit-elle, parfois on a juste envie de rentrer, de voir sa famille. »

Un sentiment qui lui était aussi inconnu que les pouvoirs rajeunissants de la Californie, mais il pouvait le concevoir.

Il trouva une place de parking en face du lieu du tournage, l'église baptiste de Canaan, 116e Rue, une bâtisse râblée en brique. Nefertiti venait demander conseil au vieux pasteur avant la grande scène finale. Sauf erreur, l'adresse abritait auparavant Diego's Candy & Cigarettes, puisque le resto à poisson frit qu'aimait Pepper se trouvait à deux numéros de là. Diego avait servi d'intermédiaire pour un faussaire ukrainien de Coney Island. Pepper n'avait jamais eu recours à ses services, mais tout le monde le recommandait. Non, pas besoin de faux passeport dans un avenir proche. Il n'avait aucune intention de partir.

« Je leur ai dit que vous aviez envie de travailler, dit Pepper.

– C'est pour ça que je suis là. »

Pete le Perchman les aperçut et se mit à agiter les bras comme un imbécile. Lola laissa passer la camionnette d'un plombier et traversa la rue en courant. Deux Vikings sortirent du coffre les affaires de l'actrice, celle-ci serrant les photos contre sa poitrine afin que personne ne puisse les voir.

Une adolescente joufflue, son afro coincée sous un chapeau rouge pétant à bord large, enjamba les câbles électriques et intercepta Lucinda devant les portes en verre de l'église. L'actrice se baissa pour mieux l'entendre, lui sourit et lui signa un autographe.

Pepper ferma la voiture à clé et rejoignit le plateau. Son travail était terminé, il était l'heure de se mettre au boulot. Ils allaient affubler Lucinda de son costume, de la perruque et des bottes de Nefertiti, et la fille des faux raccords allait s'assurer que tout était identique au jour de sa disparition. Quant à lui, ses cicatrices étaient toujours au même endroit. Il n'avait pas changé. Harlem n'avait pas changé. Chink s'était trompé à ce sujet : Harlem était telle qu'elle avait toujours été. Les gens vont et viennent, les bâtiments aussi, mais Harlem, elle, ne bouge pas.

L'ingé-son fumait une cigarette, adossé à l'église. Troy, le directeur de la photo, lui cria quelque chose. Pepper espérait pour eux qu'ils avaient son tabouret quelque part, sinon ces hippies auraient rapidement un sérieux problème. Après toute cette agitation, enfin un boulot où il allait pouvoir rester posé sur ses fesses.

9

Nefertiti : Agent secret acheva sa carrière nord-américaine à Times Square, en projection groupée avec *L'Invasion des femmes abeilles*. Après avoir sillonné le pays depuis le mois de janvier, les bobines terminaient leur périple au Royalton Playhouse. Zippo était installé au huitième rang pour la séance de quinze heures quarante-cinq, cinquième siège à partir de la gauche. D'abord dubitatif à l'égard de ce double programme, il en comprit l'intérêt à la fin du premier film : des femmes rebelles. Un peu plus loin dans la rue, on faisait la queue pour voir *Les Dents de la mer*, mais cette partie de la 42e était le royaume des cinémas porno. Et justement, dès le lendemain, le Playhouse cesserait d'être une salle (plus ou moins) conventionnelle et accueillerait la première américaine de *Petit-déjeuner suédois*, à l'affiche pour deux semaines.

Le pop-corn était mou, le soda éventé, le public épars, et Zippo frémissait de joie. Chaque fois qu'il voyait son bébé sur grand écran, il était sur un nuage. Même le Blanc qui se masturbait en aboyant de temps à autre au troisième rang et le sac à vin qui ronflait au fond ne parvenaient pas à doucher son plaisir. Lorsqu'il revenait sur sa trajectoire artistique – et humaine – tourmentée, *Nefertiti* prouvait l'existence, quelque part, d'une intelligence invisible et bienveillante. Son copain Freddie l'appelait le Grand Quelque Chose. Un nom qui en valait bien d'autres.

Les – rares – critiques avaient été mitigées. « Le film de Zippo Flood apparaît en décalage, alors que *Claudine* de John Berry offre une description plus nuancée de la vie dans les quartiers pauvres et que la télévision commence à nous proposer des bijoux tels que le magistral *Autobiographie de Miss Jane Pittmann* de Cicely Tyson. » Dave Kehr, du *Chicago Reader*, déplorait que le combat final dans l'usine de mannequins soit « mal éclairé et confus, et le peu que l'on parvient à comprendre est dénué de vie ». Nombreux furent les chroniqueurs désarçonnés par la succession de gros plans à rallonge sur des flammes.

Zippo décréta qu'ils adoraient enfermer les artistes dans l'idée qu'ils se faisaient d'eux, à l'instar des amis et parents qui voient en vous uniquement celui que vous étiez jadis. C'est pour ça que les journalistes font sans cesse référence à d'autres films et auteurs : ils n'arrivent pas à s'extraire de leur vision personnelle des choses. Par contre, la presse n'eut rien à reprocher à Lucinda Cole, qui « transcende le genre avec sa grâce calculée ». Et : « En vraie pro, [elle] ne laisse jamais transparaître qu'elle joue dans un authentique navet. » Et : « cela rappelle au spectateur son premier rôle dans *Le Serment de Miss Pretty* et pose la question suivante : pourquoi Hollywood ne la fait-elle pas jouer davantage ? » Zippo n'avait pas parlé avec Lucinda depuis la première. La semaine passée, Doris lui avait raconté qu'elle l'avait aperçue à la télé, incarnant une institutrice ou une assistante sociale dans la série *Good Times*. Il fallait qu'il lui passe un coup de fil.

Il lui avait pardonné instantanément lorsqu'elle était revenue sur le plateau. Au fond, il la respectait pour avoir disparu des radars – combien de fois lui-même s'était-il fait la belle ? La différence était que, dans son cas, personne n'avait jamais rien remarqué. Le tournage s'était achevé une semaine plus tard sans autre incident. La suite était entre ses mains.

À l'écran, Nefertiti déclara : « Alors c'est à moi de jouer », et quelque chose rampa sur les pieds de Zippo. Considérant que la moquette était couverte de bonbons à la gomme, de bâtons de réglisse et de saucisses, la question n'était pas de savoir si le Playhouse avait un problème de nuisibles, mais plutôt lesquels et dans quelle ampleur. Il cala ses genoux contre le dossier du siège de devant et leva les pieds. Mieux valait ne pas y penser.

Alors c'est à moi de jouer. Zippo se souvenait du moment où il avait sélectionné cette prise à l'automne précédent. Il avait installé un banc de montage dans la Grotte, dans la pièce sans fenêtres où il exposait sa collection de papillons de nuit, et coupé tout contact avec ses congénères afin de « se terrer et bosser ». Il prenait son temps pour monter. ZIPPO ne devait être ni précipité ni négligé ; ZIPPO obéissait à son propre calendrier. Lorsqu'il eut parachevé ses coupes et compositions démentes, huit mois s'étaient écoulés. Le délai ne comptait pas, seul importait le résultat. Mais le studio American International Pictures avait acquis les droits de *Nefertiti* peu après la fin du tournage, et il commençait à s'impatienter – avant de passer rapidement aux menaces et au contentieux. Voilà comment Zippo apprit qu'il était utile de prendre un avocat pour relire ses contrats, qu'il fallait tenir ses délais, et qu'il n'avait pas la mainmise sur le montage final.

Tandis qu'il « reprenait des forces » aux Bahamas, le studio coupa vingt minutes dans lesquelles se trouvait « Séquence crise 1 », un plan de trois minutes sur un embouteillage – l'argument de Zippo selon lequel les véhicules morts « reflétaient la déshumanisation de la vie moderne » se révélant peu convaincant. Le studio rallongea les deux courses-poursuites en voiture, inséra une brève scène d'amour (jouée par une doublure de Lucinda) et tourna une nouvelle fin dans laquelle Nefertiti survit au lieu de se sacrifier dans le souffle de l'explosion pour sauver les habitants de la vallée. Le film s'achevait à présent sur une scène où elle accepte la nouvelle mission que lui confie l'agence d'espionnage ultrasecrète, mission qui devrait attendre qu'elle ait arbitré le match de basket organisé par le centre social au profit des démunis. « Le devoir m'appelle – mais mon quartier passe avant tout ! »

Le glorieux sacrifice de Nefertiti était l'aboutissement du film – trouver le sens de la vie dans le feu et la destruction. Zippo, pour sa part, ne l'avait jamais trouvé ailleurs. Un autre que lui aurait pu être brisé par cette défiguration. Elle glissa sur lui. Sa version existait toujours, même si le public ne la verrait jamais. Il lui suffisait de la projeter dans sa tête, comme une pensée interdite. Maintenant que les acteurs et l'équipe l'accompagnaient dans son rêve, ses loisirs cessaient d'être solitaires.

Lorsqu'il émergea de la salle de montage, le monde était passé à autre chose. La blaxploitation était morte. Le public avait délaissé les divertissements à petit budget au profit de blockbusters méticuleusement calibrés tels que *L'Exorciste* et *Les Dents de la mer*. Aux magouilles dans le ghetto, il préférait maintenant les drames sobres sur la vie des Noirs. Et pourtant, quand les bobines terminèrent leur tournée dans le Sud, *Nefertiti : Agent secret* était rentré dans ses frais et personne n'imaginait encore qu'il allait faire un carton à l'étranger. Les Français tout particulièrement l'adorèrent, voyant dans Zippo « un véritable auteur, une sorte d'Otto Preminger noir ». La comparaison échappa au réalisateur, qui apprécia néanmoins cet enthousiasme. Il partait d'ailleurs à Paris le lendemain, où il aurait des tables rondes, des interviews et une conférence sur « L'avenir du nouveau cinéma ». À moins que ce ne soit « Le nouvel avenir du cinéma ». Robert Aldrich devait venir recevoir une récompense. Qui sait, ils pourraient peut-être parler d'*En quatrième vitesse*.

Une bande d'adolescents déboula dans la salle, en annexa un secteur et alluma des joints. Bruyants et mal élevés, ils se gargarisaient d'un sale coup qu'ils venaient de faire. Même cette interruption ne put ternir l'humeur de Zippo – de toute façon, le générique de fin avait commencé à défiler. Quelle équipe il avait montée ! Pepper – pas de nom de famille. Zippo se demanda s'il avait vu le film. Lola avait essayé de le retrouver pour la première, sans succès. La dernière fois que Zippo l'avait vu, c'était au moment du clap de fin, quand il avait demandé à prendre sa photo pour le trombinoscope. « À quoi ça va me servir que tu prennes ma photo ? avait répondu Pepper. Je sais à quoi je ressemble. » Zippo l'avait inscrit au générique parmi les Remerciements spéciaux, en dessous des investisseurs officiels. Les sponsors discrets le restèrent. Personne de l'organisation de Chink Montague, ni de ses diverses sociétés-écrans, ni aucun ayant-droit ne vint jamais réclamer la part des bénéfices qui revenait au gangster. Comme l'argent des brosses à dents, Zippo en fit bon usage.

ENTIÈREMENT FILMÉ
EN DÉCORS NATURELS À HARLEM, U.S.A.

En sortant du Royalton, Zippo fut aveuglé par le soleil de cette fin d'après-midi. Difficile de croire qu'il faisait encore jour dehors. Le vieux croûton qui tenait la billetterie roupillait dans sa guérite. Sur le trottoir d'en face s'étalait une immense publicité pour le nouveau film de Roscoe Pope, *L'inspecteur a la banane*. L'histoire d'un flic qui faisait équipe avec un singe. À la sortie de *Nefertiti*, Pope était déjà jusqu'au cou dans les daubes grand public. Il faut croire que ça payait de se vendre.

Il partit en direction d'*uptown* et se mit à fredonner « Nefertiti est arrivée (Tous aux abris) », la chanson de fin de son film. Gene Page avait tenu mordicus à imposer ce titre, quand bien même il signifiait « la belle est venue est arrivée ». Zippo sourit. La seule chose à laquelle le studio n'avait pas osé toucher était cette sublime bande-son. Zippo avait voulu quelque chose qui fasse écho à celle de *Blacula* avec sa mélancolie funk, il était donc allé en trouver le compositeur. Gene Page s'était montré intéressé. Il était en train d'effectuer les arrangements de *Can't Get Enough*, le prochain album de Barry White, rencontré en 1963 lorsqu'il avait bossé avec Bob & Earl sur leur tube « Harlem Shuffle ». Il travaillait de plus en plus en solo sur des films. Profitant de ce que Page était de passage à New York pour la sortie du disque, Zippo l'avait invité à la Grotte pour lui montrer un premier montage. Le musicien avait commencé à prendre des notes dès la scène d'ouverture et n'avait pas cessé jusqu'à l'explosion finale. « Je m'en charge, bébé. » Il avait livré son œuvre trois semaines plus tard. Les cordes étaient à tomber.

Page ne put assister à la première, mais l'essentiel de l'équipe et des investisseurs officiels se retrouva au New Yorker Theatre. Zippo n'aimait pas les mondanités. Il fit une exception. Il invita des gens d'autrefois – sa babysitter, Pru, et aussi Miss Naughton, l'assistante sociale qui l'avait aidé quand sa vie avait pris un tournant bizarre –, qui applaudirent et crièrent aux moments prévus. Ils parurent aimer son film, cette fraction de lui qu'il livrait aux regards. S'ils aimaient ça, alors peut-être qu'ils l'aimaient, lui. La projection fut suivie d'une soirée où tout le monde prit une cuite mémorable. Même Carney était présent, avec Madame. Il félicita Zippo pour le travail des décorateurs, son bureau ressemblait à s'y méprendre au repaire d'un criminel. Zippo allait lui faire remarquer qu'ils n'avaient touché à rien quand Carney ajouta : « Je suis fier de toi, Zippo. C'est du très beau travail. » Comme un père. Son épouse annonça ensuite qu'il était l'heure de rentrer se coucher et poussa le vendeur de meubles vers la porte. Une belle soirée, oui.

Il y avait un genre de manifestation plus haut dans Broadway – Sauvons la bombe atomique, Non à la terre, un truc dans le genre –, Zippo bifurqua donc vers l'ouest par la 46ᵉ. Une dernière course à faire avant de prendre son avion. Si sa mémoire était bonne, il restait quelques vieilles quincailleries sur la 9ᵉ Avenue, au-dessus de la 50ᵉ Rue. L'une d'elles aurait peut-être de la térébenthine White Fox.

Il en achetait chez Costello Hardware & Paint du temps où il habitait sur la 132e. On n'en trouvait pas facilement, mais elle méritait qu'on se bouge pour en chercher. La White Fox faisait invariablement remonter des souvenirs, la chaleur des flammes sur son visage, et alors il replongeait en enfance, il redevenait ce gamin qui commence tout juste à saisir la forme de sa tristesse. Déjà en décalage, perdu au milieu des grands immeubles.

LES EXÉCUTEURS

1976

« Lorsqu'il arpentait ces rues,
il superposait sur cette ville
maudite sa ville à lui, parfaite,
où la braise et la cendre
grimpaient à des centaines
de mètres dans le ciel,
un endroit dépeuplé,
merveilleusement mort et figé. »

1

C'était une splendide matinée de juin. Le soleil brillait, les oiseaux chantaient, les ambulances hurlaient et la lumière tombait sur les crimes de la nuit passée en faisant scintiller le sang telle la rosée d'un paradis fécond. En cette année du bicentenaire de la Déclaration d'indépendance, l'été new-yorkais regorgeait de promesses et de menaces. Comment la journée de Carney avait pu tourner aussi mal, ça le dépassait. Se retrouver entouré de gens qui mangeaient leurs travers de porc avec un couteau et une fourchette.

Au Dumas Club, oui, où se tenait une levée de fonds pour Alexander Oakes, qui venait d'annoncer sa candidature à la présidence de l'arrondissement de Manhattan. Jamais trop tôt pour ouvrir le robinet à fric.

Carney engloutit un œuf mimosa. Sa chemise lui collait à la peau – les fenêtres avaient été fermées pour bloquer les bruits de la rue, mais par conséquent on étouffait. De l'autre côté de la 120e, un homme en débardeur à l'embonpoint prononcé lavait sa Cadillac en écoutant de la salsa à un volume impertinent. Si ému qu'il chantait tout en savonnant. Avachi sur une chaise de camping, l'un de ses amis battait la mesure en tapant sur ses cuisses et fumait un cigarillo.

Vingt ans plus tôt, l'ambiance dans la rue était différente. À présent, deux *brownstones* étaient carbonisées, fenêtres occultées par des planches, et une troupe de types suspects faisait la tournée des perrons d'immeuble en buvant des bouteilles de vin fortifié dans des sacs en papier. Ambrose Clarke, l'actuel secrétaire du club, appelait régulièrement la police à cause du squat à crack un peu plus haut, sans succès. Quelle humiliation, être ignoré par les forces de l'ordre comme un Noir ordinaire. Elizabeth avait engagé des jazzmen pour l'occasion, le Robert McCoy Trio, dont la musique couvrait en bonne partie le boucan du laveur de voiture. Oakes fronça toutefois les sourcils quand la radio les agressa entre deux standards.

Jimmy, Carl, Hink – les vieux serveurs et barmen circulaient, immortels entre leurs favoris touffus, murmurant des « bien sûr, monsieur » et adressant des hochements de tête entendus aux convives qui demandaient leur consommation habituelle. Certaines plantes étaient mortes et avaient été remplacées, et il avait fallu se débarrasser du tapis après que Clemson Montgomery, saisi par une attaque lors du récital de la Soirée des Fondateurs, avait projeté du vin rouge partout, mais en dehors de ça le salon n'avait pas changé. Les fauteuils club, dans lesquels une génération de dignitaires harlémites avait ourdi des centaines de coups sordides, étaient toujours aussi accueillants et patinés. Aux murs on trouvait les mêmes portraits des trépassés ; aucun membre d'envergure n'avait récemment passé l'arme à gauche, du moins personne d'assez important pour troubler ce panthéon.

Carney fit tourner la chevalière du club autour de son doigt. On le voyait moins depuis quelques années. Il participait aux soirées de présentation des candidats pour soutenir ceux qui n'avaient pas le pedigree habituel – ceux qui, comme lui, étaient les premiers de leur famille à faire des études, bossaient d'arrache-pied et réussissaient sans piston. Il buvait de temps à autre un verre avec Calvin Pierce. L'avocat refusait tout rendez-vous ailleurs qu'ici ; une fois Carney reparti chez lui, il écumait les pièces en quête d'informations, ce qui était la base de son métier. Carney était désormais installé et à l'abri, dans tous les secteurs de sa vie, et avait donc moins besoin des contacts du club. Il n'était pas fait pour ces parades, ces effusions et ces autocongratulations, et il avait atteint un âge où il pouvait se dispenser de faire semblant. Il avait parfois du mal à se rappeler pourquoi il s'était mis en quatre pour entrer au club, ça remontait si loin.

Dix minutes plus tard, le salon était bondé. Pendant une seconde, il eut une vue dégagée sur Elizabeth, en pleine conversation avec Pat Miller qui se présentait comme la « cousine préférée » du député Adam Clayton Powell Jr. Son épouse haussa les sourcils en le voyant : Ça va ? Elle le connaissait trop pour se laisser berner par ses sourires de vendeur aguerri – *Ça rehaussera la pièce à merveille* ou *Considérez que vous investissez dans votre bonheur* –, si bien qu'il se borna à un clin d'œil signifiant : *Tout roule.* Soulagée, Elizabeth ramena son attention sur Pat Miller qui l'abreuvait d'inepties.

Elle se cassait la tête depuis plusieurs semaines pour organiser cette réception, sa mission consistant à rameuter ses connaissances féminines qui s'intéressaient à la politique, les membres des comités consultatifs et les administrateurs habituels, tandis que son père Leland veillait à ce que les piliers du club fassent une apparition, chéquier ou reconnaissance de dette en poche. Elizabeth et son père qui aidaient le fils Oakes, c'était une dynastie de Strivers' Row qui en honorait une autre. Leland avait été malade tout l'hiver précédent, une pneumonie avec complications, mais ce soir-là il semblait dans une forme qu'on ne lui avait pas connue depuis longtemps. La perspective de porter un toast à Oakes – qui serait devenu son gendre si le monde et sa fille avaient eu un peu de bon sens – lui faisait l'effet d'un élixir de jouvence. À moins que ce ne soit la cure de vitamines spéciales troisième âge. Carney s'était retourné en entendant son caquètement et avait découvert Leland en grande conversation avec Abraham Lanford, fils de Clement Lanford, le célèbre politicien local. Les deux vétérans savouraient le souvenir d'une arnaque juteuse ou d'une malversation du bon vieux temps.

Les levées de fonds étaient l'une des rares occasions où les femmes étaient autorisées à pénétrer dans le club (on ne parle pas ici des petites copines ou maîtresses infiltrées au cœur de la nuit par les rares potentats disposant des clés). Carney était heureux que les amies d'Elizabeth soient venues – Candy Gates, qui faisait sa première apparition publique depuis que sa « crapule de Casanova » avait fichu le camp avec ses économies, et Elena Jackson, qui était restée cloîtrée chez elle depuis que Bernard était parti avec une strip-teaseuse du Baby's Best. Certaines de ses collègues de l'agence de voyages étaient là, reconnaissables à leur perplexité devant les bizarreries des membres du club.

Calvin Pierce donna un petit coup de coude à Carney. « Prendre la température, tu parles. »

Carney haussa les épaules. Alexander Oakes ne se serait

pas déclaré candidat dès maintenant si ceux qui tiraient les ficelles n'avaient pas préparé le terrain. Le regard de Carney tomba sur l'orchestre de jazz près de la cheminée. Le batteur lui adressa un salut de la tête. Où Carney l'avait-il déjà vu ?

Pierce titubait. Il avait les joues rouges. Carney visualisa la journée-type de l'avocat : trois martinis au déjeuner, puis il s'écroulait sur le canapé DeMarco de son bureau (dix pour cent de remise chez Carney's Furniture), avant de se rendre au club en métro pour la suite des hostilités. Il avait quitté le cabinet Willis, Duncan & Evans et volait maintenant de ses propres ailes. Il louait de jolis locaux dans la face sud du Pan Am Building, un changement de vue reflétant son changement de point de vue, puisque l'avocat représentait dorénavant les sociétés qu'il combattait naguère. Il continuait à leur faire les poches, la différence était qu'il ne partageait plus avec leurs victimes, ouvrier survivant à une chute d'échafaudage ou femme ayant perdu son mari parce qu'un chirurgien avait oublié son forceps à proximité de la rate. L'argent l'intéressait davantage. C'était souvent pour cette raison qu'on traversait la rue, mais la multiplication des sollicitations l'épuisait, celles qu'il assumait et les autres. Pierce avait cessé de se vanter d'être imperméable aux tentations de la chair, d'où Carney déduisait qu'il y cédait. Crevantes, ces responsabilités.

« Tu vas mettre la main au portefeuille pour lui ? demanda Carney.

– Faut payer pour voir. Ne serait-ce que pour la commission du budget. » Tous les démocrates plaçant un espoir dans les élections de l'année suivante allaient venir taxer les membres du club. Et ils auraient ce qu'ils demanderaient. « Et toi ?

– Il a déjà un pied dans la place. » D'un geste du menton, Carney désigna sa femme et sa fille qui accueillaient dans leur cercle l'un des anciens – Gideon Banks, d'après son cou fripé. Le mois précédent, elles avaient informé Carney qu'il vivait sous le même toit que les fondatrices des Femmes avec Oakes. C'est May qui avait conçu le logo. Harlem a besoin de ci, Harlem a besoin de ça. « Tu ne penses pas qu'il serait temps qu'on ait quelqu'un d'un peu plus jeune aux manettes ? » lui avait-elle demandé. Elizabeth avait fait décaler cette soirée afin que May puisse rentrer de l'université et y participer. En outre, cet été, son aînée serait bénévole pour la campagne d'Alexander Oakes, en plus de son job administratif chez Seneca Travel & Tour. Carney lui avait proposé un travail au magasin, mieux payé que ce qu'offrait sa mère – apprendre les bases, se faire une idée –, mais elle avait décliné.

« Alexander souffle le chaud et le froid chez toi, on dirait. » Pierce éclata de rire. « T'as vu ? Ray Jones est là.

– Ça envoie un message », commenta Carney. Près de la fenêtre, Jones donnait un cours magistral à de jeunes conseillers de campagne en exécutant des arabesques de chef d'orchestre avec un cigare éteint. Autrefois, personne ne pouvait devenir juge, président d'arrondissement, ou monter au parlement de l'État sans le feu vert de J. Raymond Jones. Et puis, en 67, Bobby Kennedy l'avait doublé et expulsé de son trône au sommet de Tammany Hall. Mais l'ancien faiseur de rois en avait encore sous la pédale. David Dinkins, Charlie Rangel et Percy Sutton – les héritiers du Carver Democratic Club qu'il avait créé après son départ de Tammany Hall – ne pouvaient se montrer au pince-fesses du Dumas Club pour des raisons évidentes, mais la présence de Jones faisait savoir à tout le monde qu'Alexander Oakes bénéficiait de l'approbation tacite de sa puissante mouvance. Ou du moins qu'elle n'avait rien contre lui. À partir du moment où Sutton annoncerait officiellement qu'il renonçait à son poste de président de l'arrondissement pour se présenter contre Abe Beame, il serait possible de soutenir ouvertement Oakes.

Tous les jours à dix-sept heures, Carney allumait le petit poste Panasonic noir et blanc de son bureau et regardait *NewsCenter 4*, dont le présentateur, Chuck Scarborough, avait un mélange d'empathie et de solennité qui accompagnait idéalement la fin de la journée. Il avait ainsi eu l'occasion de voir à plusieurs reprises Sutton étaler sa fausse pudeur. « Je ne suis pas encore candidat à la mairie, affirmait celui-ci aux caméras en quittant le Harlem State Office Building. Mais il ne fait aucun doute que j'ai la *capacité* de devenir maire. Si Abe Beame ne se représente pas, je pense que je serai candidat. En fait, je suis assez certain d'être candidat, et je sais que je ne manquerai pas de soutiens. »

Conclusion : Sutton allait se lancer dans la bataille et attendait le moment propice pour l'annoncer. En se positionnant tôt, Oakes prenait une longueur d'avance sur lui. Et si Sutton finissait par renoncer, Oakes pourrait toujours se retirer et le soutenir, tout en capitalisant sur cette exposition et ce trésor de guerre pour sa prochaine campagne. Ses conférences de presse au temps où il était procureur, sa promotion de Homes 4 Harlem, cette annonce… Le petit gars de Strivers' Row savait faire parler de lui.

Était-ce l'hymne national que jouait l'orchestre ? Ces conneries de bicentenaire rendaient Carney marteau. Impossible d'y échapper, elles étaient omniprésentes, un vrai smog rouge, blanc et bleu. Il devait rédiger une annonce pour ses promotions du 4-Juillet et il séchait. Il craignait que la moindre allusion patriotique ne paraisse chauvine.

« Tiens, mais qui voilà ? dit Pierce. Le grand homme en personne. »

John se fraya un chemin jusqu'à eux et serra la main de Pierce. Il envoya un coup de poing dans le bras de Carney en disant : « Salut, papa. » Ils mesuraient presque la même taille. La chemise de John dépassait des manches de sa veste. Carney lui avait acheté cette veste quelques mois plus tôt.

« C'est gentil de ta part d'être venu soutenir ta mère, dit-il.

– De la tienne aussi », répliqua John.

Son mépris avait dû filtrer. De manière générale, Carney évitait d'exposer ses enfants à la ménagerie de ses animosités intimes, à moins que leur cible soit lointaine (« Ces Jets, quelle équipe de bras cassés ») ou qu'elles délivrent un enseignement sur les personnalités peu recommandables que l'on croise sur le chemin de la vie (« Le vieux de l'épicerie a encore essayé de m'arnaquer, mais je sais quand même recompter ma monnaie »). Alexander Oakes était peut-être un beau gosse vivant sur la fortune mal acquise de sa famille, la plus vide de toutes les coquilles de la ville, un médiocre n'ayant pour lui que son charme enjôleur – la liste était longue –, c'était un vieil ami de leur mère et si

Carney faisait bien son travail de père, May et John tireraient leurs propres conclusions en temps voulu.

Il était néanmoins possible que John ait entendu son paternel suggérer : « Pourquoi pas des friands à la saucisse ? » pendant qu'Elizabeth s'interrogeait sur la composition du buffet. Il avait tout à fait pu se trouver dans les parages. À moins que ce ne soit la veille au soir, quand Carney avait demandé à quelle heure il devait se présenter pour « *l'événement* », à croire qu'un dictateur du tiers monde organisait un défilé en son propre honneur, peloton d'exécution pour ceux qui manqueraient à l'appel. Ou peut-être encore que John était à portée de voix quand Elizabeth avait répliqué : « Tu as toujours eu une dent contre ceux qui ont la vie plus facile que toi. Il n'y est pour rien. »

Carney : *Hmmm.*

« Je sais, tu penses que tout lui a été servi sur un plateau. Mais Alex est un bosseur.

– Je te crois.

– Tu préférerais que j'annule ?

– Je ne te dirais jamais quoi faire.

– D'accord, Ray, mais tu me le ferais comprendre. Tu ne me le dirais pas, mais tu me le ferais comprendre. »

Non, John n'avait pas pu les entendre, c'était certain. Ils étaient dans leur lit et la porte était fermée. Carney s'était tourné sur le côté et avait conclu la discussion en déclarant qu'il avait hâte, qu'il repasserait peut-être même une chemise pour l'occasion.

Quoi qu'il en soit, son animosité avait forcément filtré à un moment ou à un autre. Il vida son verre, n'y laissant que les glaçons. Afin de se rassurer, il tapota la poche de sa veste où était rangée l'enveloppe contenant les cinq mille dollars pour Andy Engine.

Depuis que le lycée New Lincoln avait fermé pour les vacances d'été, John travaillait chez un glacier de Madison Avenue, entre la 80e et la 90e. Carney lui avait proposé de revenir au magasin comme chaque année, mais son fils avait répondu qu'il y avait « plus de filles » chez le glacier. Lorsque Carney avait son âge, il s'estimait chanceux de dégoter un job, n'importe lequel, alors deux… Et cette chance avait pour corollaire que, lorsque Big Mike disparaissait plusieurs semaines de suite pour une femme ou un boulot, Carney avait de quoi faire des courses. Et aussi payer le téléphone, et l'électricité. Il ne souhaitait pas à ses enfants de connaître ça. Faites votre beurre, mais – en voyant John avec son blazer, il l'imagina fumant la pipe et claquant des doigts pour réclamer un whisky – évitez les endroits comme celui-ci quand vous serez grands.

Il serra le bras de son fils, un geste qu'il faisait souvent quand John était petit garçon. *Ces os qui n'arrêtent pas de grandir.* John demanda s'il pouvait aller voir *La Bataille de Midway* avec J.J. au cinéma Loews, dans la 86e. Il utilisa la voix qu'il prenait quand il sollicitait une avance sur son argent de poche.

« Le Charlton Heston ?

– Il est en Sensurround. »

Carney accepta. « Mais ne traîne pas dehors toute la soirée. »

Son fils promit. Et lui offrit un grand sourire.

Leland tapa avec une cuillère sur un haut verre étroit. L'orchestre se tut. Lors des cocktails, un instinct poussait Carney à se rapprocher de la porte dès que les discours commençaient, histoire de préparer une éventuelle sortie. Il y céda.

Elizabeth portait un chemiser que son mari n'avait jamais vu, blanc éclatant avec de fines rayures bleues. Elle débuta par une remarque sur le nombre de présents – « les vieux amis et les nouvelles têtes ». Les engagés en politique et ceux qui contribuaient pour la première fois à une campagne. May distribua des badges « Les Femmes avec Oakes » à tout le premier rang pendant que sa mère expliquait ce qui l'avait poussée à fonder ce groupe de soutien. « Tout le monde sent qu'il faut que ça bouge ! La ville s'effondre. Nous sommes dos au mur, il nous faut un homme comme Alex pour nous sortir de l'impasse. » Carney l'avait vue répéter son speech dans la matinée. Il lui avait souvent dit qu'elle aurait fait une bonne vendeuse de meubles si elle en avait eu l'envie, mais l'idée d'une affaire familiale ne l'avait jamais convaincue.

Leland prit la suite en revenant sur l'héritage du Dumas Club, ses contributions historiques à la vie politique de Harlem. Il leva son verre à feu Oakes Sr, que la mort leur avait pris trop tôt. « Souvent, le soir, quand la lumière était allumée dans son bureau – c'était un oiseau de nuit, vous vous en souvenez –, j'allais le consulter autour d'un verre de porto. Il m'aidait toujours à garder le cap. » Suivit une digression sur la nature du temps : « Je me souviens comme si c'était hier du jour où je suis tombé sur Alex et Lizzy qui jouaient au docteur dans notre salon – ils étaient en maternelle à l'époque. » Gloussements dans la salle. Elizabeth prit un air pincé. John fronça les sourcils, guettant la réaction de son père.

« Et aujourd'hui c'est un homme, poursuivit Leland.

Un homme qui multiplie les succès et qui a l'intention de continuer en se battant pour nous. Pas uniquement pour Harlem, pas uniquement pour *uptown*, mais pour tous les New-Yorkais, de Wall Street à Washington Heights. » Ses yeux s'embrumèrent. « Depuis la mort de son père, j'ai essayé d'être aussi présent pour lui que possible, et maintenant c'est lui qui veut être présent pour nous, en accédant à la mairie. »

Son grand moment était venu. Oakes s'avança vers le micro et remua les bras pour faire taire les applaudissements. Il avait conservé sa carrure d'athlète alors que le reste de sa promotion s'était affaissé avec l'âge. Ses tempes grisonnantes lui conféraient une certaine dignité sans vieillir son visage encore juvénile. Depuis quelques années, il ne lissait plus ses cheveux. Il avait retrouvé les boucles denses et naturelles qui rappelaient sa jeunesse révolue et dont, il faut le dire, la gent féminine raffolait. Il peaufinait son image de playboy, confiait au *Daily News* qu'il n'avait « pas encore rencontré le grand amour » et que « de toute façon, pour le moment, New York passe en premier ».

Oakes adressa un sourire à quelqu'un à l'autre extrémité du salon – large gueule, sourire, dents blanc cadavre – et Carney pensa : « C'est plié, il va gagner. »

Le silence se fit. Dehors, la radio lança : « *Toro mata rumbambero y toro mata.* »

Le candidat se racla la gorge. Il commença par la litanie des remerciements et Carney réfléchit à la livraison Sterling de la semaine suivante, imagina comment il allait réarranger la salle d'exposition. Pousser le canapé d'angle Egon à côté des lampadaires et virer les DeMarco, cette collection ne se vendait pas. Il revint à la levée de fonds quand les intonations de l'orateur annoncèrent la conclusion. « Mr Sutton ne s'est pas déclaré candidat à sa réélection. Qui sait, il a peut-être des ambitions différentes. Le but de ma présence, aujourd'hui, est de vous faire part de mes intentions, pas de celles d'un autre. Et si Mr Sutton décide de se représenter, eh bien, Manhattan sera un endroit meilleur la prochaine fois que nous parlerons de son avenir. » Oakes avait calqué sa diction sur celle des prédicateurs. Carney imagina Leland ou n'importe quel autre mandarin de Harlem l'obligeant à s'asseoir à un pupitre d'écolier pour étudier les sacro-saints sermons d'Adam Powell.

Oakes en avait terminé. Le Robert McCoy Trio embraya sur une version léthargique de « Take the "A" Train » qui aurait pu s'intituler « Prendre la ligne A quand des feux d'ordures bloquent les trains dans les deux sens », et les conversations reprirent : évaluation du discours du candidat, de ses chances, de la possibilité qu'on serve encore à manger. Carney donna cinq dollars à John pour le cinéma et, lorsqu'il releva les yeux, Alexander Oakes se tenait juste devant lui.

« Ray ! » Le candidat lui broya la main pour asseoir sa virilité, mais les activités de Carney l'avaient amené à serrer la pogne des meilleurs broyeurs d'*uptown* : match nul. « Ravi que tu aies pu quitter ton magasin quelques instants.

– Je suis le patron. » Que croyait-il, que Carney suait toutes les nuits sur ses comptes, en débardeur, à gober des cachets contre les brûlures d'estomac ?

Oakes acquiesça. « Tu en as fait, du chemin. » Un léger sourire tordit le coin de sa bouche.

« Comment ça ? »

Un conseiller attira l'attention du candidat et le poussa

vers Lyle Morrison, le vice-président exécutif de Freedom National Savings. Le verre de Carney était vide et avait chauffé entre ses doigts. *Du chemin* depuis quoi ?

Il avait déjà plus que rempli ses obligations. Sa famille se trouvait à l'autre bout du salon, séparée de lui par la foule. Il tenta de croiser le regard d'Elizabeth. Le batteur lui décocha un nouveau clin d'œil. Bien sûr : Stan Hayes, donneur pour des parties de poker et monte-en-l'air à ses heures. *Three-card monte*, batterie, cambriolages acrobatiques : des mains lestes étaient un plus. Ils échangèrent un sourire et Carney lui adressa un salut militaire. Deux hommes dans leur costume de jour. Ils n'étaient pas les seuls, au demeurant. La question de savoir si Stan était un cambrioleur qui joignait les deux bouts en jouant du jazz ou un jazzman qui mettait du beurre dans les épinards grâce au vol n'avait aucun intérêt, il était médiocre dans tous les domaines et Carney avait ses propres chats à fouetter. Il leva le camp.

La ville était mise à l'épreuve. Elle traversait constamment des difficultés dont elle ressortait renouvelée, plus forte d'avoir ployé l'échine, mais ses habitants l'oubliaient toujours et chaque nouvel épisode les affolait. Ils étaient affolés par la hausse de la criminalité, certes inquiétante, et par l'état des finances municipales, cause de cette situation, ainsi que par l'immoralité ambiante, qui n'épargnait personne et en plongeait beaucoup dans les affres du désespoir. Divers désastres petits et grands les avaient préparés à cette nouvelle calamité, mais ils avaient du mal à s'en souvenir au milieu de leurs trépidations quotidiennes.

Carney, lui, constatait une légère croissance de son

chiffre d'affaires. Une vague lueur d'espoir. Les ventes – notamment celles des canapés d'angle – étaient en hausse par rapport à l'année précédente, et la salle d'exposition un peu moins lugubre l'après-midi. Les arnaques et cambriolages fleurissaient depuis trois semestres, avec une forte activité dans le secteur des pierres rares indiquant l'optimisme du marché. Prenez Andy Engine. Alors qu'il n'avait pas contacté Carney depuis deux ans, il avait débarqué la veille avec une valisette remplie de lapis afghans. Étalés sur le velours noir, ils ressemblaient à des brèches ouvrant sur un univers d'un bleu parfait. « Tombés du ciel. » Martin Green en débarrassa Carney, et une fois que celui-ci l'aurait payé il serait l'heure d'acheter un sandwich et de rentrer regarder *Rhoda* à la télé.

Sur le chemin de son rendez-vous avec Andy Engine, Carney passa par le lieu du drame. Il avait fait un détour pour voir l'immeuble en se rendant à la levée de fonds. Cette image le travaillait, et il avait du temps devant lui.

New York continuait de flamber, une nuit après l'autre. Pas la 5e Avenue, mais Harlem, Brooklyn, le South Bronx. Le numéro 371 de la 118e Rue Ouest était naguère un immeuble résidentiel à quatre étages surplombant le coin nord-est de Morningside Avenue. Derrière sa façade noircie, le feu avait dévoré ses entrailles. À vingt et une heures trente le jeudi soir précédent, une minuterie avait déclenché une bombe incendiaire. L'engin avait été placé au dernier étage, dans l'appartement du fond, pour que le feu ait le temps de se propager avant d'être détectable depuis la rue, et près d'une bouche d'aération afin qu'il ait de quoi s'alimenter. La pièce avait été aspergée d'essence. Le 371 était inhabité. Le propriétaire, Excelsior Metro Properties, avait coupé le chauffage et l'électricité à l'hiver précédent pour chasser les derniers récalcitrants, puis il avait dépouillé l'immeuble de ses canalisations et fils électriques, de tout ce qui pouvait se revendre.

Au moment où l'incendie avait éclaté, le 371 était donc inoccupé, à l'exception du petit Albert Ruiz, onze ans, qui dormait dans l'appartement 2A. Ses amis et lui y avaient installé leur « club ». Comme dans *Les Petites Canailles*, mais les cafards en plus. Les garçons se réunissaient au 371 depuis que les températures avaient commencé à remonter. Les toxicos n'y venaient pas, les clochards non plus – les immeubles abandonnés ne manquaient pas et le parc voisin était accueillant, à en juger par le nombre de cabanes et d'appentis. Albert et ses copains avaient rapporté des chaises de camping tordues et un casier à bouteilles qui servait de table à jouer. Un garçon avait pillé le stock de *Penthouse* de son frère et ouvert une bibliothèque de prêt. Ce jeudi-là, Albert avait convenu de retrouver son ami Pete dans leur club avant d'aller voir *La Bataille de Midway* au cinéma. Pete avait eu un empêchement, une partie d'attrape-moi si tu peux contre son père, lequel avait perdu son travail deux jours plus tôt et s'était trouvé un bouc émissaire. Albert s'était endormi sur le pouf en attendant Pete.

Les pompiers estimèrent qu'il avait probablement tenté d'ouvrir la porte de l'appartement, mais elle était restée bloquée. Il avait été asphyxié par la fumée. Cinq jours plus tard, il sortit du coma, relié à une machine qui actionnait ses poumons à vif. Mrs Ruiz, sa mère, raconta tout cela à Carney sans lever les yeux.

Mrs Ruiz et ses trois enfants – Albert avait deux petites

sœurs – s'étaient installés deux ans plus tôt au-dessus du magasin, au deuxième étage. Elle était petite et trapue, surmenée mais volontaire, le corps tendu vers l'avant comme pour braver une tempête. Carney ne s'était pas attardé sur elle quand elle était venue visiter l'appartement, et depuis ils avaient eu peu de contacts ; c'était désormais Marie qui s'occupait de ce pan de son activité. Elle l'avait un jour informé qu'elle « s'ennuyait » et qu'elle « tournait en rond » dans son travail de secrétaire, ce qui tombait à pic puisque Carney s'ennuyait et tournait en rond dans la gestion des deux immeubles. Il chargea donc Marie de s'occuper de son parc immobilier. Quand vous avez mal à la tête, vous achetez de l'aspirine, or il n'y a rien de pire que des locataires pour donner mal à la tête.

Chaque premier du mois, Mrs Ruiz traversait la salle d'exposition pour déposer le loyer sur le bureau de Marie. Parfois, elle s'arrêtait devant une méridienne DeMarco ou un buffet Egon et prenait un air rêveur en les imaginant dans son salon.

Le lendemain de l'incendie, Carney sortit déposer des fonds à la Freedom National quand il croisa Mrs Ruiz qui peinait à ouvrir la porte de l'immeuble. Il dit : « Sûrement quelque chose qui coince. » Elle lui tendit sa clé. La porte s'ouvrit sans effort. Il proposa de l'aider à monter ses courses, bien qu'elle ne soit pas du genre à accepter. Mais elle le surprit, et lorsqu'ils arrivèrent sur son palier elle raconta : « Je lui ai dit que je ferais des spaghettis aux boulettes de viande ce soir, mais qu'il avait intérêt à sortir de son lit s'il en voulait. »

Le soir, Carney éplucha le *Post*. L'immeuble en question avait récemment changé de mains. Le nouveau propriétaire, Excelsior, détenait une kyrielle de propriétés à travers *uptown* et le South Bronx, dont un nombre étonnant avaient été victimes d'incendies suspects. La société avait refusé de répondre aux questions du journaliste. L'article se concluait par : « L'an dernier, douze mille bâtiments ont été incendiés dans le Bronx, un record. D'après un représentant des pompiers, un tiers de ces feux seraient volontaires. »

Il demanda à Marie de garder un œil sur Mrs Ruiz et son fils. « Le magasin serait heureux de les aider, si c'est possible. » Il se faisait d'Albert une idée très vague ; la coupe au bol et les bonnes joues rondes n'étaient peut-être que le produit de son imagination tentant de se représenter une scène d'hôpital.

Un avion tractait des lettres dans le ciel : FÊTONS L'AMÉRIQUE – 200 ANS DE LIBERTÉ ET D'INDÉPENDANCE. Qui finançait ça ? Impossible à dire, Carney ajouta donc : LES BAMBOULAS VOUS REMERCIENT. Les mots filaient au-dessus des toits et disparurent à la verticale des cendres du numéro 371 de la 118e Rue Ouest. La porte et les fenêtres du rez-de-chaussée avaient été condamnées par des parpaings. Plus aucun intrus jusqu'à l'arrivée du boulet de démolition. Affaire classée – les flics n'allaient certainement pas chercher qui avait envoyé le petit à l'hôpital. Si Oakes avait réellement souhaité aider New York, il se serait attaqué aux incendies criminels à l'époque où il était procureur, au lieu de les laisser proliférer. Mais les enveloppes sont bien dodues là-bas, Munson avait entendu un paquet d'histoires.

Carney traversa Morningside, puis le parc, et se dirigea vers l'escalier qui menait au campus de Columbia.

Les arbres et les buissons rabougris réussissaient à garder un semblant de vert, les herbes entre les pavés tiraient la langue, et la vieille roche dominait les lieux, pleine d'aplomb et d'arrogance. Enfants, Carney et Freddie l'escaladaient et en sautaient avec une exubérance sauvage, ils y faisaient claquer des pétards et s'écorchaient les genoux sur ses surfaces impitoyables, mais Carney n'avait jamais connu son nom : schiste de Manhattan. Comme le lui avait expliqué John, on n'en trouvait nulle part ailleurs dans le monde. Morningside Park, un des rares endroits où le soubassement new-yorkais affleurait, avait été le sujet d'un exposé qui lui avait été assigné sur les lieux emblématiques de la métropole.

« Elle a quatre cents millions d'années ! » avait ajouté John en lui montrant une illustration dans un livre emprunté à la bibliothèque. La collision de deux plaques tectoniques avait produit une pression colossale qui avait engendré une chaîne de montagnes. Les montagnes avaient disparu depuis longtemps, ne restait que cette roche qui soutenait la ville et dans laquelle le mica scintillait au soleil. Les gratte-ciel et leurs tonnes d'acier, de béton et de verre ne pouvaient se dresser qu'aux endroits où le schiste était suffisamment proche de la surface pour supporter leur poids. « Regarde les immeubles, papa, y a des gratte-ciel à Wall Street et dans *midtown*, mais pas à Greenwich Village – le soubassement est trop loin. » La colonne vertébrale de la ville, qui la faisait tenir debout. Invisible, sauf dans quelques recoins magiques où elle refusait d'être maîtrisée. Carney admirait son acharnement.

Puisque cette bande de schiste était trop chère et difficile à détruire, le quartier y avait gagné un parc et l'université s'était perchée sur le plateau côté ouest, surplombant les manants de Harlem. Arrivé au sommet des marches, Carney contempla la vue à la manière des urbanistes de jadis qui imaginaient le futur quadrillage des rues.

À présent, Morningside Park était un no man's land coincé entre l'université d'élite et la populace qui vivait en contrebas. Le parc avait toujours été dangereux, mais au cours des dix dernières années les agressions avaient pris des proportions délirantes : *Bienvenue dans le royaume de la peur.* L'an passé, le maire Beame, voyant se profiler la banqueroute, avait menacé de faire des coupes dans les effectifs de la police et de l'administration pénitentiaire, et les flics s'étaient vengés en distribuant des tracts *Le Royaume de la peur* à des touristes horrifiés. Lorsqu'ils prévenaient les visiteurs de « limiter les déplacements après le coucher du soleil » et de « ne pas quitter *midtown* », c'étaient les endroits tels que Morningside Park qui alimentaient leurs monstrueuses exagérations. L'université recommandait aux étudiants de contourner le parc au lieu de prendre l'escalier, et ce jour-là Carney comprit pourquoi. Une grosse liasse dans la poche, le souffle court à cause d'une condition physique laissant à désirer. Pourquoi était-il passé par là ? Il ne le faisait jamais. En atteignant le muret de pierre, il se retourna et alors ça lui revint : il avait un passif avec ce carrefour.

En face du numéro 371 de la 118e Rue Ouest se trouvait le 370, un immeuble en briques jaunes de cinq étages construit quelques années plus tôt pour proposer des logements abordables. Rusty et lui en avaient débattu un jour où Carney avait émis des doutes quant à l'adresse où ils devaient livrer une table et des chaises Sterling. « Il n'y a pas de 3C au 370, je connais bien cet immeuble. Les appartements sont à l'avant et à l'arrière, donc ça doit être 3A et 3B. » Les chauffeurs de chez Sterling – des petits Blancs de Nassau – se plaignaient toujours des livraisons dans Harlem, Carney cherchait donc à devancer leurs jérémiades.

Rusty avait pris l'air peiné qu'il adoptait chaque fois que son patron doutait de ses capacités. « J'ai vérifié, Ray, c'est 3C.

– Je t'assure que non. »

Rusty avait croisé les bras. « Regarde par toi-même. » Carney savait par Marie que Rusty et sa femme, Beatrice, se disputaient souvent en ce moment. Cette nouvelle attitude de défi devait refléter l'ambiance à la maison.

Du temps où Carney avait encore le pick-up de son père, il lui arrivait parfois de livrer un sofa ou un secrétaire d'occasion. Il se rappelait l'escalier miteux du 370, ses marches en marbre, le carrelage noir et blanc ébréché et les appliques dépareillées. Il avait filé cinq dollars à un gars qui traînait dans la rue pour l'aider à monter au premier étage un canapé Collins-Hathaway état neuf. Il avait oublié le nom du client, mais il se souvenait de la lumière qui affluait par les fenêtres du salon et de la vue sur le parc. Un an ou deux plus tard, il avait dû traquer le locataire du rez-de-chaussée quand celui-ci avait cessé de payer les traites de sa méridienne Argent. Il connaissait bien le 370. Sur le trajet, il avait répété sa tirade. « M'obliger à sortir de mon fauteuil et à me traîner jusque-là pour… »

Sauf que la vieille *townhouse* et sa cage d'escalier péniblement étroite n'existaient plus. Le nouvel édifice en briques jaunes avait remplacé huit maisons, et vu sa taille il pouvait parfaitement contenir un 3C, voire un 3M ou un 3N. Rusty accueillit le retour de Carney avec un rictus satisfait. Cette nouvelle posture mesquine était regrettable. Beatrice avait toujours été une petite créature tranquille. Une pêche de Géorgie. Quand elle ne brisait pas ses habitants, cette ville les poussait à trouver leur voie.

371, 370. L'ancienne ville face à la nouvelle. Le barattage si cher à Carney. Au-dessus du schiste immuable, les humains se succédaient et les tribus se relayaient dans les immeubles et les maisons, qui étaient à leur tour abattus et remplacés. La municipalité finirait par condamner le numéro 371 et ses trois voisins vétustes, puis les raserait et construirait de nouveaux logements, comme elle le faisait partout. « Renouveau urbain » : virer ce qui est mort pour que de nouvelles pousses s'épanouissent. Naturellement, des proprios véreux empochaient l'argent sale des assurances pendant que la justice fermait les yeux, et ensuite des entrepreneurs de BTP chopaient des contrats en graissant la patte des bonnes personnes à la mairie, de jolis chèques pour tout le monde, signés sur le dos des malheureux car de toute façon il fallait bien que ces gens vivent quelque part. Le fils de Mrs Ruiz était à l'hôpital, entre la vie et la mort, mais les crapules avaient été payées. Combien pesaient les enveloppes quand Oakes était procureur ?

Du chemin depuis quoi, connard ?

Pas de grand logo Homes 4 Harlem devant la porte du 371, ça devait être un autre programme d'urbanisme. Transformer ces rues délabrées, un petit quelque chose pour chacun. Qui recevait les plus grosses enveloppes, le ministère public ou les salauds sur le terrain ? Carney poserait la question à Oakes lors de la prochaine levée de fonds. *Le marché est à vous, bien sûr, moyennant une petite compensation.* Carney commençait à ressembler à son père, il voyait des escrocs partout. Il imagina le fils de Mrs Ruiz se réveillant seul dans l'appartement obscur – il avait connu ça, être tiré du sommeil par une sirène, une rixe derrière l'immeuble ou un rat cavalant sur ses pieds, submergé par l'évidence écœurante que personne ne viendrait à son secours.

Il n'avait pas fait tant de chemin que ça, vu comme l'appartement de la 127e continuait à l'obséder ; Carney n'y vivait plus, mais cet endroit vivait en lui. Il faut être un monstre pour incendier un immeuble avec les habitants à l'intérieur. Ces nuits où Big Mike rentrait en puant l'essence et le tord-boyaux. Combien d'enfants et de mères avait-il rôtis ? Carney savait que les coupables n'étaient jamais inquiétés.

Il était peut-être temps que ça change.

2

Le lendemain, il emmena son neveu Robert acheter des polos au grand magasin Gimbels. Puisque la mère du gamin, Ellen, refusait systématiquement les coups de main que lui proposait Carney, il avait prétendu que ces vêtements faisaient partie de l'uniforme imposé au magasin et qu'il lui appartenait donc de les fournir. Il comptait profiter de l'occasion pour y ajouter deux jolis Levi's, et son plan se déroula sans accroc. Le gamin était une grande perche, comme son père au même âge, ce qui fit sourire Carney. Ils rentrèrent en prenant la ligne 5 à la station 86e Rue, Robert plongeant sans cesse la main dans le sac pour caresser le coton de ses polos tout neufs.

Robert n'était pas bavard, il avait hérité de la réserve maternelle. D'ordinaire, Carney préférait les compagnies silencieuses, mais il n'avait jamais réussi à briser la glace avec ce garçon et son désir de créer un lien entre eux lui faisait raconter n'importe quoi. Un ouvreur de coffres qui tenterait des nombres au pif en espérant tomber sur la bonne combinaison – un amateur, donc.

« Tu as regardé le match des Mets, hier ?

– Les Mets ? Non. »

Les cahots du train ballottaient les passagers. « Tu vas repartir en camp de base-ball cet été ?

– Nan. »

Une affiche de *La Bataille de Midway* apparut un instant entre des pylônes de la station 103ᵉ Rue. « Tu as déjà vu un film en Sensurround ? demanda Carney. Avec les sièges qui bougent ?

– J'ai vu *Tremblement de terre*, répondit Robert.

– C'est un super film. »

Robert acquiesça. Carney lui ficha la paix. Big Mike lui reprochait souvent d'être « muet comme une carpe », alors qu'il était simplement perdu dans ses pensées.

La première fois qu'il avait vu Robert, c'était à l'enterrement. Freddie avait un paquet d'amis que Carney ne connaissait pas – des voyous pleins de bagout, des saxophonistes fauchés, des artistes blancs à la mords-moi-le-nœud et des étudiantes socialistes de Garden City –, si bien qu'une femme mince et nerveuse accompagnée d'un jeune garçon ne détonnait pas spécialement dans cette assemblée. Avec ses lèvres pulpeuses, ses longs cheveux noirs et ses ombres sous les yeux, Ellen était pile le genre de Freddie, comme Janet Brown qu'il avait courtisée tout le collège, ou Penny Lewis, une drôle de fille qui avait toléré ses frasques pendant quelques mois en 1952. Le petit avait deux ans. Très calme, il ne parlait pas et tenait la main de sa mère, la tête agitée par des mouvements de poulet curieux. Déjà les yeux de son père, et Carney s'en voulut plus tard de ne pas avoir pigé sur-le-champ. Il n'était pas tout à fait lui-même dans les jours qui avaient suivi la mort de son cousin. La mère et l'enfant ne s'étaient pas attardés.

Lorsque le petit avait eu six ans, Ellen avait invité tante Millie au goûter d'anniversaire, et celle-ci avait convié Carney. Quelques mois plus tôt, Ellen avait écrit à Millie une lettre dans laquelle elle expliquait tout, ne demandait rien, l'informait simplement qu'elle était grand-mère. Elle avait brièvement fréquenté Freddie en 1961 et ne lui avait jamais annoncé qu'il avait un fils.

« C'est un petit garçon adorable, et très courageux », avait dit tante Millie. Lorsque Carney s'était enquis d'un éventuel test de paternité, elle avait répondu : « Non mais tu l'as vu, bon sang ? » Elizabeth lui avait tiré les oreilles en apprenant qu'il n'avait pas acheté de cadeau, et depuis ce jour il offrait chaque année à Robert des jouets pour son anniversaire et un pull à Noël.

Ellen avait épousé un chauffeur de bus nommé Booker, un veuf plus âgé qu'elle, père de deux enfants ; ils vivaient tous les cinq sur Edgecombe Avenue. Booker était irréprochable envers Robert, ne lui tenait rigueur de rien. Il gagnait correctement sa vie, mais rien n'interdit à un proche parent d'acheter quelques polos à un jeune.

Il y avait plusieurs années que tante Millie cherchait à exercer son rôle de grand-mère, mais Ellen refusait toute attention outrepassant une ligne invisible qu'elle avait tracée. Carney s'était récemment découvert la même envie de rapprochement. Et puisque Robert, avec les années, ressemblait de plus en plus à son père dans son rire et ses gestes saccadés – alors qu'ils ne s'étaient jamais rencontrés ! –, Carney se surprenait à lui parler de Freddie. Ses films préférés, ses sandwichs favoris, la ribambelle de bêtises dans lesquelles il l'avait entraîné. Le garçon faisait mine de ne pas s'y intéresser, se murait dans une expression que Carney connaissait bien, celle des clients sans le sou qui se sont égarés dans une section du magasin trop chère pour eux et doivent feindre l'intérêt en guettant le moment où ils pourront s'échapper.

Au printemps, Carney s'était dit que Robert pourrait avoir besoin d'un job d'été. Quelques heures par semaine, des petites commissions dans le quartier, rapporter des sandwichs, classer les archives au sous-sol. L'été suivant, ou après le lycée, quand il chercherait du travail, il pourrait se prévaloir d'une expérience dans le commerce. C'est ainsi qu'il commença à voir son neveu sans tante Millie et hors anniversaires. Il y eut des découvertes, tel le rire haut perché que Robert laissait échapper lorsqu'une blague de Larry résonnait avec sa fréquence interne. Avec un peu de chance, il finirait par l'appeler oncle Ray, et non plus Ray tout court.

Pas tout de suite, apparemment.

Ils se quittèrent à la sortie du métro. Robert remonta par Lexington, se retourna et brandit le sac de courses en signe de remerciement. Carney leva les pouces en l'air. Il téléphona au magasin et demanda à Rusty de se charger de la fermeture. Il avait tout son temps, il pouvait aller visiter la boutique de meubles qui venait d'ouvrir sur la 135ᵉ avant de rejoindre Pepper.

Un bus M100 passa en grondant avec, sur son flanc, la statue de la Liberté qui faisait de la pub pour Anchor Bank. Au milieu de la circulation urbaine, la vieille dame paraissait courir dans la rue, pourchasser peut-être un toxico qui venait de lui arracher son sac à main. Elle était plus rapide qu'on ne l'aurait cru.

VOTRE BANQUE CÉLÈBRE 200 ANS DE LIBERTÉ
ET VOUS EN PROMET 200 DE PLUS !
ANCHOR BANK, NEW YORK

La ville avait évité la faillite et la ruine de justesse, mais ses habitants n'y croyaient pas et préféraient se réjouir d'une bonne nouvelle d'antan. Une réjouissance par procuration, en quelque sorte. Un peu trop tirée par les cheveux au goût de Carney. Lorsque le directeur de la publicité de l'*Amsterdam News* était passé au magasin pour l'aider à composer son encart du 4-Juillet, il lui avait proposé toute une gamme d'images autour du bicentenaire : Dame Liberté dans diverses postures, le drapeau original à treize étoiles confectionné par la tapissière Betsy Ross, des feux d'artifice au-dessus du Capitole ou de New York. Des variations autour de Washington traversant le fleuve Delaware et signant la Déclaration d'indépendance. Elles suivaient Carney dans tous ses déplacements. Qu'il s'agisse de fourguer des surchaussures, des plans d'épargne-retraite ou du shampooing pour chien, c'était partout la même exultation. La statue de la Liberté brandissait un hot-dog de chez Nathan's qui dégoulinait de moutarde, tandis que les magasins d'électroménager Crazy Eddie attablaient les Pères fondateurs autour d'un document indiquant « Soldes monstres ! ».

Et puis il y avait *The Spirit of '76*, le célèbre tableau représentant deux tambours – l'un trop jeune pour s'engager, l'autre trop vieux – et un joueur de fifre qui menaient les soldats rebelles vers le champ de bataille. Carney avait toujours cru que c'était une flûte, jusqu'au jour où John l'avait détrompé : « On l'a appris en cours d'histoire. »

Une peinture classique, un instantané de la genèse du pays, etc. Carney en avait croisé trois réinterprétations : sur l'une, le joueur de fifre buvait un Dr Pepper ; sur la deuxième, les cinémas Loews avaient remplacé les tambours par des seaux de pop-corn ; sur la dernière, les trois musiciens paradaient dans l'actuelle 5e Avenue sans prêter attention aux voitures, avec le message de prévention routière « Regardez avant de traverser ».

Du marketing, ni plus ni moins. Il ne se passait pas deux jours sans qu'un journal en remette une couche sur l'« Expérience américaine ». Comme si l'expérience n'était pas achevée, avec les résultats que l'on connaissait. *Dis donc, Carney, tu serais pas une espèce de communiste ?* Il ne lui restait que quelques jours pour concevoir l'encart qu'il ferait passer dans l'*Amsterdam News*. Des dessous de verres en cadeau pour les clients qui réussiraient à réciter la Déclaration d'indépendance en se tenant sur un pied et en fermant les yeux.

200 ANS MAIS ON CROIRAIT BEAUCOUP PLUS –
DEMANDEZ AUX INDIENS.
EN CE 4-JUILLET, CÉLÉBREZ LA VÉRITÉ, LA JUSTICE
ET LES FAUTEUILS INCLINABLES 3 POSITIONS
CHEZ CARNEY'S FURNITURE

Non… « La vérité, la justice et l'American Way of Life », c'était l'accroche d'une émission de radio sur Superman, pas une référence historique. Le Blanc surpuissant à la rescousse.

Il fallait trouver autre chose :

200 ANS À ESQUIVER LES CONSÉQUENCES

Celui-ci lui plaisait bien. Il en fit une petite rengaine personnelle.

Ils parlèrent des incendies.

« Ton vieux bossait pour un exécuteur, dit Pepper. Wilbur Martin. » Un exécuteur, expliqua-t-il, était une personne qui mettait fin aux souffrances d'un bâtiment. Le propriétaire a la corde au cou – des impôts en pagaille, des junkies à tous les étages –, donc il vend l'immeuble à un exécuteur qui le dépouille de ses fils électriques, de sa tuyauterie, de tout ce qui vaut quelques kopecks, avant de l'incendier pour toucher une prime d'assurance préalablement gonflée au maximum. « Quand on voyait Wilbur se balader dans les couloirs, on savait qu'il valait mieux poser ses valises ailleurs. Big Mike foutait le feu quand c'était le moment d'empocher la mise.

– Ses vêtements puaient l'essence. » Big Mike en plaisantait de manière sinistre, disant qu'il « détalait comme un rat » après avoir craqué l'allumette – avec lui, ni minuterie ni compte à rebours. Carney savait que son père faisait ça pour arrondir ses fins de mois, mais il n'avait jamais réfléchi au déroulement des opérations. Les gens dans l'immeuble d'à côté, les enfants qui dorment, le vieux grabataire vissé à son lit. L'espace d'un instant, il en voulut à Pepper de confirmer ce qu'il avait toujours refusé de voir.

Ils étaient au Donegal's, le jour tirait sa révérence et Broadway décidait quelle identité elle allait prendre ce soir-là. Pepper et Carney étaient assis au comptoir, ils tournaient le dos aux rares clients restés après l'happy hour. De même qu'au Dumas, le décor n'avait guère changé ces quinze dernières années. Le néon grillé restait grillé, les tables bancales l'étaient encore plus. Les membres du club continuaient à s'enrichir ; ici, la réussite se mesurait différemment : l'unique personne à savoir où vous étiez tel soir avait emporté son secret dans la tombe, ou bien votre gamin avait enfin arrêté de vous raccrocher au nez quand vous l'appeliez.

L'ambiance était somnolente. Autrefois, les soirs de *lucha libre*, la télé beuglait au grand plaisir d'une clientèle captivée. Ce soir-là, elle diffusait une ligue de catch dont Carney n'avait jamais entendu parler. Volume à zéro, combats pantomimes. La population du Donegal's s'était réduite comme peau de chagrin. On s'y vantait moins des coups réussis et on s'y plaignait moins des coups foirés. Ils mouraient à petit feu, les vieux voyous, arnaqueurs et escrocs, ou bien ils croupissaient en taule à la suite d'un plan mal goupillé pour couvrir des frais de santé, des loyers en retard ou des dents de rechange. Il devait exister une autre version de ce rade cinq rues plus haut ou cinq rues plus bas, qui servait des bières un peu plates à la jeune génération de voleurs et de truands.

Le barman habituel, Buford, ne bossait plus que le lundi et le mercredi, abandonnant à la négligence de Toomey les quelques clients qui utilisaient encore l'endroit comme messagerie. Son père était italien, et Toomey s'abritait derrière ses origines siciliennes lorsqu'on lui faisait remarquer qu'il se gourait dans les messages. « J'ai trop de trucs en tête, tu comprends ? » À savoir, des filles. À savoir, on est en 1976, tu pourrais te payer un répondeur, à moins que t'aies des oursins dans la poche ?

À la télé, les lutteurs s'étaient délocalisés hors du ring où ils s'affrontaient à coups de chaises pliantes. « Ça fait un bail que j'ai pas vu Mr Fuji, dit Toomey.

– Il continue à combattre », dit Pepper.

Ce dernier avait bonne mine. Il était de nouveau sur pied, remis du tour de reins qu'il s'était fait en « transportant un corps inconscient ». À n'importe qui d'autre, Carney aurait réclamé des précisions, mais il savait qu'en l'occurrence ce serait peine perdue. Au demeurant, ça n'avait rien d'extraordinaire pour Pepper. Le vieux voyou était resté six semaines alité. Carney lui avait fait livrer par John du poulet frit et des mots croisés, et chaque fois son fils était revenu perplexe. Les enseignements que dispensait l'oncle Pepper étaient pour le moins ésotériques.

Et voilà qu'il était de retour. À tout prendre, il paraissait encore plus menaçant depuis sa guérison. Il dégageait toujours la même détermination, et son débit ralenti d'un demi-cran le rendait plus redoutable – un lion qui observe une bande de gazelles autour d'un point d'eau tout en réfléchissant à son déjeuner. Aucune urgence.

Carney lui demanda s'il avait déjà accompagné son père lors d'une mission incendie.

Pepper ne critiquait jamais Big Mike devant Carney, mais il ne put retenir un tic de dégoût. « Quand on fait une chose, ça veut pas dire qu'on en fait une autre. » Il arrivait que Pepper crame la baraque d'un salaud, mais c'était pour des raisons personnelles, jamais pour le travail. Il jeta un coup d'œil en direction de Toomey. Bien que le barman soit fiable, pas du genre à jacter, il s'y prenait moins bien que Buford pour tendre l'oreille sans y paraître. « Mais c'était pas comme maintenant, reprit Pepper. Aujourd'hui, dans le Bronx, tu dors avec tes chaussures aux pieds. Un incendie chaque soir, et pas uniquement pour toucher le fric des assurances. »

Carney en avait entendu parler : le corollaire d'une politique stupide. Lorsqu'un bénéficiaire des allocs voulait quitter un taudis infesté de vermine appartenant à la mairie, il avait droit à deux mille dollars pour déménager et s'acheter des meubles – à condition que son appartement crame. C'était écrit en toutes lettres sur des affiches dans les bureaux de l'administration, presque un mode d'emploi. Dans ces conditions, à quoi s'attendre de la part des esprits les plus débrouillards ? Comme pour tout dans cette ville, il y avait les arnaques à la petite semaine et les escroqueries à grande échelle, et les plus avertis savaient lesquelles méritaient qu'on s'y intéresse.

Un morse roux gambadait d'un pas étonnamment leste autour du ring, des clochettes pendouillant à son bonnet de bouffon. « C'est qui, lui ? » demanda Pepper. Le lutteur jeta son chapeau dans les gradins et tambourina sur sa poitrine façon King Kong.

« The Big Fink, répondit Toomey. Un nouveau sorti de nulle part. »

Pepper ne quittait pas le match des yeux. « Je comprends pas ce que t'attends de moi, Carney », dit-il.

Le vendeur de meubles lui récapitula une nouvelle fois l'histoire du fils de Mrs Ruiz en disant qu'il était fou de rage que le responsable de l'incendie s'en tire à si bon compte. « Je veux que tu trouves qui a mis le feu.

– Pourquoi ?

– Pour le petit. »

Toomey sentit le regard de Pepper et se remit à empiler des sous-bocks.

« Je suis curieux, c'est tout, ajouta Carney.

– Personne n'est "curieux, c'est tout". Quand les gens disent qu'ils sont "curieux, c'est tout", en fait ils sont tout l'inverse. Tu t'es remis à bosser pour les flics, comme avec Biz Dixon ?

– Je compte pas aller voir la police, dit Carney. C'est pour le gamin. Il vit au-dessus du magasin. Il mérite mieux.

– Tout le monde mérite mieux. Le mec dont t'as parlé, Oakes. Tu penses que c'est lui ?

– Non, il bossait au tribunal, il faisait sûrement semblant d'être sourd quand on lui posait des questions, et c'est le genre de gars qui serait capable de ce genre de trucs, mais je pense pas que ce soit lui. Et tu sais pas le meilleur : Elizabeth et May font campagne pour lui. »

Pepper soupira. « Et quand je t'aurai trouvé qui c'est ?

– Je m'en chargerai.

– Tu t'en chargeras comment ?

– Chaque chose en son temps. »

Pepper termina sa bière, Toomey lui en servit une autre. « Combien ? » demanda le voyou.

Ils se mirent d'accord sur un prix et regardèrent le combat suivant, Terry Sanchez et Huck Jablonsky contre deux nazes en lycra doré. Carney tenta de trouver la différence entre la tenue d'un catcheur et celle d'une ballerine. Pas simple.

Deux semaines plus tôt, John l'avait appelé dans le salon lorsque Mohamed Ali avait fait une apparition surprise dans l'émission *Championship Wrestling*. Gorilla Monsoon se colletait avec Baron Mikel Scicluna pendant que le boxeur les regardait au premier rang. Monsoon pesait officiellement cent quatre-vingts kilos, mais ça devait être du bluff, son justaucorps noir ne pouvait physiquement pas contenir une telle opulence. Baron s'écroula et Ali, scandalisé par tout ce chiqué, arracha sa cravate et sa chemise et grimpa sur le ring pour défier Monsoon. Ils dansèrent l'un autour de l'autre avec des mouvements d'ours pataudes, Ali lança quelques directs, et soudain Monsoon fondit sur le poids lourd, l'empoigna, le hissa sur ses épaules et le fit tournoyer en *airplane spin*... Tout cela avait lieu dans le cadre de la promotion de « War of the Worlds », un match d'exhibition qui opposerait le boxeur au lutteur japonais Antonio Inoki.

Une question demeurait : comment une bite sur pattes comme Monsoon avait-elle pu prendre le dessus contre le *Greatest* ?

« Donc il est dans le coup, dit John. Tout est truqué ? »

Le gamin commençait à comprendre.

« C'est un spectacle. Ils sont tous dans le coup. » Les lutteurs, les promoteurs, et bien sûr le public. Quand le public aussi est dans le coup, est-ce un combat truqué ou simplement le monde tel qu'il est ?

Carney termina sa Budweiser. Sur le ring, les méchants avaient remplacé l'arbitre par un homme à eux pendant que les gentils avaient le dos tourné.

Pepper et lui avaient coutume, après avoir conclu un marché, de changer de sujet, de disséquer les agacements quotidiens de la vie new-yorkaise. Inconvénients des transports en commun, flambée des produits de base, renouveau de la vermine. Carney se détourna du combat de catch et dit : « Quand on fait une chose, ça veut pas dire qu'on en fait une autre. Mais pourquoi faire *ça*, précisément ? »

Pepper haussa les épaules. « Parce que des fois ça se goupille comme ça.

– C'est pas bien.

– Non. Mais des fois ça se goupille comme ça. »

Le lendemain après-midi, Carney déjeuna dans le bureau de Marie. La secrétaire était présente ainsi que Larry et Robert, qui était allé prendre des sandwichs au Ricci's. Larry régalait Robert d'une histoire à coucher dehors qui n'allait pas tarder à devenir cochonne, et Carney se rendit compte qu'il n'avait pas pensé de toute la journée au petit garçon dans son lit d'hôpital, ni à l'incendie, ni à l'affront de Oakes pendant la levée de fonds. Ça lui avait fait du bien de vider son sac. Les images du gamin se réveillant seul dans l'appartement obscur l'avaient plongé dans une terreur qui, entre-temps, s'était dissipée. Il avait remarqué que, parfois, lorsqu'il s'épanchait – auprès de Freddie, d'Elizabeth, et maintenant de Pepper –, qu'il expulsait une peur ou un regret, une émotion qui le rongeait, la chose perdait une partie de sa force et retournait dans son trou. Le fardeau s'allégeait. Il aurait même pu oublier la mission confiée à Pepper jusqu'au moment où ce dernier aurait réclamé son dû, si ce rendez-vous au Donegal's n'avait pas mis en branle une série d'événements qu'aucun d'eux ne serait en mesure de juguler, et dont les conséquences se révéleraient fatales.

3

Le plus célèbre pyromane de l'histoire de New York se nommait Isidore Steinareutzer, alias Izzy Stein, alias Isaac Chernick, alias « Itchia der Warcher », alias Izzy le Peintre car il avait l'habitude de se faire passer pour un peintre en bâtiment afin de se procurer du kérosène, l'un de ses comburants favoris. Izzy chapeautait ce que la police appelait la Corporation des incendiaires, un réseau responsable de plusieurs centaines de feux à travers la ville. Des policiers en civil avaient traqué Izzy pendant sept mois, déguisés en vendeurs au porte-à-porte, plombiers, agents du gaz et camelots juifs, et avaient fini par le serrer à l'été 1912.

Lorsqu'il était sorti de Sing Sing pour être entendu par le tribunal de Manhattan, les journaux avaient été accablés par ses « terrifiantes révélations ». Le pyromane avait expliqué que la Corporation rassemblait des « mécanos » qui allumaient les feux, des assureurs qui rédigeaient les contrats gonflés, des experts qui requalifiaient des dommages bénins en pertes totales, des agents de police, des policiers corrompus qui arrivaient les premiers sur les lieux, et des citoyens lambda payés pour fournir des alibis – « les rouages du grand complot ». Izzy s'était spécialisé dans le Harlem juif, mais les bandes qu'il dirigeait couvraient tout Manhattan, Brooklyn et le Queens. Il avait balancé tout le monde et quand même écopé de vingt-quatre ans. Des proprios l'engageaient, mais aussi des locataires qui prenaient une piaule, y mettaient quelques meubles bons pour la décharge et encaissaient la prime. Il avait toujours sur lui une flasque remplie de benzène dont il aspergeait les draps et les vêtements, puis il foutait le camp et admirait le tableau depuis la rue. Izzy aimait l'argent, il ne s'en cachait pas, mais il aimait aussi « regarder les camions de pompiers ».

Mais notre histoire se déroule en 1976, à une époque où la ville avait réduit la voilure sur presque tous les fronts, y compris celui des malfrats légendaires. Pepper avait appris que, en matière de criminels, il était difficile de généraliser. Il avait bossé avec des gringalets qui avaient la tremblote mais devenaient calmes et froids dès qu'ils s'agenouillaient devant un coffre, et des tueurs à gages sanguinaires que leur épouse faisait marcher à la baguette. Par contre, tous les pyromanes qu'il avait connus – hormis Big Mike, qui était un généraliste – se montraient discrets et furtifs dans le travail comme en dehors. La profession attirait des cinglés, le genre de mecs que Pepper imaginait vivant dans des studios et avec une seule plaque électrique pour faire à manger, des radins qui laissaient des pourboires minuscules et ne pouvaient s'approcher d'une cabine téléphonique sans vérifier s'il y restait une pièce oubliée. Des hommes qui rêvaient de feux.

Il commença par chercher du côté de l'exécuteur. L'article du *New York Post* citait le nom du propriétaire : Excelsior Metro. Une boîte louche qu'il trouva dans le bottin. Elle louait un bureau au-dessus d'un réparateur de téléviseurs au croisement de Broadway et de la 135e. C'était l'ancien QG de l'avocat Sammy Johnson avant qu'il ne soit envoyé à l'ombre pour extorsion. Sammy avait financé plusieurs coups auxquels Pepper avait participé, avancé les fonds en échange d'une partie des gains. Sur la vitre dépolie, des lettres peintes en noir et or disaient RENDEZ-VOUS AU TRIBUNAL.

Pepper surveilla l'immeuble quelques heures – le banc sur le terre-plein central de Broadway était ombragé par un saule triste –, puis il crocheta la serrure et entra jeter un coup d'œil. Les deux pièces étaient une simple façade. Murs vierges, tapis roulé, tiroirs et classeurs ne contenant que des crottes de souris et quelques prospectus bourrés de fautes pour une agence de voyages, probable héritage de l'occupant qui avait fait la jonction entre Sammy et Excelsior Metro. L'une de ces adresses faites pour le crime. Avocat peu scrupuleux, tour-operator douteux, marchand de sommeil – de même que certains sols sont bons pour le vin à cause de leurs minéraux, c'est en tout cas ce que Pepper avait lu. La Suite 2 du 3341 Broadway produisait de belles cuvées d'escrocs.

Le propriétaire de la boutique du dessous agita une liasse de factures sous le nez de Pepper lorsqu'il l'interrogea au sujet de ses voisins. « Vous leur direz de venir chercher leur courrier ! »

Il passa ensuite aux types qui craquaient les allumettes. Les incendiaires ne se retrouvaient pas dans des bars pour incendiaires où ils discutaient aération et vitesse de combustion. Pepper commença donc par rendre visite à une vieille connaissance : Mose Hamilton, un homme qui, au faîte de sa carrière, avait carbonisé une bonne partie de Harlem. Son dernier feu remontait à 1959, un immeuble de la 167ᵉ. Quatre personnes, dont deux enfants, y avaient trouvé la mort. C'était vers Noël, l'actualité était calme, les journaux s'en étaient emparés et le commissariat aussi. Sorti au bout de seize ans du pénitencier de l'État, Mose s'était dégoté un boulot de balayeur dans une salle de billard de la 7ᵉ Avenue.

Le Manny's se trouvait à deux kilomètres et demi de la maison funéraire Martinez. Après six semaines au lit, Pepper appréciait de marcher un peu. Il avait arrêté les antidouleurs depuis plusieurs jours et, alors qu'il avait toute sa vie porté les mêmes richelieus en cuir, il venait de s'acheter une paire de tennis en toile. Ses divers équipiers lui conseillaient depuis des années d'opter pour des chaussures plus légères et pratiques. Celles-ci étaient extraordinairement confortables. Pepper avait atteint l'âge où les « je te l'avais dit » suscitaient des mercis et non plus des coups de poing dans le nez, la réponse qu'il préférait depuis l'adolescence.

Durant sa convalescence, il avait observé par sa fenêtre les endeuillés qui se regroupaient ou se dispersaient au rez-de-chaussée et il avait relevé les signes annonciateurs du printemps : les putes qui revêtent des tissus plus légers et respirants, les cambrioleurs qui traînent devant les escaliers de secours en évaluant leurs chances, la nouvelle génération de pigeons, encore pire que la précédente. Partout on placardait des conneries à propos du bicentenaire, comme si, à Harlem, les journées débutaient par un serment d'allégeance et un salut au drapeau. Le journal avait annoncé qu'une centaine de bateaux centenaires paraderait dans le port de New York à l'occasion du 4-Juillet – de vieilles coquilles de noix ? pour quoi faire ? Et puis Memorial Day était arrivé et le mercure était monté, aussi vite que si quelqu'un avait appuyé sur un interrupteur. C'était reparti pour un été new-yorkais.

Deux boulots lui étaient passés sous le nez pendant qu'il se requinquait, et ça s'était révélé être un coup de bol. Le braquage de la bijouterie à Brooklyn Heights avait fini dans le sang, et à Astoria les poulets avaient pincé tout le monde à la sortie de l'entrepôt – alarme silencieuse. Sa blessure était un ange gardien qui veillait sur lui. Church Wiley l'avait contacté pour un plan ; ils avaient rendez-vous le lundi suivant. Cette recherche de pyromane pour Carney allait le remettre d'aplomb. Si les Blancs n'avaient pas encore réussi à le tuer, un peu d'exercice n'y arriverait pas non plus.

Pepper repéra Mose au fond de la salle de billard. Appuyé contre un juke-box, il sirotait un lait chocolaté Yoo-hoo. L'appareil était HS – un junkie avait chouré le tourne-disque – et les tubes néon clignotaient comme pour dire en morse QUEL TROU DE MERDE. Onze heures du matin au Manny's. Les escrocs et les clampins arrivés à minuit étaient partis se coucher et l'équipe de jour n'avait pas encore fait son entrée. Mose interrogea d'un coup de menton le barman, qui jaugea Pepper et accorda cinq minutes de pause à l'ancêtre. Mose essuya la petite table près des gogues avec son torchon sale et ils s'y installèrent.

La prison l'avait rétréci, son cou et ses poignets flottaient dans ses vêtements, mais il avait toujours l'un des plus beaux boucs de la ville, une œuvre d'art qu'on aurait plutôt vue au menton d'un serrurier de *midtown*. Pepper le félicita. Certains faisaient entrer de l'héroïne en taule, ou bien de l'herbe ; les contacts de Mose lui avaient fourni des flacons d'huile à barbe.

Il n'avait pas envie de revenir sur son passé d'incendiaire. « J'ai raccroché, Pep. Regarde-moi. » Il porta la main derrière son oreille, à un endroit où les cheveux ne repoussaient plus.

« Y a les pyromanes de base, les gars qui le font pour le plaisir, parce qu'il leur manque une case. Un prêtre qui avait les mains baladeuses, une mère qui les cognait quand ils étaient gamins, ça ou autre chose, le résultat c'est qu'ils ont un grain. » Il cita l'exemple de Fuzzy Pete, qui vivait dans la rue où Mose avait grandi. Sa contribution au genre : la « fuzzy bomb » ou bombe en peluche, une cigarette et un carnet d'allumettes, le tout emmitouflé dans du coton pris dans un matelas et fermé par un élastique. La cigarette se consume, elle enflamme les allumettes et en avant pour l'incendie. Rien à voir avec des primes d'assurance, Fuzzy Pete ciblait les professeurs et les travailleurs sociaux qu'il avait connus plus jeune. À l'instar de nombre de ses collègues, il aimait profiter du spectacle. « C'est comme ça qu'ils ont fini par le choper, dit Mose. Il était en train de fumer une clope de l'autre côté de la rue quand l'appartement de son ancien proviseur a cramé. Il l'avait assommé dans la cuisine avant de foutre de l'essence partout et d'allumer la mèche. »

Mais Pepper ne cherchait pas un fou. Mose dit : « Après les tarés, t'as ceux qu'on peut appeler des indépendants. Un type bien sous tous rapports a besoin d'un feu, juste pour une fois, alors il passe une annonce. C'est ce que je faisais, moi, je bossais en indépendant. Quand les gens se renseignaient, on leur donnait mon nom. Tu me connais, Pepper – je suis fiable. »

Pepper grogna. Ils avaient travaillé ensemble à quelques reprises, rien qui mérite de s'y attarder.

« J'aimais bien planifier, reprit Mose. Les préparatifs, c'était pas si différent des gros braquos avec tous les facteurs à prendre en compte. Me regarde pas comme ça. Combien de fois t'as un plan qui est parti en vrille à cause d'un autre gars ? Les feux, au moins, j'étais tout seul. »

Peu convaincu par la comparaison, Pepper exprima son scepticisme en termes peu châtiés. « Je cherche pas une opération isolée. Le gars en question a une équipe avec lui.

– D'accord. Ça peut être pas mal de monde. » Une montagne de muscles en chemise hawaïenne pénétra dans la salle de billard. Mose s'interrompit. Le client se dirigea vers le bar et commanda un rhum-Coca : aucun danger. « Aujourd'hui y a des gangs d'incendiaires, reprit-il. À Brooklyn, dans le Bronx, un peu partout *uptown*, ils tiennent le marché, encore plus que nous à l'époque. Ils ont des mecs qu'ils engagent régulièrement. Des jeunes. Tous ceux que j'engageais, moi, ou bien ils sont au trou, ou bien ils sont morts. » Il dit qu'il allait se renseigner. Il avait un ou deux noms en tête, il lui fallait un peu de temps pour affiner. « Pourquoi ça t'intéresse, au fait ?

– Y a un gamin qui a failli crever dans un feu. Je connais le daron. » Le mensonge lui vint tout seul, sans qu'il sache pourquoi. Carney ne lui avait jamais donné le nom du petit. « Le petit Remmy.

– Remmy ? »

Pepper acquiesça.

Mose soupira. « C'est jamais bien quand y a des blessés. »

On comptait un nouveau-né parmi les victimes de l'incendie de Noël dont Mose était responsable. Celui-ci raconta qu'autrefois une grande partie des feux étaient commandités par des locataires. Les incendiaires les allumaient dans l'après-midi, quand l'homme – ou la femme, car elles n'étaient pas en reste – travaillaient et avaient donc un alibi. « Maintenant les gars bossent de nuit, ils peuvent jamais savoir qui…

– Et toi, Mose ? T'as vraiment arrêté les feux ? »

Mose balaya la salle de billard d'un geste de la main. Au plafond, les néons cliquetaient. « Si je vais en prison, qui c'est qui va nettoyer la gerbe ? »

Pepper lui demanda ce qu'il voulait boire. Mose regarda sa bouteille de Yoo-hoo vide et demanda un 7 and 7.

Son verre arriva. Pepper se leva, Mose le retint. « Qu'est-ce qu'elle est devenue, la nana avec qui tu sortais ? L'institutrice. »

Punaise, ça remontait. Aucune envie d'y penser. Pepper lui répondit qu'il devait confondre.

Après la conversation avec Mose, Pepper commença pour de bon son recensement. Il obtint le nom des incendiaires incarcérés ou enterrés, qui étaient partis dans l'Ouest ou qui avaient pris leur retraite. On l'orienta vers de jeunes hommes aux yeux fous, fraîchement émoulus de l'école du feu, et vers des vieux à la voix traînante qui imaginaient à quoi il ressemblerait aspergé d'essence. Certains avaient pâti de leurs propres incendies et leur peau retraçait l'inventaire de leurs méfaits. Il insista, fit preuve de « persuasion polie ». N'arriva à rien.

Prenez Wilmer Byrd. Mose avait laissé son nom au Donegal's. Byrd travaillait pour deux exécuteurs – un Ukrainien qui possédait une flotte de limousines et avait une prédilection pour les maisons décaties de Harlem, et un Italien dont les propriétés incendiées dessinaient, si on les reportait sur une carte du Bronx, le cheminement d'un ver dans une pomme. Byrd utilisait des bombes similaires à celle qui avait servi pour l'incendie de la 118e Rue et les plaçait lui aussi au dernier étage, à l'arrière de l'immeuble. En outre, il avait fait savoir qu'il cherchait du travail.

Il vivait dans un meublé de la 93e, pas très loin d'Amsterdam Avenue, et passait ses après-midi à traîner autour d'un bureau de paris sur Broadway. Pepper y arriva à onze heures, avant la première course à l'hippodrome de l'Aqueduct. Il appuya sur plusieurs sonnettes et marmonna dans l'interphone. On finit par le laisser entrer. Presque toutes les ampoules du couloir étaient brisées, le mince filament émergeant du verre cassé. Généralement, les télés et les radios braillaient partout dans ce genre d'immeubles, mais celui de Byrd était étrangement silencieux. *Terminus, tout le monde descend.*

Le pyromane habitait au deuxième étage. Pepper dit : « Exterminateur.

– Exterminateur », répéta Byrd. Quelle drôle d'idée. La porte s'entrouvrit, Pepper bondit.

Les murs de l'appartement étaient crasseux, tapissés d'un papier peint qui pendouillait en pétales fanés. À part ça, le mobilier était élégant, tapis oriental vert sombre, abat-jour à glands et tables basses cirées. Des saloperies de napperons dans tous les coins. Le meublé le plus cosy que Pepper ait jamais vu. « La vache », fit-il, impressionné.

Byrd grimaça en prévision de la violence qui s'annonçait. Il avait un physique de pigeon, la vulnérabilité d'une créature au squelette fragile. « J'ai l'argent », dit-il.

Pepper fronça les sourcils. Ces joueurs. Il expliqua qu'il venait chercher du biscuit sur l'incendie de la semaine passée, celui de la 118e Rue.

« Je touche pas à ça », répondit l'autre.

Byrd savait encaisser un coup de poing. Pas deux. Il se montra vite plus communicatif.

D'accord, d'accord, il allumait des feux pour des gens. Différentes sortes de gens. Mais il n'était pas *uptown* ce soir-là. Il y avait eu l'enterrement de Victor Wilson à Jersey. La veillée s'était prolongée après minuit – le frère de Victor bossait dans une brasserie de Newark. Est-ce que Pepper le connaissait ?

Il se trouvait que oui. Wilson n'avait jamais servi à rien de toute sa vie, seule la mort lui avait conféré une vague utilité en fournissant un alibi à Byrd. Pepper vérifierait. Il lui demanda ce qu'il savait au sujet de l'incendie, de ses collègues sur le marché.

« T'es qui, en fait ? »

Pepper prétendit travailler pour la compagnie d'assurances. « Je déteste les arnaqueurs », affirma-t-il.

Byrd lui donna des pistes qui se révélèrent toutes foireuses. Pepper cavala d'un bout à l'autre de Harlem pour rien. Une grande partie de ces mecs avaient des boulots réglos, des trucs à faire valoir auprès de leur contrôleur judiciaire, et il fut obligé de les déranger sur leurs – très divers – lieux de travail. Il fut amené pour la première fois de sa vie à mettre les pieds dans une boutique de mariage – le voyou en question était incollable sur les bombes incendiaires et les machines à coudre – et il ne se rappelait pas à quand remontait sa dernière visite dans un bowling. Il dut pourchasser le type le long du couloir 7 pendant que cet enfoiré pleurnichait en clopinant sur le bois. Il rentra bredouille de cette après-midi d'enquête.

Le vendredi, il prit une décision : il laisserait tomber ce plan dès qu'il serait entré en contact avec Church Wiley, qu'il ait mis la main sur le coupable ou pas. Qu'est-ce qui se passerait après qu'il aurait trouvé l'incendiaire ? L'étape suivante du plan de Carney, comme la fois où il avait demandé à Pepper de filer le banquier et le dealer. Au Donegal's, Carney n'avait pas arrêté de parler de cet Oakes qu'il ne pouvait pas encadrer. Qu'y avait-il entre eux ? Une idée lui vint, qu'il se reprocha immédiatement – Elizabeth avait toujours été impeccable avec lui. Carney estimait que Oakes trempait dans des choses pas claires, mais qu'il n'avait probablement pas le courage de se salir les mains. Le travail de Pepper semblait donc être de prouver que Oakes n'y était pour rien, qu'il était trop bête ou peureux pour ça. Un boulot de détective, mais à l'envers.

Peut-être n'était-il pas fait pour ce genre de missions qui exigeaient du tact et de la délicatesse. Il n'y avait qu'à voir sa rencontre avec Leon Drake. Un collègue avec qui il discuta chez le coiffeur lui donna le nom d'un type qui, à son tour, le mena à Drake. « Ce mec est inflammable. »

Pepper l'ignorait, mais Drake avait un point commun avec Izzy le Peintre : un territoire strictement délimité. Izzy avait exercé entre la 96e et la 106e, sur le bord oriental de Manhattan, l'avant-poste de milliers d'immigrants qui avaient leur langue et leur Dieu bien à eux. Lorsqu'il avait été arrêté, il se trouvait depuis dix ans sur cette rive de l'océan, un temps suffisant pour étudier le monde hostile qui s'étendait au-delà de son domaine. L'Amérique les appelait, lui et d'autres, par-delà les mers, et puis elle les broyait. Pour survivre, il fallait jouer avec les failles du système et se montrer plus malin que lui. Vous me permettez d'assurer pour trois mille dollars des fourrures qui en valent quatre, et tout ça uniquement sur ma bonne foi ? *Marché conclu.* Que les nouveaux arrivants soient honnêtes ou non, qu'ils soient animés par la rationalité ou par l'espoir, ils étaient convaincus que, s'ils tiraient leur épingle du jeu, leurs enfants n'auraient pas à faire les mêmes calculs désespérés qu'eux.

Leon Drake, lui aussi, avait grandi dans l'adversité, mais il n'avait jamais réellement vu l'intérêt de s'élever au sein de la société. Ses aspirations se concentraient sur la cendre. Il y avait des ambitieux dans l'appartement d'à côté et sur le trottoir d'en face, Harlem en était plein mais Leon n'en faisait pas partie. Le pyromane entretenait un lien surnaturel avec son territoire. Il le connaissait par cœur, c'était le creuset de sa personnalité – toutes les devantures, les grilles qui résonnaient sous les pieds, les ruelles, les escaliers de secours, les échappatoires, les portes des sous-sols et leur distance par rapport à la rue, les immeubles occupés et les maisons croulantes, la proximité des bornes d'incendie et des chaufferies. Il en connaissait la moindre lézarde, le moindre recoin, et plus il le comprenait, plus il le haïssait. Il méprisait chaque centimètre carré de la 116e à la 125e, de Morningside à Park Avenue, depuis le plus glauque des sous-sols jusqu'au sommet des antennes tordues qui piquaient le ciel. Lorsqu'il arpentait ces rues, il superposait sur cette ville maudite sa ville à lui, parfaite, où la braise et la cendre grimpaient à des centaines de mètres dans le ciel, un endroit dépeuplé, merveilleusement mort et figé. Son aversion était telle que, si ses employeurs avaient cessé de le payer du jour au lendemain, il aurait continué à l'œil – un immeuble ici, une maison là, une torture lente.

Pour le dire autrement, Leon ne cherchait pas à devenir président du conseil du quartier.

On racontait qu'il avait sévi dans deux bâtiments sur le versant sud de la 118e, en diagonale par rapport au 371, où vivait auparavant la locataire de Carney. Il bossait chez Cooper's Fish, sur la 125e. Aux heures du déjeuner et du dîner, la file d'attente s'étirait d'un bout à l'autre du pâté de maisons. Tous les cinq ans, Pepper donnait une chance à leur sandwich au poisson, et chaque fois il était malade. À part lui, pourtant, personne ne s'en plaignait. Cooper's faisait aussi poissonnerie et son étal regorgeait de pagres, de vivaneaux et de filets divers sur une glace qui fondait peu à peu en une eau rosâtre et s'écoulait dans des seaux. Les jours d'hiver, la puanteur frisait l'hérésie et, l'été venu, elle virait à l'abomination malgré la peine que se donnaient les trois gigantesques ventilateurs.

Leon était préposé à la friteuse. Luisant de sueur, agité de tics, les yeux vitreux, il ne semblait guère attaché à contredire les stéréotypes négatifs portant sur les pyromanes. Pepper avait été informé de ses fréquentes pauses clope, durant lesquelles il se réfugiait deux portes plus loin pour fumer en dégageant des remugles d'huile de friture. De fait, sa cible ne tarda pas à sortir.

Il était quatorze heures ce vendredi-là, le coup de feu du

midi venait de s'achever et les trottoirs de la 125e étaient des torrents furieux. Parfois il valait mieux ceinturer son adversaire quand il n'y avait personne en vue, et d'autres fois il était plaisant de le savater devant témoins pour bien lui faire comprendre la vulnérabilité de sa situation – surtout quand l'équivalent d'une salle de cinéma pleine à craquer assiste à la dérouillée sans que personne ne bouge le petit doigt. Pepper et Leon n'avaient pas encore commencé que déjà des hommes et des femmes sentaient l'atmosphère changer et s'écartaient, alertés de l'imminence d'un affrontement par leurs dispositifs de survie en milieu urbain.

« Leon ! » Le cuistot s'efforça de resituer Pepper. Il saisit immédiatement la nature de l'interaction. La personnalité de Pepper était gravée sur son visage, similaire au mois de décembre lorsque les jours raccourcissent : froide et implacable. Inéluctable. Pepper n'aimait pas les sapins de Noël, les bébés, et devoir quelque chose à quelqu'un. Quand un sourire naissait sur son visage, c'était une mutinerie réprimée sans délai. Pepper n'était pas là pour vous offrir un chèque géant que vous aviez gagné au loto ou une invitation à dîner de la part de Raquel Welch. C'était un émissaire du versant sale des choses, qui vous rappelait que vous n'étiez nulle part à l'abri.

Leon n'attendit pas que le voyou annonce la couleur. Il arracha sa charlotte et se mit à grogner.

Pepper n'en croyait pas ses yeux. Du rififi avec un graisseux en pleine 125e. Merci bien, Carney. Le pyromane irradiait une aura d'huile chaude et de transpiration qui renvoya Pepper à Newark, petit garçon voyant son père rentrer des cuisines de l'hôtel où il travaillait. Leon avait l'odeur pour lui, ils étaient donc à deux contre un. Le cuistot chargea. Pepper s'abandonna à son destin et en prit une dans le menton. Les incendiaires qu'il avait vus au cours de cette semaine n'étaient pas des bagarreurs. Les aborder en laissant planer l'éventualité de la violence les mettait dans de bonnes dispositions pour avouer rapidement. Pas cette fois. Leon savait se battre. Ils se mirent à danser. Les passants formèrent un cercle. Combien de bastons la 125e voyait-elle chaque jour, quelle quantité de sang ? Il envoya quelques coups qui portèrent. Leon se baissa et ramassa une bouteille de Coca dans le caniveau. Pepper n'approuva pas et lui envoya sa tennis dans le crâne, notant au passage que ses anciennes godasses en cuir auraient été plus efficaces.

La foule cria. Un vieux lança une carotte sur le ring. Des miettes de muffin volèrent de la bouche d'une dame très digne quand elle se mit à japper : « Montrez-lui ! Montrez-lui ! » Qui encourageait-elle ? Pepper ou Leon ?

Le dos de Pepper tenait le coup, c'était le plus important. Pas l'ombre d'une douleur.

« Mais tu me veux quoi, putain ? » demanda Leon.

Pepper balaya l'attroupement du regard. Les spectateurs comprirent le message. Il aida Leon à se relever et ils se replièrent sous la canopée verte de Triple-A Travel. Pepper lui expliqua ce qu'il cherchait.

Leon passa la langue sur ses dents couvertes de sang, cracha un mollard rouge. Il plissa les yeux. « Tu viens sur mon lieu de travail pour me poser des questions à propos d'un feu que je sais pas qui a allumé ?

– Personne t'obligeait à jouer les durs.

– Si je perds mon taf, je te promets que tu me le paieras. »

Il demanda à Pepper de lui refaire le topo. Le jeudi précédent il était à l'ombre, dans la prison qu'on surnommait The Tombs. Un accrochage au Happy's. « Même si je vois pas en quoi ça te regarde. »

Pepper le croyait – un coup de fil au Happy's un peu plus tard valida son alibi –, et une fois de plus il douta d'être l'homme de la situation. Parfois, il lui arrivait de cogner la mauvaise personne, qui se trouvait en fait porter une perruque. Si l'homme en question était noir, Pepper ramassait son toupet et le lui rendait en maugréant des excuses. Il était certes froid, mais pas sans cœur. Il avait même élaboré une sorte de petite cérémonie, comme lorsque l'armée présente le drapeau américain à la famille d'un soldat mort : avec gravité. Pepper sentit son dos frémir quand il se baissa pour ramasser la charlotte tombée sur le trottoir. Il la déposa dans les mains grasses de Leon.

Un certain Joe avait laissé un message au bar avec une heure et une adresse. Si Buford avait été là il aurait demandé davantage de précisions, mais Toomey ne faisait que le remplacer et, niveau messagerie, dans les troquets il ne fallait pas être trop exigeant. Pepper s'y rendit sans se presser.

À la réflexion, Mose et lui n'avaient pas fait ensemble que des coups insignifiants. Tout en marchant, il se remémora le fabricant d'alarmes en 52. On continuait à en parler, comme du match parfait de Don Larsen contre les Dodgers en 56, ou de la première apparition télévisée de Jackie Robinson. Les vieux, du moins, en parlaient.

Le cerveau à l'origine du cambriolage de Bulldog Security Co. était un jeune gars surnommé Uncle Rich. Sa brève carrière au sein de la pègre de Harlem avait été folklorique, éclatante, mémorable. Si le Donegal's avait eu un panthéon plus formel que les initiales gravées dans le mur des toilettes, le portrait d'Uncle Rich y aurait eu sa place aux côtés des plus grands, Grady Cooper, Vic Thurman ou le Comte pour ne citer qu'eux. Dans sa jeunesse, il avait fait un séjour derrière les barreaux pour avoir volé une cargaison de *New York Times* à un kiosque de *midtown*. Dix ans. Là-bas, il avait commencé à étudier – analysé les bons filons et les braquos ratés, les coups spectaculaires et les débâcles dont on ne se relève pas, interviewé aussi bien des fous que des génies brisés – et, à sa sortie, il était devenu un planificateur visionnaire.

Ça ne pouvait pas durer, et justement ça ne dura pas mais, avant d'être abattu, Uncle Rich eut le temps de recruter Big Mike et Pepper à deux ou trois reprises. Point de départ de ce premier boulot : la démocratisation des alarmes après la guerre. Les magasins et les bureaux s'équipaient – portes, fenêtres, caves – et tout commerçant sérieux avait une ligne directe avec l'une des grosses boîtes de sécurité. « C'est la course à l'échalote », expliqua Uncle Rich à Pepper et à Big Mike. Ils étaient dans le sous-sol de l'église St. Andrew, dans la 147e. La paroisse louait des salles et le truand y recevait des recrues potentielles, un entretien tous les quarts d'heure.

« La maison Poulaga innove, donc on trouve la parade, et le jeu continue », poursuivit Uncle Rich. Il enleva ses lunettes et les nettoya avec un mouchoir. Tout en lui était précis : mouvements, diction, durée des regards. Il donnait l'impression d'avoir chronométré et répété chaque instant de l'interaction avant même que vous puissiez savoir qu'elle aurait lieu. « Donc j'ai réfléchi et je me suis dit : au lieu de désactiver un système d'alarme, pourquoi on désactiverait pas plutôt la boîte qui le gère ? »

Les représentants de Bulldog avaient usé leurs semelles en sillonnant New York pour débaucher la clientèle des trois plus gros fournisseurs d'alarmes : Argo, Top Lad et Valiant. Bulldog était basé à Chicago et avait un contrat exclusif avec la compagnie du téléphone ; à l'image des gangsters qui étendent leur territoire, il s'attaquait à des concurrents déjà bien en place. Les prospects qui acceptaient de changer de prestataire bénéficiaient d'une remise généreuse et avaient droit à un bel autocollant à mettre sur leur devanture pour les identifier comme des clients de Bulldog. Et donc comme des cibles. « C'est ça qui m'a donné l'idée – cet autocollant, il nous dit que leurs portes s'ouvrent toutes avec la même clé. » Gideon Gem & Diamond était passé chez Bulldog, de même que Fabrizio's et plusieurs autres bijouteries d'*uptown* qui conservaient un stock important d'un jour sur l'autre.

Les locaux new-yorkais de Bulldog se trouvaient au coin de la 95e Rue et de la 1re Avenue. Uncle Rich avait un contact, un ouvrier de la compagnie du téléphone, qui bricola le standard de la société. Le réseau de Bulldog passait par les câbles téléphoniques. Lorsque la société recevait un signal, elle appelait le numéro en question et envoyait une équipe. Si vous n'aviez pas le code correspondant au compte client, l'appel suivant était pour la police. Mais si le standard de la compagnie était retiré de l'équation – ainsi que son personnel –, imaginez les trésors qui attendaient un cambrioleur dégourdi avant que les poulets soient prévenus.

Uncle Rich l'imaginait sans peine, et il n'éprouvait nul besoin de le préciser, ni d'expliquer comment il comptait s'y prendre pour réaliser cet exploit. Il se chargerait du siège de Bulldog. Pepper et Big Mike, de la cible qu'il leur avait choisie : Fabrizio's, dans la 125e. Uncle Rich neutraliserait la boîte magique de la société de sécurité et enverrait un signal aux voyous qui dépouilleraient alors la bijouterie. Entrer, sortir. « Vous pensez pouvoir y arriver ? »

Big Mike dit : « Bien sûr, ouais. » Pepper haussa les épaules.

À vingt et une heures le premier lundi du mois d'août, Pepper et Big Mike poussèrent la porte du numéro 24 de la 125e Rue Est et montèrent au premier étage, qui hébergeait le siège de Liberia Insurance. De loin, leurs uniformes gris et leurs mallettes noires les faisaient ressembler à des ouvriers ; en se rapprochant, on pouvait déchiffrer l'écusson Rogers Plumbing sur leur dos. Ils dépassèrent la compagnie d'assurances et accédèrent au toit. Ils traversèrent ce toit et les deux suivants et s'installèrent sur la plage de goudron qui coiffait le numéro 18. La poignée de la porte de l'escalier avait été enfoncée deux jours auparavant. Ils attendirent le signal.

Trois mois plus tard, Liberia Insurance s'évanouirait dans la nature, emportant plusieurs dizaines de milliers de dollars. Aucun rapport avec la mission Bulldog, simplement un bon exemple de la nature insaisissable de Harlem en ces années : ce qui était là un jour pouvait s'envoler le lendemain avec votre argent.

Debout sur le goudron, Pepper observait la 125e Rue en songeant à la chaleur et aux comportements étranges qu'elle provoquait chez ses congénères. Du matin au soir ils se maîtrisaient, transpiraient, et d'un coup ils pétaient les plombs. Les émeutes de 1943 avaient eu lieu en août ; perchés sur les toits, des hommes et des adolescents avaient fait pleuvoir sur les flics des bouteilles, des briques et des morceaux de ciment arrachés. Bombardement aérien.

Mais c'était pour le travail que Pepper était juché sur ce toit, pas pour le plaisir. Et il dit : « Avec le même coup, *downtown*, tu fais fortune.

– Ouais », acquiesça Big Mike, sur un ton signifiant qu'ils gâchaient un plan exceptionnel car les bijoutiers de Harlem ne brassaient pas le même volume de joncaille que les boutiques de Madison ou de Lexington Avenue.

« Mais bon », ajouta Pepper, façon de dire que les opérations *downtown* avaient aussi leurs inconvénients. Envoyer trois – ou quatre ? ils ne savaient pas combien de magasins Uncle Rich visait ce soir-là – équipes de Noirs au sud de la 96e augmentait le risque d'interférence policière.

« Enfin… », dit Big Mike pour faire observer que Bulldog ne serait pas aussi réactif selon que le client se trouvait à Harlem ou *downtown*. Lorsque le racisme simplifiait la logistique d'un boulot, on pouvait considérer que le Seigneur en personne y accordait Sa bénédiction.

« C'est sûr », conclut Pepper : ce boulot était ce qu'il était et ils prendraient ce qu'ils pourraient.

En bas, dans la rue, un homme marchait en chantant, la radio à fond.

Pepper demanda à Big Mike des nouvelles du petit.

« Il fait sa vie », répondit Carney Sr.

À vingt-trois heures trente, Pepper et Mike dirigèrent leur attention sur le coin nord-est du croisement avec Madison. La circulation pédestre avait diminué lorsque le magasin d'alcool avait éteint les lumières et baissé le rideau. Et puis il fut vingt-trois heures quarante-cinq – l'heure convenue. Une minute passa. Pepper imagina le chœur de jurons qui devait retentir dans le crâne de son équipier. Un maigrichon en T-shirt blanc traversa le carrefour – pas lui. Deux minutes de retard. Pepper inspira. Et puis il apparut : Mose. Il alluma une cigarette, lança l'allumette dans le caniveau et continua son chemin. Pepper et Mike dévalèrent les marches.

Au deuxième étage se trouvaient les bureaux de Jackpot Printing, d'où sortaient deux fois par semaine des prévisions numérologiques pour le loto. POISSONS ! JOUEZ LE 280, VOUS NE LE REGRETTEREZ PAS !! SI C'EST VOTRE ANNIVERSAIRE, MISEZ SUR LE 478. Fermé le lundi. La salle d'exposition et le bureau de Fabrizio's, un bastion italien, se trouvaient au-dessous. Fabrizio's avait vendu trop cher des bagues de fiançailles et des alliances à une génération entière de Noirs de Harlem, dont c'était pour certains le tout premier achat en vue d'une grande occasion. Les bijoutiers italiens étaient restés alors que nombre de leurs concurrents avaient déménagé *downtown* quand le quartier avait « changé ». Fabrizio's avait longtemps acheté sa protection aux frères Lombardi, mais la famille avait essuyé plusieurs revers de fortune qui l'avaient fragilisée. Opter pour la surveillance électronique était un investissement sage.

C'était une alarme silencieuse. Pas le choix, Pepper et Big Mike devaient faire confiance à Uncle Rich et à son équipe au siège de Bulldog. En cas de souci, ils s'en rendraient très vite compte.

Big Mike fit sauter les trois verrous de la porte – plus bruyamment que ne l'aurait souhaité Pepper – et ils entrèrent. Ils se regardèrent. Rien ne devait se passer, et rien ne se passa. Dans la journée, la bijouterie était magnifiquement éclairée, la lumière s'accumulant dans les pierres et les métaux en vitrines. Combien de jeunes Roméo sans le sou, éblouis par cet étalage de splendeurs, s'étaient-ils laissé convaincre de s'endetter ? Chaque soir, les vendeurs de Fabrizio's transféraient les présentoirs en velours dans de larges coffres Aitkens sous les tables. Pepper et Big Mike connaissaient ces modèles, conçus pour retarder l'accès à leur contenu et laisser le temps aux agents de sécurité ou à la police d'arriver sur les lieux. Ce qui ne se produirait pas ce soir-là.

Onze minutes plus tard, ils avaient vidé la salle d'exposition. Les plus belles pièces étaient entreposées dans le gros coffre du bureau, mais Uncle Rich avait tempéré ses ambitions. Restait à voir si les autres équipes respecteraient son souhait une fois sur place. Pepper et Big Mike échangèrent un hochement de tête, soupesèrent leurs mallettes et s'engagèrent dans l'escalier, où ils faillirent percuter un homme qui descendait des bureaux de l'imprimeur.

Conformément à son protocole personnel, Pepper s'était mis en planque devant l'immeuble le lundi soir précédent ainsi que celui d'avant. Aucune activité au-dessus du rez-de-chaussée. Cet homme n'aurait pas dû être là. Trapu, presque la quarantaine, beau costard noir et cravate rouge pétant. Il avait dû oublier quelque chose au bureau et revenait après avoir passé la soirée dehors. Il comprit tout de suite ce qui se passait. Big Mike le frappa au visage avec le talon de sa lampe-torche. Au troisième coup l'homme valsa sur le palier, au quatrième un éventail de sang gicla sur le mur, au cinquième il cessa de bouger.

Rien n'obligeait Big Mike à faire ça. Le temps que l'homme trouve un téléphone, ils auraient été loin. Mais c'était Mike Carney. Cinq minutes par-ci, cinq minutes par-là, et cette rencontre aurait pu ne jamais avoir lieu. Mike n'y était pour rien. L'imprimeur non plus. Simplement, les choses se goupillèrent ainsi ce soir-là. Une autre nuit, ça aurait été différent. Pareil que pour le gamin dans l'immeuble incendié. Tant d'autres nuits il n'y était pas, mais celle-là si.

Par la suite, la lampe-torche cabossée de Big Mike aurait parfois des faux contacts, et alors il regarderait Pepper en haussant les épaules.

Les deux voleurs avaient rendez-vous avec Uncle Rich à sept heures le lendemain matin dans un appartement de la 139e Rue, aux environs de Broadway. Uncle Rich s'abstint de se féliciter du succès de l'opération, une modestie rare dans leur métier. « C'est les câbles, dit-il. Si tu contrôles les câbles, t'es le roi du pétrole. » Big Mike lui parla du témoin. Uncle Rich acquiesça puis revint au butin de la bijouterie, plaçant une broche en diamant devant la lampe posée sur la table. Il les paierait dès qu'il aurait vu le fourgue.

Ils travaillèrent une autre fois ensemble. Et puis, six mois plus tard, Uncle Rich engagea des gars de Brooklyn comme gardes du corps pour un échange. Le jour dit, les hommes liquidèrent tout le monde et embarquèrent la thune et la marchandise – rien d'étonnant, c'était Brooklyn. Uncle Rich reçut une balle dans la tête. Certains clients du Donegal's soutenaient mordicus que sa mort était une mise en scène – « Comment tu peux savoir que c'était bien lui ? » – et qu'il avait fui au Mexique, mais Pepper n'avait pas de temps à perdre avec les ragots du milieu.

Le plan Bulldog, ça c'était un vrai boulot, pas comme cette chasse au pyromane. Pepper vérifia l'adresse que lui avait donné Toomey. Si loin à l'est, la 104e Rue était un coupe-gorge bordé d'immeubles agonisants et de repaires à toxicos. Il avait marché vite – la nuit n'était pas encore tombée. Le numéro 159 se trouvait au milieu du bloc.

Vraiment, des plans comme le Bulldog, on n'en faisait plus. Et alors qu'il se disait que rien n'était plus comme avant, la batte de base-ball le cueillit à la base du crâne. Son assaillant frappa deux fois de plus avant qu'il ne touche le sol, et puis il continua.

4

Il était 18 h 27 quand Toomey laissa le message qui conduirait Pepper à cette embuscade. Au même moment, Carney buvait une bière avec Martin Green dans le sud de Manhattan, au Subway Inn. Martin fit une remarque à propos de l'étroitesse des trottoirs de Lexington Avenue.

« C'est vrai, abonda Carney.

– À l'heure de pointe, avec tous les camions de livraison, il faut faire la queue pour avoir le droit de passer.

– C'est une avenue qui ne s'assume pas et qui se comporte comme une petite rue.

– Exactement, putain. »

Dès que Green avait deux verres dans le nez, son accent de Brooklyn resurgissait. Au fil des années, il avait évoqué à plusieurs reprises le quartier de Sheepshead Bay. Carney le connaissait mal, savait seulement qu'il était situé près du terminus du métro, où la ville s'effilochait. Dans chaque arrondissement il y avait des endroits semblables, où les rails s'interrompaient et où vous vous retrouviez coincé. Sauf à Staten Island. Staten Island, c'est ce type qui débarque un jour à côté de chez vous pour ne jamais repartir. Il détonne un peu, personne ne sait trop quoi en faire, mais il est là

– il passe la tête par-dessus la clôture pendant les barbecues, donne son avis sur le meilleur désherbant alors qu'on ne lui a rien demandé, et vous taxe des bières.

C'était la première fois que Carney venait au Subway Inn. À en croire l'article encadré près de la caisse, Marilyn Monroe et Joe DiMaggio y avaient une table favorite à la grande époque, mais on peinait à imaginer que des célébrités le fréquentent encore. Un néon rouge se reflétait sur l'aluminium des chaises, le régiment de bouteilles derrière le comptoir et la vitre arrondie qui protégeait les entrailles du juke-box. Quelques femmes en chemisier léger et jupe fourreau versaient du gin et de la vodka dans des verres épais, la chaleur avait fait tomber les vestes et l'happy hour attirait une clientèle principalement masculine. Carney savait reconnaître les arnaqueurs lorsqu'il en voyait, et ce bar était rempli d'escrocs en col blanc, les joues roses, qui braillaient par-dessus la musique noire du Wurlitzer – des valeurs sûres de la Motown, pas « cette saleté de disco » – tout en planifiant le gros coup qui les délivrerait de leur manager. Élevés dans les ruches ségréguées de Manhattan et de Jersey – et aussi, oui, de Staten Island –, ils se rassemblaient ici, desserraient leur cravate, retroussaient leurs manches, et une angoisse chronique s'abattait sur eux à l'instant où les corvées du bureau cessaient de les en distraire. Après deux ou trois verres et confessions, ils disparaîtraient comme des billes dans les trous d'un billard, mais pour l'heure ils ricochaient contre les murs, le comptoir et leurs semblables, dans un vacarme assourdissant.

Pour leurs rendez-vous d'affaires, Carney et Green se retrouvaient chez le courtier en pierres, mais une fois par an l'intermédiaire invitait le vendeur de meubles à boire un verre. Sa compagnie était plaisante. Ces dernières années, Green s'était progressivement assagi, avait troqué ses amulettes aztèques et ses lunettes à verres rouges contre des vestes sur mesure et des pantalons kaki. Il avait même commencé à évoquer une régulière, Ally, qui vendait des articles de luxe dans une papeterie chic de Madison. « Elle me cadre, dit-il. Et ton Elizabeth, quoi de neuf ?

– Elle n'arrête pas. » Seneca avait encore beaucoup de demandes pour les vacances d'été, et la campagne électorale l'occupait de plus en plus. Cette semaine était exceptionnelle pour Carney ; les soirs où il allait boire un verre, ou rencontrer un voyou sous couvert de boire un verre, se faisaient rares. C'était désormais Elizabeth qui sortait, allait retrouver des amies ou travailler pour Oakes. La veille, May et elle avaient distribué des badges et des casquettes et recueilli des signatures devant la station de métro 135e Rue. Les nouveaux stylos arriveraient la semaine suivante, car sur la première livraison le nom du candidat était écrit « Oates ».

« Je ne connais pas Oakes, mais il ne peut pas être pire que les guignols qu'on a en ce moment », dit Green. Il jeta un coup d'œil par-dessus son épaule. Le jukebox entonna « Jailhouse Rock » et plusieurs clients ivres se mirent à chanter en massacrant la chorégraphie d'Elvis. Ainsi, personne ne put entendre Green lorsqu'il se pencha vers Carney et lui dit : « J'ai une idée dont j'aimerais te parler. »

Il avait un collègue suédois qui s'intéressait à un certain type de pierres précieuses. Elles étaient pratiquement introuvables sur la plupart des marchés, mais il avait identifié trois fournisseurs américains. Les Américains rechignaient à vendre. Le Suédois réfléchissait à un moyen d'intercepter...

« Intercepter ? fit Carney.

– Le mot est de lui. Il voudrait trouver un plan pour intercepter les pierres et il m'a demandé de l'aider. J'ai pensé à toi.

– C'est pas mon métier. » Il termina sa bière.

« Le mien non plus. Mais tu connais des gens que personne d'autre ne connaît. Et qui pourraient être ceux qu'il lui faut.

– Pas mon domaine. »

Green sourit. « Il fallait bien que je tente le coup. Tu aurais pu vouloir te diversifier. »

Carney répondit qu'il appréciait la proposition et se leva pour commander une eau gazeuse. Ils restèrent dix minutes de plus au Subway Inn. Green se rendait ensuite au Maxwell's Plum pour rejoindre un contact allemand qui avait lu un article sur le bar dans un magazine. « Il croit qu'il va prendre de la coke dans les toilettes avec Bianca Jagger. » Carney, lui, avait rendez-vous avec Pierce au club. L'avocat avait besoin d'un conseil.

Ils se serrèrent la main à l'extérieur. La bouche de métro était tout près, mais avant de descendre dans les souterrains Carney ne put s'empêcher de remarquer les ampoules grillées au-dessus du quai de chargement du grand magasin Bloomingdale's, de l'autre côté de la rue. Il se demanda si quelqu'un avait prévu de venir aux petites heures pour une séance de shopping illicite. Peu de monde dans les rues après minuit. Mais ces ampoules étaient peut-être simplement arrivées en bout de course. Il n'y avait rien de répréhensible à identifier des opportunités.

Ces stations de l'East Side s'enfonçaient parfois très loin sous terre. Peut-être un rapport avec le schiste, qui déterminait le trajet des lignes de métro. Toutes ces choses qui modèlent notre vie quotidienne à notre insu. Il attendit sur le quai à côté d'une affiche représentant des révolutionnaires en train de balancer des caisses de thé dans le port de Boston : GARDEZ LIPTON, JETEZ LE RESTE.

Des pierres très précieuses. Carney fit le bilan de son rendez-vous avec Green dans le train qui le ramenait *uptown*. Le courtier n'avait pas précisé ce que cherchait son collègue. Des émeraudes, un type de diamants bien précis ? Il avait lu quelque chose dans le journal à propos d'un gros cambriolage en France la semaine passée, il y avait des émeraudes célèbres dans le lot.

Aucune importance. Carney ne s'intéressait pas à l'étape initiale. Les cambrioleurs prélevaient un objet dans le monde ordinaire et le convertissaient en marchandise volée. Le fourgue, lui, contribuait à retransformer les pierres, les monnaies et les colliers en objets légaux. Et les exécuteurs, alors ? Ils prenaient une chose appartenant au monde de la loi – un immeuble, une maison de ville – et la déplaçaient dans le monde du crime par la fraude, l'incendie, la mort. Le boulet de démolition arrivait, réduisait la structure en poussière, et ensuite un promoteur restituait les lieux au monde de la loi. Sur le trajet entre le légal et l'illégal, les individus entreprenants croisaient une foule d'occasions de se remplir les poches. Comme avec le métro, l'itinéraire dépendait de l'endroit où on embarquait.

Carney allait s'en tenir à ce qu'il savait faire. Fiable, solide. Comme le roc. Green s'était toujours montré prudent dans ses rapports avec lui. S'il changeait d'activité, il s'exposait à de nouveaux dangers. Le moment était peut-être venu pour Carney de se trouver un nouveau contact.

Pendant que des hommes faisaient pleuvoir des coups de batte sur Pepper, Carney fredonnait « Afternoon Delight » en montant les marches du Dumas Club. Il était dix neuf heures cinquante-cinq. Le salon se vidait, ses occupants venus se détendre après le travail partaient honorer leurs engagements du vendredi soir auprès de leur épouse ou de leur maîtresse. Les plus âgés, les derniers Monty et Rutherford, étaient nichés dans leur fauteuil ou canapé favori, où ils vidaient des coupelles de mélange apéritif et des verres de whisky tourbé. Carney trouva Pierce dans son fauteuil de prédilection, à côté de la fenêtre, en train de lire le cahier Immobilier du *Times*. L'avocat fit signe au serveur.

Pierce avait un problème. « Tu te rappelles la femme dont je t'ai parlé – celle qui bosse dans mon bureau ? » Carney se souvenait d'une histoire à propos du compagnon de sa secrétaire – ils fricotaient ensemble, elle avait un fiancé dans l'Idaho, que se passerait-il si celui-ci l'apprenait ? En parallèle, un cabinet comptable s'était installé au même étage et Pierce discutait avec la jeune réceptionniste. « C'est moi qui suis fou ?

– Comment tu veux que je le sache ? » répondit Carney. L'avocat ne lui demandait pas conseil, il fanfaronnait.

Pierce ouvrit la bouche mais fut interrompu par le vagissement d'un camion de pompiers. Les sirènes éventraient constamment les rues, mais depuis l'incendie du numéro 371 Carney visualisait mieux ce vers quoi elles fonçaient, le malheur qui se déployait en leur absence.

« Y a le feu ou quoi ? fit Pierce en gloussant.

– Tu as déjà entendu parler des exécuteurs ? » demanda Carney.

L'avocat écarta la question. « Faut pas croire tout ce qu'on lit dans les journaux. » D'après lui, les incendies volontaires ne constituaient qu'une infime fraction du phénomène, moins de dix pour cent. Le vrai sujet était la dégradation de la ville.

Avant la crise fiscale et les restrictions budgétaires actuelles, plusieurs décennies de réhabilitations successives avaient désintégré les communautés et les zones industrielles au nom du progrès. « On a tout cassé pour faire passer des autoroutes et on a rasé des "bidonvilles", mais c'étaient des lieux où des gens vivaient – des Noirs, des Blancs, des Portoricains. Quand on détruit des usines et des entrepôts, on détruit aussi des emplois. Les Blancs ont profité de ces nouvelles routes pour fuir New York et s'installer en banlieue dans des maisons qu'ils ont pu s'acheter grâce à des prêts aidés. Des prêts auxquels les Noirs n'avaient pas accès. Avec les Portoricains ils s'entassent dans des ghettos de plus en plus petits qui étaient autrefois des quartiers prospères. Mais, aujourd'hui, les emplois manuels bien rémunérés ont disparu de ces quartiers. Les habitants ne peuvent pas acheter parce que les prêteurs considèrent que ce sont des zones à risque. La discrimination financière crée les conditions contre lesquelles elle met en garde : chômage, immeubles surpeuplés, et par conséquent des services sociaux débordés. Ça a commencé – l'effondrement est en cours.

– Quel rapport avec les feux ? » Carney aimait l'idée qu'il se faisait de sales types s'immisçant dans les bâtiments avec un bidon d'essence – la sociologie, si on pouvait appeler ça ainsi, semblait avoir bon dos.

« Ce ne sont pas des incendies criminels, ce sont des années d'urbanisme déplorable qui nous reviennent en pleine gueule. On le voit partout dans Harlem, à même pas deux rues d'ici. Les systèmes tombent en rade les uns après les autres. Un marchand de sommeil achète un immeuble qu'il n'entretient pas. La chaudière tombe en panne, il fait froid dans les appartements. Les radiateurs électriques tirent trop sur les vieux fils, un feu éclate. Des junkies et des poivrots s'installent dans un appartement vide, se mettent la tête à l'envers et laissent tomber une allumette, un feu éclate. Des adolescents font les cons dans un immeuble abandonné. L'immeuble d'à côté flambe aussi, et c'est tout le pâté de maisons qui souffre. RAND a étudié les chiffres. » Une légère hausse du nombre d'incendies avait été précédée par une augmentation importante des effectifs dans les écoles publiques. Chassée d'un quartier par les feux et la destruction des habitats insalubres, toute une population se retrouvait dans une nouvelle zone en crise et surpeuplée. Jusqu'à l'effondrement suivant. « C'est une réaction en chaîne. Il y a des incendies criminels, d'accord, mais ce n'est pas le plus important. »

Carney avait entendu parler de RAND Corporation. Dans l'émission *60 Minutes*, un reportage à propos de l'Union soviétique. De la guerre nucléaire, peut-être ? Pierce lui expliqua que tout avait commencé au sortir de la Seconde Guerre mondiale : après la capitulation des forces de l'Axe, des ingénieurs, des physiciens et des stratèges militaires avaient fondé un think-tank. « Il fallait bien qu'ils s'occupent. Ils se sont donné le nom d'"analystes système", mais en réalité c'est juste des grosses têtes qui aiment le pouvoir. Leur principal client est le gouvernement américain et ils ont leurs entrées partout. Ils réfléchissent à des scénarios nucléaires contre les Russes, à des moyens de niquer Castro. Au Vietnam, ils ont analysé les attaques et les schémas de déploiement du Viet Cong, ça leur a permis de dire à l'armée où lâcher des bombes et où envoyer des soldats. Tout ça grâce à des ordinateurs. L'ancien maire, Lindsay, s'est baladé dans Harlem pendant les émeutes de 68, ça l'a fait penser à Detroit et à Watts, il s'est mis à flipper et il s'est dit : Si on utilisait toutes les connaissances qui permettent d'envoyer une fusée sur la lune pour résoudre nos problèmes ? Il a passé quelques coups de fil et, résultat, on a le New York City RAND Institute qui étudie la police, les pompiers, la santé, le logement. Tout ça financé par nos impôts.

– Comment est-ce que tu es au courant de tout ça ?

– D'après toi ? Je les ai assignés en justice. » Il leva son verre : aux forfaits horaires. « Je suis devenu incollable sur le sujet. Les équipes de RAND arrivent, la mairie leur donne carte blanche, elles déballent leurs graphiques, leurs ordinateurs, et elles commencent à examiner la ville de la même façon qu'elles ont disséqué l'armée vietnamienne et les schémas des retombées nucléaires. Et elles se demandent ce qu'on peut faire pour les feux.

– RAND n'a pas fait fermer des casernes de pompiers ? » demanda Carney. Il avait vu un reportage sur les manifestations dans *Eyewitness News*. Raisons invoquées : un mélange de coupes budgétaires et d'« efficacité ». RAND avait réalisé une montagne d'études sur le service des pompiers et fini par préconiser la fermeture de plusieurs casernes dans les quartiers les plus touchés par les incendies. Avec pour effet une recrudescence du nombre de feux et d'immeuble détruits.

« Dans les quartiers riches, dit Pierce, quand ils entendent que la mairie prévoit de fermer la caserne au bout de la rue, ils décrochent leur téléphone et le lendemain l'idée est enterrée. Dans le South Bronx, ça se passe pas comme ça. On a été engagés par des associations de quartier pour empêcher les fermetures.

« Trois fois, je les ai retrouvés au tribunal. Les deux premières, le juge a classé sans suite quand la mairie a brandi les études de RAND. Comprendre : les chiffres ne peuvent pas être racistes. Par contre, les données peuvent être fausses ou mal comprises, et si on donne de la merde à manger à un ordinateur, il produira de la merde. Tous les petits génies de chez RAND, ils ont la tête dans les nuages, ils ne voient pas ce qu'il se passe au niveau des rues. Le trafic automobile, par exemple. Ils sont incapables de concevoir que deux casernes puissent avoir des temps de réaction différents non pas parce que leurs performances sont différentes, mais à cause des conditions de circulation. Dans certains quartiers il y a tout le temps des embouteillages, dans d'autres moins. Sur Park Avenue, les bornes d'incendie fonctionnent. Un kilomètre et demi plus haut, dans East Harlem, les canalisations ont été déconnectées pour faire des travaux qui ne sont toujours pas terminés dix ans plus tard. Sauf que, ça, on ne le voit pas depuis les nuages. Les conclusions erronées s'accumulent, et tout va de mal en pis. »

Il but une gorgée de whisky. Carney avait devant lui un Pierce qu'il n'avait pas vu depuis des années, le croisé des droits civiques, le David noir qui défiait les Goliath blancs. L'avocat exposa ensuite les arguments décisifs qu'il avait préparés mais jamais pu énoncer. « La troisième fois qu'on s'est retrouvés devant le juge, je représentais Uptown Gardens, une association dirigée par Kwame Miller, un Black Panther qui a continué à militer sur le terrain après que le mouvement a explosé, il y a deux ou trois ans. » Pierce énuméra les actions de Miller : fourniture de repas dans les écoles, programmes sportifs… « Des trucs solides. »

Un jour, Uptown Gardens trouve une enveloppe sur le pas de sa porte, déposée par un lanceur d'alerte travaillant chez RAND. « Tu te souviens de Daniel Ellsberg, le mec qui a envoyé les Pentagon Papers au *New York Times* ? C'était pareil. Il y avait tout : l'étude sur les politiques municipales depuis trente ans, tout ce que je viens de te raconter. Verdict : le système ne fonctionnait plus, les fermetures de casernes n'allaient faire qu'aggraver la situation. RAND avait enterré ce rapport et continué comme si de rien n'était. »

À la voix de Pierce, Carney devina que la justice n'avait pas été rendue. « RAND a contacté Miller ? demanda-t-il. Ils l'ont payé pour qu'il se taise ? »

Pierce alluma une nouvelle cigarette. Le cendrier était un énorme globe de cristal monté sur un piédestal tout aussi massif. « C'était écrit noir sur blanc. Le désinvestissement urbain théorisé par Moynihan. La commission d'urbanisme réunie par Lindsay l'a énoncé très clairement en 68 : si East Harlem et Brownsville partaient en fumée, la mairie n'aurait pas à raser les bidonvilles avant de reconstruire et ça lui ferait des économies. On les a chopés la main dans le sac, flagrant délit de racisme. » Il jeta un regard alentour pour vérifier qu'aucune partie prenante à l'affaire n'était en train de siroter un verre dans les parages. « Et puis on a reçu un coup de fil. Uptown Gardens avait retiré sa plainte. Kwame Miller est parti s'installer aux Bahamas, et quinze jours plus tard la mairie a résilié son contrat avec RAND. Je ne dis pas que tout est lié, mais… Si, ça saute aux yeux, tout est lié. »

Tandis qu'il écoutait Pierce, Carney avait serré les poings. Il sentait la colère monter mais ne savait pas vraiment ce qui l'avait déclenchée. Rien de ce que décrivait Pierce n'était nouveau. Était-ce à cause du gamin ? On analyse les problèmes depuis les nuages et on ne voit pas ce qui est à l'œuvre dans les rues. Qu'est-ce qui avait envoyé le petit Ruiz à l'hôpital ? L'incendie ou l'ensemble de facteurs qui avaient vidé l'immeuble ?

« C'est comme ça que ça marche à New York, dit Pierce. Prends Oakes. La dernière fois qu'on était ici, toi et moi, on lui signait des chèques. Mais à l'époque où il était procureur, je ne l'ai pas vu s'attaquer aux marchands de sommeil ni aux assureurs véreux. Quand une affaire d'incendie criminel arrive dans le bureau du proc, tu peux être sûr que tu n'en entendras plus jamais parler. La mairie achète les ruines, ou bien elle les saisit au nom de l'intérêt général, et ensuite elle les revend à un promoteur pour une bouchée de pain ou alors elle les refile à une organisation du style Homes 4 Harlem – la “réhabilitation urbaine”, ça représente avant tout beaucoup d'argent.

– Le président d'arrondissement, il a son mot à dire dans l'attribution des marchés ?

– Officiellement, non. Il est censé représenter son arrondissement à la mairie, rien de plus. Tu parles. En pratique, il siège à la commission du budget avec les autres présidents d'arrondissements, le maire et le contrôleur des finances, et ils fument des cigares tous ensemble en redessinant la ville. Comme autrefois. Rien n'a changé depuis le siècle dernier. De temps à autre, on entend dire que les Fédéraux ont l'intention de dissoudre la commission du budget pour des motifs constitutionnels, mais en attendant c'est le Far West. »

Carl le serveur se racla la gorge et leur demanda s'ils désiraient autre chose. Pierce commanda un whisky, Carney une eau pétillante.

« Disons juste que le président d'arrondissement a un grand seau et une grosse louche et qu'il arrose qui il a envie. Il se trouve qu'une bonne partie de nos camarades du club misent sur Oakes. Ils ont probablement déjà des dettes envers lui, il a dû leur faire des faveurs du temps où il était proc, et c'est le genre de mec qui n'oublie rien. Tu as vu Ellis Gray à la levée de fonds, il se léchait les babines. Tu ne penses pas que Sable Construction serait intéressé par le marché des logements sociaux ? Dave Parks ? Newsome ? Y a un paquet de gens qui espèrent que Oakes sera élu. Toute la deuxième génération des honorables membres du Dumas Club. » Il leva son verre aux portraits qui ornaient les murs. « Leurs pères l'ont fait, maintenant c'est à leur tour.

– Les enveloppes circulent », résuma Carney. Des pots-de-vin spontanés, comme il y avait des incendies spontanés. Une fois que c'est lancé, ça ne s'arrête plus. « Et toi ? dit-il. Maintenant que tu voles de tes propres ailes ?

– Je bosse pour la ville. Je suis heureux de représenter

différents types de clients. » Il sourit. « Et sur le plan politique, je signe des chèques, comme tout le monde. Comme toi. »

Carney haussa les épaules. « Je n'ai pas franchement le choix. »

Pierce écrasa sa cigarette. « Tu connais quelqu'un qui l'a ? »

Ce soir-là, Carney arriva chez lui à dix heures passées de dix minutes. Il avait souvent du mal à atteindre son perron dans les temps. Cette fois, il avait vingt minutes d'avance.

Pas de lumières. Il tenta quand même un « Y a quelqu'un ? » en pénétrant dans le vestibule. L'écho lui fila le cafard. Il s'était habitué à ne plus avoir May à la maison, et désormais John était de moins en moins là, soit chez le glacier où il travaillait, soit avec des amis. Elizabeth sortait presque tous les soirs. Elle l'avait prévenu qu'elle rentrerait tard, mais il avait oublié les détails. Carney se retrouvait de plus en plus souvent seul, comme lorsqu'il vivait sur la 127e, après la mort de sa mère, quand son père consacrait sa vie à la rue. L'image de sa mère dans l'appartement s'effaçait, son visage réduit à une tache floue. Carney alluma les pièces au fur et à mesure, s'attendant presque à découvrir sa famille qui l'attendait dans les fauteuils et le canapé.

Les enfants avaient laissé un mot sur la table de la cuisine – Daryl Clarke organisait une fête dans la maison familiale, un peu plus loin dans la rue. À côté, un message téléphonique pris par John : « Marie a appelé. Albert n'a plus besoin de respirateur artificiel. »

Excellente nouvelle. Devait-il envoyer une carte ? des

fleurs ? Il demanderait à Marie après le week-end, ferait peut-être même un saut chez les Ruiz pour leur offrir son aide.

Elizabeth arriva et ferma la porte à sa manière ferme et définitive, comme pour laisser dehors tout ce qui la poursuivait. Il lui cria bonsoir depuis la cuisine.

« Tu as passé une bonne journée ? » Elle trouva le mot. « Daryl Clarke ?

– Les parents ne sont pas en vacances ? » James et Baby Clarke les tannaient depuis des mois avec leur voyage en Afrique de l'Ouest. Ils étaient passés par un concurrent de Seneca, Motherland Tours. Quant à savoir si c'était un pied de nez adressé à Elizabeth, la question se posait.

Cette dernière ne se tracassait pas pour sa progéniture. « Des fois, c'est bien de leur laisser croire qu'on leur lâche la bride. » Elle prit des nouvelles de Pierce, Carney répondit que l'avocat s'était plaint des responsabilités liées à sa nouvelle indépendance. Il se retint d'ajouter que la profession de foi du candidat qui avait les faveurs de son épouse omettait l'aspect pots-de-vin et extorsion.

Elizabeth avait les yeux brillants : pompette. Elle portait une robe d'été bleue et verte déterrée du fond de sa penderie où elle l'avait remisée parce qu'elle la serrait. Elle lui allait de nouveau parfaitement. Se laissait-elle repousser les cheveux ? Elle ne les avait pas eus aussi longs depuis la mort de sa mère.

« Je suis allée boire un verre avec Janet au Whistle Shop après la réunion », dit-elle.

D'accord. Janet faisait partie des Femmes avec Oakes. Récemment divorcée, elle avait quitté le Texas pour New

York, et Carney commençait à comprendre qu'elle avait une vie sociale pour le moins active.

« C'est sympa là-bas. La musique n'est pas trop forte. »

L'ombre d'un regret dans sa voix. Carney se rendit compte que son implication dans la campagne ne servait pas qu'à aider un ami d'enfance. Elle lui donnait aussi un nouvel objectif maintenant que Seneca prenait moins de place dans sa vie. Elizabeth avait été recrutée par Dale Baker peu après la fin de ses études et c'était à elle que l'agence devait son succès. Dale n'était pas pressé de prendre sa retraite, et lorsqu'il sauterait enfin le pas, il ne mettrait sûrement pas une femme à sa place. Même si c'était Elizabeth qui faisait tourner la boutique. Elle avait fini par l'accepter l'année précédente : elle ne serait jamais directrice. L'agence appartenait à Dale Baker et il en filerait les clés à l'un de ses abrutis de neveux qui bossaient pour l'antenne de Miami.

Lorsque Carney dénigrait Oakes et sa campagne, il dénigrait les espoirs qu'Elizabeth nourrissait pour elle-même. Oakes était un pourri, mais son épouse ne le savait pas. Elle croyait en ce qu'elle avait écrit dans les tracts des Femmes avec Oakes : le changement était pour bientôt.

Elle lut le message de Marie : « C'est quoi cette histoire de respirateur artificiel ?

– Le gamin va mieux, c'est génial, non ?

– Quel gamin ?

– Celui qui habite au-dessus du magasin. » Il lui fit un résumé de l'histoire, mais ça ne sembla rien évoquer à Elizabeth. Se pouvait-il qu'il ne lui en ait pas parlé ? « L'important, c'est qu'il va mieux.

– Je ne savais pas que tu le connaissais.

– Bien sûr que si, je connais Arnold. C'est un de mes locataires.

– Albert.

– Albert, Arnold… bref. »

Une secousse fit trembler la porte d'entrée. La sonnette retentit une fraction de seconde, comme interrompue par un court-circuit.

Il y avait eu des cambriolages dans leur rue, les voleurs étaient passés par la ruelle à l'arrière des maisons. Elizabeth se tourna vers la poêle suspendue au-dessus de la gazinière. Un soir où ils avaient cru avoir de la visite, elle s'était armée de l'ustensile en fonte et avait sillonné la maison pour trouver l'origine du bruit. « Ils ont les clés », dit Carney. Impossible que les enfants aient tous les deux oublié leur trousseau. « J'y vais. »

Ce n'était ni un camé ni un poivrot. Il reconnut le blouson à travers le jour de la porte. Le panneau céda sous le poids de Pepper. Son visage était tuméfié, couvert de sang et de sueur. Le voyou s'écroula dans le vestibule avant que Carney ait le temps d'amortir sa chute.

5

Tout cogneur professionnel sait identifier le choc produit par une batte de base-ball quand elle écrase du muscle ou de la graisse. Ce n'est pas le même bruit qu'un coup sur des tissus mous, spongieux, ni celui que font des doigts pulvérisés. C'est un son lourd, charnu, péremptoire. Ce vendredi soir, dans la 104ᵉ Rue, Pepper concéda qu'il valait mieux l'émettre en étant du côté du frappeur plutôt que du frappé dont les cuisses, les reins et le crâne servaient de percussions. Il s'était laissé distraire, agacé par la mission que lui avait confiée Carney et nostalgique de boulots plus palpitants, et les hommes lui étaient tombés dessus. Allez : on se concentre.

Ils étaient trois, un qui supervisait et deux qui cognaient. Pepper se releva difficilement. Le coup suivant le toucha au bas du dos et ses genoux lâchèrent. Pareil que s'il avait été foudroyé, sauf que l'éclair se prolongea. Il se tordit de douleur sur le bitume. Le chef cria un ordre. Les deux autres jetèrent Pepper à l'arrière d'une Cadillac DeVille rouge. La voiture démarra.

Le chef beuglait à l'arrière, un gorille conduisait et le troisième débitait ses menaces favorites en malmenant la joue de Pepper avec le canon d'un pistolet. Pepper se détendit, se laissa aller sur la banquette en vinyle et fixa le sol. La douleur reflua un peu. L'homme au pistolet empestait la mauvaise eau de Cologne périmée, insoutenable. Pepper inspira et expira péniblement en s'efforçant de reprendre le contrôle de son corps.

« ... *uptown.* » Il reconnut la voix. Cruelle, graillonneuse. D'où ? Un boulot. Pas avec cet homme ; on lui avait demandé de garder un œil sur lui. Sécurité. Une partie de poker de Corky Bell. Pas dernièrement – avant que Corky ne tire sa révérence. Une grande gueule, un connard qui narguait ses adversaires meilleurs que lui : Reece Quelque-chose. Gros dur et premier lieutenant de Notch Walker. Qu'est-ce qui lui prenait, à ce con ? D'abord sortir de la voiture, ensuite se poser des questions.

Le conducteur jura et klaxonna trois fois. Il y avait du monde dans les rues. Vendredi soir – des fêtards qui paradaient dans leurs plus beaux vêtements, des taxis roulant vers les restos et les cinés, des ploucs en goguette dans la grande ville. Ils avaient épargné la nuque de Pepper : soit ils voulaient des informations, soit ils l'emmenaient en lieu sûr afin de le torturer ou de le tuer pour un motif encore inconnu. La voiture pila. Reece cria : « Fais gaffe, ducon ! »

Pepper était vautré derrière le conducteur. La pression du pistolet contre sa joue se relâcha légèrement. Il changea de position, se rapprocha de la portière. Parfum Pourri dit : « Bouge pas ! » et lui mit un coup sur le crâne. Le feu passa au vert, la Cadillac bondit.

« Fait chier, y a des schmitts, fit le conducteur.

– Du calme », dit Reece.

Parfum Pourri écarta son arme du visage de Pepper

et rectifia sa posture pour se donner l'air moins suspect.
« Accélère un peu », dit Reece.

Les trois hommes se mirent à regarder alentour, peut-être afin de paraître détendus. Flingue, gorille, portière.

Pepper prit son élan et balança un grand coup d'épaule qui repoussa Parfum Pourri. Il empoigna la main qui tenait l'arme. Ils commencèrent à se colleter sur la banquette arrière pendant que Reece leur ordonnait de rester tranquilles. Un coup partit tout seul, perfora le plancher. Le bruit fut assourdissant. Le conducteur écrasa l'accélérateur, plaquant Pepper et Parfum Pourri contre le dossier. Reece lâcha un juron. Parfum Pourri desserra sa prise. Pepper s'empara de l'arme, déverrouilla sa portière à tâtons et se laissa tomber sur la chaussée. La camionnette de déménagement qui collait la berline manqua de l'aplatir. Des motos entamèrent un concours de klaxons. Pepper s'élança sur la 3e Avenue, courbé en deux. La Cadillac roulait-elle toujours, s'était-elle arrêtée ? Une petite fille qui mangeait une glace le dévisagea, bouche bée et tartinée de vanille, pendant que sa mère reculait, horrifiée. Avait-il le visage en sang ? Il ne vit pas la voiture de police. Il traversa la 119e en clopinant. Ils seraient obligés de le suivre à pied, impossible de faire demi-tour avec cette circulation. Eux : coincés. Lui : hébété, à bout de souffle. À la 118e il prit vers l'ouest, dans le sens inverse des voitures, et ne vit personne à ses trousses lorsqu'il bifurqua. Huit numéros plus loin, il se laissa tomber dans l'ombre étroite du perron d'une *brownstone* condamnée et ferma les yeux.

Quand il les rouvrit, il était dans le salon de Carney. Il avait pourtant dû y arriver par ses propres moyens, ce qui supposait d'avoir eu les yeux ouverts. Qu'est-ce qui lui était arrivé ? Une file de voitures qui lui avait roulé dessus ? Il leva la tête, la laissa retomber immédiatement.

Carney et Elizabeth se disputaient à mi-voix dans le couloir.

« Je ne suis pas sûr qu'il ait envie d'aller à l'hôpital.

– Quoi ? Mais regarde-le, il faut qu'on l'emmène.

– Il n'aime pas les médecins. Tu sais bien que, sous sa carapace, c'est un gros bébé.

– Je sais quel genre d'homme c'est, Ray. Pas de ça avec moi.

– S'il est venu ici, c'est qu'il préfère être ici. »

Pepper referma les yeux. Il faisait encore nuit lorsqu'il reprit connaissance. En chien de fusil. Une serviette sous la tête. Une poche à glace avait glissé à côté de son visage. Il essaya de bouger, eut la sensation que des éclats de verre fusaient à travers tout son corps. Il compta jusqu'à dix et se traîna dans la cuisine, où la radio était allumée en sourdine. Des infos. Flambée du prix de l'essence.

Elizabeth ne dormait pas, elle lisait un gros livre à couverture cartonnée – *Colorado saga* de James A. Michener. L'air renfrogné, elle le regarda pénétrer lentement dans la pièce. Il remarqua que la peinture jaune des murs était récente. Elle lui indiqua la chaise face à elle. Il faillit tomber et elle se leva pour l'aider, mais il réussit à s'asseoir. D'après la pendule Felix the Cat au-dessus de l'évier, il était plus de trois heures du matin.

Malgré le brouillard qui l'enveloppait, Pepper déchiffra très vite l'humeur de son hôte.

« Je me suis fait agresser, dit-il.

– Par quoi ? Un camion ? » Elle ajouta quelque chose en marmonnant.

« Hein ?

– J'espère pour vous que vous n'avez pas laissé de sang sur mon canapé. » Elle se leva. « Je vais vous remettre de la glace. »

Elle tordit le bac à glaçons. Tout le monde disait que ces nouveaux modèles en plastique étaient plus commodes que ceux en métal avec le levier, mais Pepper était sceptique. Elizabeth remplit la poche et déclara qu'elle allait se coucher. La chambre de Pepper l'attendait s'il souhaitait rester pour la nuit. « Sinon les enfants vont vous réveiller. Et ils vont se poser des questions. »

Sa chambre. Il n'y avait dormi qu'une seule nuit, après l'anniversaire de Carney. Une chouette soirée. Il s'était résolu à faire davantage d'efforts pour comprendre les autres et en retour il avait passé un bon moment. À plusieurs reprises au cours du dîner, il avait considéré les membres de la famille et s'était demandé avec perplexité pourquoi il se sentait aussi à l'aise. « Il est bon, ce gâteau. » « Oh, c'est une recette toute simple. » La pluie s'était mise à tomber à seaux, il était crevé, et lorsque Elizabeth lui avait annoncé qu'elle avait demandé aux enfants de lui préparer un lit, pour une fois il n'avait pas discuté. Il s'était souvent demandé ce que cela ferait de se réveiller dans un palace pareil, de voir la lumière entrer par la fenêtre. Oncle Pepper. Il refusait qu'on l'appelle comme ça, mais il avait quand même une chambre à l'étage avec un épais tapis rouge, une bibliothèque en pin remplie des livres ingurgités par Carney pendant ses études de commerce, un rocking-chair et un lit dans lequel, à sa connaissance, il était le seul à dormir.

Pepper avait mal partout quand Carney vint le trouver

le lendemain matin. Il avait eu un sommeil agité, attendu les yeux ouverts que le soleil se lève. Sa lumière signifiait que les Blancs n'avaient pas encore réussi à le tuer.

Carney brandit le pistolet de Parfum Pourri. « Je l'ai planqué avant qu'Elizabeth le trouve », dit-il.

Pepper prit l'arme et la cacha sous son oreiller. Lorsque Carney lui demanda ce qui s'était passé, il parvint seulement à répondre : « Je te raconterai plus tard. » Il récita un numéro de téléphone et lui demanda d'appeler son médecin.

Elizabeth vint prendre de ses nouvelles. Sa colère était retombée. « Vous êtes sûr que ça va aller ? » Elle lui laissa des œufs avec du bacon et un verre de Tropicana. John et May passèrent une tête, nerveux et inquiets. Redevenus des enfants. Elizabeth ou Ray avait dû leur demander de ne pas se montrer indiscrets, ils firent donc comme s'il s'agissait d'une visite ordinaire. Il leur répondit qu'il serait sur pied en un rien de temps. Ils refermèrent doucement la porte. Pepper se retourna vers le mur. Un nom l'obsédait : Reece Brown.

Deux heures plus tard, le Dr Rostropovich toqua à la porte de sa chambre. L'homme de l'art ne faisait pas dans la dentelle et avait visiblement appris la médecine en compagnie d'hommes des bois et de hooligans ; son cou était un tronc d'arbre et ses mains davantage faites pour essorer que pour soigner. Il n'était pas causant. Sa conception des relations avec ses clients consistait à prétendre qu'il les rencontrait pour la première fois. Sa patientèle était exclusivement – d'après ce qu'en savait Pepper – composée d'hommes cabossés, aux intestins perforés, diversement rudoyés. Vous vous extirpez d'un braquo, vous vous videz de votre sang, le Dr Rostropovich est l'homme qu'il vous faut. Il écouta les entrailles de Pepper au moyen d'un stéthoscope rafistolé. Il devina où son dos le faisait souffrir et tâta la zone avec un ustensile en métal froid. Il observa que l'entaille au-dessus des yeux s'était refermée toute seule. Il lui laissa des comprimés.

Peu après, Carney arriva avec un bouillon de poulet. Il poussa la porte derrière lui et s'assit sur le bureau. « J'ai dit à Elizabeth que c'était une discussion dans un bar qui avait mal tourné et que les potes de l'autre t'étaient tombés dessus.

– Une bande de blaireaux qui gagneraient contre moi dans un bar ? N'importe quoi. T'as beau être vendeur, t'es pas foutu de mentir correctement.

– C'est qui, ce toubib ?

– Tu l'appelles, il vient.

– Qu'est-ce qu'il t'a dit ? Tu as un traumatisme ? Il t'a prescrit des radios ?

– Il faut que je lève le pied.

– C'est ça, son diagnostic ?

– Rostropovich, c'est pas le genre qui fait des diagnostics.

– Comment ça ?

– Il y croit pas. Tu l'appelles, il vient. » Pepper désigna le pot de comprimés. « Je peux avoir un verre d'eau ? »

Trois jours plus tard, Pepper et Carney étaient garés à quatre numéros d'un tabac de la 107e, attendant que Dan Hickey en sorte. Un vent humide s'était levé pendant la nuit et des nuages enveloppaient désormais la ville comme le pardessus sale d'un clochard. Carney lisait le *New York*

Times qu'il avait déployé sur le volant pendant que Pepper pianotait sur l'extérieur de la portière passager, sourcils froncés, en réfléchissant à différentes combinaisons meurtrières.

Les deux hommes n'avaient pas grand-chose à se dire, jusqu'au moment où le char se profila dans l'avenue. Ils furent avertis par la musique, une cacophonie de cuivres et de percussions. Sans enthousiasme, ils se retournèrent. Le char de carnaval – rouge, blanc et bleu, les couleurs du drapeau américain mais aussi d'Exxon, qui sponsorisait cette publicité roulante – était tracté par un petit engin vert. Un tigre, mascotte du pétrolier, tournoyait en faisant semblant de jouer de la guitare pendant que deux femmes, en short et débardeur à strass, dansaient et saluaient les passants. Une rangée de haut-parleurs montés à l'arrière du char infligeait une version funk de « The Star-Spangled Banner ».

Personne n'y prêtait vraiment attention dans ces rues de Harlem. Il y avait trop à faire.

« Putains de guignols, cracha Pepper.

– Qu'est-ce qu'ils vont faire après le 4-Juillet ? demanda Carney. Il va bien falloir qu'ils arrêtent à un moment ou à un autre.

– Pendant la guerre…

– T'as fait la guerre, toi ? Tu m'en as jamais parlé. »

Pepper lui décocha un regard noir.

« T'as l'air de reprendre du poil de bête », dit Carney. Il replia son journal et désigna le tabac d'un coup de menton. « Tu crois que tu vas le reconnaître ? »

Pepper ne se souvenait pas de tous ceux qu'il avait contusionnés ou qui l'avaient tuméfié – il oubliait rapidement le visage des morts –, mais l'épisode de la 104e Rue était récent, et ils ne lui avaient pas embrouillé les méninges à ce point. Il se sentait un peu raide, mais parfaitement apte à se venger.

Sa guérison était une affaire de volonté et ses assistants modernes, les petits comprimés du Dr Rostropovich, avaient agi dès le samedi après-midi, lissant tel un fer à repasser les plis et les nœuds dont il était perclus. Installé dans le rocking-chair, il s'était balancé en écoutant la radio. Des militaires irakiens à la frontière syrienne, Jimmy Carter qui engrangeait des soutiens. Il avait « fermé les yeux » à deux ou trois reprises. Un plaid au crochet s'était matérialisé sur ses genoux. Très doux. Lorsque Carney lui avait demandé comment il avait atterri sur le pas de sa porte, il avait répondu : « À cause de toi. »

Pepper avait des ennemis, mais aucun qui ait autant de ressources ou qui soit en mesure de concrétiser sa rancœur, pour des raisons qui allaient de l'empêchement physique (estropié) à la faiblesse mentale (terrorisé). Il avait disparu de la circulation à cause de son dos bloqué, il ne s'agissait donc pas des retombées d'un boulot. Il n'en restait pas moins qu'il avait balancé des coups de pied dans des fourmilières aux quatre coins de Harlem et aussi cassé quelques têtes, des têtes d'employés qui avaient par conséquent des employeurs, lesquels employeurs pouvaient disposer de main-d'œuvre.

Carney eut besoin d'un moment pour admettre sa responsabilité dans le guet-apens. « J'ai dit à Elizabeth ce que je pensais être la vérité : un mec t'a regardé de travers, tu lui as mis une trempe et ses potes ont débarqué à dix. » Il présenta ses excuses.

« Tu te prends pour Superman, Carney. Pour le Pif Rouge. Quand t'as une idée, t'es convaincu qu'elle marchera parce qu'elle vient de toi. » Il ajouta qu'il tenait ça de son père. Le tiroir-caisse de la banque s'ouvrait comme par magie, le veilleur de nuit respectait ses horaires parce que Big Mike avait besoin qu'il le fasse. « À force d'avoir chaud au cul, tu finis par te croire invincible. Sauf que tu l'es pas. Ça finira par te rattraper et te jouer des tours. »

Pepper avait reçu des bosses pour Carney. Bientôt, il serait à nouveau d'attaque. Et, ce jour-là, Carney le véhiculerait, ce serait bien la moindre des choses.

Dans sa chambre à l'étage, Pepper fit le bilan de ce qu'il savait sur Reece Brown. Il avait souvent assuré la sécurité dans les parties de poker de Corky Bell. Bonne paye, emmerdes minimales. Truands et voyous y côtoyaient des habitués du quartier et des Blancs venus vivre le grand frisson, mais ils se montraient respectueux. Lorsque Pepper devait dérouiller quelqu'un, c'était toujours un joueur qui pétait les plombs parce qu'il enchaînait les *bad beats*, jamais un malfrat. Et puis Corky avait peu à peu cessé de recourir à ses services. Jusqu'au jour où l'une de ses parties avait été braquée – par un flic blanc, en plus. Corky s'était alors rappelé l'intérêt d'une sécurité en bonne et due forme et avait réinstauré ses parties du Nouvel An, histoire de montrer qu'il en fallait plus que ça pour l'impressionner. Pepper était présent lors des éditions 1973 et 1974, il boulottait des sandwichs à la langue de bœuf tout en jetant des regards noirs.

Reece aussi y était. Avec son nez, son menton et ses oreilles de rat, des éclairs malveillants dans ses yeux cupides. Il avait piqué le style des Black Panthers – veste en cuir noir, col roulé, parfois un béret –, mais son rictus et ses dents en or indiquaient qu'il ne consacrait pas son énergie au militantisme politique. Reece était plutôt bon au poker, malheureusement il était mauvais joueur. Et intimidant, à en juger par la mine de ses adversaires quand ils se retrouvaient face à lui. Corky avait averti Pepper : c'était le bras droit de Notch Walker. Et il n'hésitait pas à rappeler aux imprudents comment le pouvoir se maintient : avec rapidité et brutalité. « S'il fait le con, tu me le sors direct, c'est tout ce que je te demande. » Reece s'était tenu à carreau, ils n'avaient eu aucun contact.

Tout en se balançant dans le rocking-chair, dans la chaleur de la chambre de Strivers' Row, Pepper repensa à la petite fouine que Reece avait amenée en 73. Confronté à une mise importante, il s'était reculé dans sa chaise et avait commencé à bavarder avec son larbin, souriant tous les deux d'un air narquois, pour déstabiliser son opposant. Le larbin en question était de taille moyenne, trapu, avec d'épaisses boucles auburn et des oreilles en feuilles de chou. Son parfum était aussi criminel que son activité. Il s'appelait Dan Hickey ; Pepper s'enquit de son nom lorsque le duo revint pour la partie du Nouvel An suivant. Il ne le revit plus jamais, jusqu'au jour où Hickey le frappa avec une batte de base-ball ; en y réfléchissant à tête reposée, c'est lui qui avait cogné le moins fort des deux. C'était donc lui qu'ils avaient intérêt à secouer en premier. Le plan avec Church Wiley devrait attendre.

À ce stade de son existence, la structure et le fonctionnement de l'empire de Notch Walker étaient bien documentés. Après la mort de Chink Montague, Notch s'était arrogé le territoire de sa Némésis, le réseau de loteries clandestines de South Harlem venant renforcer celui de Sugar Hill qui lui appartenait déjà. Un réagencement de cette envergure a forcément des répercussions : tel club change de propriétaire, tel ancien abreuvoir des hommes de Montague devient le repaire de ceux de Walker, des commerces clandestins déménagent. Les personnes dont la vie et la survie dépendaient de cette nouvelle géographie du pouvoir – les criminels – se tenaient au courant des coins sûrs et de ceux qu'il fallait éviter, savaient où tel agent de Walker passait ses soirées et où tel autre avait acquis des parts majoritaires. La prudence imposait de se tenir constamment à jour.

Les civils voyaient dans ces transitions des phénomènes ordinaires ; elles étaient en réalité l'expression localisée de forces supérieures. *Le bar en face de chez Eddie a fermé.* C'était un prête-nom de Montague que la nouvelle organisation rendait superflu. *Le resto italien où on est allés pour ton anniversaire s'est vraiment cassé la figure.* Le plan consistait à faire fuir les clients puis à y foutre le feu trois mois plus tard pour toucher l'argent de l'assurance.

Dan Hickey passait le plus clair de ses journées au tabac qui faisait le coin de la 107e et de Madison. Ses habitudes étaient connues, c'était le cas pour tous les agents intermédiaires de l'organisation de Notch Walker. Carney partit en reconnaissance et eut la surprise de découvrir une boutique fonctionnelle et bien achalandée, au lieu d'une façade en toc toute bête. Hickey avait engagé un vrai caissier et cantonnait manifestement ses activités illicites à l'arrière-salle.

Hickey était le trésorier de Reece, c'est lui qui récoltait l'argent de la protection tous les lundis après-midi. Pepper le choperait quand il sortirait faire sa tournée. En attendant, il restait planqué avec Carney dans la nouvelle Buick LeSabre de Buford. Pepper désapprouvait que May ait emprunté la voiture familiale pour aller au parc d'attractions de Great Adventure, dans le New Jersey, mais Elizabeth lui promettait depuis des semaines qu'elle pourrait y emmener des amies.

La Buick était une belle bagnole. Carrosserie chocolat, toit beige et tableau de bord alignant une palanquée de boutons aux fonctions mystérieuses. Prendre la température, lire les lignes de la main.

« Elizabeth m'en veut toujours ? demanda Pepper.

– Elle est contente que tu ailles mieux. C'est tout ce qui compte. » Carney pianota sur le volant. « Elle sait tout sur mon père et elle sait aussi que tu as bossé avec lui. Je suis jamais entré dans les détails et ça n'a jamais eu l'air de l'embêter plus que ça. L'important, c'est qu'elle considère que tu fais partie de la famille. Elle ne veut pas qu'il t'arrive du mal. »

Pepper pointa du doigt Hickey qui sortait d'un pas joyeux, vêtu d'un short rouge, blanc et bleu et d'une chemise guayabera vert citron. Son chapeau de paille ne parvenait pas à dissimuler totalement ses cheveux auburn – ni ses grandes oreilles. Il mangeait une poire, joyeusement, tranquillement, en prenant le temps de la savourer.

Il ne vit pas Pepper arriver. C'était généralement comme ça. Pepper lui passa un bras autour du cou d'une manière qui aurait pu paraître amicale aux yeux des passants, et puis l'expression d'Hickey changea quand il comprit ce qui lui arrivait et sentit le .38 qui s'enfonçait entre ses côtes. Pepper le poussa vers la voiture en lui susurrant des menaces à l'oreille. Il laissa tomber sa poire.

Carney roula jusqu'au croisement de la 132e Rue et de la 12e Avenue. Leur destination : un bâtiment à trois étages dans le no man's land entre les sections surélevées de Riverside Drive et de Henry Hudson Parkway. Encaissée entre les deux ponts qui la plongeaient chacun leur tour dans l'ombre au fil de la journée, la zone était maudite. Quelques entrepôts boiteux y traînaient, leurs quais de chargement accueillant un commerce à l'agonie ; la plupart étaient abandonnés. La nuit, la bande de terre désolée qui bordait la rivière devenait le domaine des éléments louches et des transactions sordides.

Dans la mesure du possible, Pepper n'y venait que de jour. Carney, lui, était seulement passé au-dessus, en voiture. Ça allait bientôt changer.

Sur le mur de brique, des lettres à moitié effacées : LIBERTY BISCUIT CO. Il y avait bien longtemps que la douceur des petits gâteaux avait déserté les lieux. Un cadenas à code Spartan haut de gamme – étonnant dans un décor aussi miteux – fermait la grille métallique qui renforçait la porte menant aux bureaux de l'usine. Une fois qu'on avait ouvert ce cadenas, il fallait taper sur la grille à deux endroits pour la décoincer. C'est le regretté Paul Miggs qui avait montré cette astuce à Pepper lorsqu'ils s'étaient partagé le butin de Castle Island.

L'atelier avait été envahi et souillé par les charognards habituels. Une montagne de machines enchevêtrées avait été poussée contre un mur, bloquant l'accès au fief de la direction. Les bureaux sentaient donc le renfermé, mais au moins ils n'avaient pas été annexés par les camés et les squatteurs. Une planque fiable. On pouvait s'y faire oublier un moment, y diviser une prise quand on était parano, ou encore y extorquer des informations sans être dérangé.

L'usine avait accumulé la chaleur des jours passés, on y entrait comme dans une chaussure de sport géante et fétide. Pepper réprima un sourire en voyant la réaction de Carney. Il lui expliqua que l'endroit ne lui appartenait pas, il ne faisait que l'emprunter. « Mais est-ce que c'est encore un emprunt quand le proprio est mort ? » Hickey traînait la patte. Pepper lui mit une calotte sur l'arrière du crâne.

Ils s'installèrent dans l'ancienne salle d'attente. Sur la table basse, un numéro de *Time Magazine* avec une somptueuse photo de la lune, et Sidney Poitier en couverture d'*Ebony* – il y avait une éternité que le cuir orange du canapé n'avait plus accueilli de visiteurs venus causer petits gâteaux. Sur le bureau de la réceptionniste, un morceau de toile de jute crasseux sur lequel s'alignaient des ustensiles piqués de rouille – tenailles, marteaux et toutes sortes d'instruments dentelés. Là où aurait dû se trouver le Rolodex était fixé un étau ; des emballages de Burger King chiffonnés s'entassaient entre deux plantes mortes. Le lambris était tapissé de vieilles pubs à l'effigie du Liberty Biscuit Baby, incluant le monstrueux poupon et ses yeux bleus aux événements qui avaient lieu dans la pièce et dont les traces restaient parfois incrustées dans la moquette beige sale.

Une plaque abandonnée par terre dans un coin indiquait MS LOON.

Pepper considéra le bureau de Ms Loon et opta pour un humble pied-de-biche.

Hickey ouvrit la bouche pour la première fois depuis que Pepper l'avait alpagué. « C'est qui, lui ? » demanda-t-il. Carney était en train d'épousseter son pantalon.

« Mon avocat », répondit Pepper. Il ôta son coupe-vent, le plia et le posa sur la table basse. « Toi, t'aimes les battes. Moi, je préfère les pieds-de-biche. Chacun son truc. » Ça commençait.

Carney se recula dans l'encadrement de la porte et croisa les bras. Grimaça. Tressaillit. Se détourna.

Dan Hickey craqua.

Leon Drake lui avait téléphoné le jeudi soir précédent. Il essuya le sang qui coulait de son nez et s'écroula sur le canapé. Ils s'étaient donné rendez-vous au tabac. Lorsqu'il avait entendu ce que Leon avait à lui dire, il avait appelé Reece pour lui demander de les rejoindre. « Leon, il est fumasse, expliqua Hickey. "Je fais du bon boulot pour vous, je suis pas là pour me faire agresser sur mon lieu de travail à cause d'un feu qui remonte à plusieurs années." Reece lui dit de se calmer. Leon lui explique qu'un mec s'est pointé à la poissonnerie et l'a accusé d'un feu. Pourquoi il vient poser des questions sur la 118e alors qu'on a rien fait là-bas depuis des années ? Leon, il sait pas. Aucun de nous le sait. Le lendemain, j'ai un coup de fil de Reece qui me dit : "Ramène-moi le mec en question, on va lui demander." »

La nausée de Carney se dissipait. « Leon allume des feux pour vous, mais la semaine dernière c'était pas lui.

– Il est toqué, c'est un de ces malades qui foutent le feu par plaisir. Quand j'ai vu sa gueule la première fois qu'il est venu toucher son fric, je me suis dit : "Lui, il a un truc avec le feu." Faut pas trop le faire chier, sinon tu te réveilles avec de l'essence sur tes draps, tu vois le genre ? »

Pepper se gratta la mâchoire. « Donc, toi, t'es sur le

terrain – tu trouves les incendiaires, tu t'assures que tout se passe proprement.

– Je fais ça à côté. Quand tu bosses pour Notch Walker, tu manques jamais de boulot. Mais, des fois, t'as besoin d'un petit complément.

– Normal », dit Pepper. Il jeta un coup d'œil à Carney – le vendeur de meubles s'y connaissait en à-côtés.

« La 118e, c'est ça. On s'est occupés de plusieurs immeubles dans le coin y a quelques années. Proprio évanoui dans la nature, la mairie arrive pas à mettre la main dessus. Un expert y va, il passe à travers le plancher. T'imagines l'état du bazar. Quelqu'un cherche à le brûler. On s'en charge. La mairie saisit le terrain et elle le refile à une asso qui se gave avec la thune de la réhabilitation – tu sais comment ça marche, aidez-nous à nettoyer le ghetto, on vous fera un chèque. Quand tu vois le quartier maintenant, t'imagines pas comme il était dégueulasse avant. C'est joli, ce qu'ils ont fait.

– Et la semaine dernière ? demanda Carney.

– Pas nous.

– “Nous”. J'ai pigé que t'étais un intermédiaire, mais un intermédiaire pour qui ?

– Ah, ça, aucune idée.

– C'est vrai, ce mensonge ? » fit Pepper.

Hickey fit oui la tête.

Pepper tapota sa cuisse avec le pied-de-biche.

Hickey dit : « Un mec, Oakes. Il a le bras long. Il touche des subventions de l'État et de la mairie pour reconstruire. Il nous dit où aller et, bon, ensuite ce qui doit arriver arrive. »

Carney outrepassa sa timidité. Il s'avança dans la pièce. « Attends deux secondes. »

Une chose que Pepper avait apprise au fil des années, c'est qu'il est plus facile de prendre son os à un clébard dans une casse que de faire oublier une rancœur à un Carney.

6

Ce matin-là, Carney s'était levé avec l'intention de se rendre à son bureau, de boucler la pub pour les soldes d'été, d'emmener Robert déjeuner au McDonald's et de consacrer le reste de l'après-midi à sa compta. Et de monter dire bonjour à Mrs Ruiz – ne pas oublier. Il ignorait alors qu'il partirait avec Pepper. La perspective des représailles avait requinqué le vieux voyou – planifier, anticiper, exécuter, et ensuite se repaître de son ingéniosité sanglante. À la mort de sa mère, Elizabeth avait acheté le fameux bouquin qui identifie les cinq étapes du deuil. Quand Pepper avait le moral en berne, les quatre étapes d'une bonne raclée lui procuraient un réconfort similaire.

Le voyou s'était retapé en un rien de temps. Il n'avait pas quitté sa chambre de tout le week-end, dormant pratiquement du matin au soir. Les enfants lui avaient monté de la soupe et des sandwichs et fait des parties de dames avec lui. Ils avaient essayé de lui apprendre à jouer au Risk, sans succès. « J'ai jamais entendu parler de la moitié de ces patelins. » Le lundi matin, Pepper était descendu, patraque mais décidé. Si Elizabeth n'avait pas déjà été au travail, elle l'aurait forcé à se recoucher. Carney jaugea son état. Pepper le fusilla du regard.

Quelques heures plus tard, ils étaient à l'intérieur d'une biscuiterie désaffectée, dans une de ces parties de l'île qui semblent tout près de basculer dans la mer. À certains endroits la ville se donnait une image civilisée et saine d'esprit, et à d'autres elle cessait de faire semblant ; l'usine était de ceux-là. La plage de friture entre deux stations de radio qui jouent des tubes entraînants. Carney n'avait jamais eu l'occasion de s'y balader, mais cette journée était placée sous le signe de la découverte. Depuis qu'il le connaissait, Pepper l'avait initié à tout un alphabet parallèle, crimes de catégorie A, B, C et D. Le kidnapping était une nouveauté.

À l'intérieur de l'usine abandonnée, Carney sortit de son malaise et de sa gêne quand Hickey prononça le nom de Oakes. Il lui demanda par quel truchement il avait commencé à bosser pour lui.

Hickey leur expliqua que Reece s'était fait serrer pour extorsion en 72. Il risquait du ferme, pas mal de ferme. Un après-midi, son avocat était venu le voir et lui avait dit que les accusations pourraient être enterrées en échange d'une petite somme. Reece n'avait appris l'identité de son ange gardien que plusieurs mois plus tard. Oakes s'était rendu au Ted's 127 Bar, QG des hommes de Walker sur la 8ᵉ, et il s'était présenté. Il voulait faire détruire un immeuble de Convent Avenue. Voilà comment tout avait débuté. « Des fois c'était une arnaque à l'assurance et Reece touchait une part. Des fois c'était du fric de l'État qui tombait des années après, quand le chantier commençait. Au bout d'un moment, Reece a pris l'habitude de demander une part là-dessus plutôt que d'être payé au forfait. » Quand il était dans les services du procureur général, Oakes recevait des pots-de-vin de la part de propriétaires et d'assureurs véreux pour fermer les yeux sur les incendies, et puis il avait quitté le palais de justice et s'était lancé dans la réhabilitation. C'est là qu'il avait touché le jackpot. « Des fonds pour "lutter contre la pauvreté", tu m'étonnes. Je t'assure qu'ils ont bien lutté contre notre pauvreté !

– Quoi d'autre ? » demanda Carney.

Hickey devina dans son intérêt la possibilité d'éviter de nouveaux châtiments et sa langue se dénoua. « Il se vantait. On a même dû lui mettre les pendules à l'heure deux ou trois fois, parce qu'il peut pas s'empêcher de l'ouvrir. » Un soir, ils attendaient Reece dans son bureau de la 135e. « Il joue les gros bras, il commence à me raconter un coup de fil avec un mec qui croyait pouvoir le faire tomber, un expert des assurances qui essayait de lui mettre la pression. Il me fait : "C'est plutôt lui qui a intérêt à faire gaffe." » Oakes avait ensuite raconté à Hickey qu'il avait ouvert son coffre, sorti un registre et commencé à lire des dates. « "2 avril 73. Ça te rappelle quelque chose ? 15 mai. Ça te rappelle quelque chose, connard ? T'es dans l'assurance – moi aussi je m'y connais en assurances." Apparemment, l'autre avait fermé sa gueule. »

Hickey ne savait pas si Oakes fanfaronnait ou si c'était une façon de montrer qu'il ne fallait pas jouer au con avec lui. « J'ai hésité à le prévenir de pas faire son numéro devant Reece, mais c'était pas mon boulot. » Il marqua un temps. Regarda Pepper. « C'est Oakes qui a ordonné – *conseillé* – à Reece de t'embarquer. Pour savoir ce que tu cherchais. »

Carney renifla. Pierce l'avait bien dit : « C'est le genre de mec qui n'oublie rien. »

Pepper demanda : « Et le boss de ton boss, il en pense quoi ?

– Il est au courant ? demanda Carney.

– Non. »

Carney remarqua que Pepper balayait la pièce du regard, comme pour s'assurer à nouveau qu'elle n'avait pas de fenêtres et que personne ne pourrait les entendre. « Fais pas ça, dit-il.

– Quoi ? » Et puis le voyou comprit : Carney le connaissait, il avait appris à lire en lui.

Carney ne voulait pas qu'il tue Hickey pour le punir de lui avoir mis des coups de batte. Le sang versé ici, celui qui serait versé plus tard, il en portait la responsabilité. Reece et Hickey n'avaient rien à voir avec le gamin hospitalisé – ils avaient tendu une embuscade à Pepper car ils pensaient qu'il s'intéressait à leurs vieilles affaires. Carney avait actionné un interrupteur. Une machine s'était mise en branle, elle était très bruyante mais il ignorait ce qu'elle fabriquait et quand elle en aurait fini. « Quand tu fais une chose, c'est peut-être pas la peine d'en faire une autre », dit-il.

Pepper fit craquer son cou. Il expliqua à Hickey qu'ils allaient le garder au chaud deux ou trois jours. Pour son bien. « Quand on ira voir Reece, il saura que c'est toi qui l'as balancé. On n'a pas envie que tu le préviennes et qu'il se mette en colère contre toi. »

Le trésorier considéra le décor, les taches et les multiples traces de violences passées, et l'espoir le quitta.

« C'est toi qui m'as frappé ici ? demanda Pepper en montrant la bosse au-dessus de son œil.

L'expression d'Hickey ne laissa aucune place au doute. Pepper lui rendit la monnaie de sa pièce.

Enoch Parker les attendait au coin de Broadway et de la 118e. Il monta à l'arrière de la Buick. « J'ai dû raconter à ma femme que j'avais réussi à trouver des places pour le match des Mets. Si elle savait… » Cela expliquait pourquoi il portait le maillot du lanceur Tom Seaver. Le perceur de coffres était grand, avec un visage allongé et de larges yeux vifs derrière ses lunettes en corne noire. Ses doigts étaient minces et délicats, un trait évolutif avantageux dans sa profession. Sa sacoche aux armes du cirque Ringling Bros. tirait sur ses lanières – le contenu pesait lourd.

Pepper lui présenta Carney. « C'est le chauffeur.

– Je vois ça », répondit Enoch. Ils roulaient vers le nord.

Pepper lui avait expliqué qu'Enoch s'était rangé et enseignait désormais la chimie au lycée Carver, dans le Queens. « Certains de ces gamins ont vraiment un truc avec la science. » Ils avaient bossé ensemble autrefois. Au printemps 1970, Enoch avait failli se faire choper à l'issue d'une longue bataille contre le coffre-fort d'une usine de matelas et décidé de changer de vie. Pepper ne l'entendait pas forcément de cette oreille.

« Chaque fois que t'as besoin de quelque chose, tu me dis que je te le dois bien.

– C'est la vérité.

– Mais ça signifie pas que je suis à ton service. » Il jouait la comédie. Le frémissement de sa voix montrait qu'il se réjouissait de cette petite escapade. Carney songea qu'il serait peut-être moins enthousiaste s'il savait comment ils avaient occupé leur après-midi.

« Pepper, c'est à toi, ça ? » demanda Enoch. Le chapeau de paille de Hickey était tombé à l'arrière.

« Non.

– Je me disais aussi. »

Une fois Hickey menotté au radiateur, Pepper avait expliqué à Carney qu'il voulait mettre la main sur les archives d'Alexander Oakes. « Histoire de voir le palmarès de cet enfoiré. » Ils étaient à bord de la Buick, ils s'éloignaient des autoroutes surélevées et de leur pénombre. Carney s'efforçait de classer l'épisode de la fabrique de biscuits dans la catégorie des rêves ou des histoires à dormir debout. Pepper aurait-il tué Hickey ? Carney était-il réellement allé dans le bureau derrière la réception pour chercher des menottes dans un carton marqué « Bougies » – et, à ce propos, qu'y avait-il dans les autres cartons ? Lorsque ceux qui avaient aménagé la planque étaient allés acheter le seau dans un magasin de bricolage, avaient-ils dit : « Excusez-moi, je voudrais un pot de chambre pour un otage, gros comme ça environ » ?

Carney avait demandé à Pepper : « Tu récupères ses archives, et après ? Tu les files au FBI ? »

Au tour de Pepper de garder son plan pour lui. Si d'aventure il y en avait un.

« Tu le fais chanter ? » avait tenté Carney.

Pepper avait pris un air pensif. Il avait ordonné à Carney de se garer devant une cabine téléphonique et avait appelé Enoch.

Le perceur de coffres tendit le bras entre les sièges avant et mit la radio 1010 WINS. « J'ai envie d'entendre la météo, dit-il. Hé, Pepper, c'était quand la dernière fois qu'on a…

– Le resto de poulet frit, compléta celui-ci.

– Qu'est-ce que c'était bon. »

Le QG de campagne d'Alexander Oakes se trouvait sur la 7e Avenue, au niveau de la 135e Rue. Il occupait le rez-de-chaussée d'une maison de ville, entre une laverie et un magasin de disques. Des banderoles rouge, blanc et bleu pendaient dans la devanture. Bien qu'encore ouverte, la laverie était vide, à l'exception d'une vieille dame rabougrie qui faisait des mots croisés près des séchoirs.

Carney se gara contre le trottoir opposé. Il y avait trop d'activité à son goût, une épicerie un peu plus loin, des lumières clignotantes rouges et jaunes, un restaurant chinois en vitrine duquel un panneau décoloré proclamait OUVERTURE. Pas trop près des locaux du candidat, mais tout de même des lieux qui attiraient du monde.

Enoch eut le sifflet coupé quand il aperçut la grande affiche de Oakes, sourire jusqu'aux oreilles. « Attends, mais je l'ai vu à la télé, lui. Il est pas candidat à la mairie ?

– À la présidence de l'arrondissement.

– C'est pareil. J'aurais pensé qu'il aurait un bureau plus grand. »

Une voiture de patrouille traversa lentement le carrefour. Pepper sortit et suivit la progression des policiers sur la 135e Rue, et Carney se rendit compte que c'était l'attitude à avoir quand on voulait « paraître naturel ».

Enoch attrapa son sac. « Il va pas revenir ? »

Carney fit non de la tête. Elizabeth lui avait dit que Les Femmes avec Oakes devaient rejoindre le candidat à une soirée *midtown*, une levée de fonds avec une association de dames de gauche. Il était vingt-deux heures, la soirée devait être en train de s'achever, mais Carney n'escomptait pas que Oakes repasse par son QG.

Enoch crocheta la porte d'entrée aussi agilement que s'il tournait une clé. Pepper et lui se glissèrent à l'intérieur. Carney les perdit de vue. Ils se guidaient dans l'obscurité grâce à la lumière de la rue et étaient certainement déjà dans le bureau.

Non, Oakes ne reviendrait pas – trop de sale boulot à faire ailleurs. Si ce qu'avait dit Hickey était avéré, alors le candidat transformait la corruption habituelle dans la ville en un braquage légendaire. Carney ne l'en aurait pas cru capable.

Pierce était bien renseigné et les informations dont il disposait sur les incendies étaient nouvelles pour Carney, mais l'explication qu'il donnait aux pouvoirs du président d'arrondissement n'avait rien de neuf ; elle paraissait même aller de soi. Il y a toujours des filouteries dont le grand public ne sait rien, quand bien même elles décident de sa vie. Certaines escroqueries sont sources de désordre, par exemple les arnaques et les cambriolages qui poussaient New York vers le déclin, et d'autres, moins visibles, sont le ciment qui empêche que tout parte à vau-l'eau, un peu comme le schiste. Les deux catégories s'opposaient et se dominaient à tour de rôle – seule chose à retenir, le monde était un gigantesque merdier.

Qu'allait-il raconter à Elizabeth au sujet de sa journée avec Pepper ? Un peu plus tôt, il avait grappillé quelques secondes pour appeler chez lui et dire à John qu'il rentrerait tard, mais le comportement de leur invité du week-end exigerait des explications un peu plus détaillées. Pepper reçoit une peignée, reste deux jours au lit, et soudain il pète la forme et passe la journée dehors. Elizabeth savait qu'il trempait dans des affaires louches ; c'était un collègue de Big Mike. Elle n'avait jamais rien dit, mais elle aurait sûrement davantage de mal à tenir à sa langue maintenant que « les trucs qu'il fait » atterrissaient sur le pas de sa porte. Elle passerait Carney au grill, c'était certain. Elle avait d'ailleurs commencé le samedi soir, avec cette merveille d'interrogatoire :

« Mais qu'est-ce que vous faites vraiment dans ce bar où vous allez ?

– On boit des bières.

– Ah oui ?

– On regarde des matchs.

– Hmm. » Insinuer sans y toucher.

Un trio de jeunes femmes se dirigeait vers une boîte de nuit en remontant la 7e Avenue. Elles s'arrêtèrent devant le QG de campagne, pliées en deux de rire et s'agrippant les unes aux autres. Carney se tassa sur son siège jusqu'à ce qu'elles reprennent leur chemin et disparaissent au coin de la rue.

S'il arrivait un malheur à Oakes et si le nom de Pepper sortait, la situation deviendrait difficilement tenable. Quoi qu'en pense Carney, cette campagne était importante pour sa femme, donc Oakes l'était aussi. Il faisait bonne figure ; elle croyait en son ami et dans le renouveau qu'il promettait. Oakes n'avait rien à voir avec l'incendie qui avait failli tuer Albert, mais il en avait ourdi un paquet d'autres, sans parler de ses diverses magouilles. C'est son éducation qui voulait ça. Carney pensa aux tableaux dans le salon du club, aux Pères fondateurs qui avaient filouté tout ce qu'ils pouvaient et transmis la méthode à leurs rejetons. Des rejetons qui, pour s'en souvenir, avaient fait peindre le portrait de papa et l'avaient accroché dans le club, de la même façon que les Blancs donnaient le nom de leurs maîtres-escrocs à des rues. Il était évident que Dale Baker transmettrait l'agence de voyages à ses neveux alors que c'était Elizabeth qui se tapait tout le boulot – les choses fonctionnaient selon un code strict, et ces hommes le respectaient.

Comment réagirait-elle si elle découvrait que Pepper était impliqué ? Si elle le grillait, elle grillait Carney. Et là, aucune explication ne suffirait.

Trop tard. Il était déjà allé trop loin.

Carney se trouvait là où il était ce soir-là parce qu'un enfant dormait quand un feu s'était déclaré, un feu dont une étincelle avait roussi sa manche. Venger, mais qui ? Le petit Albert ? Châtier des salauds, mais lesquels ? Il y en avait tant. La ville brûlait. Elle brûlait non pas à cause de quelques tarés munis de jerricans et d'allumettes, mais parce qu'elle était malade et qu'elle attendait, espérait le feu. Chaque nuit on entendait les sirènes. D'après Pierce, la faute en revenait à des politiques mal conçues, mais Carney jugeait son diagnostic trop restrictif. D'après ce qu'il croyait comprendre de l'humanité, les désordres et les cruautés de l'époque n'étaient que les versions récentes de phénomènes anciens. Les vices ne variaient pas, seul leur aspect changeait. Et ils se transmettaient d'une génération à l'autre.

D'ailleurs, ils étaient présents en lui. À travers ses paroles et ses actes, à travers un millier d'instants minuscules, son père lui avait transmis une manière de se conduire dans le monde, et Carney avait pris des notes sans le savoir. Ou en le sachant mais sans l'accepter. Son père était un truand, et lui aussi. À la mort de Mike Carney, Ray avait hérité de son vieux pick-up Ford. L'engin roulait correctement et avait été précieux pour effectuer des livraisons et des collectes au début du magasin. Plus important, son père avait planqué trente mille dollars dans la roue de secours. Sa banque personnelle, dans laquelle était entreposé le résultat d'un joli coup ou peut-être ce qu'il avait réussi à économiser à force de détournements, de braquos, d'intimidations et de hold-ups, sans oublier quelques incendies volontaires. Cette somme avait permis à Carney d'agrandir son magasin.

L'argent des feux. Pour faire prospérer son affaire, Carney avait pu compter sur sa jugeote, son zèle, son refus de l'échec. Et aussi sur l'argent des feux.

Pepper ouvrit la portière passager et le fit sursauter. Il tenait à la main un gros sac-poubelle noir.

Enoch monta à l'arrière. « Un chauffeur, c'est censé laisser le moteur allumé.

– Vous avez fait vite, dit Carney.

– Enoch est un pro », répondit Pepper. Carney et Enoch ne s'y trompèrent pas, dans la bouche du voyou c'était le plus noble des compliments.

Ils étaient sur Broadway, direction *downtown*, quand Carney demanda ce que contenait le sac. Pepper avait-il raflé la monnaie qui traînait ? Il y avait bien plus qu'un registre là-dedans.

« Quand je le saurai, je te le dirai », répondit Pepper.

Enoch pouffa.

À quoi jouait-il ? Arrivé à la 122e Carney se rangea près d'une borne d'incendie et sortit de la voiture en laissant les clés sur le contact.

Il habitait dans la direction opposée.

Le lendemain serait un mardi, mais Carney avait l'intention de prétendre que c'était un lundi normal et que cette escapade avec Pepper dans son monde obscur n'avait jamais eu lieu. Il s'endormit en dressant la liste de tout ce qu'il accomplirait au bureau et se réveilla de bon poil et motivé. Il avait initié cette série d'événements, mais le vieux voyou avait pris le relais. L'impulsion – que quelqu'un paie les pots cassés, pour une fois dans cette ville – était louable, cependant le moment était venu de lever le pied. L'état d'Albert s'améliorait. La veille, Carney avait été un complice. Aujourd'hui, il était un vendeur de meubles et objets décoratifs de qualité, un membre de l'association des commerçants de la 125e Rue, et le sponsor pour la saison 1976-1977 des Convent All-Stars, une équipe junior de base-ball dont le niveau était modeste et la réputation encore moindre. Il allait agir en conséquence.

Expulsés du ciel, les nuages avaient laissé place à un bleu profond. Rusty avait déjà ouvert le magasin lorsque Carney arriva. En entendant son patron, il lui adressa un signe de la main et rentra sa chemise dans son pantalon. Rusty avait proposé de faire plus souvent la fermeture et en outre, depuis quelque temps, il était souvent le premier sur place. Tout pour être loin de chez lui. Beatrice n'était pas venue au magasin depuis un bail, les enfants non plus. Carney avait lu un article sur des paroisses blanches qui organisaient des week-ends durant lesquels les couples en crise tentaient de résoudre leurs problèmes avec un prêtre, vidaient leur sac, etc. Les paroisses noires le faisaient-elles aussi ? Quoi qu'il en soit, il y avait longtemps qu'il n'avait pas invité Rusty à déjeuner. Ils pourraient essayer le resto de fruits de mer qui venait d'ouvrir sur Broadway.

Marie passa une tête dans son bureau pendant qu'il relisait son encart pour l'*Amsterdam News*. « Vous avez pu faire tout ce que vous vouliez ? » lui demanda-t-elle. Il opina. Pour justifier son absence de la veille, il s'était contenté d'un énigmatique « J'ai du pain sur la planche ».

Autrefois, Marie n'aurait pas fait allusion à cette irrégularité. Elle ne relevait jamais les bizarreries qui émaillaient les journées au magasin, que ce soit un mystérieux message de Pepper à propos d'un détournement ou un visiteur hagard qui serrait une sacoche contre lui et demandait à voir le patron. Ou l'inspecteur Munson qui venait collecter son enveloppe.

Marie s'était épanouie depuis le départ de Rodney. « Certaines femmes, quand leur mari fout le camp, elles renoncent », avait un jour malencontreusement commenté Larry. En constatant ce regain de vivacité, Carney avait compris que sa bonne humeur des années passées n'avait été que du bluff ; la vraie Marie était encore plus attachante. Il adorait lever les yeux d'une monstruosité sur son bureau pour voir le visage d'un client dont elle venait de régulariser la situation – « ce n'est pas grave, parfois les banques font des erreurs, ça m'est arrivé la semaine dernière » – et sa gratitude envers cette personne qui avait pris le temps de se montrer aimable au milieu d'une sale journée. Marie assurait la gestion quotidienne du magasin et s'occupait avec dévouement des locations, mais à dix-huit heures pétantes elle s'en allait retrouver Bonnie. Elle sortait avec un plombier industriel nommé Dennis qu'elle avait rencontré lors de la foire aux jouets de son église. Ils participaient à des tournois de bowling ; Carney décrochait dès qu'elle commençait à lui en parler.

Il dit : « Tout est réglé. »

Elle dit : « Tant mieux. »

Les matinées étaient calmes en semaine. Un orchestre qui s'accorde, joue des notes éparses, met de l'huile dans les rouages. Rusty accueillait les rares clients. Carney avait disposé les projets d'encart sur son bureau de telle façon qu'ils ressemblent à des cases, aux scènes d'un vitrail. Dame Liberté appelant les migrants. Les Pères fondateurs penchés sur la Déclaration d'indépendance comme sur une bible de Tijuana. Les trois musiciens de *The Spirit of '76* qui cheminaient entre les balles et des jets de sang. Ça n'aurait pas dû être aussi difficile – il avait vingt années de slogans et accroches en réserve –, mais il n'arrivait pas à jouer le jeu. À faire semblant qu'ils partageaient tous la même définition de la liberté. Comme d'habitude, il ne rentrait pas dans le moule.

Deux cents ans. Le premier caillou venu avait une histoire plus longue.

Robert arriva avec cinq minutes d'avance. Il était toujours en avance, ce que Carney prenait comme la marque d'un bon tempérament. L'intérêt qu'il témoignait pour le commerce ne gâchait rien, bien entendu. La semaine précédente, au cours d'une journée tranquille, alors que Larry se plaignait des « commissions des jours de pluie », Robert lui avait demandé de lui expliquer le fonctionnement des commissions. Carney s'était lancé dans la philosophie du partage des recettes, la rémunération au fixe et au variable, les ramifications de l'arrêt *Martini Shoes contre Carson*. L'apprenti n'avait bâillé qu'une seule fois.

Avec son nouveau polo rouge rentré dans son Levi's, il ressemblait à un chargé de ventes junior. Il dit à Carney que, la veille, Marie lui avait demandé de classer les archives au sous-sol. Devait-il continuer ? Carney répondit : « Bien sûr » et ouvrit la trappe qui y menait.

« J'aime bien être là-dessous, il fait frais », dit Robert en descendant les marches de bois.

Marie toqua à la porte ouverte du bureau de Carney. Elle lui demanda s'il avait pris connaissance de son message à propos d'Albert. « Est-ce que vous voulez envoyer cette carte dont vous parlez depuis un moment ? »

Il s'apprêtait à répondre « Oui » quand le premier cocktail Molotov explosa.

7

La bouteille se brisa sur la table basse Egon en bouleau et la mèche enflamma l'essence qui en gicla. Carney venait de réaménager la salle d'exposition, écartant le sofa en cuir DeMarco – qui faisait moins envie en été – pour que le nouveau canapé d'angle Egon, recouvert d'un mélange coton et acrylique moutarde foncé, vienne s'assortir à la solide table basse. Très élégant. Le tissu prit en une seconde, de même que le tapis Modern Arabia sur lequel les meubles étaient disposés, et que les épais rideaux True America qui pendaient aux murs, des rideaux que Rusty avait poussé Carney à installer pour « recréer l'ambiance d'un vrai salon ». Les flammes escaladèrent les drapés et le mur et se répandirent sur le plafond à la manière d'une cascade inversée.

Le second cocktail Molotov atterrit de l'autre côté, dans la section Salle à manger, où il explosa au centre d'une table à rallonge Sterling, pièce maîtresse de la collection Glamour 1976, en projetant des flammes dans toutes les directions jusqu'au rayon Fauteuils inclinables. Les quatre sièges exposés – de vraies beautés représentant à merveille les différentes options sur le marché, que l'on soit à la recherche un premier achat ou d'un modèle haut de gamme – s'embrasèrent rapidement.

Planté sur le trottoir, l'homme qui avait lancé les bombes incendiaires observait la progression du feu. Il portait de fins gants en cuir et un masque de ski qui ne laissait voir que sa bouche rose et humide. Le conducteur de la Cadillac rouge avait un masque similaire, mais il goûtait moins le spectacle : il klaxonna. Arraché à son rêve, l'incendiaire sursauta et regagna la voiture. La Cadillac démarra.

Rusty courut chercher l'extincteur dans la section Salle à manger, où il avait été épousseté mais rien de plus au cours des quinze dernières années, et il s'attaqua au second foyer. Le feu était déjà trop étendu pour être circonscrit par des civils. Rusty se trouvait à l'avant du magasin, de l'autre côté des flammes. La garniture brevetée en polyuréthane des fauteuils Sterling assurait un confort moderne exemplaire, mais elle produisait aussi une fumée âcre qui s'accumulait au plafond et se propageait en vagues noires. Il ne serait bientôt plus possible de passer entre les deux foyers.

Non, non. La scène se figea un instant devant les yeux de Carney, et puis il revint à la réalité. Robert était au sous-sol. Il appela son neveu, déverrouilla la porte côté Morningside. Marie était-elle sortie faire une course un peu plus tôt ? Il cria son nom – elle était à l'entrée du bureau. Elle avait déjà prévenu les pompiers. Robert était remonté de la cave, parfait. Carney demanda à Marie d'avertir Walt, le propriétaire du bar d'à côté – il ouvrait parfois de bonne heure – et d'emmener Robert. Il allait faire évacuer les habitants des étages.

Il attrapa les clés des appartements, sortit par Morningside et gagna l'entrée de l'immeuble. Rusty criait : « Merde !

Merde ! » en braquant l'extincteur sur la nouvelle ottomane Sterling. Les deux foyers s'étaient rejoints – la salle d'exposition était coupée en deux. Il aperçut Carney et hurla une phrase incompréhensible en rapport avec l'ottomane.

Carney le tira par le bras en disant : « Ils arrivent, Marie les a appelés. » Le vendeur se recula à l'abri des flammes. Une bourrasque de chaleur les balaya. Carney mit les clés du 381 dans la main de Rusty. « Je me charge de l'autre. » Ils se séparèrent.

Pour accéder aux appartements du numéro 383, il fallait passer par Morningside. Carney n'avait pas utilisé cette clé depuis une éternité. Il jura. Les passants commençaient à s'arrêter, qu'est-ce qui se passait, qu'est-ce qui se passait. Il leur cria d'appeler les secours. Réussit à ouvrir la porte. Il repensa aux appartements 1A et 1B avant que les locataires n'emménagent et fut saisi – pensée délirante – par la foule de choses qui se produisaient au-dessus de sa tête et dont il ignorait tout. Harold avait un aquarium. Carney passait ses journées penché sur son bureau, à dessiner mentalement les affluents de sa trésorerie pendant que, au premier étage, des poissons barbotaient, des noirs à longues nageoires fines, des orange et noir aux gros yeux globuleux. Personne à cet étage. Personne non plus au deuxième. Il tapa aux portes, les ouvrit, fouilla les pièces. L'appartement de Mrs Ruiz était impeccable. Le mobilier était modeste, un méli-mélo de styles dépareillés. Il lui avait proposé une ristourne sur un Sterling, mais comment le lui montrer maintenant qu'il flambait avec le reste de la salle d'exposition, des collections, du magasin ? Albert et ses deux petites sœurs partageaient la même chambre. Les filles dormaient dans un lit superposé, Albert dans un deux-places avec des draps

Star Trek. Le lit des filles n'était pas fait. Personne n'avait dormi dans celui d'Albert.

Au 2B, Phil ne répondit pas. La clé ne marchait pas. Carney tambourina contre la porte et redescendit quatre à quatre.

Rusty avait fait sortir tous les habitants du 381. Il lui raconta par la suite que Mr Stevens dormait, mais que le vacarme lui avait fait croire à un nouveau Pearl Harbor ; quelques secondes après, il était en slip sur le trottoir.

Carney rentra dans le magasin en courant par la porte côté Morningside, plié en deux pour passer sous la fumée noire. La porte qu'il avait fait percer pour ses affaires illicites était désormais le seul accès à son bureau. Le brasier avait englouti l'intégralité de la salle d'exposition et arrivait à la lisière du bureau où il crépitait et soufflait. Carney ouvrit le coffre, fit glisser les documents importants – et les liasses de billets – dans la corbeille à papier. Le classeur à tiroirs était trop lourd, il se contenta donc d'emporter le compartiment du haut qui contenait les archives de 1974 et 75. Lorsqu'il ressortit, la corbeille en équilibre sur le tiroir, un pompier l'attira loin de la porte et lui interdit toute nouvelle incursion.

La première grande échelle s'était garée sur Morningside, devant l'église. Un second camion pila au milieu du carrefour. Les soldats du feu s'activaient sur le trottoir, repoussaient les curieux et avançaient vers le magasin en prenant la mesure de l'incendie. Carney désigna le deuxième étage – il n'avait pas pu entrer dans un des appartements, il y avait peut-être quelqu'un à l'intérieur. Les sirènes ululaient déjà depuis plusieurs minutes mais il n'en prit conscience que lorsqu'il vit la tresse de fumée noire qui grimpait vers le ciel, et les vitres brisées. Alors, il n'entendit plus qu'elles.

Il s'entretint d'abord avec les pompiers. Un capitaine lui demanda de le suivre un peu plus loin, là où il ne serait pas distrait par le spectacle de sa vie qui flambait. « Vous avez vu l'homme qui les a jetés dans le magasin ? » Il était blanc et avait l'accent paresseux de Long Island.

« Moi, non, mais Rusty peut-être.

– Vous ne voulez pas vous débarrasser de ça ? »

Carney serrait le tiroir contre sa poitrine et retenait la corbeille à papier avec son menton. Il déposa le tout sur le trottoir.

« C'est qui, ce Rusty ? » demanda le capitaine.

Une fois le feu éteint, les policiers à leur tour voulurent lui poser des questions. Suivant les conseils paternels, Carney avait toujours évité les environs du commissariat du 28e district. « Les poulets sont capables de te serrer pour des trucs que t'as pas faits, juste parce que t'es Noir et que tu passes par là. » C'était le poste où avait travaillé Munson. La conversation avait peut-être même lieu dans son ancien bureau. Le flic qui lui posait des questions avait les cheveux blancs, une couperose de buveur et l'imagination étriquée des racistes. Surpris que Carney possède deux immeubles, il lui demanda depuis combien de temps il en était propriétaire. De quand datait la police d'assurance. « Et les affaires, ça marche bien ? Avec l'économie qui va mal, on voit beaucoup de gens prêts à tout.

– Pourquoi vous ne me demandez pas si je sais qui a mis le feu ?

– Vous savez qui a mis le feu ?

– Non. »

Le flic considéra le tiroir et la corbeille à papier. Carney les maintenait entre ses cuisses.

Il était sonné. Le sous-sol. Il y pensait seulement maintenant, dans quel état se trouvait-il ? Inondé par les lances à incendie si le feu n'avait pas tout dévasté. Ces modèles d'exposition qu'il avait l'intention de solder à la fin de l'été. Tout l'historique du magasin. Les postes de radio qui prenaient la poussière dans un coin, ces RCA volées qu'il n'avait jamais trouvé le temps de bazarder ou de refiler dans un vide-grenier. Son magasin.

Le flic dit : « Donc, un homme aurait lancé deux cocktails Molotov ?

– Je l'ai vu lancer le deuxième.

– Est-ce que vous pouvez me le décrire ?

– Non. »

Il regagna le magasin. Au-dessus de la vitrine en miettes et du trou calciné qui avait été la salle d'exposition, la fumée avait noirci l'enseigne CARNEY'S FURNITURE. La façade des numéros 383 et 381 était zébrée de suie. Les pompiers avaient cassé les fenêtres des appartements pour secourir les habitants qui pouvaient s'y trouver – à moins que ce ne soit pour les arroser. Un camion était encore là. Le coin de la rue était barré.

Rusty étreignit Carney avec une profonde tristesse, en veillant à ne pas faire tomber le tiroir et la corbeille à papier. « Je sais, patron », dit-il. Il avait assuré en l'absence de Carney. Marie était rentrée auprès de Bonnie ; elle était secouée, et lorsqu'elle avait pris pleinement conscience de ce qui venait de se produire, elle avait fondu en larmes. Robert avait téléphoné à sa mère qui était venue le chercher. Les pompiers interdiraient l'accès aux immeubles pendant quelques jours. Les experts devaient les passer au peigne fin pour s'assurer qu'ils ne présentaient pas de danger.

Tout le monde était en lieu sûr. Le temps ralentit. Mrs Garcia, qui tenait la boulangerie un peu plus loin, le serra dans ses bras. Il la connaissait à peine. Les yeux rouges, elle lui dit : « Je suis navrée pour vous. » Oui – qui mieux qu'une commerçante pouvait le comprendre ? Lorsqu'on a un commerce, on sait ce que c'est de le faire prospérer, et de le perdre. Elle essaya de lui fourrer un sachet de muffins dans les mains. Elles étaient déjà pleines.

Rusty prit les muffins et dit à Carney de regarder du côté de Morningside.

Elizabeth patientait dans l'avenue, assise sur le perron à l'arrière de St. Joseph. Ironie du hasard, l'église aussi avait son entrée principale sur la 125e et une autre porte sur Morningside. Celle-ci avait été murée – les pasteurs avaient peut-être eu leurs propres activités annexes autrefois –, mais les trois marches demeuraient. Elizabeth le vit, s'essuya les yeux avec son mouchoir et attendit qu'il la rejoigne.

C'est quand il s'assit à côté d'elle que la réalité s'abattit sur lui. Il déposa ce qu'il avait réussi à sauver dans son bureau. D'ici, il voyait le magasin sous un nouvel angle, comme si l'immeuble appartenait à un autre. Comme si l'incendie était la tragédie d'un autre, le malheur d'un parfait inconnu. Pendant les quelques secondes où le magasin exista à l'extérieur de lui, fut étranger à lui, il le sentit : un train de douleur qui l'écrasa et le laissa broyé dans le noir. Il avait tellement travaillé – personne ne pouvait savoir comme il en avait bavé. Personne ne l'avait vu faire, il n'y avait eu aucun témoin de cette étape, la plus difficile. *Tu en as fait, du chemin.* Enchaîner les heures, encaisser les revers et les échecs, transpirer et souffrir sous les yeux d'une patronne cruelle et impassible : la ville. Il avait lutté si longtemps contre elle, ils s'étaient bagarrés jusqu'au jour où ils avaient convenu d'un arrangement : tu me fous la paix et je te fous la paix. Sa Déclaration d'indépendance à lui. C'est du moins ce qu'il croyait. La ville avait manqué à sa parole. Elle avait pris son magasin, l'avait ajouté à sa cohorte d'immeubles en ruine, de maisons carbonisées, de cratères et de terrains vagues couverts de gravats. Une nouvelle adresse anéantie sur une île où elles étaient légion.

Ils pleurèrent ensemble, Carney et sa femme, enlacés, aussi longtemps que la rue le leur permit.

« Rusty m'a dit qu'il n'y avait pas de blessés, dit-elle.

– Oui. »

May et John étaient venus pendant qu'il était au commissariat. Elle leur avait dit qu'ils verraient leur père à la maison. Il la remercia.

« Il a lancé des cocktails Molotov ?

– C'est ça.

– À cause de tes autres activités.

– Oui. » Jamais il n'avait pensé à tout lui avouer. Elle venait de lui poser la question, sans détour, et il lui avait répondu. Oui.

« Ça t'arrive de vendre des choses tombées du camion, continua-t-elle. Des tapis. Je le sais. Tout le monde le fait. Papa se vantait sans arrêt d'avoir des prix sur des choses tombées du camion. Mais ce n'est pas tout, si ? »

Carney lui demanda comment elle avait appris pour les

tapis, elle lui répondit qu'elle était au courant depuis des années. Quand ils étaient encore dans leur premier appartement, elle l'avait entendu parler au téléphone de « tapis à écouler » alors qu'elle était dans le canapé. Il croyait qu'elle dormait, il se trompait.

Des tapis. Il ne se souvenait pas de cette conversation, mais ça n'avait pas d'importance. Elizabeth croyait que ses tapis étaient volés : très bien. Certains l'avaient été, au début, avant que son activité de fourgue ne passe à la vitesse supérieure. Il vendait des appareils chourés par son cousin – Freddie étant Freddie, Elizabeth devait savoir qu'ils étaient volés. *Uptown*, la règle était de contourner les règles si on voulait survivre. Ça ne posait pas de problème à sa femme. Lorsqu'il devait sortir à vingt et une heures pour un rendez-vous avec un personnage pas net, elle laissait faire. Impossible qu'il ait rencard avec une femme, il savait qu'elle l'aurait castré dans son sommeil s'il l'avait trompée. Elle partait du principe que ces marchandises volées étaient sans danger, des bricoles, car son mari n'avait pas le goût du risque. Malgré tout ce que sa femme connaissait de lui – une intimité qu'il chérissait, à laquelle il tenait –, la nature et l'ampleur de son opération criminelle lui échappaient. La partie de sa personnalité qui la rendait possible lui était trop étrangère.

Des tapis, donc. « C'est peut-être les tapis, dit Carney. Je sais pas. Harlem en ce moment…

– On ne fait pas ça sans raison. Débouler et faire ça. » Elle prit les mains de Carney entre les siennes. « Est-ce que tu es danger ? Est-ce que tu nous mets en danger ? »

Oui. S'ils savaient où il travaillait, ils savaient où il habitait. Il y avait bien longtemps qu'aucun salaud n'avait plus menacé de lui prendre sa femme, de lui prendre Elizabeth et les enfants. Ils venaient de lui prendre son magasin. S'ils avaient voulu l'attaquer sur l'autre front, ils l'auraient fait. Pour cette nuit, sa famille était en sécurité. Mais ensuite ?

Il dit : « Ça va. Oui, une partie de ce que j'avais dans le magasin était tombée du camion. Tu as raison, c'est comme ça ici. Et les mecs qui ramassent les trucs qui tombent des camions ne sont pas toujours des citoyens irréprochables, mais ça… Je ne sais pas.

– Tu aurais pu être tué, dit-elle. Et Robert. » Les enfants. May et John ne travaillaient pas au magasin cet été-là, mais ils auraient pu.

« Il y a des façons plus rapides de… » Il serra la main d'Elizabeth. « Ils n'essayaient pas de me faire du mal.

– Ils ? Donc ce sont des gens que tu connais. »

Il secoua la tête.

« Des gens que Pepper connaît ?

– Je ne sais pas. Mais en tout cas on ne risque plus rien maintenant. »

À sa demande insistante, Elizabeth rentra à Strivers' Row en taxi avec les choses qu'il avait pu sauver du feu. Carney dit à Rusty qu'il devait filer *downtown* pour un rendez-vous avec l'assurance – pouvait-il rester dans les parages, au cas où ?

Il installa temporairement son bureau dans la cabine téléphonique au coin de la 125ᵉ et de Broadway. Avaient-ils aussi attaqué Pepper ? Le voyou ne décrochant pas, Carney demanda à l'opératrice de lui passer la maison funéraire au rez-de-chaussée. Quelqu'un répondit, l'immeuble n'était donc pas un tas de cendres. Il essaya le Donegal's. Par chance, Buford travaillait ce jour-là. Pepper avait fichu le camp en disant que, si jamais Carney appelait, il fallait qu'il vienne *uptown*. « J'en sais pas plus – ça avait l'air sérieux », dit Buford. Le barman s'était défait de son indifférence coutumière, il y avait des raisons de s'inquiéter.

Le retour vers *uptown* se déroula dans le brouillard. Carney s'écroulait régulièrement sur les bancs du terre-plein central de Broadway, éreinté. Il avait envie de courir au magasin, d'écarter les barrières et de retourner dans la salle d'exposition. Dans son bureau. Que deviendrait-il si les immeubles ne pouvaient être sauvés ? L'expert en jugerait. Pepper avait vu juste. Carney avait fini par se croire invulnérable. L'appartement de la 127e Rue, la folie de Harlem, le monde blanc et ses mains rapaces, hostiles – contre le béton de cette ville, il s'était doté d'une peau en béton. Pas en béton, non, dans une matière encore plus dure, peut-être du schiste. Mais les feux le talonnaient. Depuis que la ville avait commencé à décliner, chaque sirène le rapprochait un peu plus de celle qui sonnerait pour lui. Les feux le guettaient peut-être depuis la première fois que son père avait jeté une allumette dans une flaque d'essence répandue sur le sol d'un appartement qui n'avait rien demandé. On ne peut pas fuir éternellement.

Avant d'entrer dans le Donegal's, il s'assit sur un banc pour reprendre ses esprits. L'incendie le vidait de ses forces. Un connard n'arrêtait pas de klaxonner. Carney se retourna pour l'insulter mais découvrit Pepper à bord de la Buick.

« C'est pas de bol », dit le voyou lorsque Carney prit place à côté de lui. Il était en train d'acheter des semelles pour ses tennis quand les employés du magasin s'étaient mis à parler d'un feu un peu plus loin dans la rue. « J'ai eu un pressentiment. »

Carney ne répondit rien.

« C'est pas de bol », répéta Pepper, puis il se racla la gorge. Compassion bourrue.

L'esprit de Carney était ailleurs.

Pepper dit : « T'es sous le choc.

– Ouais. »

Il lui annonça que Reece avait téléphoné au bar en demandant à les rencontrer. Tous les deux. « Il a ajouté que, la prochaine fois, ce sera pas ton magasin. »

Carney serra les poings. « Comment ils ont fait le lien entre toi et moi ?

– Y a un paquet de tocards et de gars du milieu, là-bas. » Comprendre : au Donegal's. « Reece se renseigne sur moi, j'ai eu des messages au bar. Tout le monde y traîne, il sait qu'on est associés. »

Et lorsque Oakes avait entendu le nom de Carney, il avait compris que ça ne pouvait pas être une coïncidence.

« Il veut récupérer ce que j'ai pris dans son coffre, et il veut qu'on l'apporte à votre club.

– Hein ? »

Pepper haussa les épaules. « Ce soir, après la fermeture. » Il mit le contact et suggéra qu'ils passent voir leur pensionnaire à la fabrique de biscuits, Hickey serait peut-être en mesure de leur expliquer dans quoi ils s'engageaient. « Tu lui as porté à manger ?

– À qui ?

– Au gars.

– Avant ou après que mon magasin crame ?

– Moi aussi j'ai oublié. Je me disais que t'y aurais peut-être pensé.

– Non. »

Pepper se massa la mâchoire, un geste fatigué. Il arrêta la voiture et s'engouffra dans une bodega. Il en ressortit avec un sac en papier rempli de barres chocolatées et de viande séchée.

Carney avait mauvaise conscience parce qu'ils avaient oublié de laisser la lumière allumée. En entendant le raclement de la grille, Hickey appela au secours. Le trésorier pleurait quand ils pénétrèrent dans la salle d'attente. « J'ai entendu des trucs bouger », dit-il. Ses lèvres étaient couvertes de morve. S'il avait des réserves concernant le menu, il les garda pour lui.

Pepper lui dit que, s'il savait se montrer utile, il sortirait le lendemain.

Hickey sembla trouver la proposition raisonnable. « C'était Leon », dit-il. L'incendie. L'hiver précédent, Reece avait déjà eu recours à ses services pour faire une surprise à une bande de Portoricains dans une salle de billard. « Je te l'ai dit, Leon aime son boulot. En plein jour, au beau milieu de la 125e… Pour un pyromane fou, c'est Noël.

– Qui est-ce qu'il y aura au club ? demanda Carney.

– Tiens, fit Pepper, t'as retrouvé ta langue.

– Reece aime bien cet endroit, ça lui donne l'impression qu'il est de la haute. C'est pour ça que Oakes l'invite là-bas. » Hickey expliqua que Reece avait grandi dans une cité, les Frederick Douglass Houses. Du fait de sa position dans l'organisation de Notch Walker, il était devenu une célébrité locale : « Je suis ce que le quartier a produit de mieux. » Et puis l'un de ses copains d'enfance, Lawrence

Hilton-Jacobs, avait décroché un rôle dans le film *Cooley High* et dans la série *Welcome back, Kotter*, avec en prime sa tête en couverture des magazines et sur des boîtes à sandwichs. Ce qui avait légèrement rétrogradé Reece aux yeux de l'opinion. « J'en peux plus de voir sa tronche partout. »

Le Dumas Club était abonné à *BusinessWeek* et à *Black Enterprise*. Rien, entre ses murs, ne devrait rappeler à Reece le succès de son ami.

« Quand c'est fermé, tard le soir, ils causent affaires, dit Hickey. Et ils fument des cigares cubains. » Ils l'avaient convié une fois, pour frimer. « C'est joli.

– C'est vrai que c'est joli, dit Carney. Mais je t'ai demandé qui sera là. »

Il y aurait Reece, Oakes et un des nervis de Reece. Clarence ou Bollinger, ses gorilles. Pas des lumières, mais des hommes loyaux et sadiques, deux qualités à ne pas sous-estimer. Hickey dit : « Notch n'est pas au courant que Reece bosse avec Oakes en parallèle, donc il est obligé de faire gaffe.

– Qu'est-ce qui se passerait si Notch l'apprenait ?

– Il serait pas content, dit Hickey. De son point de vue, tout ce qui se passe au-dessus de la 110e lui appartient. Il faut qu'il croque. Mais le problème, c'est qu'il touche rien sur les feux. »

Carney déduisit que l'indépendance et l'esprit d'initiative n'étaient pas des vertus très prisées par Notch. Il le connaissait. Le gangster lui envoyait un larbin deux ou trois fois par an avec des cailloux qu'il écoulait, le plus souvent par l'intermédiaire de Green. De la marchandise de qualité. Notch jugerait-il que celui qui s'attaquait à l'un de ses lieutenants s'attaquait à lui par extension ? Il punissait tous ceux qui bafouaient son autorité, il punirait donc aussi ceux qui la révélaient. Carney ne serait pas sauvé par l'arrangement qui le liait au gangster. Il y avait d'autres fourgues.

Notch – et Malik Jamal, le général de la Black Liberation Army – s'étaient occupés de Munson. Carney avait tendu un piège à l'inspecteur. Existait-il un moyen de manipuler Notch une fois de plus ? Il n'avait jamais parlé de cette nuit avec Pepper, c'était un cauchemar qu'il préférait ne pas exhumer. Il avait eu de la veine. Manifestement, la chance s'était lassée de lui.

Pepper raconta à Hickey qu'il avait fracturé le coffre du candidat la veille au soir, que c'était pour cette raison que Reece voulait les voir.

« Vous êtes fous. »

Pepper se raidit, insulté. « Tu viens seulement de le comprendre ?

– C'est toi qui comprends pas, dit Hickey. Ils plaisantent pas, ces mecs – ils ont de la thune, et la justice dans la poche.

– Je suis au courant », dit Carney. Plus il tergiversait, plus les opportunités se multipliaient pour Oakes. L'image qui lui venait était celle d'un magasin de chaussures qui aurait grossi jusqu'à devenir un centre commercial. À ce stade, Oakes était le Macy's de la corruption. Au rez-de-chaussée, Incendies et Dessous-de-table. Pour le Détournement des fonds de la reconstruction, montez au deuxième. Du temps où il était procureur, les propriétaires et les pyromanes lui donnaient des enveloppes, il touchait en outre une part des indemnisations gonflées des assurances, et il les convainquait de commanditer des feux car il connaissait tous les maillons de la chaîne. Au sein de Homes 4 Harlem, il ramassait l'argent de la réhabilitation urbaine, distribuait les marchés de construction et d'entretien tout en continuant à commanditer des incendies comme au bon vieux temps. Quand il serait président de l'arrondissement, il pourrait répartir à sa guise la manne financière de l'État, mais aussi décider où seraient bâtis les futurs logements, sur quels no man's lands se dresseraient de jolis immeubles quelques années après qu'ils auraient été ravagés par des incendies, intentionnels ou non, simplement dus au hasard. Une société-écran achète les biens délabrés et gonfle sa police d'assurance, ces biens brûlent, la mairie rachète le terrain pour reconstruire. Si on se sucre à chaque étape, ça fait un paquet d'enveloppes.

Quand on sait de quoi l'avenir sera fait, à quoi il ressemblera, on peut acheter en avance pour une bouchée de pain. Quelle était la devise de Van Wyck Realty, déjà ? *Construire l'avenir.* Van Wyck acquérait des biens situés près des futurs centres névralgiques tels que le Lincoln Center ou les tours du World Trade. Mais il y avait à la mairie des hommes qui déterminaient où ces projets sortiraient de terre avant même que Van Wyck en ait vent. Si Oakes trempait ne serait-ce que dans la moitié de ces magouilles, il devait se goinfrer. Dernier étage, Trafics d'influence à grande échelle et Petit électroménager, attention en sortant.

Hickey demanda : « Tu diras pas à Reece que je t'ai raconté tout ça, hein ? »

Carney se tourna vers Pepper : c'était l'heure d'y aller.

Avant de fermer la porte, Carney dit : « À demain », et éteignit la lumière. Hickey se mit à hurler dans l'obscurité.

En cas de souci, s'ils ne revenaient pas, Hickey passerait un sale quart d'heure. En cas de souci, ils passeraient tous un sale quart d'heure.

8

Le numéro 320 de la 120e Rue Ouest, où se trouvait le Dumas Club, avait été érigé en 1898 par Mortimer Bacall, un immigré allemand qui avait fait fortune dans les médicaments en vente libre. Son tonique le plus populaire, commercialisé sous de multiples appellations dont la plus célèbre était « Les Comprimés du Dr Abraham », affirmait guérir les « maux de la ville » causés par l'« air toxique », les « canalisations insalubres » et la « promiscuité avec ses voisins ». La ville moderne était une nouveauté, qui réclamait des traitements adaptés. Bacall avait eu du flair en inventant à la fois l'affection et le remède.

Il était mort en 1911, renversé par un tramway sur Lexington Avenue. Sa maison était restée vide pendant quatorze ans, avant d'être achetée par un trio d'éminents Harlémites : le Dr William T. Frye, médecin, Clement Lanford, avocat réputé et personnalité politique, et Al Gibson, propriétaire des pompes funèbres du même nom. Chacun avait accédé par un chemin différent à la notoriété, aux honneurs, au pouvoir ; le moment était venu de fonder un club qui différencierait leur caste du reste de la population. Ils achetèrent la maison et la cédèrent quelques années plus tard à la Dumas Corporation.

Immense demeure de style Queen Anne, elle mesurait douze mètres de large et surpassait ses voisines d'un étage. Au milieu des autres *brownstones* plus modestes, elle devint un repère dans le quartier. On n'en faisait plus des comme ça, avec son toit à pignons et sa tourelle à bardeaux verts, ses fenêtres arrondies et son ample perron. L'ère de ces architectures flamboyantes était révolue depuis longtemps. Celle des normes anti-incendie laxistes aussi. Les minuscules soupiraux du sous-sol seraient un vrai cauchemar si les pompiers avaient besoin de ventiler un feu ; quant aux monte-plats, aux puits de lumière et à l'escalier de service, ils étaient autant d'artères par où les flammes pourraient circuler. Un feu violent dans les combles risquerait de détruire les soutènements du toit, qui s'effondrerait sur les étages supérieurs. Non, jamais cette maison ne pourrait respecter les normes actuelles.

Elle n'en était pas moins impressionnante vue de l'extérieur, et elle fascinait le voisinage. Les enfants l'appelaient « le Manoir » à cause de sa taille et du défilé de Noirs sapés comme des milords qui franchissaient ses hautes portes. Enfant, Carney lui aussi les admirait. Qui étaient ces hommes ? Ils avaient des costumes sublimes, époustouflants, à la coupe sobre mais non dénuée de style, bien différents des frusques minables que portaient son père et les voyous de son entourage, des vêtements criards qui empestaient le whisky et les bagarres de la semaine passée. Il avait besoin de savoir à quelle catégorie appartenaient ces hommes, ce qui se tramait à l'intérieur. Toutes ces années plus tard, maintenant qu'il avait les réponses à ses questions, qu'il connaissait la texture et le grain de leur personnalité, qu'il avait même intégré leurs rangs, il prenait parfois un peu de recul, quand la brume de l'animosité se dissipait un instant, et contemplait toutes les choses que cette génération avait accomplies, ce que cela signifiait de se faire une place en Amérique. Non, vraiment, on n'en faisait plus des comme ça.

Pepper gara la Buick sur la 121e Rue, non loin du croisement avec Manhattan Avenue. Minuit et quart. Le mardi soir, les serveurs prenaient les dernières commandes à vingt-deux heures, à vingt-deux heures quarante-cinq ils commençaient à s'agiter et à se planter près des convives qui s'attardaient, et pour vingt-trois heures trente les portes étaient closes et les lumières éteintes. Carney avait entendu la Légende des Clés peu après son admission, le précieux trousseau que détenaient quelques membres du sérail. Il leur permettait d'inviter une femme après la fermeture, ou bien de peaufiner un stratagème pour gonfler leur compte en banque ou élargir leurs débouchés. Le père d'Alexander Oakes avait vraisemblablement fait partie des élus, et il avait légué le trousseau à son fils. Si la vieille garde avait eu connaissance des conciliabules nocturnes entre le candidat démocrate Alexander Oakes et le meurtrier Reece Brown, elle y aurait vu une perversion de la charte, mais Carney, lui, ne se faisait pas d'illusion : il savait que c'était simplement l'ordre des choses.

Il demanda à Pepper où il avait planqué les dossiers du candidat.

« Ils sont toujours dans le coffre de la bagnole.

– Tu ne les as pas regardés ?

– Pour quoi faire ? Je sais ce qu'il y a dedans. Des trucs

suffisamment importants pour que ça le fasse chier de plus les avoir. J'avais pas encore trouvé comment les utiliser.

– Donc tu les as même pas ouverts ?

– C'est toujours la même merde, avec ces types-là. »

La *merde* : des noms d'avocats en vue, de juges, de procureurs, de dirigeants de compagnies d'assurances, de criminels en tout genre, de pyromanes, de politiciens à vendre, de promoteurs distribuant des billets par sacs entiers, de présidents d'associations empochant le fric de l'État, bref de toutes les personnes avec qui Oakes fricotait.

Pepper avait raison. De la merde.

Et cependant des hommes puissants. L'adresse du magasin de Carney figurait dans les pages jaunes, celle de sa maison dans les blanches : facile à trouver. « Je vais y aller seul, dit-il. Ils ne peuvent rien contre toi. » Pepper n'avait ni femme ni enfants à menacer. Carney l'avait embringué dans ce merdier. L'incendie de l'après-midi, ce qui l'attendait au club… C'était son châtiment. Pepper, lui, pouvait prendre le premier car et refaire sa vie dans le Maryland – à moins que ce ne soit le Delaware –, il y connaissait du monde. Rien ne l'obligeait à aller au Dumas.

« Tu rigoles ? fit Pepper. Ils ont dit que la prochaine fois, ce serait ta maison. Ils veulent foutre le feu à ta maison ? J'ai une chambre là-bas, moi.

– D'accord, d'accord. »

Ils sortirent de la voiture, Pepper alla chercher le sac-poubelle dans le coffre et le jeta sur son épaule tel un Père Noël du ghetto. Carney ne put s'empêcher de rire. Pepper lui décocha un regard mauvais.

« T'as une arme ? » demanda Carney.

En d'autres termes, quel était le plan ? « J'ai un .38 qu'ils vont me piquer quand on va arriver, dit Pepper. Je l'ai pris à Hickey, donc, au fond, il leur appartient. » Reece et Oakes ignoraient dans quelle mesure Pepper et Carney étaient au courant de leurs affaires. Qui d'autre l'était. S'ils allaient rendre tout ce qu'ils avaient volé. « Ce qu'on va faire ? D'abord on entre, ensuite on avise. »

Un programme pas très réjouissant. Avant cette journée, Carney aurait difficilement imaginé que Oakes puisse salir ses mains délicates et si bien hydratées – on parlait quand même du Dumas Club –, mais ils avaient incendié son magasin le matin même, et Reece avait pour métier de tuer et d'estropier. Les sommes en jeu déjouaient toutes les conjectures. « C'est qui, le Pif Rouge ? demanda-t-il. Tu m'as surnommé comme ça tout à l'heure.

– Ça vient d'un sketch de Roscoe Pope, un humoriste que j'ai vu à l'époque où je bossais pour Zippo. L'histoire d'un Noir qui a des superpouvoirs. »

Carney s'arrêta. « Et qu'est-ce qui lui arrive ?

– À ton avis, qu'est-ce qui lui arrive ? C'est un Noir et il a des superpouvoirs – ils le butent. Il croit qu'ils peuvent rien contre lui, sauf que si. Au début, je croyais que Pope parlait de lui-même. Il est célèbre, donc les journaux cherchent à le descendre, ou bien les flics. Mais, en fait, personne ne cherche à le descendre. Quand il tombera, ce sera sa faute. Il pourra s'en prendre qu'à lui-même. »

Deux *brownstones* plus loin, un homme sortit la tête d'une fenêtre au premier étage : « Vous pouvez pas la boucler, tous les deux ? »

Carney tourna la tête vers le carrefour, où les réverbères dessinaient la silhouette majestueuse du Dumas Club.

Dans ces circonstances, il était idiot de la part de Carney de s'attendre à ce que Carl lui ouvre la porte, et pourtant. « Entrez », dit Reece avant de refermer rapidement derrière eux. Les rideaux tirés à toutes les fenêtres empêchaient la lumière de s'échapper. Vu de la rue, le club était fermé pour la nuit.

Pepper avait prévenu Carney que Reece s'habillait comme un Black Panther, mais dans la chaleur de ce mois de juin le gangster avait délaissé le cuir au profit d'un pantalon en toile noire et d'un col roulé blanc à manches courtes. Il portait des lunettes de soleil tellement incongrues dans le décor du club que, l'espace d'un instant, Carney en oublia l'arme qu'il pointait sur lui.

Le gangster leur dit de lever les mains. Le sac-poubelle noir se balançait dans la pogne de Pepper. Reece parut désapprouver le contenant qu'ils avaient choisi. Il s'empara du sac et les fouilla, prit le .38 dans la poche du blouson de Pepper. « Oakes ! » Il leur fit signe d'aller dans le salon.

Alexander Oakes se préparait un cocktail à base de gin. Les manches de son impeccable chemise oxford blanche étaient retroussées, sa cravate à rayures rouges et bleu marine rentrée entre deux boutons. Carney n'avait jamais mis les pieds derrière le comptoir en acajou ; les serveurs faisaient mine de montrer les dents lorsque les membres s'en approchaient trop. Oakes affirmait ainsi que tout lui était permis, que, malgré les armes, il n'était qu'un petit garçon qui fait des bêtises. Des bêtises qui avaient carbonisé le magasin.

« Carney ! C'est ça le mieux, quand on vient la nuit, dit Oakes. On peut faire tout ce qu'on veut. »

Reece les conduisit près du grand et profond canapé

Burlington. Un paquebot. Carney ne savait pas combien de soirées il avait passées sur son cuir bordeaux, à écouter Pierce bavasser en tapotant sa cigarette dans le cendrier monté sur pied. À côté de Carney, Pepper examinait les lieux, inventoriait le mobilier comme s'il venait d'être parachuté dans la galerie d'un musée. Il plissa le nez, l'air d'avoir senti une souris qui pourrissait dans un mur. Les membres fondateurs toisaient l'intrus, qui leur rendit leur regard.

« Où est Leon ? demanda Oakes.

– Il est allé pisser, dit Reece.

– Il en met du temps. »

Leon Drake arriva enfin et referma les portes-fenêtres derrière lui. Parmi tous les hommes que comptait l'organisation de Notch Walker, Reece avait opté pour l'incendiaire, peut-être afin de boucler la boucle. Le Créateur n'avait pas doté Leon d'un physique de cogneur, mais il lui avait accordé une paire d'yeux fous et inquiétants, une arme tout aussi redoutable que beaucoup d'autres.

« Donc c'est comme ça à l'intérieur, dit Leon. J'ai grandi un peu plus loin. » Il portait un sac à dos dont il tirait sur les lanières comme un petit enfant.

Reece posa le sac-poubelle sur le bar sans quitter Pepper et Carney des yeux. « Vérifie qu'il n'y a pas un flingue dedans. »

Oakes palpa le plastique noir, visiblement exaspéré par la prudence excessive du truand. Il ne sentit rien de suspect. « Reece pensait que tu serais déjà loin à cette heure-ci, Carney, mais je lui ai dit que tu viendrais. Un endroit neutre. Sûr. » Il but une gorgée. « Comment vous vous connaissez, tous les deux ? »

Aussi détendu que s'ils se croisaient à un barbecue où Carney n'aurait pas été assez rapide pour l'esquiver. « C'est un ami de la famille », répondit Carney. Il désigna les portraits, la galerie des Favoris. « Toi, t'as ceux-là. Moi, j'ai lui.

– Qu'est-ce que vous comptiez faire de ça ? demanda Oakes. Le donner à la presse ? aux Fédéraux ? Les procureurs – même les anciens procureurs – ne vont pas en prison. On passe entre les mailles du filet. C'est tout l'intérêt.

– Ils ne remportent pas non plus les élections », dit Carney.

Pepper se gratta la joue. Il paraissait rincé.

« Et Hickey, où est-ce qu'il est ? demanda Reece. Vous en avez fait quoi ?

– C'est lui qui nous a dit où trouver les documents, dit Pepper.

– Je vous avais prévenus, dit Leon. Une baltringue.

– Hickey, dit Oakes. Hier soir, quand je suis repassé à mon bureau, j'ai eu la surprise de découvrir que j'avais été cambriolé. Hickey avait disparu après être allé accueillir ce Pepper avec une batte de base-ball. » Il tourna la tête vers Carney. « Reece a appris que vous êtes cul et chemise, tous les deux, que vous avez fait pas mal de trucs ensemble. C'était forcément vous. Mais pourquoi ?

– Recule, putain », dit Reece. Pepper avait fait deux pas vers lui. Carney ne s'en était pas aperçu. Le voyou regagna sa place auprès de lui.

« J'ai demandé à Pepper de faire des recherches à propos d'un feu sur la 118e, pour des raisons qui ne concernent que moi, dit Carney. Ça l'a mis sur la piste de Leon, qui a cru qu'il s'intéressait à un truc que vous aviez fait dans cette rue il y a des années.

– C'est n'importe quoi, dit Reece.

– Je me suis fait virer, dit Leon. Je l'adorais, ce boulot. Mon patron a entendu que je me battais dehors et il m'a foutu à la porte. Mon boulot, putain. »

Oakes le fit taire. Le pyromane lui jeta un regard assassin.

« C'est quoi, ces raisons qui ne concernent que toi ?

– Il y avait un gamin dans l'immeuble qui a brûlé.

– Un gamin ? dit Reece. Qu'est-ce que ça peut te foutre ?

– Rien, dit Carney. Justement. »

Oakes gloussa. « Je t'avais prévenu qu'il avait un grain », dit-il à Reece. Puis, à Carney : « C'était une super soirée, la semaine dernière. Elizabeth s'est sacrément bien débrouillée. » Il but une gorgée. Carney eut l'impression qu'il s'apprêtait à ajouter une pique, mais il se retint. « Tout le club était là, ça m'a fait plaisir. C'est étonnant qu'on n'ait pas davantage d'élus parmi nous. Des juges, on en chie à la pelle, des gens qui travaillent dans l'ombre aussi. Mais à la mairie ? Au commissariat central ? On est à la traîne. »

Il servit un whisky et le tendit à Reece. Les traits du gangster se contractèrent – il était déjà occupé à tenir leurs invités en joue. Reece Brown n'avait jamais entendu parler du Dumas Club avant que Oakes l'y convie. Lorsqu'il avait découvert la splendeur du lieu, il avait d'abord cru à une confrérie de pervers. Notch pensait avoir du style en décorant son bureau du Right Note avec du léopard, du marbre et du velours partout, sauf que ce n'était pas classe, c'était vulgaire. Ici, par contre, c'était classe, et chaque fois que Oakes le faisait venir pour parler affaires, une certitude implacable étreignait Reece : un jour, il posséderait un endroit comme celui-là. De bon goût, élégant et cher, digne du lascar le plus chaud et le plus impitoyable à être sorti des Frederick Douglass Houses. Lawrence Hilton-Jacobs pouvait aller se faire mettre, et de toute façon il ne comptait plus, il était parti à Hollywood. La vraie gloire du quartier, c'était Reece.

Oakes posa le verre du truand sur le comptoir et leva le sien au portrait de son père. « J'aime bien me dire qu'il se retourne dans sa tombe quand il voit ce qu'on fait. Il n'arrêtait pas de se vanter de ses exploits merdiques, obliger untel ou untel à le payer, non mais je te jure. Un bandit gentleman. Un minable. Comme toute sa génération. Mais ce que j'ai fait, moi ? Ce que je m'apprête à faire ? Il imaginait pas à quel point les règles du jeu allaient changer. »

Carney jouait nerveusement avec la chevalière du club qu'il portait au doigt. Il dit : « C'est ça, ton nouveau message de campagne ? »

Oakes eut un sourire méprisant. « Je sais qu'il se retourne chaque fois qu'on laisse entrer des mecs comme toi. J'étais sérieux quand je t'ai dit que t'avais fait du chemin – ça ne t'a pas plu, mais j'étais sérieux. Tu te rappelles la première fois qu'Elizabeth t'a invité à une fête, l'anniversaire de Stacey Miller ? Avec tes bras qui dépassaient des manches de ta veste et ton pantalon trop court. Qu'est-ce qu'on s'était marrés. Mais elle t'aimait bien, ça sautait aux yeux. Et puis t'as ouvert ton magasin. Je pensais pas que ça marcherait, mais t'as réussi. » Il porta un toast à Carney. « Enfin, c'était pas beau à voir tout à l'heure, avec toutes ces flammes et cette fumée. Vraiment pas beau à voir, mon vieux. »

Leon dit : « Je me plante jamais. » Il sourit.

« Quand les anciens du genre de Leland ont mis leur veto à ta candidature, ça m'a fait mal pour toi, dit Oakes.

J'ai voté contre toi, comme tout le monde, mais ça m'a fait mal. Et dire que, depuis le début, t'es un escroc ! » Un geste du menton vers Reece. « Et en plus tu bosses avec son chef ! C'est drôle. Comme quoi, les anciens avaient eu le nez creux. »

Carney pensa à Duke, le banquier qui menait la grande vie sur son île avec la fortune qu'il avait siphonnée à ses camarades du club. « On a vu clair tous les deux », dit-il.

Pepper avait sur le visage son expression dégoûtée, assortie d'un regard furieux. Carney y puisa du réconfort. Le voyou dit : « Notch est au courant pour cette petite fête ?

– Occupe-toi de ton cul », répondit Reece.

Carney balaya la pièce du regard, fit le point en sachant que Pepper le faisait aussi. Oakes derrière le comptoir, Reece et son flingue, Leon qui trépignait. Il y avait dans l'air une odeur de bougie qui vient de s'éteindre, mais aucune bougie en vue. Carney capta le regard de Pepper, tenta de comprendre ce que le vieux voyou avait derrière la tête, mais il ne laissait rien filtrer. Soit il y aurait bientôt de l'action, soit Pepper n'avait pas le début d'une idée.

Reece toussa. Il dit : « Vérifie le sac. »

Oakes ouvrit le sac-poubelle sur le comptoir en acajou et farfouilla à l'intérieur. Il s'assura que rien ne manquait, opinant au fur et à mesure. Il ne sortait rien, craignant peut-être que le contenu se dessèche et flétrisse à la lumière. Soudain il parut surpris, en tira une petite carte, qu'il glissa dans son portefeuille et poursuivit son recensement. Il dit : « Elizabeth sait que tu es un escroc ? »

Carney répondit : « Et toi, elle sait que tu en es un ?

– Tout y est ? demanda Reece.

– Pour le moment, oui, dit Oakes.

– Si tu vois mon nom sur quelque chose, tu me le donnes.

– Ne vous inquiétez pas pour ça, Mr Brown.

– Bien, dit Reece. Allez, on en finit. » Il pointa son arme sur la tête de Pepper.

Carney fit : « Hé !

– On avait un accord, intervint Oakes. Pas ici. »

Reece lui tira une balle dans l'œil. Le candidat fut projeté contre les bouteilles et tomba au sol dans une cascade de whisky et de gin.

Le truand recula en surveillant Pepper et Carney. Il passa derrière le comptoir et donna un petit coup de pied dans le corps de Oakes. Il ferma le sac-poubelle, l'empoigna fermement. « Il me soûlait à ouvrir sa gueule sans arrêt. J'aurais fini par le buter, de toute façon. Ou bien Notch me serait tombé dessus, ou bien c'est les flics. » Il renifla. « Plus besoin de lui, maintenant que j'ai ça. » Il s'interrompit. « Y a quelque chose qui crame ? »

Alors tous la sentirent, la fumée des feux que Leon avait allumés dans les étages. Le pyromane avait fait le tour des luxueuses pièces du deuxième et du troisième, le boudoir orné des trophées rapportés par Ambrose Hemmings après son safari en Afrique, la bibliothèque avec son vitrail représentant Harlem quand il n'y avait encore que des fermes. C'était encore plus fou que ce qu'il avait imaginé enfant, lorsqu'il regardait ces hommes élégants disparaître à l'intérieur et contemplait les fenêtres incurvées. Avec amertume, il avait constaté que tout était d'une beauté dépassant son imagination, comme pour lui montrer combien il connaissait peu le monde, combien il était pauvre à tous les niveaux. Pas grave. Il avait sorti son essence. Le Dumas Club, malgré son raffinement et sa sophistication, n'avait au fond rien de spécial. Ni plus ni moins détestable que n'importe quelle autre bâtisse du quartier, il n'était qu'un réceptacle pour sa haine. Leon écrivit son nom avec l'essence et lorsqu'il sentit le déclic à l'arrière de son crâne, la petite trappe qui se refermait, il craqua une allumette et rejoignit les autres au salon.

Reece lâcha un juron.

Leon dit : « Je t'avais prévenu que tu me le paierais si je perdais mon taf. Je vous emmerde, tous. » Il parut claquer des doigts et une petite bombe apparut dans sa main, mèche allumée. Il la lança sur Reece, qui tira par réflexe. La balle finit dans le fauteuil derrière le pyromane. La bombe – un globe en verre de la taille d'une boule de Noël – explosa contre le bar en faisant gicler les flammes.

Pepper bondit par-dessus le canapé en cuir et s'accroupit entre le dossier et la cheminée. Carney l'imita. Il avait toujours adoré le parquet du salon avec ses motifs géométriques d'inspiration maure, ou arabe, qui apportaient une touche d'une autre culture. Il avait maintenant l'occasion de l'examiner de près, de très près. Quelle absurdité de mourir ici. Il fallait qu'ils dégagent au plus vite.

Reece cria quelque chose à Leon et tira. Une balle traversa le canapé, siffla entre Pepper et Carney. D'un mouvement de la tête, Pepper indiqua la grande fenêtre qui donnait sur la 120e. Les grands rideaux étaient tirés, mais elle n'était pas très haute. Ils se mirent à ramper. Une bombe incendiaire éclata sur les rideaux. Pepper sentit l'onde de chaleur sur son visage.

Il risqua un coup d'œil par-dessus le canapé. Reece tira encore deux fois sur Leon, mais le pyromane s'était planqué derrière les fauteuils club et le quart-de-queue au fond de la pièce. Reece aperçut Carney et tira, mais le manqua. Il vit que le sac-poubelle avait pris feu et se mit à taper frénétiquement sur les flammes.

Pepper se leva, jaillit de sa cachette tel un grizzly dressé sur ses pattes arrière, chargea en balançant le bras d'un grand geste circulaire. Le cendrier en cristal cueillit Reece juste sous la mâchoire. Dans un match de base-ball – ce fut la première image qui vint à Carney –, la tête de Reece aurait fusé hors du stade. En l'occurrence, elle subit tout de même des dégâts considérables. Le truand s'effondra.

D'un coup de pied, Leon ouvrit la porte du salon. Un tourbillon de fumée noire envahit la pièce. Sur le seuil, le pyromane éclata de rire. « Je t'avais prévenu que je voulais pas perdre ce taf ! » Il jeta la bombe suivante en direction du portrait de Clement Lanford. Elle explosa sur le visage austère du cofondateur du club en projetant des vrilles de feu liquide.

Hilare, Leon détala.

Carney tira Pepper par le bras. Le vieux voyou regardait Reece à ses pieds. Le lieutenant de Notch ne s'en relèverait pas. Carney pointa du doigt le sac-poubelle. Il y avait peut-être quelque chose à sauver.

« On se casse de là », dit Pepper. Ils abandonnèrent le sac aux flammes et foncèrent vers la porte.

La majestueuse cage d'escalier était un brasier, les étages supérieurs une fournaise. Des flammes ondulaient sur tout le côté droit du vestibule. Les deux hommes cavalèrent jusqu'à la sortie, courbés en deux sous la fumée noire et dense.

Au coin de la rue, Carney dit : « Il faut que j'appelle les pompiers. » Les rideaux convulsaient derrière les vitres, s'embrasaient, tombaient en révélant l'incendie qui faisait rage. Les baies vitrées explosèrent. Une pluie d'éclats de verre rebondit sur le trottoir.

« Pour quoi faire ? » Pepper commença à s'éloigner.

« Y a le feu.

– Et ? »

Carney le rattrapa, ils trottinèrent jusqu'à la Buick.

« Ils vont venir, de toute façon, dit Pepper. Et nous, il faut qu'on aille au Donegal's. Histoire de voir lequel de ces bâtards nous a donnés. »

Carney était au bout du rouleau. « D'accord.

– Ils vont venir. »

Autrefois, un voisin aurait repéré le feu avant qu'il ne devienne incontrôlable. Mr Edwin Powell par exemple, oiseau de nuit et fouineur invétéré. Il était né en Alabama, avait fui vers le nord dans la benne d'un pick-up où il avait cahoté en compagnie de cinq cousins. À New York, un Noir pouvait être un humain. Il parvint à se dégoter un job d'homme de ménage au service des immatriculations et une piaule qui donnait sur l'imposante Queen Anne de l'autre côté de la rue. Edwin admirait le Dumas Club et la réussite qu'il représentait pour les Noirs. Il aurait immédiatement remarqué un départ de feu, mais il était mort dix ans plus tôt, dernier cousin de la bande, et les autres appartements s'étaient vidés un par un jusqu'à ce que des squatteurs investissent les lieux. Tant de maisons avaient la même histoire. La ville coulait. Autrefois, quelqu'un aurait averti les pompiers avant que le feu ne prenne trop d'ampleur. Autrefois, les habitants de Harlem se serraient les coudes.

9

Jimmy Gray, de Sable Construction, était censé venir examiner les immeubles afin d'estimer combien il pourrait lui soutirer. Carney évitait les alentours, il confia donc à Robert un trousseau de clés et la mission d'ouvrir à Jimmy. Malgré la destruction du magasin, Carney continuait de rémunérer son neveu pour lui enseigner la valeur des engagements, de la fiabilité, de la parole tenue… La nature de la leçon demeurait relativement floue, mais Carney était heureux de lui donner de l'argent et espérait qu'il le gaspillerait pour s'acheter une bricole idiote, comme Freddie l'aurait fait.

À l'heure du rendez-vous, Carney se trouvait à quelques centaines de mètres, il allait chercher dans une pharmacie un médicament pour un ulcère qui venait de se déclarer. Il décida d'aller voir comment Robert s'en tirait. Le garçon était devant le magasin, dans son Levi's et son polo, occupé à jouer avec le bracelet extensible de sa montre. Les vitrines et la porte étaient bouchées par du contreplaqué. Il avait suffi d'une nuit pour que le bois soit intégralement recouvert de graffitis. Mais, puisqu'il n'y avait ni grossièretés, ni bites, ni seins, Carney décida de laisser couler.

« Salut, oncle Ray.

– Robert. Il est à l'intérieur ? »

Pas encore. Ellis Gray, le fondateur de Sable Construction, avait beau vous balader pour les devis et les délais, au moins il était ponctuel. Carney n'avait encore jamais eu affaire avec son fils, à qui Ellis transmettait la société. Carney ne lui en tint pas rigueur. Jimmy l'avait prévenu qu'il avait un mois chargé, la ville étant ce qu'elle était.

« Donne-moi les clés, dit Carney. Quand Mr Gray arrivera, dis-lui que je suis à l'intérieur.

– Vraiment ? » Tout le monde savait qu'il se tenait à l'écart du magasin.

« Je serai à l'intérieur. »

Il passa par le côté Morningside. Il aurait encore le temps de faire peindre la fresque sur ce mur avant le 4-Juillet. May lui avait dit qu'un de ses amis de fac, un « artiste super doué », adorerait pouvoir y exposer son travail, mais Carney ne le sentait plus. L'idée lui était venue au cours de la nuit qui avait suivi l'incendie : une interprétation personnelle de *The Spirit of '76*. Ils voulaient du bicentenaire, ils allaient en avoir. Des tambours, un fifre, la même obstination abasourdie, sauf que les musiciens étaient noirs. Démoralisés, le crâne rempli de pensées sans issue, ils jouaient malgré tout. La palette de l'original serait conservée, gris urbain et marron smog, on distinguerait au fond des immeubles bas, sinistres, sans lumière aux fenêtres, « et au-dessus, des pigeons qui volent en cercles comme des vautours ». Leur marche à tous : stupidité, bravoure, et cette forme de détermination qui naît du déni de la réalité. Sur son mur, exposé aux yeux du quartier : voilà ce qu'on vend ici.

The Spirit of '76 version Carney. Lorsqu'il en avait parlé autour de lui, son entourage avait cru qu'il avait perdu les pédales. Rien que cette histoire de pigeons. Et puis des gamins allaient forcément la recouvrir de graffitis. Carney s'était rendu compte qu'il passerait un temps infini à expliquer ses intentions et avait laissé tomber. Faute de fresque, son mur était donc décoré par deux bennes à ordures de chez Bellucci Sanitation, à moitié remplies par les débris de l'incendie et tout ce que Harlem avait décidé d'y ajouter durant la journée – lampadaires tordus, grille-pain cassés, chaussons roses. Ce n'était qu'une question de temps avant qu'on y balance un corps, mais jusqu'ici Carney avait « le ciel avec lui », comme disait Elizabeth pour le taquiner.

Il posa son front contre la porte. Le métal était chaud. Il devait avoir l'air d'un fou, mais tant pis. Il tourna la tête, regarda les marches sur lesquelles il s'était assis près d'Elizabeth. Pleurer en public – son père lui en aurait collé une. C'est vrai, il avait pleuré en public, mais il avait aussi kidnappé un homme et assisté à deux meurtres dans la même journée. Ça « compensait » peut-être, le faisait remonter sur l'échelle de la virilité, etc. Il tourna la clé dans la serrure.

Il y avait un moment qu'il n'était pas venu. L'expert de chez American Eagle avait mis le holà aux visites dans les ruines du magasin. Il avait énoncé le compte rendu de son autopsie d'une voix si calme, si froide, que Carney en était ressorti démoralisé. Les immeubles pourraient être sauvés – « Ils ont des os solides, vous avez de la chance » –, mais la rénovation serait sans pitié. *Vous voyez l'endroit où le plafond est déformé ? Les ingénieurs vont regarder ça de très près.*

Cet après-midi-là, après le départ de l'expert, Carney

trouva Larry devant le magasin. Il n'avait pas tardé à se dégoter un nouveau travail, dans un studio de musique, A&R Recording. « Si j'ai de l'expérience ? Mon expérience, c'est ma vie », avait-il répondu à Carney. Il était venu donner à son ancien patron quelques trésors rescapés des décombres – son diplôme de Queens College et sa photo de Lena Horne. Il les avait trouvés par terre dans le bureau, roussis par le feu et gondolés par l'eau. Carney l'avait remercié et les avait jetés dans une poubelle en rentrant chez lui. Il écrirait à l'université pour demander un duplicata et chercherait une nouvelle photo de l'actrice. Un portrait plus récent. Elle avait vieilli. Lui aussi.

Tout cela remontait à une semaine et demie. Bellucci emporta les fauteuils carbonisés, les restes calcinés des tapis, les derniers fragments des salles à manger, les cadres des sofas avec les ressorts hirsutes qui en dépassaient. Le bureau en métal et les artefacts détrempés du sous-sol. Carney passait l'essentiel de ses journées à la maison, K.-O. sur son fidèle canapé Argent, petit canot de sauvetage moderniste empêchant que les vagues le submergent. Lorsqu'il en sortait, c'était pour se coltiner les experts d'American Eagle (« Vous dites qu'il a lancé des cocktails Molotov dans le magasin ? »), la police (« Vous êtes certain de ne pas savoir qui a lancé ces cocktails Molotov dans le magasin ? »), les pompiers (« C'est souvent comme ça avec les cocktails Molotov ») et autres entités qui se matérialisent lorsqu'on lance des cocktails Molotov sur votre lieu de travail. Il y a des procédures.

Au milieu de tous ces interrogatoires, il trouva le temps de régler à Pepper ses deux journées de chasse au pyromane ainsi que la note du Dr Rostropovich. « Frais non compris. » Carney lui rappela de libérer Dan Hickey. « Bien sûr. » Il partit du principe que le voyou s'en était chargé. Il n'y fit pas allusion quand ils se revirent – personne n'aime qu'on soit constamment sur son dos. La police avait commencé à lui lâcher les basques. Au milieu de la foule d'incendies de la saison, celui de Carney's Furniture faisait partie des plus étranges, mais ce n'était ni le plus bizarre, ni le plus important et encore moins le plus meurtrier. Il avait été éclipsé par celui du Dumas Club, et la découverte parmi les victimes d'un candidat démocrate à la présidence de l'arrondissement.

Au crédit de la police, il faut ajouter qu'elle finit par arrêter les gérants d'Excelsior Metro pour l'incendie du numéro 371 de la 118e Rue Ouest. Les journaux évoquèrent « Gordon Bellmann, un pyromane connu des services ». Carney tenta de se le représenter, sans succès.

L'affaire fut enterrée.

Carney assista aux funérailles d'Alexander Oakes, bien qu'Elizabeth l'en ait dispensé. C'était le minimum, il avait tout de même été auprès du candidat dans ses derniers instants. Il aimait bien se rendre à des enterrements plus fastueux que celui qu'il aurait un jour. Ça le confortait dans son train de vie modeste.

Elizabeth était atterrée par le meurtre de son ami. Dans une ville où se produisaient des crimes aussi tordus et inexplicables, il fallait des hommes tels que Oakes, des hommes courageux et engagés. « Ils n'attraperont jamais l'assassin, dit-elle. Et l'autre cadavre qu'ils ont trouvé, c'était qui ? Et il y a aussi ton magasin. Les gens qui font ça ne sont jamais inquiétés et on devrait l'accepter, continuer comme si de rien n'était.

– C'est terrible, oui », acquiesça Carney. Il était au volant, ils rentraient du cimetière d'Evergreens. Les stylos promotionnels remplaçant la première livraison mal imprimée étaient arrivés le matin même à Strivers' Row. Que devait-elle en faire ? Que devait-elle faire tout court, aller au travail le lendemain et sourire à Dale Baker comme une gentille petite fille en prétendant que tout allait bien ? Maintenant que l'enterrement était passé, elle laissait sortir sa colère.

« Tu sais combien il y a de femmes qui dirigent des agences de voyages de cette taille ? dit-elle. Combien de femmes noires ? Zéro – sauf si elles les ont fondées elles-mêmes.

– C'est peut-être ce que tu devrais faire.

– Quoi ?

– Monter ta boîte.

– Ma propre agence.

– J'ai un peu d'argent de côté. Réfléchis-y. »

Elizabeth laissa défiler Riverside en silence. Le sujet reviendrait bientôt sur la table. Il n'avait pas énormément d'argent de côté, mais il savait où en trouver. À quoi bon mener une carrière criminelle régulièrement ponctuée par des éruptions de violence, si ça ne servait pas à rendre sa femme heureuse ?

À ce sujet, Carney assura à Elizabeth qu'il avait arrêté le commerce des tapis d'occasion. Elle avait raison : c'était dangereux. Il devrait se montrer prudent à l'avenir pour éviter qu'elle s'inquiète.

« On ne saura probablement jamais qui a mis le feu au magasin, lui dit-il.

– Hmm. »

Carney pénétra dans ce qui restait de son bureau. Les murs étaient brûlés, marqués, les poutres un squelette à nu. L'atmosphère était nauséabonde à cause de la fumée et de l'eau charbonneuse. Seul objet dans la pièce, le coffre. Son Hermann Bros. paraissait intact, mais la chaleur avait voilé la porte qui ne s'ouvrait plus. Il était temps d'en changer. *C'est important d'avoir un coffre assez grand pour tous ses secrets. Et même un peu plus, histoire d'avoir de la place pour la suite.* La technologie avait évolué depuis le temps. Il avait hâte de faire son marché.

L'éclairage de la salle d'exposition ne fonctionnait plus. Il faisait sombre. Quelques rais de lumière s'immisçaient entre les plaques de bois. Cependant Carney était soulagé de ne pas trop y voir. Quel carnage. À quoi rimait ce petit jeu, franchement ? Il allait reconstruire. Ils détruiraient à nouveau. La dernière fois qu'il était venu, le plafond pendouillait par endroits, des bandes d'isolant brûlé se décollaient des murs. Les ouvriers avaient tout arraché, mis au jour le placoplâtre noirci, les clous, les poutres. Le magasin semblait abandonné aux éléments depuis plusieurs décennies.

Tandis qu'il se tenait au milieu de sa salle d'exposition dévastée, les calamités ordinaires de la 125e Rue, klaxons, jurons et cris se turent. Il frissonna malgré la chaleur. Cet espace n'avait jamais été aussi vide depuis qu'il avait signé le bail ; à l'époque, il appartenait encore pour moitié à la boulangerie attenante. Le mur n'avait pas encore été abattu.

Comment Carney avait-il réussi à se débrouiller avec aussi peu de place ? Et puis son affaire avait fructifié et la salle d'exposition s'était agrandie. S'il devait tout recommencer, il remplacerait l'échelle du sous-sol par un escalier en dur et y ferait une seconde salle. Pour les luminaires et les tapis. Il garderait les meubles en haut, mais intervertirait les salles à manger et les fauteuils inclinables. Ça le titillait depuis un moment – l'idée que les clients passent d'abord par les salons, avec quelques chouettes Sterling en vitrine, et continuent par les inclinables avant d'accéder au reste des collections.

Une belle journée, celle où il avait signé le bail, reçu les clés et s'était retrouvé chez lui.

Des os solides. Des os solides qui soutenaient l'ensemble, de même que la pierre ancestrale sous Manhattan. Pourquoi avait-il tant hésité à revenir ? Le magasin était son royaume. L'idéal serait d'annexer le premier étage, d'agrandir son bureau et celui de Marie. Ils étaient devenus trop exigus, invivables. Il fallait qu'il appelle Marie pour faire le point sur les intentions des locataires – qui restait, qui était déjà parti. Il savait que le deuxième étage voulait rester, à l'exception de Mrs Ruiz. Elle avait emmené ses enfants dans sa famille à Washington Heights et ne reviendrait pas. Marie avait bien dit qu'Albert était sorti de l'hôpital ? Peut-être. Il enverrait une carte.

Vraiment, ça ne coûterait rien d'évoquer l'idée d'un agrandissement par le haut avec Jimmy Gray. La logistique. Le prix. L'assurance ne couvrirait pas. Ce ne serait pas donné. Il avait besoin d'argent. Il en avait un peu. Il lui en faudrait davantage. Il avait des idées. Martin Green, entre autres. Maintenant qu'il ne pouvait plus compter sur le magasin, il allait devoir se débrouiller autrement pour faire son beurre. Et s'occuper l'esprit. Il avait quelques idées. New York avait tenté de le briser, n'avait pas réussi. Il était bâti de ce schiste de Manhattan qui ne se casse pas si facilement.

Le Dumas Club n'eut pas autant de chance que le magasin. L'incendie du mois de juin le réduisit à l'état de coquille solitaire et emporta aussi les deux maisons voisines. Elles furent condamnées, et les trois terrains achetés par un promoteur de Virginie qui nourrissait des ambitions pour la région de New York, du New Jersey et du Connecticut. L'immeuble résidentiel qui fut inauguré quelques années plus tard détonnait avec le reste du quartier, ses briques orange étaient un peu trop criardes, son aspect général insipide, et il manquait de style. La ville avait guéri, ils avaient survécu, le futur était advenu et il avait une sale gueule. Les voisins se plaignaient. Ce n'était plus comme avant, disaient-ils, on préférait comme c'était avant. Ils disaient toujours ça quand la ville d'autrefois disparaissait pour céder la place à quelque chose de neuf.

DU MÊME AUTEUR

Aux Éditions Albin Michel

L'INTUITIONNISTE, roman, 2023.

HARLEM SHUFFLE, roman, 2023.

NICKEL BOYS, roman, 2020, prix Pulitzer.

UNDERGROUND RAILROAD, roman, 2017, prix Pulitzer.

Chez d'autres éditeurs

ZONE 1, roman, Gallimard, 2014.

SAG HARBOR, roman, Gallimard, 2014.

LE COLOSSE DE NEW YORK : UNE VILLE EN TREIZE PARTIES, Le Livre de Poche, 2023.

APEX, roman, Gallimard, 2008.

BALLADES POUR JOHN HENRY, roman, Gallimard, 2005 ; à paraître dans une nouvelle édition chez Albin Michel.

« Terres d'Amérique »

Collection dirigée par Francis Geffard
(Extrait du catalogue)

NANA KWAME ADJEI-BRENYAH
Friday Black, nouvelles

CHRIS ADRIAN
Un ange meilleur, nouvelles

SHERMAN ALEXIE
Indian Blues, roman
Indian Killer, roman
Phoenix, Arizona, nouvelles
La Vie aux trousses, nouvelles
Dix Petits Indiens, nouvelles
Red Blues, poèmes
Flight, roman
Danses de guerre, nouvelles

TOM BARBASH
Les Lumières de Central Park, nouvelles
Beautiful Boy, roman

TOM BISSELL
Dieu vit à Saint-Pétersbourg, nouvelles

AMANDA BOYDEN
En attendant Babylone, roman

JOSEPH BOYDEN
Le Chemin des âmes, roman
Là-haut vers le nord, nouvelles
Les Saisons de la solitude, roman
Dans le grand cercle du monde, roman

TAYLOR BROWN
Les Dieux de Howl Mountain, roman
Le Fleuve des rois, roman

KEVIN CANTY
Une vraie lune de miel, nouvelles
Toutes les choses de la vie, roman
De l'autre côté des montagnes, roman

DAN CHAON
Parmi les disparus, nouvelles
Le Livre de Jonas, roman
Cette vie ou une autre, roman
Surtout rester éveillé, nouvelles
Une douce lueur de malveillance, roman
Somnambule, roman

MICHAEL CHRISTIE
Le Jardin du mendiant, nouvelles
Lorsque le dernier arbre, roman

TOM COOPER
Les Maraudeurs, roman

CHARLES D'AMBROSIO
Le Musée des poissons morts, nouvelles
Orphelins, récits

CRAIG DAVIDSON
Un goût de rouille et d'os, nouvelles
Cataract City, roman
Les Bonnes Âmes de Sarah Court, roman
Cascade, nouvelles

ANTHONY DOERR
Le Nom des coquillages, nouvelles
À propos de Grace, roman
Toute la lumière que nous ne pouvons voir, roman
Le Mur de mémoire, nouvelles
La Cité des nuages et des oiseaux, roman

LOUISE ERDRICH
L'Épouse Antilope, roman
Dernier rapport sur les miracles à Little No Horse, roman
La Chorale des maîtres bouchers, roman
Ce qui a dévoré nos cœurs, roman
Love Medicine, roman
La Malédiction des colombes, roman
Le Jeu des ombres, roman
La Décapotable rouge, nouvelles
Dans le silence du vent, roman
Femme nue jouant Chopin, nouvelles
Le Pique-nique des orphelins, roman
LaRose, roman
L'Enfant de la prochaine aurore, roman
Celui qui veille, roman
La Sentence, roman

JONATHAN ESCOFFERY
Si je te survis, nouvelles

BEN FOUNTAIN
Brèves rencontres avec Che Guevara, nouvelles
Fin de mi-temps pour le soldat Billy Lynn, roman

TOM FRANKLIN
Le Retour de Silas Jones, roman
Braconniers, nouvelles

BRANDON HOBSON
Dans l'écho lointain de nos voix, roman

JOCELYN NICOLE JOHNSON
Mon nom dans le noir, roman

CHRISTIAN KIEFER
Les Animaux, roman
Fantômes, roman

THOMAS KING
Medicine River, roman
Monroe Swimmer est de retour, roman
L'Herbe verte, l'eau vive, roman

BARBARA KINGSOLVER
On m'appelle Demon Copperhead, roman

SANA KRASIKOV
L'An prochain à Tbilissi, nouvelles
Les Patriotes, roman

RICHARD LANGE
Dead Boys, nouvelles
Ce monde cruel, roman
Angel Baby, roman
La Dernière Chance de Rowan Petty, roman

MATT LENNOX
Rédemption, roman

BRIAN LEUNG
Les Hommes perdus, roman
Seuls le ciel et la terre, roman

MAXIM LOSKUTOFF
Viens voir dans l'Ouest, nouvelles

ROBIN MACARTHUR
Le Cœur sauvage, nouvelles
Les Femmes de Heart Spring Mountain, roman

STEPHEN MARKLEY
Ohio, roman
Le Déluge, roman,

LESLIE MARMON SILKO
Cérémonie, roman

DINAW MENGESTU
Les Belles Choses que porte le ciel, roman
Ce qu'on peut lire dans l'air, roman
Tous nos noms, roman

STEFAN MERRILL BLOCK
Le Noir entre les étoiles, roman

PHILIPP MEYER
Le Fils, roman
American Rust, roman

N. SCOTT MOMADAY
La Maison de l'aube, roman

LEILA MOTTLEY
Arpenter la nuit, roman

MATTHEW NEILL NULL
Le Miel du lion, roman
Allegheny River, nouvelles

ERIC NGUYEN
La Solitude des tempêtes, roman

TOMMY ORANGE
Ici n'est plus ici, roman

KEVIN PATTERSON
Dans la lumière du Nord, roman

BENJAMIN PERCY
Sous la bannière étoilée, nouvelles
Le Canyon, roman

DONALD RAY POLLOCK
Le Diable, tout le temps, roman
Une mort qui en vaut la peine, roman

DAVID JAMES POISSANT
Le Paradis des animaux, nouvelles
Un bel esprit de famille, roman

ERIC PUCHNER
La Musique des autres, nouvelles
Famille modèle, roman
Dernière journée sur terre, nouvelles

SHANNON PUFAHL
Et nous nous enfuirons sur des chevaux ardents, roman

JON RAYMOND
Wendy & Lucy, nouvelles
La Vie idéale, roman

ELWOOD REID
Ce que savent les saumons, nouvelles
Midnight Sun, roman
La Seconde Vie de D.B. Cooper, roman

KAREN RUSSELL
Swamplandia, roman
Foyer Sainte-Lucie pour jeunes filles élevées par les loups, nouvelles
Des vampires dans la citronneraie, nouvelles
Le Lévrier de Madame Bovary et autres histoires, nouvelles

ANJALI SACHDEVA
Tous les noms qu'ils donnaient à Dieu, nouvelles

JON SEALY
Un seul parmi les vivants, roman

HUGH SHEEHY
Les Invisibles, nouvelles

WELLS TOWER
Tout piller, tout brûler, nouvelles

DAVID TREUER
Little, roman
Comme un frère, roman

Le Manuscrit du Dr Apelle, roman
Indian Roads, récit
Et la vie nous emportera, roman

BRADY UDALL
Lâchons les chiens, nouvelles
Le Destin miraculeux d'Edgar Mint, roman
Le Polygame solitaire, roman

GUY VANDERHAEGHE
La Dernière Traversée, roman
Comme des loups, roman
Comme des feux dans la plaine, roman

CLAIRE VAYE WATKINS
Les Sables de l'Amargosa, roman

ANTHONY VEASNA SO
Nous aurions pu être des princes, nouvelles

KATHERENA VERMETTE
Les Femmes du North End, roman

SHAWN VESTAL
Goodbye, Loretta, roman

VENDELA VIDA
Se souvenir des jours heureux, roman
Les Habits du plongeur abandonnés sur le rivage, roman
Dompter les vagues, roman

JOHN VIGNA
Loin de la violence des hommes, nouvelles

WILLY VLAUTIN
Motel Life, roman
Plein nord, roman
Ballade pour Leroy, roman
La Route sauvage, roman
Devenir quelqu'un, roman

JAMES WELCH
L'Hiver dans le sang, roman
La Mort de Jim Loney, roman
Comme des ombres sur la terre, roman
L'Avocat indien, roman
À la grâce de Marseille, roman
Il y a des légendes silencieuses, poèmes

CALLAN WINK
Courir au clair de lune avec un chien volé, nouvelles
August, roman

SCOTT WOLVEN
La Vie en flammes, nouvelles

JOHN WOODS
Lady Chevy, roman

Retrouvez toute l'actualité des éditions Albin Michel
sur notre site albin-michel.fr
et suivez-nous sur les réseaux sociaux.
Instagram : editionsalbinmichel
Facebook : Éditions Albin Michel
X : AlbinMichel
YouTube : Éditions Albin Michel

Composition : Nord Compo
Impression : CPI Firmin-Didot en septembre 2024
Éditions Albin Michel
22, rue Huyghens, 75014 Paris
www.albin-michel.fr
ISBN : 978-2-226-48373-7
ISSN : 1272-1085
N° d'édition : 25452/01 – N° d'impression : 181057
Dépôt légal : octobre 2024
Imprimé en France